Née en 1942 à Paris, agrégée d'histoire, spécialiste du 19ème siècle, Dominique Manotti est une légende du roman noir français à dominante politique. Elle est l'auteure d'une quinzaine de romans policiers, une œuvre couronnée par de nombreux prix parmi lesquels le Grand Prix de Littérature Policière 2011 pour *L'Honorable Société*, le Grand prix du Roman noir du festival de Beaune 2016 pour *Or noir*, le prix Polar en série à Quais du polar en 2019 pour *Racket*. *Sombre Sentier* (Le Seuil, 1995) est son premier roman. On y découvre son héros fétiche l'inspecteur Daquin. Ce livre a reçu le Prix Sang d'encre et le Prix de Saint-Nazaire. *Marseille 73*, son dernier titre paru (Les Arènes, 2020 ; Points, 2022), marque le grand retour de l'inspecteur Daquin. Ses romans sont traduits en une dizaine de langues.

Dominique Manotti

SOMBRE SENTIER

ROMAN

Éditions du Seuil

TEXTE INTÉGRAL

ISBN 978-2-7578-9330-2

Dans cette histoire, tout est inventé, ou presque. Les personnages, l'intrigue et les rebondissements sont purement fictifs ; toute ressemblance avec des faits et des personnes ayant vraiment existé serait donc, comme on dit, éminemment fortuite. Sont exacts en revanche les citations de presse, le contexte dont elles rendent compte, en particulier celui du Sentier au printemps 80 et l'action des travailleurs clandestins pour leur régularisation.

D.M.

Prologue

Libération, 15 janvier 1980 :

« L'héroïne arrive maintenant d'Iran, du Pakistan, et d'Afghanistan. L'année dernière, la récolte iranienne a produit 1 500 tonnes d'opium brut. Opium raffiné dans ces pays, et surtout en Turquie, puis transporté par route vers l'Europe occidentale. Mais attention, cette héroïne, à la différence de la production mexicaine, est pure à 20 % (au lieu de 3,5 %). En Allemagne, il y a eu 600 overdoses en 1979, à cause de cette nouvelle héroïne. »

La fille est là, enfantine et déjà blasée, assise toute nue au bord de ce grand lit blanc au centre de la pièce entourée de miroirs. Dans un coin, une bergère Louis XV, au fond un frigo pas plus haut qu'une table. Dessus, des verres, flûtes, coupes et autres. Elle balance doucement ses jambes en chantonnant. L'homme entre. Il est nu, lui aussi. Elle le regarde attentivement, l'évalue. Dans les 45 ans, cou de taureau, gras, avec un petit cul et des jambes maigres, un peu chauve, mais une vraie toison rousse sur la poitrine. Elle lui sourit et fait un geste dans sa direction. Lui, mine gourmande, marche comme s'il glissait au ralenti, se dirige vers le frigo, qu'il ouvre, se verse un whisky très généreux, « Tu veux boire, mon bébé ? », et il lève son verre dans sa direction. Le geste est un peu trop large, il renverse du whisky sur l'épaisse moquette blanche. Elle fait non de la tête, sans dire un mot, et toujours souriante. Il boit, laisse tomber le verre sur la moquette, s'approche d'elle, s'affale sur le lit, en riant.

Elle le couche sur le ventre, elle s'assied sur ses reins, elle est incroyablement fragile à côté de lui. Elle commence à le masser, en miaulant doucement, pour se donner du rythme. Il se laisse faire, grogne de plaisir, l'encourage, « Un câlin pour ton petit papa ». Elle s'allonge sur lui, lui mordille le cou, les oreilles. Lui, remue lentement, émet quelques sons inaudibles, agrippe la moquette avec ses doigts. Elle le retourne sur le dos. Il a l'air bien. Elle masse doucement son sexe. L'homme prend appui sur ses coudes. Il regarde ce petit corps qui a presque du mal à rester en équilibre sur le sien, se tourne vers les miroirs et leur sourit. Il ronronne. Elle est tout à sa tâche, maintenant en silence. Elle s'applique avec sérieux. Son visage est plus attentif, le sourire un peu figé ; du regard, elle guette les réactions de l'autre.

D'un coup, l'homme se sent dévisagé. Il semble se réveiller d'un long sommeil, mais ses yeux sont vitreux. La fille monte lentement les mains vers les seins de l'homme et commence à les pincer doucement. Le ronronnement se transforme en une longue plainte. Il se redresse, elle tombe sur le lit. Il est pris d'une peur panique. Ses yeux sont dilatés. Il hurle, « Elle va me tuer ». Ses mains devant les yeux, il se recroqueville, puis il envoie des coups de pied dans la direction de la fille, elle demande « It's a game ? », sourit encore, mais semble un peu inquiète. Elle évite ses coups de pied et cherche à le calmer en l'attirant sur le lit, en lui caressant les épaules et les seins, « Remember, I am your baby ». Mais il hurle à nouveau, « Grandis pas, grandis pas ». Puis il l'attrape par le cou, la secoue, la renverse sur le lit, et serre, serre. « Tu ne m'auras pas. » Elle se débat un peu, pas beaucoup, elle est complètement écrasée par la masse de l'homme. Elle ne peut plus crier. Une, deux minutes, elle ne se débat plus du tout…

1

Lundi 3 mars

7 heures,
métro Sentier

Dans le fond du café-tabac, en face de la station de métro, un groupe compact de Turcs, une quinzaine, et cinq ou six Français. Tout le monde boit du café noir, les Français mangent des croissants. Sur une table, deux grosses piles de tracts, papier saumon, tapés machine, ronéotés de façon sommaire, recto en français, verso en turc.

Le Comité de défense des Turcs en France appelle les travailleurs turcs du Sentier à cesser le travail le lundi 3 mars, et à se rassembler à midi au métro Sentier, pour obtenir la régularisation de leurs papiers et de meilleures conditions de travail.

Ils sont agglutinés autour d'un plan de Paris. Soleiman forme des petits groupes de cinq personnes, quelques Turcs autour d'un Français. Chaque groupe reçoit une liste de rues à parcourir, quelques-uns notent des noms sur un bout de journal, un paquet de cigarettes. Un petit air bolchevik d'avant 17 flotte sur la scène.

Tout le monde se lève, brouhaha, et se retrouve dehors,

sur la place. Il va faire très beau. Sentiment de plonger dans l'inconnu total, mais c'est inavouable. Avoir l'air sûr de ce que l'on fait.

Soleiman prend la tête d'un groupe, et s'engage dans la rue d'Aboukir, dans son sillage, une journaliste de *Libération*. Il est grand, mince, très droit, et même raide, un visage plutôt long, des pommettes hautes, un nez fin et saillant, et d'immenses yeux bleus, une tignasse châtain clair, le teint foncé. Les Turcs l'écoutent, la fille le regarde. Entrer dans chaque immeuble, lire les noms sur les boîtes aux lettres, repérer les consonances turques ou yougoslaves. On monte. Dans ces vieux immeubles, les entrées sont sombres, les escaliers tortueux. À tous les étages, on entend le bruit des machines à coudre. Soleiman frappe à la porte. Le patron ouvre, ou plus souvent un ouvrier. La discussion s'engage, en turc ou en français. Bonjour. Nous sommes le Comité de défense des Turcs, nous venons vous parler de la grève, du rassemblement, pour la régularisation des travailleurs turcs. Celui qui tient la porte se retourne vers l'atelier : Qu'est-ce que vous en pensez ? On les laisse entrer ? Oui… Oui… Pendant toute la matinée, pas une seule porte ne se referme.

Ateliers étroits, peu éclairés, surchauffés, odeurs des apprêts. Mais ambiance chaleureuse. Énormes postes de radio qui diffusent des nouvelles et de la musique de là-bas. On parle, on plaisante. De temps à autre, un cousin passe dire bonjour, ou un ouvrier descend faire une partie de flipper.

Quand Soleiman et son groupe entrent, les machines s'arrêtent, on se bouscule entre les tables, le café circule, le patron se joint à la discussion. La grève, ça paraît très loin. Mais à midi au Sentier, peut-être. Soleiman laisse quelques tracts. Le groupe repart, un étage au-dessus, l'immeuble suivant.

Boulevard Saint-Denis, puis rue du Faubourg-Saint-Martin, les immeubles deviennent plus spacieux, les ateliers mieux éclairés, plus aérés. Derrière les façades hausmanniennes, certaines cours sont de véritables usines-ateliers, confection à tous les étages, et ouvrières à domicile dans les chambres de bonnes. En haut, ce sont des femmes en fichu et jupe longue qui ouvrent la porte. À elles, Soleiman ne sait pas quoi dire. Il trouverait sans doute inconvenant qu'elles descendent dans la rue.

Le groupe remonte jusqu'à la rue de Belleville. Immeubles parfois très vétustes, couloirs sordides, ateliers misérables, quelque fois même pas de porte, seulement un grand carton pour boucher l'entrée, mais partout le même accueil. Le groupe est exténué, il fait chaud à cette heure de la matinée. On s'arrête de plus en plus souvent dans les bistros où déjà (ici tout se sait) les ouvriers viennent d'eux-mêmes demander des tracts à Soleiman. Il faut maintenant redescendre, pour être à midi au métro Sentier.

Dans les rues qui descendent vers la place, les petits groupes de militants se rejoignent, surexcités par l'accueil qu'ils ont reçu. Ils débouchent sur la place. Personne. Après tout, il fallait s'y attendre. Ouvrir la porte de l'atelier, écouter, oui, descendre dans la rue, quand on est clandestin, il ne faut pas rêver. Mais les militants, ça a un moral d'acier, et l'habitude de la solitude. Soleiman met en place la sono. On déroule quelques bandes de tissu rouge pour délimiter et encadrer le lieu du meeting. C'est beau, ce rouge brut dans le soleil. Soleiman commence à parler, en turc. Il raconte la clandestinité, se déguiser en touriste avec un appareil photo en bandoulière ; la peur qu'il faut surmonter quand on voit un flic dans la rue, continuer à marcher, les fouilles, les nuits dans les postes de police, les arrêtés d'expulsion. Terminé. Nous ne voulons plus. Nous sommes ici, nous travaillons, nous voulons carte de séjour, carte de travail. La dignité.

Et puis, les cafés les plus proches, bondés, commencent à se vider sur la place. Les hommes écoutent, discutent entre eux, entrent dans les banderoles. Des petits groupes descendent des rues adjacentes, par paquets prudents, mais de plus en plus nombreux. À 13 heures, plus de deux mille travailleurs se sont regroupés au milieu des banderoles, rue Réaumur la circulation est interrompue. Pas un flic à l'horizon. C'est l'ivresse. Les clandestins occupent la rue, et personne ne vient les en chasser. Les hommes hurlent *Yasasin grevi*, vive la grève. Carte de séjour, carte de travail. Les sonos circulent, tout le monde veut dire son mot. Soleiman tremble au soleil. Il l'avait voulu de toute sa force ce moment, mais il n'y croyait pas, c'est seulement maintenant qu'il s'aperçoit qu'il n'y croyait pas. Ce moment de vertige où les masses commencent à exister, hors de toute abstraction, où il devient possible, peut-être... le monde va changer de base.

Personne ne sait quoi faire de cette masse inattendue. Même si les flics ne sont pas là, ils peuvent venir. Ne pas rester immobiles, trop vulnérables. Mais les hommes ne veulent plus se quitter. Soleiman fait avancer doucement les banderoles rouges vers la Bourse du Travail. Là, on pourra informer sur les négociations en cours avec le gouvernement, faire adhérer. Et puis, on sera à l'abri. La manifestation coule très doucement, c'est impressionnant ce groupe très compact d'hommes basanés et moustachus, tout en teintes grisailles, qui hurlent des slogans en turc sans désemparer, en s'accrochant à ces longues banderoles rouges et muettes.

16 heures,
commissariat du Xe

– Allô, commissariat du Xe, j'écoute.
– La police ? (Fort accent étranger.)
– Oui, monsieur.
– Venez vite, j'ai trouvé un cadavre, une femme, dans mon atelier.

Thomas et Santoni entrent sous le porche du 43 rue du Faubourg-Saint-Martin. Escalier gauche, troisième étage. Pas d'ascenseur, bien sûr. La porte d'entrée est entrouverte. Ils cognent. Un homme vient immédiatement à leur rencontre, manifestement très agité.

– Brigade territoriale. C'est vous qui venez d'appeler la police ?
– Oui, entrez.

Et là, dans l'entrée sombre, une vingtaine de pantalons de toile, bouffants, rouges, posés par terre. L'homme les soulève. Dessous, le corps d'une très jeune fille, presque une enfant, de type asiatique, complètement nue, couchée sur le dos. Thomas s'approche, se penche. La mort ne fait aucun doute. Il cherche à soulever un bras. Ça remonte sans doute à plus de vingt-quatre heures. Traces bleuâtres sur le cou. Probablement par strangulation. Il regarde d'un peu plus près. À mains nues.

– C'est vous qui l'avez trouvée ?
– Oui. (Nerveux.)
– Santoni, appelle la Criminelle.

Thomas jette un regard circulaire sur l'appartement. L'entrée, encombrée de rouleaux de tissus et de plastique. Un couloir dessert les deux pièces principales qui donnent sur la cour, assez claires. Dans les deux pièces, cinq grandes tables de bois, fixées au sol, maculées de traces diverses, une vingtaine de chaises en fer, solides, des fils électriques qui pendent un peu partout du plafond, de grandes rampes de néon. Et deux vieilles machines à coudre assez déglinguées. De l'autre côté du couloir, une cuisine. Carrelage blanc. Évier, eau chaude, eau froide. Frigidaire, cuisinière. Table en formica. Tout est d'une propreté étincelante. Pas une assiette qui traîne. Thomas ouvre le frigidaire d'un air distrait. Il est plein de légumes, fromages, boissons. Sous l'évier, la poubelle a été vidée et lavée. Après la cuisine, deux réduits très sombres, peut-être une ancienne salle de bains, une petite chambre.

Puis il reporte son attention sur l'homme qui les a appelés. Il s'appelle Bostic. Il est yougoslave, locataire de l'appartement et chef de l'atelier.

– Quand avez-vous trouvé le cadavre ?

– Quand j'ai ouvert l'atelier, cet après-midi.

– Pourquoi pas ce matin ?

– Il y avait la grève. J'ai trouvé le corps, là, sous les pantalons. J'ai renvoyé les ouvriers et téléphoné à la police. Je n'ai touché à rien.

Thomas grogne.

Peu après, arrivée des inspecteurs de la Criminelle, qui prennent tout en main. Spécialistes, juge, photos du corps, transport à la morgue... Thomas transmet les premières déclarations faites par Bostic, sans commentaires.

– Qu'est-ce qu'on en fait, de celui-là ?

– J'aimerais le mettre en garde à vue à la BT. Comme ça, vous l'aurez sous la main pour le réinterroger demain si vous le souhaitez. Et nous, on voudrait lui poser quelques questions sur le fonctionnement de son atelier. Travail clandestin, c'est sûr. Un Yougo, on ne risque rien.

– D'accord. Vous voyez d'autres choses à nous dire ?

Thomas consulte Santoni du regard.

– Moi pas. Et toi ?

– Non plus.

Une fois Bostic conduit en garde à vue, Thomas se retourne vers Santoni.

– Qu'est-ce que tu en penses, collègue ?

– Il a trouvé le cadavre ce matin, quand il a ouvert l'atelier.

– D'accord.

– Ça lui donne à peu près huit heures de battement.

– À peu près.

– Avant de nous téléphoner, il a vendu ses machines, pour pas qu'on les lui saisisse. Atelier clandestin.

– Toujours d'accord.

– Atelier normal pour le Sentier, moyennement crade. Mais pas la cuisine. Tu as vu comme elle est nickel ? Dans ces boulots-là, les ouvriers boivent et bouffent tout le temps. Même quand c'est bien tenu, ce n'est jamais aussi propre.

– Alors, qu'est-ce qu'on fait ?

– On y retourne, et on essaie de trouver ce qu'il a nettoyé et jeté. Et pas un mot aux génies de la Criminelle.

L'immeuble a une concierge, tablier sur robe informe et charentaises. Après deux bières et un quart d'heure de conversation décousue, Thomas et Santoni apprennent qu'effectivement Bostic est venu déposer des sacs poubelles, vers 10 heures du matin. Deux sacs bleus.

Un vieux drap par terre dans la cour, sous la lumière de la minuterie. Les deux hommes enlèvent leur veste, retroussent leurs manches et vident la première des trois poubelles de l'immeuble. Rallumer la lumière toutes les trois minutes. Ouvrir les sacs poubelles les uns après les autres. Trier les ordures ménagères, les bouts de chiffons, les journaux, les bouteilles vides. Faire d'autant plus attention qu'on ne sait pas ce que l'on cherche. Heureusement, peut-être. Quand on sait ce que l'on cherche, on court à l'erreur judiciaire, me disait mon patron quand j'ai démarré dans ce métier. Là, pas de risque.

La concierge vient jeter un coup d'œil de loin en loin. Première poubelle, rien. Remettre les ordures en vrac dedans. Deuxième poubelle, vidée sur le drap. Premier sac, rien. Deuxième sac, rien. Troisième sac, un contenu qui peut provenir de la cuisine de Bostic, comme dans d'autres sacs. Marc de café, assiettes en carton, papiers d'emballage, pain rassis. Et deux forts sachets en plastique, de bonne taille, transparents, vides. Thomas se relève. Le long des soudures, une très fine poussière de poudre blanche. Très précautionneusement, il en prend un grain sur son index, le goutte avec le bout de la langue. Sourit à Santoni. C'en est. Héroïne.

21 heures,
villa des Artistes

Il fait déjà nuit. Soleiman marche vite, avenue Jean-Moulin, s'engouffre sous un porche, entre dans la villa des Artistes, en grommelant. Troisième pavillon à droite, dans un fouillis de verdure, la grande verrière d'un atelier, des stores blancs, c'est éclairé derrière. Une lampe extérieure est allumée au-dessus de la porte d'entrée. Il sonne deux fois, pousse la porte, entre et ferme à clé derrière lui. Grand espace, des spots un peu partout, du cuir, du bois, une mezzanine dans la pénombre. Un homme s'affaire dans une petite cuisine, dans le fond de la pièce, derrière un comptoir en bois. Très moderne, la cuisine, carrelée dans les tons ocre. 35 ans environ, l'homme, plutôt une belle gueule carrée, baraqué genre avant, troisième ligne au rugby, des yeux et des cheveux marron. Il est en jeans et polo, pieds nus.

– Eh bien bravo. Votre meeting, ça a été une réussite, au-delà de toutes vos espérances. Mes petits copains ne s'y attendaient pas, et ils n'ont vraiment pas su quoi faire.

– On a dit que tu ne te mêlais pas de ça, et que tu me laissais carte blanche là-dessus.

– Mais je ne me mêle de rien, je te félicite.

– Laisse-moi tranquille. Je me passe de tes félicitations.

– Ça va, ça va. Travaillons. Tu as vu un paquet de monde aujourd'hui. Alors, tu as quelque chose pour moi ?

– Peut-être. Rue du Faubourg-Saint-Martin, près du boulevard, à gauche en remontant, il y a une boutique de sandwichs turcs. Une toute petite boutique, avec un comptoir qui donne directement sur la rue. Les Kurdes disent que c'est là que les Turcs trafiquent de la drogue.

– Je vois où elle est, cette boutique… Demain matin, je la mets sous surveillance… On va peut-être avoir enfin une première piste, après presque un mois de vasouillage… (En rentrant dans la cuisine :) C'est prêt, mets la table.

– Je ne reste pas dîner, j'ai des amis à voir.

– Soleiman, arrête tes conneries. Tu iras voir qui tu veux, mais après. Tu dînes avec moi, parce que j'ai envie de te baiser après avoir mangé, pas avant. (Et, avec un grand sourire :) Ton air sinistre, pas la peine dc lc traîner tout le temps. Ça ne me dégoûte pas, au contraire, j'ai l'impression de te forcer, et ça m'excite.

2

Mardi 4 mars

8 heures,
rue du Faubourg-Saint-Martin

Daquin s'est arrêté dans un café, juste en face de la boutique de sandwichs, qui vient d'ouvrir. Plutôt rudimentaire. Ce n'est qu'un boyau profond et étroit, meublé d'un comptoir sur toute sa longueur, une façade exiguë sur la rue, complètement ouverte aujourd'hui qu'il fait beau. Pas de tables, pas de chaises. Trois hommes s'affairent derrière le comptoir. Au fond, une porte et un passe-plat communiquent avec une cuisine. Un incessant va-et-vient de clients, à première vue tous turcs. Sandwichs, salades, cafés, thés, rakis, bières. Personne ne semble rester bien longtemps. Tuyau crevé ?

– Un deuxième café, s'il vous plaît.

Une fois passée l'agitation du tout début de matinée, un public plus calme. Les clients debout au comptoir bavardent plus longuement. De temps à autre, quelqu'un pénètre jusqu'au fond dc la boutique, passe derrière le comptoir, et de là dans la cuisine, puis ressort. Vérifier si on peut en tirer quelque chose.

10 heures,
passage du Désir

Daquin monte à pied jusqu'au siège de la brigade territoriale, passage du Désir. C'est là, dans un petit immeuble en pierre et brique, coincé dans un passage assez crasseux du Xe arrondissement, au troisième et dernier étage, que Daquin et son groupe se sont installés, dans une salle de réunion transformée en bureau, pour la durée de leur enquête. Un petit groupe « ad hoc », chargé par le patron de la brigade des stups d'explorer la piste d'une éventuelle « filière turque », suite à des tuyaux filés par la police allemande. Une grande pièce claire, mansardée, équipée de deux bureaux métalliques, l'un pour Daquin, l'autre pour ses inspecteurs, deux fauteuils corrects, six chaises, une table ovale, deux machines à écrire, deux téléphones, et puis un petit évier, un réchaud, une machine à café. D'un côté, deux grandes fenêtres donnent sur la cour, de l'autre, une porte vitrée sur un couloir calme et clair. C'est un repaire bricolé, mais agréable.

Ses deux inspecteurs attendent Daquin. Attali et Romero ont un peu le même profil. Ils ont grandi ensemble dans une HLM de la Belle-de-Mai, à Marseille. Ils ont le même âge, dans les 25 ans, et portent tous deux blouson, jeans et baskets. Mais Attali était l'enfant sage, le premier de la classe, qui a passé le concours d'inspecteur pour travailler au plus vite et apporter de l'argent à une mère et des sœurs en grande difficulté. Il a l'air sérieux, gentil, ennuyeux. Romero, lui, a toujours grandi aux frontières de la délinquance. Beau gosse, visage régulier, cheveux très noirs. Abuse de son physique. Il a présenté le concours d'inspecteur en même temps qu'Attali, par pur défi, et peut-être secret désir de prendre le large. Après trois ans de métier, c'est la première fois qu'ils font équipe, depuis un mois, sous les ordres de Daquin. Quand celui-ci entre, ils sont en train de jouer au morpion. Daquin leur lance un coup d'œil désabusé, se fait un café, puis :

– J'ai du travail pour vous. Une boutique de sandwichs turcs, en bas de la rue du Faubourg-Saint-Martin, tout près d'ici. À mettre sous surveillance photo. C'est un tuyau de l'un de mes indics. Une bagnole, pas possible. Si on doit rester quelques jours, on va être immédiatement repéré. Il faudrait peut-être essayer de trouver une fenêtre dans les immeubles d'en face. Chargez-vous de monter complètement l'opération. Je veux des photos, pas forcément de tous les consommateurs, mais de tous ceux qui entrent dans la boutique et passent derrière le comptoir. Voyez le commissaire du Xe arrondissement, Meillant. Il est au courant de l'existence de notre groupe. Ça fait au moins vingt ans qu'il est dans le coin, il connaît tout et tout le monde, il pourra certainement vous aider.

Une fois les deux inspecteurs partis, Daquin se plonge dans la presse. Il est convaincu qu'une partie de la solution du problème est là-bas, dans les pays d'origine, et qu'il faut essayer de comprendre ce qui s'y passe, si l'on veut arrêter les trafiquants ici. Avec l'arrivée au pouvoir de l'imam Khomeiny, qui n'en finit pas de provoquer des troubles, les otages américains à Téhéran, l'extrême droite et l'extrême gauche qui se massacrent en Turquie, au rythme de vingt morts par jour, et maintenant l'intervention soviétique en Afghanistan, la lecture de la presse prend du temps.

10 heures,
paroisse Saint-Bernard

C'est là que le Comité de défense des Turcs en France a trouvé un point de chute. Un petit bureau aveugle, au fond de l'immeuble paroissial accolé à l'église.

Aujourd'hui, au lendemain de la manifestation, c'est un raz de marée.

Les couloirs étroits et sombres du rez-de-chaussée sont submergés de Turcs qui viennent adhérer au comité. À chaque nouvel adhérent, Soleiman fait remplir un questionnaire anonyme. Combien d'heures de travail par jour en ce moment ? Les mortes-saisons ? Les salaires ? Quand, pourquoi change-t-il de travail ? La famille ? Depuis quand est-il là ? Le logement ? Qui est le propriétaire, quel est le loyer ?… Quatre pages serrées de questions, rédigées en turc et en français. Des hommes sont assis un peu partout, dans les couloirs, dans la cour, et remplissent avec une attention extrême leur questionnaire. Et si, par extraordinaire, ça servait à quelque chose ? Soleiman les relit tous, discute avec chacun, explique, complète, si des questions ont été mal comprises. Il est disponible, attentif. Lui qui ne s'est jamais assis derrière une machine à coudre, qui, à Paris, a toujours vécu d'expédients, photographe pour touristes au pied de la tour Eiffel ou vendeur ambulant de pop-corn et de châtaignes, devient un spécialiste des questions du travail dans la confection.

On dit qu'un trafic de cartes d'adhérent a déjà commencé dans le Sentier. Vendues 16 francs au comité, elles sont revendues jusqu'à 100 francs dans les ateliers à ceux qui n'ont pas voulu, ou pas osé, se déplacer. Elles deviennent, pour les Turcs, leur premier papier officiel en France. On raconte, et c'est sans doute vrai, que des hommes ont sorti leur carte à un contrôle d'identité dans le métro, et que les flics les ont laissés passer.

Le flot déborde peu à peu du petit bureau aveugle. Tous les couloirs du rez-de-chaussée empestent le tabac froid et fort, le lino est maculé de mégots et de traces de brûlures. La circulation est tellement dense qu'on a été obligé de faire un sens giratoire, avec des affichettes en turc. Les toilettes sont dégueulasses. La petite cantine plutôt paisible a été annexée, café à toute heure, tabagie. Prêtres et paroissiens présents dans l'immeuble se claquemurent dans leurs bureaux. La cohabitation va être difficile.

Les négociations avec le cabinet du secrétaire d'État aux travailleurs immigrés vont s'ouvrir demain. Le comité y participe. Bref conciliabule. Soleiman est désigné à l'unanimité pour représenter le comité.

Oublier Daquin, respirer. Soleiman part draguer les filles sur les Boulevards.

19 heures,
brigade des stupéfiants

– Enfin nos premières pistes, patron. Mais il y a quelques points non négligeables dont je voudrais vous parler, et qui ne sont pas dans le rapport écrit.

– Je vous écoute, Théo, j'ai tout mon temps, ma femme est partie aux sports d'hiver, je suis aussi célibataire que vous. Un whisky ?

– Non, merci. Pour moi une vodka, si vous avez. Quand vous avez formé mon groupe il y a un mois, l'objectif était clair. Un groupe très léger, très mobile, pour lever des pistes. Vous m'avez promis d'étoffer le groupe, au fur et à mesure de nos avancées, ou de faire reprendre certains dossiers par la brigade parisienne des stups. Nous sommes toujours dans la même mécanique ?

– Toujours.

– Bien. Nous n'avons rien trouvé pendant pratiquement un mois. Vérification des noms et des fiches fournis par les Allemands : chez nous, ça ne correspond à rien. Soit que les gars en question ne soient pas en France, soit, plus probable, que nous n'ayons aucune trace de leur présence. Ensuite, Attali a examiné tous les dossiers de police sur les overdoses qui se sont produites depuis trois mois en région parisienne, pour essayer de trouver des overdoses anormales par rapport à la situation habituelle, localiser d'éventuels dealers. Bonne idée, gros travail, échec complet. D'ailleurs, nos statistiques ne signalent pas encore la montée en flèche des morts par overdose qu'ont connue les Allemands. Probable que l'héroïne turque n'est pas encore vraiment opérationnelle. Deuxième axe de travail : aller fouiner du côté des communautés turques de la région. Romero a traîné ses guêtres chez les ouvriers turcs de Citroën-Aulnay. Ils sont très isolés, sans contacts avec la population française, très encadrés. Bon, peu probable. Moi, je m'étais réservé le Sentier. Je ne connaissais pas du tout, mais je le sentais bien : en plein Paris, une immigration en pleine croissance, et pas des paysans illettrés, mais totalement incontrôlée, par notre police, ou nos services d'immigration. Au même moment, commence un mouvement de ces ouvriers turcs de la confection, pour obtenir des papiers. Je ne sais pas si vous avez suivi l'affaire dans la presse ?

Le patron fait de la main un geste vague, qui peut vouloir dire absolument n'importe quoi, en s'envoyant une grande lampée de whisky. Daquin se surprend à se demander si ce qu'il raconte intéresse vraiment le Vieux. Surmonter un sentiment de découragement, et continuer.

– Dix-sept Turcs ont fait une grève de la faim à partir du 11 février dernier. Cette grève est animée par des militants d'extrême gauche. D'après nos collègues allemands, souvenez-vous, la drogue est aux mains de l'extrême droite. Je suis allé traîner du côté des grévistes. J'ai fait faire des photos, j'ai demandé à nos collègues turcs des rapports sur tout ce monde. Et, dans leurs réponses, j'ai choisi un gars qui me paraissait, disons, « fragilisable ». Il est ici sans papiers, sous un faux nom. En Turquie, il est fiché comme militant d'un groupe d'extrême gauche très actif. Il est recherché depuis novembre 79 pour l'assassinat d'un militant d'extrême droite à Istanbul et, dans la foulée, pour le meurtre d'un flic qui s'était lancé à sa poursuite. Pas seulement ça, entre 18 et 20 ans, il avait été arrêté plusieurs fois par la police d'Istanbul, parce qu'il survivait en se prostituant dans les quartiers à touristes.

Coup d'œil en coulisse du patron par-dessus son verre. Là, je l'intéresse. Daquin jurerait même que l'œil a souri, mais il préfère ignorer ce sourire et ce qu'il sous-entend.

– Il m'a semblé qu'il correspondait exactement au profil que je recherchais. Nous avons provoqué une bagarre dans le bistro où il avait son quartier général, coffré une vingtaine de gars, et nous les avons dispersés dans plusieurs commissariats d'arrondissement. Le lendemain, mon jeune assassin était dans mon bureau. Là, je lui ai mis le marché en main : ou bien il se débrouille pour me trouver des tuyaux sur la drogue dans le Sentier, ou bien je le réexpédie directement en Turquie. Ça n'a pas marché tout de suite. Alors, j'ai ajouté que les réseaux de drogue étaient tenus par l'extrême droite turque. S'il me donne des tuyaux, je liquide l'extrême droite, et lui, pendant ce temps-là, il fait ce qu'il veut avcc ses copains : la régularisation des travailleurs clandestins, je m'en fous. Je rajoute deux ou trois remarques sur l'effet que ça ferait si ses copains apprenaient qu'il s'était prostitué, je lui raconte que la police turque nous a envoyé des photos, ce qui n'est pas vrai, et j'emporte le morceau. Hier, il m'a fourni un premier tuyau, peut-être de qualité. Romero et Attali sont dessus. Voilà pour notre première piste. Mais, ce matin, deux inspecteurs de la BT du passage du Désir viennent me voir. Hier, ils ont trouvé un cadavre dans un atelier du Sentier, une fillette de 12 à 13 ans, thaïlandaise, vraisemblablement prostituée. Et, dans le même atelier, deux sachets ayant contenu de l'héroïne, de la très pure, celle que nous recherchons. Approximativement 1 kilo. Ça peut constituer l'amorce d'une deuxième piste.

– Brillant travail, mon cher Théo, et dans un temps somme toute record. Mais quelles sont les demandes ?

– D'abord, je voulais vous mettre au courant, pour mon indic, compte tenu de l'agitation du côté des travailleurs turcs en ce moment. Ensuite, le cadavre dans l'atelier. Le patron de l'atelier est en garde à vue, mais elle tire à sa fin, et l'affaire appartient à la Criminelle. J'aimerais pouvoir garder le suivi de l'enquête sur ce meurtre, puisqu'il est probablement lié au trafic de drogue, et pour cela renforcer mon groupe avec les deux inspecteurs de la BT qui nous ont mis dans le coup, et qui ont déjà été très performants. Nous avons tout à y gagner.

– C'est une demande raisonnable. Nous allons faire prolonger la garde à vue de votre bonhomme, et je vous donnerai la réponse officielle demain pour le reste ; mais, de mon côté, c'est d'accord. Je dois vous dire aussi que le groupe de Marseille a complètement échoué. Malgré les tuyaux, disons « insistants », des Américains. Et malgré des débuts prometteurs. Vous vous souvenez de cette prise de 6 kilos de morphine-base dans le pneu de la voiture d'un Arménien, en décembre dernier ? Depuis, rien, impossible de trouver des amorces de filières. Nous venons de supprimer le groupe. Daquin, ne vous fiez pas aux apparences, ne croyez pas que je ne vous ai pas écouté avec une extrême attention. J'aime bien la manière dont vous travaillez.

3

Mercredi 5 mars

8 heures,
rue du Faubourg-Saint-Martin

Attali prend le premier tour de garde, à l'ouverture de la boutique de sandwichs. Appartement d'un gardien de la paix du commissariat du Xe arrondissement, retraité depuis bientôt quinze ans. C'est Meillant, le commissaire du Xe, qui les a introduits. Troisième étage, presque en face de la boutique. Deux pièces minuscules, mais avec deux grandes fenêtres sur la rue, un mobilier en bois sombre, massif, une petite cuisine, des chiottes : tout le confort moderne. Attali est enfoncé dans un fauteuil Voltaire devant la fenêtre, le téléobjectif braqué sur l'entrée de la boutique, situation franchement confortable. Le vieux traîne dans la pièce, en chaussons, une gueule rubiconde et gonflée d'alcoolique invétéré. Il est heureux comme tout de reprendre du service, dit-il. Il a préparé du café au lait et des croissants. Puis, sans transition, le premier pastis. Attali a beau être un buveur honorable, juste après le café au lait, ça surprend. De la cuisine parviennent déjà des odeurs de sauté de mouton aux haricots.

Photos de tous ceux qui sortent du long boyau qui constitue l'intérieur de la boutique. Inutile de photographier ceux qui restent devant, dans la rue, là c'est un attroupement permanent.

Le vieux discourt sur la décadence du quartier. C'était mieux avant ; maintenant, des métèques partout, on ne comprend plus personne. L'appareil photo fonctionne, avec une certaine régularité.

10 heures,
rue Saint-Denis

Si on a la chance de garder l'affaire, il faudra faire preuve d'efficacité. Une petite prostituée thaï de 12 ans, étranglée et nue, ça ne tombe pas du ciel dans un atelier du Sentier. Le rapport du médecin légiste dit que le corps a été transporté après la mort. Bien, mais d'où vient-il ?

Prostituée. Santoni connaît bien le terrain. Il entre dans une boutique de vidéos porno et accessoires divers. Derrière la caisse, un jeune boutonneux à lunettes ne lève pas les yeux de son journal. Quelques clients se promènent entre les rayons, tous de sexe masculin, regards en coulisse, rouge aux joues, main dans la poche, pas vraiment décontractés. Santoni brandit sa carte de flic, dit d'une voix forte « Police », et se dirige vers le boutonneux, qui a sursauté et le regarde d'un air stupéfait. Quand il atteint la caisse, il se retourne : plus un client.

– Tu vois, facile d'endommager ton fonds de commerce.

– Pourquoi faites-vous ça, monsieur l'inspecteur ?

– Pour te motiver, tantouze. Une gamine thaï, 12 ans, prostituée, a été tuée vendredi ou samedi, dans le coin. (Il pose une photo de la morte sur la caisse.) Thomas et moi, on veut savoir qui elle est, et qui a fait le coup. Vous avez intérêt à trouver, sinon, nous, on va être obligés de chercher. Et tu vas me voir ici plus souvent que tu ne le voudrais. Descentes, arrestations, interrogatoires. Le grand jeu. Pas bon pour la clientèle. Vu ?

– Inspecteur, je n'ai jamais entendu parler de cette gamine.

– Tu penses bien que ça ne me suffira pas. Remue-toi. Garde la photo, ça t'aidera. Tu peux me joindre à l'heure du déjeuner chez Mado.

Santoni sort sans se retourner. Un peu plus haut dans la rue, à l'entrée d'un couloir étroit, sale et très sombre, une superbe Noire : une vingtaine d'années, jupe rouge extrêmement moulante et courte, pull archicollant du même rouge, trop court, on voit le nombril. Santoni, petit sourire, passe la main sous la jupe, glisse sous le slip et lui pince gentiment le sexe, comme on raconte qu'autrefois les vieux grands-pères pinçaient les joues de leurs petits-enfants.

– Salut, Blanche-Neige. Où est ta copine ?

– Là-haut. Ne montez pas, elle est occupée.

– Dégage.

Il la bouscule sans ménagement, grimpe un escalier très raide, longe le couloir, sort une clé de sa poche et ouvre sans hésiter la dernière porte à gauche. Petit studio, fenêtre sur rue, salle d'eau correcte à gauche, grand lit à droite, glaces partout, au plafond, sur les murs. Une table au pied du lit sur laquelle est étendue une blonde, jambes pendantes. Le client se redresse, affolé.

– Police. (Santoni brandit sa carte.) Rhabillez-vous, et tirez-vous. (La blonde s'est assise. Une vraie blonde, plutôt mince, avec des seins énormes, à l'aréole rose.) Toi aussi tu t'habilles. Je t'embarque.

Le client est déjà parti. Il doit être en train de se boutonner dans le couloir.

– Attends, autant en profiter. Fais-moi jouir dans tes seins.

Et Santoni défait son pantalon, debout devant la porte.

Une fois la fille lavée et habillée, Santoni lui passe une photo de la petite Thaïlandaise, et lui donne quelques détails.

– Tu as deux heures pour questionner autour de toi. Je déjeune chez Mado. Si je n'ai rien en début d'après-midi, je te coffre en fin de journée. Désintoxication sauvage. Ça te dit ?

Thomas, pendant ce temps-là, accompagné de cinq policiers en tenue, investit un des deux restaurants thaïlandais repérés dans la zone. Faire voyant et brutal. Les tables bousculées, un peu de vaisselle cassée. Deux ou trois gifles au patron, le personnel aligné contre le mur, un jeune cuisinier sans papiers extirpé sans ménagement de sa cachette, sous une table dans la cuisine, menotté et attaché au portemanteau, à côté de l'entrée. Les passants regardent en écarquillant les yeux.

– Vous connaissez cette fille ? (Photo de la morte.) Une fille de votre pays. On veut savoir qui c'est, d'où elle vient. Vous nous trouvez des informations, et on vous rend votre cuisinier. Sinon, demain, expulsion pour lui, contrôle fiscal pour vous.

Thomas et Santoni appellent ça « secouer le cocotier ».

12 heures,
rue du Faubourg-Saint-Martin

Après le quatrième pastis, Attali mange le sauté de mouton dans une assiette sur ses genoux, arrosé d'une bouteille de cahors, sans quitter sa fenêtre. À vue de nez, il n'y a que des Turcs qui entrent dans la boutique. Café-cognac. Attali se prend à espérer que la planque ne dure pas trop longtemps. Le vieux va faire sa sieste. Attali s'assoupit aussi. Retour du vieux, il s'intéresse à la technique, regarde, questionne. Encore plus saoulant que son pastis, songe Attali, mais il faut rester aimable.

– Pourquoi vous ne photographiez que la boutique de sandwichs, demande le vieux ?

– Parce qu'on s'intéresse aux gens qui travaillent dedans. Qu'est-ce que vous voulez qu'on photographie d'autre ?

– Vous savez, la boutique d'accessoires, juste à côté (navettes, bobines, ciseaux, réparations de machines à coudre), c'est tenu par les mêmes. Ils sont dans une boutique ou dans l'autre, ça dépend des heures.

– Vous savez ça comment, vous ?

– Ils sont là depuis plusieurs mois, alors on a eu le temps de les regarder, le patron du bistro d'en bas et moi. Ils passent d'une boutique à l'autre par la cour ; derrière, ça communique.

Attali continue à photographier en bougonnant.

12 heures,
rue de la Fidélité

Mado, une institution dans le quartier. Une ancienne prostituée, reconvertie avec brio dans la restauration. Thomas entre dans le bar, derrière lequel trône l'ancien maquereau et actuel mari, anesthésié par les vapeurs de l'alcool et l'argent abondant et facile. Il ne sert plus à rien depuis longtemps, mais Mado est une femme de sentiment et de fidélité. Thomas le salue poliment, écarte l'épais rideau rouge qui isole la salle de restaurant. Mado est là, la cinquantaine plus qu'épanouie, fausse blonde aux dimensions felliniennes, très maquillée, sanglée dans une petite jupe noire et un cache-cœur rose en angora, et couverte de bagues, de bracelets et de colliers. Un Yorkshire coincé entre son avant-bras et son sein gauches, elle navigue entre les tables, pour surveiller la fin de la mise en place.

Thomas met les deux mains sur les fesses de Mado. C'est immense et ferme, un avant-goût du bonheur.

– Bonjour, mon grand. Une table pour tout à l'heure ? Ici, deux couverts.

Elle pose un petit carton RÉSERVÉ. Puis le prend sous le bras et l'entraîne vers l'appartement, juste au-dessus du restaurant. Mado couche toujours avec ses clients « sérieux », mais maintenant elle ne les fait plus payer. Elle leur offre même systématiquement un repas après la partie de jambes en l'air. Une revanche ? Personne en tout cas ne songe à refuser. Et surtout pas Thomas, qui adore les grosses blondes, et à qui Mado parvient à donner la conviction d'être un amant hors du commun. Elle a du talent et du métier, et pense qu'il convient d'être bien avec la police.

À 13 heures, Thomas redescend dans la salle de restaurant, où il retrouve Santoni. Ils s'installent.

Mado vient s'asseoir quelques minutes à leur table. C'est là qu'on parle affaires. Elle n'aurait pas permis à Thomas de le faire avant, dans la chambre à coucher. Une Thaï de 12 ans, prostituée, assassinée dans la nuit de vendredi à samedi, et dont le corps a été retrouvé dans un atelier de confection de la rue du Faubourg-Saint-Martin, ça lui dit quelque chose ? Non, a priori absolument rien. Vous avez déjà tiré quelques sonnettes dans le quartier ? Toute la matinée ? Alors, ça a peut-être commencé à faire effet. Je vais voir ce que je peux ramasser. Quelques pas chaloupés entre les tables, et Mado disparaît du côté du bar.

C'est un personnage important dans la vie du quartier. Tout le monde sait qu'elle parle avec la police, mais elle le fait dans les règles, dans les limites admises. Elle est un moyen de communication indispensable, reconnu par tous.

Mado, après quelques aller et retour, revient vers eux et fait signe au garçon : deux cafés et deux cognacs pour ces messieurs.

– Sur la fille elle-même, rien. Mais il existe dans le coin des gens qui travaillent avec la Thaïlande, et qui pourraient ne pas être parfaitement réguliers. Une agence qui monte des spectacles, soi-disant. Les ballets Aratoff, rue des Petites-Écuries. En fait de spectacles, leur principale activité semble être d'organiser, avec des agences de voyages spécialisées, la tournée des bordels de Bangkok.

– Une concurrence déloyale par délocalisation des emplois en quelque sorte ? Merci, Mado, pour le tuyau.

– Au plaisir de te revoir, mon grand.

16 heures,
rue du Faubourg-Saint-Martin

Romero arrive pour la relève. Attali vacille légèrement en l'accueillant. Conciliabule pendant que le vieux fait un tour à la cuisine, discret. Décision est prise de photographier ceux qui sortent des deux boutiques, on verra demain avec le commissaire.

En partant, Attali passe sous le porche, entre dans la cour de l'immeuble. Beaucoup d'ateliers de confection à tous les étages, un boucan d'enfer. Un brin de causette avec la gardienne, quinquagénaire souriante, et tellement contente de pouvoir parler un peu à un Français, ça lui manque, comprenez-vous ? Il y a bien deux boutiques, avec deux noms et deux gérants, mais elles ont une seule boîte à lettres, et c'est l'un ou l'autre qui ramasse le courrier. Mais vous savez, ça m'étonnerait que ce soit des affaires bien importantes…

Attali retourne dans la rue, d'un pas plus assuré. Il se sent encore très imbibé. Impossible de rentrer chez lui dans cet état. Sa mère en ferait toute une histoire. Il va porter les photos au labo, et décide d'aller voir un vieux film policier au quartier Latin, histoire de finir de cuver en toute tranquillité.

4

Jeudi 6 mars

8 heures,
passage du Désir

Les nerfs à vif. C'est toujours comme ça, lorsqu'une enquête démarre. Après, on gère comme on peut l'entassement des urgences et des hasards. Sur son bureau, Daquin trouve le paquet de photos apporté par Attali. Du bon travail.

Arrivée de Thomas et de Santoni. Présentations, poignées de main. Des proches de Meillant, Daquin le sait. Thomas et Meillant se sont connus dans la Résistance et sont entrés ensemble dans la police, comme gardiens de la paix, en 1945. Mais Thomas n'a pas voulu, ou n'a pas pu, devenir commissaire. Il est, et restera, inspecteur divisionnaire, et il en ressent une amertume qui imprègne toute sa personne. Santoni, qui a un parcours plus classique et moins d'ambition, joue avec satisfaction les rôles de fidèle bras droit. Tous les deux se ressemblent, la cinquantaine, ventre, moustache. Un air de flic, fait d'aisance populaire et de morgue. Daquin jette un coup d'œil à la petite glace au-dessus de l'évier. Préserver ma différence.

Maintenant, le Yougo est à nous. Échange d'informations. Mise au point de la tactique d'interrogatoire. Simple. Il devrait craquer. Allons-y.

Le Yougo attend dans le bureau de Thomas et Santoni, menotté au tuyau du radiateur. Il s'est assis par terre. Thomas le relève d'un coup de pied, et l'assied sans ménagement sur une chaise, les mains dans le dos et attachées aux barreaux de la chaise. Il enlève sa ceinture, et lui attache une jambe au pied de la chaise, même opération pour l'autre jambe avec la ceinture du collègue. Daquin remarque sans rien dire qu'il y a des trous dans les deux ceintures, adaptés à ce genre d'opération. Manifestement, les deux hommes n'en sont pas à leur coup d'essai. Ils traînent des chaises et s'assoient de chaque côté du Yougo, très près. À portée de bras ou de jambe. Daquin reste en retrait, derrière un bureau. Santoni lui fait signe d'ouvrir le tiroir du haut. Il l'ouvre, et voit, soigneusement enveloppés, les deux sachets de plastique qui ont contenu de l'héroïne.

– Bon, installés comme ça, on va pouvoir commencer à causer. Autant te le dire tout de suite, pour pas qu'on perde notre temps, nous ne croyons pas un mot de tes déclarations d'hier. Si tu ne déballes pas tout ce que tu sais, et très vite, tu te retrouves avec une inculpation de meurtre avec violences sexuelles sur une mineure. À un moment où les basanés sont mal vus, tes chances de t'en sortir sont minces. Tu as bien compris ?

Il fait oui de la tête.

– Quand as-tu trouvé le cadavre dans ton atelier hier ?

– Vers 16 heures.

Pas le temps de finir, il prend deux coups de pied dans les tibias, et crie. Une baffe arrive de la droite. « Ne crie pas, tu vas ternir notre réputation. » Une baffe de la gauche. « Réponds oui monsieur l'inspecteur, quand mon collègue te parle. » Le Yougo est complètement désorienté. Hier, lorsque la Criminelle l'a interrogé, c'était sans doute beaucoup moins mouvementé, et il ne s'attendait pas à un tel comité d'accueil. Il essaie de tordre la tête pour voir qui est le troisième homme en retrait, mais pas le temps. Thomas l'attrape par les cheveux, et lui remet la tête droite, tandis que Santoni lui allonge un nouveau coup de pied dans les tibias.

– Regarde-nous, connard. Ce n'est pas poli de ne pas regarder les gens qui te parlent. Maintenant, tu vas répondre correctement à ma question : quand as-tu trouvé le cadavre dans ton atelier hier ?

– 7 heures du matin.

Coup d'œil entre les trois flics, rapide et pro : ce n'est pas un dur. C'est nettement mieux.

– Et pourquoi tu n'as pas téléphoné tout de suite au commissariat, qu'est-ce que tu as fait entre 7 heures du matin et 4 heures de l'après-midi ?

– J'ai vendu mes machines.

– Pourquoi ?

– Pour pas qu'on me les saisisse.

– Et pourquoi on te les aurait saisies ?

– Parce que j'employais des ouvriers clandestins, et je pensais que les policiers allaient le découvrir.

L'inspecteur Thomas lui caresse le menton de façon insistante.

– C'est bien ça d'avoir de l'estime pour les capacités intellectuelles de la police, c'est rare par les temps qui courent.

Le Yougo a l'air de commencer à pleurer.

Voix du commissaire, toujours invisible :

– Et tu as nettoyé ta cuisine.

Sur un ton très calme, anodin. En même temps, il sort de sa poche de blouson une grosse chevalière, qu'il enfile tranquillement à la main droite. Le Yougo ne dit rien. Nouvelle baffe de Santoni.

– Réponds, tu as nettoyé ta cuisine, oui ou merde ?

– Non, j'ai pas nettoyé ma cuisine.

Le commissaire fait irruption dans son champ de vision, le gifle à toute volée d'un revers de main. La chaise tombe à la renverse, le Yougo avec. Il se heurte au bureau en tombant, son arcade sourcilière gauche ruisselle de sang.

– Écoute-moi bien, connard. Le laboratoire de la police nous l'a dit, ta cuisine a été nettoyée à fond lundi, et c'est toi qui étais dans l'atelier. On a des témoins.

Ce coup-ci, le Yougo pleure carrément, toujours renversé par terre, le commissaire juste au-dessus de lui. Le sang coule dans ses cheveux.

– Oui, j'ai peut-être nettoyé ma cuisine, je me souviens pas très bien.

– Fais un effort de mémoire. Pourquoi as-tu nettoyé ta cuisine ?

En disant cela, le commissaire attrape le Yougo par le col de sa chemise, remet la chaise debout un peu brutalement et, avec son autre main, lui colle sous le nez les deux sachets dans leur enveloppe plastique. Le Yougo gémit de terreur. L'affaire est terminée, ce n'était vraiment pas un dur, il ne reste plus qu'à enregistrer les aveux.

C'était pas son idée à lui. C'est un de ses ouvriers turcs. Il a apporté les deux sachets hier matin vers 6 heures. Ils sont entrés tous les deux dans l'atelier, sans rien remarquer d'anormal. Le Turc devait ouvrir les sachets dans la cuisine et fabriquer des petites doses de cinquante grammes en les pesant, et lui devait les coudre dans les poches des vingt pantalons de zouave rouges qui étaient sur le dessus de la pile. Et intégrer ces pantalons dans la livraison à faire. En voulant charger le reste du tas de pantalons, il a découvert le cadavre.

– Et la livraison, elle devait être faite comment ?

Il avait cinq fabricants à livrer normalement. Le Turc lui avait fait une liste, avec l'ordre à respecter, des vingt boutiques où il devait s'arrêter pour livrer les pantalons contenant de la drogue.

– Et tu l'as faite, cette livraison, avant de signaler le cadavre ?

– Oui.

Un oui à peine murmuré. Il s'attend à une nouvelle dérouillée, qui ne vient pas. Il n'a pas encore compris toutes les règles du jeu.

– Raconte.

– J'entre dans la boutique, le pantalon rouge bien en vue sur mon bras. Quelqu'un est là, qui m'attend. Je dis : « J'apporte le modèle. » Il prend le pantalon, et me dit : « Merci, je vous paierai plus tard. » C'est tout. Je m'en vais.

– Tu ne touches pas d'argent ?

– Non.

– Qui te paye ?

– Le Turc.

– Combien ?

– 5 000 francs.

– La liste des magasins ?

Le Yougo fait un effort de mémoire, énumère lentement une liste d'une petite vingtaine de boutiques de fabricants, éparpillées dans le Sentier.

– Et, maintenant, le nom, l'adresse du Turc ?

Le Yougo donne un nom, Celebi, une adresse, 25 rue du Faubourg-Saint-Martin, mais indique qu'ils sont probablement faux. Il l'a embauché il y a deux semaines au Gymnase, sur le boulevard. C'est comme ça que ça se passe avec les Turcs, dans le coin : ils boivent du café au Gymnase, les chefs d'atelier viennent, on discute, on fait l'affaire. Ensuite, ils donnent une adresse, mais ce n'est jamais la bonne. De toute façon, ils sont toujours payés en liquide.

– Tu pourrais le reconnaître ?

Hésitation. Le Yougo n'est pas rassuré. Un oui, très faible.

Santoni fait défiler devant ses yeux les photos prises par Attali et Romero, Daquin l'observe. Devant un cliché, il lève les yeux vers Daquin.

– C'est lui.

– Sûr ?

– Sûr.

– Tu témoigneras ? (Le Yougo a peur.) Écoute-moi bien. Nous ne te demanderons de témoigner que si nous arrêtons tout le réseau. À ce moment-là, tu ne seras pas le seul témoin, ni même le plus important, et eux seront tous en taule. Tu n'auras pas grand-chose à craindre. Si tu témoignes que ce Turc-là a préparé des sachets d'héro dans la cuisine de ton atelier le lundi 3 mars, nous, on ne garde aucune charge de trafic de drogue contre toi. Si tu ne témoignes pas, il faudra bien qu'on trouve un responsable à la présence des sachets d'héro dans ta cuisine. Tu vois ce que je veux dire ? Maintenant que tu as bien compris, je vais répéter ma question : tu témoigneras contre ce Turc-là quand nous te le demanderons ?

– Oui, monsieur le policier.

Daquin lui caresse les cheveux. C'est tellement mieux comme ça.

– Maintenant, autre chose. Tu n'es pas français. Qui est ton gérant ?

– Je suis juste chef d'atelier, je n'ai pas de société. Je travaille pour Anna Beric. C'est elle qui fait mes commandes, mes factures, mes fiches de paie.

– Qui est cette Anna Beric ?

– Avant, elle était yougoslave. Une parente très lointaine.

– Depuis quand travailles-tu avec elle ?

– Très longtemps. Au moins cinq ans.

– Où peut-on la joindre ?

– Elle habite 21 rue Raynouard, à Paris.

Daquin fait signe au flic qui attend à la porte :

– Emmenez-le, et prévenez la taule qu'il accepte de témoigner et qu'on peut le traiter correctement.

19 heures,
villa des Artistes

Daquin attend Soleiman en bricolant un repas. Ce sera de la soupe de légumes à la tomme de Savoie, une vraie tomme maigre, c'est tellement rare à Paris qu'il n'a pas pu résister. Et de la viande des Grisons. Il n'est pas très en verve pour la cuisine, ce soir. Penser à demander à Soleiman s'il mange du porc ou non.

Il écoute les infos à la radio, d'une oreille distraite. Le chef de la brigade des stups belge vient d'être inculpé de trafic de drogue. Marrant. Les otages américains à Téhéran sont confiés au Conseil de la Révolution… Bonne chance, camarades… Il se met à pleuvoir sur la verrière.

À la fin des informations, deux coups de sonnette. Soleiman entre, ferme la porte derrière lui. Il est debout, immobile, avec son air sinistre et emprunté, les cheveux dégoulinants, trempé jusqu'aux os dans son pull minable. Il tremblerait même de froid.

– Bouge-toi, bon sang. Va prendre un bain chaud, là-haut il y a des serviettes, et mon peignoir. Et rase-toi, tu es dégueulasse avec ta barbe de deux jours. Le dîner est prêt dans un quart d'heure.

Soleiman monte. Il n'a pas ouvert la bouche.

Dans la salle de bains, après la douche, debout devant la glace, dans un splendide peignoir éponge bleu à fines rayures noires, bien trop vaste pour lui, il se rase et se regarde dans la glace. Il se revoit dans le bureau de Daquin, coincé, coincé, et l'esprit qui essaie de fonctionner, mais ce n'est pas facile. Si vraiment c'est l'extrême droite qui trafique la drogue… et pas d'autre issue. Il entend encore Daquin qui lui fixe rendez-vous chez lui, et qui ajoute : « Avant de venir, rase-toi la moustache, je n'aime pas les hommes à moustache. » Il a mis de longues secondes à réaliser. Envie de se suicider. Et puis un sursaut : pas maintenant, pas quand le Sentier commence à bouger, pas quand des gens commencent à lui faire confiance. Après tout, au lit, Daquin ne sera pas le premier. Fermer les yeux. Laisser faire. Attendre.

Il se frotte doucement les lèvres. Furieuse envie de fumer. Mais Daquin a été clair : « Pas de cigarette chez moi, je ne supporte pas l'odeur du tabac froid dans ma maison. »

À table, Soleiman dévore, en silence. Il donne toujours l'impression de se foutre complètement de ce qu'il mange. Daquin l'observe pendant tout le repas. Il attend sans impatience excessive que Soleiman lui dise ce qu'il a à dire. C'est juste avant le café que ça sort.

– Depuis deux jours, je représente le comité dans l'équipe de négociations qui se réunit au ministère.

(Daquin ne dit rien et continue à le regarder.) C'est tout ? Pas de réaction ?

– Écoute, Sol, ça ce sont tes affaires, pas les miennes.

– Tu ne vas pas leur téléphoner pour leur dire que je suis un assassin ?

Daquin le regarde d'un air incrédule.

– À quoi tu joues ? À te faire peur ? Viens. (Il se lève.) On prend le café.

Canapé et table basse. Ils s'asseyent côte à côte sur le canapé. Sur la table basse, un paquet de photos.

– Regarde ces photos attentivement, et dis-moi si tu reconnais des gens.

– Où ont-elles été prises ?

– On verra ça après.

Les photos défilent lentement entre les mains de Soleiman. Tous les clichés ne sont pas aussi bons.

– Ce type-là, c'est un des trois responsables principaux de l'Association des travailleurs illuministes.

– Explique.

Daquin met la photo de côté. Soleiman explique, les fascistes des Loups-Gris en Turquie… le noyautage des travailleurs immigrés… les meurtres de militants de gauche en Allemagne. Ici, l'association s'est installée dans un local rue du Château-d'Eau, en novembre dernier. Ils travaillent avec la CFT à Aulnay. Daquin a tout noté dans son carnet.

– Tu connais son nom ?

– Oui. Hassan Yüçel.

– Continue.

Deux autres photos vont rejoindre la première. Devant un cliché, Daquin sent tout à coup une tension, une crispation involontaire. Mais Soleiman passe. S'il ne me dit rien, ce connard, je le sacque. Encore trois, quatre photos. Puis Soleiman s'arrête, revient en arrière, reprend le cliché sur lequel il a tiqué, désigne du doigt un personnage qui est au deuxième plan, un peu flou.

– Je ne suis pas totalement sûr.

Daquin pousse intérieurement un soupir de soulagement. Il n'aurait pas aimer devoir le sacquer.

– On pourrait faire plus grand et plus net ?

– Oui, on le fera demain. Mais dis-moi quand même ce soir, on verra la confirmation demain.

– Je pense que c'est Ali Agça.

– Très bien, ça ne me dit absolument rien.

Soleiman se renverse sur le canapé, l'air solennel.

– Je l'ai connu à Istanbul, il a le même âge que moi, peut-être un an ou deux de plus, il était étudiant en sciences économiques, à l'université où je voulais aller. C'était un Loup-Gris, et un vrai tueur professionnel.

– (Sourire.) Et toi, tu étais un tueur, mais ni vrai, ni professionnel ? (Soleiman se renfrogne.) Allez, continue.

– Il a tué plusieurs personnes, toujours la même technique : dans la rue, à bout portant, en plein cœur. Il a été arrêté pour l'assassinat du rédacteur en chef de *Milliyet*, un journal un peu à gauche, en 79. À peu près au moment où j'ai quitté la Turquie, il s'est évadé de la prison d'Istanbul. S'il est ici, c'est pour tuer, et sans doute des gens comme moi.

– Tu as peur ?

Soleiman se lève, exaspéré. Ça fait des années et des années qu'il vit avec la peur au ventre. Dans sa famille, dans son village, et ensuite à Istanbul. Peur aussi lorsqu'il marchait ce soir-là, dans Yeniçeriler Cadesi, son arme dans la poche, à la rencontre de l'homme qu'il allait tuer. Qu'est-ce qu'un flic comme Daquin peut bien comprendre à ça ?

– Je n'ai pas peur d'un connard fasciste et je t'emmerde.

– Assieds-toi. J'arrête de plaisanter. J'ai tout noté. Regarde les autres photos.

Soleiman feuillette distraitement. Il revit le cauchemar, l'homme qui s'effondre, lui qui commence à courir, le flic qui lui barre la route en le mettant en joue, il tire de nouveau au hasard, deux fois, et il court dans la nuit noire des ruelles tortueuses du vieil Istanbul, des heures et des heures, lui semble-t-il. Daquin lui apporte un café.

– Secoue-toi un peu et écoute-moi. Ces photos ont été prises devant la boutique de sandwichs dont tu m'as parlé. Nous avons photographié ceux qui entraient dans la boutique, pas les simples consommateurs de l'extérieur. Un dealer yougoslave que nous avons arrêté ailleurs a formellement reconnu dans cette série un Turc qui lui avait livré de la drogue. Tiens, c'est celui-ci. (Daquin sort une photo du paquet.) Un dénommé Celebi. Toi, dans la même série, tu reconnais quatre types des Loups-Gris. J'en tire deux conclusions. La première, ton tuyau était bon, il y a de la drogue autour de la boutique en question. La seconde, il se confirme que drogue et extrême droite sont très liées. Et pour toi, c'est une bonne nouvelle, non ? Tu pourrais te détendre un peu.

Soleiman se laisse aller dans le canapé, les yeux clos.

– Je suis vidé.

– Sol, tu vas passer la nuit ici, tu ne peux pas repartir avec cette pluie qui continue à tomber, et les loques que tu avais sur le dos. Demain matin, je verrai ce que je peux te passer comme vêtements. Viens, allons nous coucher.

5

Vendredi 7 mars

8 heures,
passage du Désir

Toutes les photos prises depuis deux jours sont étalées sur la table. Daquin, Attali et Romero les rangent soigneusement, en deux séries : boutique de sandwichs / boutique d'accessoires, par ordre chronologique.

Entre alors un blondinet, un peu rondouillard, chemise blanche, costume sombre, cravate, attaché-case et lunettes d'écaille. Il se présente : Lavorel, brigade financière.

– Nous vous attendions. Mon patron nous a annoncé votre arrivée hier. Voulez-vous un café ?

– Avec plaisir.

Il a l'air surpris.

Daquin va vers la machine, fait des cafés pour tout le monde. Puis il reprend l'examen des photos. Le classement est fini.

– Première boutique : que des Turcs ou assimilés. Seconde boutique : fréquentation beaucoup plus mélangée. Nous supposons que la première boutique sert de ralliement à la filière d'approvisionnement, et pour l'instant nous n'y touchons pas. C'est trop sérieux, et nous n'avons pas assez d'éléments. La seconde pourrait servir à la diffusion, ce qui implique forcément plus de Français que de Turcs, et des troisièmes ou quatrièmes rôles. Là, nous pouvons sonder. Vous deux, vous allez traîner dans le coin. Vous choisissez quelqu'un qui sort de cette boutique, et qui pourrait ressembler à un dealer. Vous l'arrêtez et vous le fouillez, un peu plus loin, le plus discrètement possible. Si c'est un dealer, vous me l'amenez ici. Si vous ne trouvez pas de drogue, vous vous excusez. Et surtout, surtout, pas de bavure. Bonne chance.

Daquin et Lavorel restent seuls.

– Vous avez lu mon rapport sur Bostic ?

– Oui.

– Vous connaissez un peu le milieu professionnel du Sentier ?

– Absolument pas. Depuis trois ans, je suis à la Financière, et je travaille sur les délits d'initiés à la Bourse. Ma présence ici, si j'ai bien compris, est le résultat d'un compromis dans les hautes sphères. Les uns veulent absolument qu'on assainisse le Sentier, pour ne pas laisser le terrain complètement libre à ceux qui revendiquent la régularisation des clandestins. Les autres pensent que c'est de la foutaise, et qu'il faut laisser tourner un secteur qui marche bien, et qui ne pourrait pas le faire sans clandestins. Alors, ils se sont mis d'accord pour désigner quelqu'un, mais ils ont pris un jeunot naïf, qui n'y connaît rien, et qui a donc toute chance de se noyer. Voilà. C'est moi.

– Et vous, vous pensez quoi de cette affaire ?

– Moi, je suis là pour trouver, c'est la façon dont je considère mon métier de flic, et je peux vous dire que je vais me déchirer la gueule pour sortir quelque chose de ce merdier.

– Vous parlez curieusement, pour un costard-cravate.
– Je n'ai pas toujours été costard-cravate.
– Ah bon ? Et que faisiez-vous avant la Financière ?
– J'étais loubard.
Un temps de silence.
– Je voulais dire : que faisiez-vous dans la police avant la Financière ?
– C'est mon premier poste.
– C'est très indiscret de vous demander pourquoi vous êtes à la Financière ?
– Non, ce n'est pas indiscret. J'ai toujours eu la haine de ceux que vous appelez les costard-cravate. Et je ne veux pas taper sur les petits voyous de banlieue.
– Dans le Sentier, vous allez voir, les fabricants ou les chefs d'atelier, ce ne sont pas précisément des costard-cravate.
– On verra bien.
– On vous a préparé un petit bureau, à côté de celui-ci. J'aimerais que vous me teniez tous les jours au courant de votre travail. Et, au passage, donnez-moi un coup de main. Dites-moi qui sont les propriétaires de ces deux boutiques du 5 rue du Faubourg-Saint-Martin.

9 heures,
rue des Petites-Écuries

Tôt ce matin-là, Santoni a garé une camionnette 4 L aménagée pour les planques, vitres sans tain sur les côtés et à l'arrière, juste devant la vitrine des ballets Aratoff, rue des Petites-Écuries, et s'est installé de façon plus ou moins confortable, cigarettes et canettes de bière à portée de la main. À 9 heures précises, une femme corpulente vient ouvrir les bureaux de l'agence, entre et s'assoit derrière un comptoir, au fond à gauche. Santoni ne voit pas ce qu'elle fait. Vers 10 heures, un homme et une autre femme sont présents dans les locaux. Ils ne sont pas passés par l'entrée sur la rue. À 12 h 30, la femme corpulente sort, ferme à clé derrière elle. Il n'y a plus personne dans les bureaux. Il n'y a pas eu un seul client de la matinée.

Santoni se déplie précautionneusement. Il est rouillé de partout. Et il suit la femme. Pas loin : un café-brasserie à une cinquantaine de mètres. Elle s'assied à une toute petite table, en terrasse. Santoni entre et trouve une place juste à côté d'elle. Elle commande un steack frites et un verre de rouge. Santoni la détaille. Une grosse dondon, la cinquantaine plus que sonnée, des cheveux châtain ternes, courts et permanentés, de gros seins affaissés sur un gros ventre, des jambes enflées, des pieds qui débordent par-dessus les chaussures. Un petit corsage blanc, une jupe plissée bleu marine. Et là, entre les seins, une croix et une médaille de la vierge de Lourdes brinquebalent au bout d'une chaîne en or. On dirait une élève de Sainte-Marie de Neuilly qui aurait viré pauvre et moche. Vers 13 h 30, la dondon se lève. Un peu de marche à pied, jusqu'au square Montholon, en flânant. Santoni trouve que c'est une bonne idée.

12 h 25,
rue du Faubourg-Saint-Martin

Attali et Romero déambulent aux abords de la boutique d'accessoires. De temps à autre, pause dans le café d'en face. Ils sont aussi montés dire bonjour au vieux et ont promis de le tenir au courant du déroulement de l'enquête. Ils sont en train de se demander comment reconnaître un dealer. Pas de bavure… Ça fait deux bonnes heures qu'ils n'arrivent pas à se décider. Il est déjà plus de midi. Il va falloir envisager de déjeuner. Arrive à ce moment-là une superbe jeune femme, dans les 25 ans, pas plus. Très élancée, les cheveux mi-longs au vent, une démarche un peu dansante. Une allure de mannequin, se dit Romero, qui n'y connaît pourtant pas grand-chose. Elle descend tranquillement la rue du Faubourg-Saint-Martin, sûre que tout le monde la regarde, sans s'en soucier, et, sans hésiter ni ralentir, entre directement dans la boutique d'accessoires.

Romero et Attali échangent un seul coup d'œil. S'ils ne savent pas nécessairement reconnaître un dealer, ils savent apprécier une jolie fille. En tout état de cause, ce sera plus amusant de jouer avec elle qu'avec un camé flapi de 30 berges. Lorsqu'elle ressort, dix minutes plus tard, ils lui emboîtent le pas de loin, chacun sur un trottoir, de la façon la plus discrète possible. Elle remonte le faubourg, reprenant la direction par laquelle elle est arrivée et tourne à gauche dans le passage Brady, sans se presser. Il fait beau, elle porte un imper sport beige sur une jupe et un sweat, beiges également. Elle balance un grand sac marron de Vuitton sur son épaule. Arrivés passage Brady, les deux flics prennent prudemment un peu de distance. Elle s'engage rue d'Enghien.

La rue est déserte à cette heure-là et Romero juge qu'ils sont assez éloignés de la boutique pour tenter quelque chose. Il vérifie d'un coup d'œil qu'ils sont seuls, s'approche de la jeune femme, passe sa main gauche sous son coude, tandis qu'avec sa main droite il lui présente sa carte de police. Il la pousse sous un porche. Attali les suit.

– Police. Nous menons une enquête sur un trafic de drogue, vous avez été vue en compagnie de trafiquants notoires, je vais être obligé de vous fouiller, pour vérifier si vous détenez ou non de la drogue.

La jeune femme proteste avec violence et se débat vigoureusement. Elle lui envoie des coups de pied en direction des tibias pour se dégager. Romero s'appuie de tout son poids sur elle, et la repousse dans une entrée d'escalier qui donne sous le porche, crasseuse et sombre. Attali lui fait signe qu'il contrôle les accès.

Tout en la maintenant le visage contre le mur et les poignets tordus dans le dos, Romero entreprend la fouille. Première étape, le sac. La fille continue à se débattre énergiquement. Romero renverse le contenu du sac par terre, désordre de mouchoirs, tubes de rouge, poudrier, pièces de monnaie… Fait signe à Attali, qui vient vérifier rapidement le contenu du portefeuille, du porte-monnaie et du poudrier. Rien. Il remet le tout dans le sac et reprend sa place à l'entrée de la cage d'escalier. Coup d'œil en coulisse vers Romero. Il pressent qu'on est en train de s'acheminer vers la fameuse bavure, mais ne dit rien.

Romero bloque les poignets de la fille dans une main et, de l'autre, il entreprend une fouille à corps tout en la maintenant coincée contre le mur avec son épaule et le poids de son corps. Rien dans les poches de l'imper. Rien dans les chaussures. Remonte le long des jambes, rien dans les collants. Une bosse sous l'élastique du slip, entre les fesses. Il arrache le slip, un sachet de poudre blanche, 20 grammes à vue de nez. Excitation. Plaisir de la prise ? Contact de la fille ? Il a la nette impression qu'elle se débat beaucoup moins.

Consentante ? Obscurité de la cage d'escalier. Et Attali qui ne trouve qu'une chose à dire : Dépêche-toi, dépêche-toi… Romero s'appuie contre elle de tout son poids, défait sa braguette d'une main, relève la jupe. Grognements de plaisir. Attali partagé entre l'envie et l'inquiétude.

La fille se dégage.

– Maintenant, tu gardes le sachet, mais tu me laisses partir. Sinon je porte plainte pour viol. Tu sais que je pourrai le prouver.

– Attali, on l'embarque, vite fait, ne reste pas planté là.

– Tu vas le regretter, salaud.

Mains menottées dans le dos, un inspecteur de chaque côté, et on marche vite jusqu'au passage du Désir. Romero et Attali n'échangent pas un mot.

13 h 25,
passage du Désir

Romero pousse la fille dans le bureau de Daquin, lui enlève les menottes et la fait asseoir, tandis qu'Attali dépose le sachet de poudre sur le bureau. Romero fait un rapport succinct, en omettant tous les « détails ». Tout en l'écoutant sans bouger, Daquin regarde les marques violacées sur les poignets et les éraflures sur le visage de la fille. Elle se redresse sur sa chaise, et dit à Daquin :

– Votre flic de merde m'a violée, sous prétexte de me fouiller. Il m'a plaquée contre un mur, m'a à moitié cassé les poignets, et m'a violée. Je veux une expertise médicale.

Daquin, d'un ton glacial :

– Vous désirez porter plainte, mademoiselle ? (Quelques secondes.) Je ne suis pas franchement sûr que ce soit la meilleure solution. En jouant aux jeux dangereux qui sont les vôtres, vous ne vous attendiez sans doute pas à ne rencontrer que des petits marquis. Si vous portez plainte contre mon inspecteur, ce qui est votre droit, moi je vous coffre immédiatement pour trafic de drogue. Mon inspecteur sera muté, mais vous, vous en prendrez pour quatre ans, au bas mot. (Il la fixe un instant.) Et je suis même convaincu que si Romero vous donne 100 francs, ce ne sont pas vos tarifs habituels, mais vu les circonstances, vous accepterez de lui faire un prix. (La fille devient écarlate, mais ne dit rien.) Romero, mettez 100 francs dans la poche de l'imperméable de Mademoiselle. Passons aux choses sérieuses. Attali, notez. Votre nom, votre âge ?

– Virginie Lamouroux, 25 ans.

– Où habitez-vous ?

– Chez une amie.

– Faites gagner du temps à tout le monde. Quand je pose une question, je veux une réponse précise, c'est clair ? Où habitez-vous ?

– Chez une amie, Mlle Sergent, 10 rue de Belzunce.

– Profession ?

– Mannequin.

– Précisez.

– Mannequin dans le prêt-à-porter, je travaille pour différents employeurs, selon les moments.

– Des noms, des dates.

– Dans les six derniers mois, j'ai travaillé pour tous les grands noms du prêt-à-porter, depuis Naf Naf, ou René Dhéry, jusqu'à Julie La Tour ou Jules et Julie.

– Ça consiste en quoi, travailler ?

– Le plus important, c'est de venir présenter des modèles, à la demande, pour un acheteur en gros éventuel. C'est plus important que les collections.

– Et l'acheteur garde le mannequin pour la soirée ?

– Ça ne vous regarde pas.

Elle n'a pas le temps de finir sa phrase que Daquin lui a allongé une gifle, sans même se lever. Choquée :

– Ce sont des choses qui arrivent.

– Et vous touchez combien dans ce cas ?

– Pourquoi, ça vous intéresse tant que ça ? Ça n'a rien à voir.

La deuxième gifle est plus appuyée. Daquin a pris la peine de se lever. Virginie Lamouroux renifle.

– Ne réfléchissez pas et répondez, vous touchez combien pour ça ?

– Ça ne se passe pas comme ça. Il n'y a pas de tarifs. C'est un milieu où on couche beaucoup. Après la présentation, tiens tu es libre, on passe la soirée ensemble, tu ne pourrais pas trouver une amie ?… Voilà. Ceux qui veulent donnent de l'argent. Les autres font semblant de croire que nous faisons ça pour le plaisir. Les filles qui ne couchent pas ne travaillent pas, c'est tout.

Daquin se rassoit.

– Très bien. Venons-en à la drogue. Romero, jetez un coup d'œil sur les bras et les chevilles de Mlle Lamouroux, je doute que vous ayez eu le temps de le faire tout à l'heure. Traces de piqûres ?

– Non, commissaire.

– Alors, mademoiselle, sous quelle forme consommez-vous ?

– Qui vous dit que je me drogue ?

Daquin se lève, massif, et sérieusement en colère. Il contourne le bureau, l'attrape sans ménagement par les cheveux et lui renverse la tête en arrière.

– Regardez-moi, et arrêtez vos enfantillages. À 25 ans, dealer et putain, vous vous droguez à quoi et comment ?

– Héroïne. Je la fume. (Elle s'exprime à regret.)

– Racontez.

– De la poudre, dans une coupelle spéciale en argent, qu'on chauffe avec une bougie. Ça devient comme du caramel, ça dégage de la fumée, on se met au-dessus, avec un foulard sur la tête, et on respire très lentement, très lentement et à fond. Ça donne une sensation fabuleuse, et ce n'est pas dangereux, ce n'est pas comme la piqûre. Je ne me suis jamais piquée. La piqûre me fait peur.

– C'est plutôt inhabituel comme façon de consommer. Qui vous l'a apprise ?

Elle hésite. Daquin se rapproche.

– Ça vient d'Iran, ce sont des Iraniens, dans des soirées. Je ne connais pas leurs noms.

– Des soirées ?

– Oui, dans le milieu du prêt-à-porter on rencontre beaucoup de monde. Et des gens très différents. Des soirées organisées par les uns ou par les autres.

– Et la consommation d'héroïne y est fréquente ?

– Pas fréquente peut-être, mais pas rare. Héroïne et un tas d'autres choses. (Elle se redresse sur sa chaise.) Ne me dites pas, commissaire, que vous ne le saviez pas.

– Qui vous a indiqué l'adresse de la rue du Faubourg-Saint-Martin ?

– Les adresses de fournisseurs circulent et changent beaucoup. Cette adresse-là m'a été donnée il y a une quinzaine de jours. C'est la première fois que j'y vais.

– Qui vous l'a donnée ? Vous n'avez pas répondu à ma question.

– Je ne m'en souviens plus.

Daquin enfile ostensiblement sa chevalière et lève la main.

– Peut-être Lestiboudois, un homme d'affaires avec qui je sortais ce soir-là. Je ne l'ai pas revu.

Daquin arpente le bureau sans rien dire. Puis :

– Je vais vous relâcher. Pour l'instant. Vous allez me signer une brève déposition. Je vous demande de ne pas quitter Paris, de me prévenir si vous changez d'adresse. Et de vous présenter tous les deux jours au commissariat du Xe arrondissement, à 9 heures du matin, à partir de lundi prochain.

– Et si je ne signe pas ?

– Je vous coffre et vous passez en flagrant délit.

Un temps de réflexion.

– Je signe.

– Romero, reconduisez Mlle Lamouroux jusqu'en bas.

Le commissaire attend son retour sans rien dire, en se balançant sur son fauteuil.

– Dites, Romero, ôtez-moi d'un doute. Vous l'avez violée avant ou après avoir trouvé de la drogue ?

– Après, commissaire.

– Est-ce que vous êtes conscient que je vous ai évité Hénin-Liétard, ou est-ce que vous êtes fier de vous ?

– Je ne suis pas fier de moi, commissaire.

– Bien. Récapitulons. Romero, vous me rédigez un rapport sur l'arrestation de Virginie Lamouroux pour demain matin, et sans un mot qui pourrait nuire à la réputation de notre équipe. Moi, je me charge de faire une note sur son interrogatoire. Vous gardez tous les deux l'enquête sur cette fille. À mon avis, elle est pourrie jusqu'à la moelle, et elle ne nous a rien donné de ce qu'elle sait. Même si elle ne sait probablement pas grand-chose. Vous allez commencer par la localiser, ce qui n'est peut-être pas facile, et vous me la mettez sous pression, tant que nous n'avons rien de mieux à faire. Ou elle craque, ou les gens du réseau prennent une initiative. Nous, on observe et on ramasse. Au travail, inspecteurs. Tâchez d'être aussi efficaces, et un peu plus réglementaires.

14 heures,
rue des Petites-Écuries

Santoni réintègre la camionnette où l'attend Thomas, qui, ce matin, a rendu visite au syndic de copropriété. Il y a trouvé un plan très précis de l'immeuble, et les noms de tous les occupants, le tout assorti de quelques commentaires. Thomas a pris des notes. Santoni y jette un coup d'œil.

– M. Bernachon et Mme, alias Aratoff. Sans doute eux que j'ai aperçus ce matin. Ils habitent juste au-dessus de l'agence. Tu me relaies ici, tu vas voir. Mortel. Je vais faire un tour dans l'immeuble.

Un immeuble très courant, dans ce quartier. Une loge de concierge, mais pas de concierge à cette heure-ci. Pas d'ascenseur. Santoni s'engage dans l'escalier. Deux appartements par étage. Tapis rouge jusqu'au cinquième. Au sixième, les chambres de bonne, WC sur le palier. Personne dans le couloir. Le plan à la main, Santoni localise les deux chambres qui appartiennent aux Bernachon. Fortes serrures, pas compliquées. Apparemment personne en ce moment. Il redescend jeter un coup d'œil sur les caves. Trouve facilement l'entrée. Deux étages de caves voûtées, superbes. C'est mal éclairé, et plutôt sale. Certaines caves ont encore des portes très anciennes, à claire-voie, d'autres des portes blindées. Il repère sur le plan la cave Bernachon. Une porte neuve, en bois, solide, mêmes serrures que les chambres de bonne. Il descend au deuxième sous-sol, puisqu'il n'est pas pressé, parcourt le couloir et, au milieu de toutes ces portes disparates, en trouve une identique à celle des Bernachon. Neuve, en bois, mêmes serrures. Est-ce que ça a un sens ? Il note le numéro de la cave.

15 heures,
rue Saint-Maur

Lavorel veut avoir des résultats, vite. Besoin de prouver quelque chose ? À qui ?

Une petite conversation avec Bostic lui a suffi pour avoir le nom et l'adresse de deux ouvriers yougoslaves qui travaillent avec lui depuis plusieurs années. Les deux seuls réguliers, sur la vingtaine qu'il occupait.

Un immeuble de la rue Saint-Maur, plein de Yougoslaves. Un escalier assez sordide. Un petit appartement très propre, au deuxième étage. Une femme entre deux âges, en fichu.

– Mme Jentic ? (Elle hoche la tête.) M. Jentic ?

Elle fait signe de la main : il n'est pas là. Elle ne parle pas un mot de français, ou feint de ne pas parler un mot de français. Lavorel sollicite en vain les voisins. La boulangère, en bas de l'immeuble, accepte finalement de jouer les interprètes.

– Police. Je voudrais vous poser quelques questions, mais vous n'avez rien à craindre, ni votre mari ni vous. (Elle n'y croit qu'à moitié.) Votre mari a des feuilles de paye ? (Signe affirmatif.) Je peux les voir ?

Elle lui tend un gros paquet dans une forte enveloppe. Des feuilles de paye tous les mois, depuis des années, qui semblent parfaitement régulières : nom de l'entreprise, cachet, calcul des prélèvements, total imposable, tout y est. Le salaire est nettement supérieur au SMIC. Simplement, le nom de la société change tous les trois mois, et il est invariablement suivi de la mention *En cours d'inscription au registre du commerce*.

Lavorel prend des notes. Et trois fiches de paye, à la dérobade, lorsque Mme Jentic tourne les yeux. Il la remercie. Surtout ne vous inquiétez pas, tout est parfaitement en règle, et fonce vérifier au registre du commerce. Une nouvelle société déclarée tous les trois mois. Gérante : Anna Beric.

Sandwich, bière. Métro jusqu'à l'URSSAF. Aucune de ces sociétés n'a jamais versé un sou. Ni part patronale, ni part salariée. Normal : une société a trois mois de délai pour commencer à verser les cotisations sociales. Si au bout de trois mois elle n'existe plus… Si l'on se fie aux fiches de paye de Jentic, cela fait plusieurs années que cela dure. Vendredi après-midi : pas la peine de continuer le tour des administrations, je ne trouverai plus personne.

16 heures,
commissariat du Xe arrondissement

Attali passe voir le brigadier de service.

– À partir de lundi prochain, une jeune femme doit venir signaler sa présence tous les deux jours. Virginie Lamouroux. Compromise dans une histoire de trafic d'héroïne.

– Virginie Lamouroux ? Attendez. J'ai quelque chose à ce nom-là. (Il plonge dans un grand cahier.) Tenez. Je le savais. Le mercredi 5 mars, un dénommé Robert Sobesky, fabricant dans le prêt-à-porter, demeurant au 20 rue de Paradis, est venu signaler la disparition de Virginie Lamouroux, mannequin, demeurant elle aussi au 20 de la rue de Paradis.

6

Samedi 8 mars

8 heures,
10 rue de Belzunce

Romero secoue Attali qui somnole à moitié sur les premières marches de l'escalier.

– VL descend. À nous de jouer. Tu prends la copine. Je prends VL.

Attali s'engage lentement dans l'escalier. Il croise Virginie Lamouroux à la hauteur du premier étage, la salue sans un mot, et poursuit la montée. Elle est surprise, s'arrête pour dire quelque chose, regarde sa montre et continue à descendre. Elle sort de l'immeuble, et là, sur le trottoir, juste devant la porte cochère, tombe sur Romero.

– Bonjour, mademoiselle. Veuillez ouvrir votre sac. (Il désigne le sac de voyage léger qu'elle porte sur l'épaule.) Je dois vérifier que vous ne transportez pas de drogue.

Virginie Lamouroux est désarçonnée. A-t-il le droit ? Qu'est-ce que je fais ?

Romero a déjà avancé la main, et lui arrache le sac d'un coup sec. Pas de résistance. Il commence une fouille systématique et peu discrète. Les passants lorgnent la scène. Contenu classique d'un sac de voyage préparé pour le week-end par une jeune femme élégante. Il lui rend le sac.

– Merci, mademoiselle. À bientôt.

Et il rentre dans l'immeuble. Virginie Lamouroux reste immobile un instant, puis elle se met en marche. Avant le coin de la rue, elle regarde derrière elle. Personne. Tourne. Attend. Toujours personne. Traverse, prend une rue à gauche. Personne. Elle marche alors à bonne allure vers la station de taxis sur la place, au coin de la rue Lafayette et du square de l'église Saint-Vincent de Paul. Romero y est déjà en planque. Il la voit se retourner une dernière fois et sauter dans un taxi qui démarre et passe devant lui. Il note le numéro d'immatriculation, puis remonte vers le 10 de la rue de Belzunce.

Devant la porte de l'immeuble, Attali :

– Elle est arrivée chez sa copine vendredi dernier. Avant, elle vivait avec un certain Xavier Sobesky, 20 rue de Paradis. Et elle est partie en voyage à l'improviste du samedi 1er mars, très tôt le matin, jusqu'au mercredi soir. Sans dire où elle allait.

Pendant que Romero s'occupe de retrouver le taxi de Virginie Lamouroux et de la localiser pour le week-end, Attali cherche à savoir où elle est partie pendant cinq jours. Si elle a pris le train ou une voiture, c'est impossible. Si elle a pris l'avion, j'ai une chance… si elle est partie sous son nom… si elle n'est pas partie en surbooking à la dernière minute… Commencer par Orly. Si je trouve quelque chose, je serai plus vite rentré chez moi, à Antony. Vérifier les listes des compagnies. Plusieurs heures de travail, rien. Il est 3 heures de l'après-midi. Foutu métier. Roissy. Et là, assez vite : samedi 7 h 43, Continental Airlines, destination New York, Virginie Lamouroux. Retour mercredi, 22 h 17.

14 heures,
passage du Désir

Ainsi, Anna Beric est bien plus qu'une petite facturière. L'escroquerie à la Sécurité sociale qu'elle a montée dans le Sentier dure depuis des années. Daquin referme le rapport de Lavorel. À moitié couché dans son fauteuil, les pieds sur la table, il sirote son café.

Et, dans l'un de ses ateliers, un cadavre et de la drogue. Comment continuer ? Je peux prendre la vingtaine de noms de fabricants donnée par Bostic et les faire surveiller. Je peux ficher tous les Turcs qui passent par la boutique de sandwichs et les faire suivre. Je peux dresser la liste des ateliers d'Anna Beric et les perquisitionner. Surveiller tous les fabricants dont m'a parlé VL. Des dizaines de flics, des centaines d'heures de boulot, pour des résultats misérables. Au mieux, nous ramasserons quelques revendeurs, presque par hasard. Les fabricants impliqués par Bostic ignorent probablement tout de l'homme qui traînait dans leur boutique en attendant le livreur au pantalon rouge. Les Turcs peuvent cesser de fréquenter la boutique de sandwichs du jour au lendemain et disparaître dans la nature. Et VL m'a raconté n'importe quoi. Je prends le problème de façon totalement différente. Je suppose des liens entre extrême droite turque et drogue suffisamment forts pour que les filières de la drogue soient calquées sur celles de la politique. Et ces filières politiques, elles, sont connues. Qui pourrait m'en parler ? Il prend son téléphone.

– Allô, Lenglet ? Daquin. Tu vas ? J'ai besoin de toi. Fais-moi rencontrer quelqu'un de discret qui connaisse vraiment bien l'extrême droite turque. Facile ? Lundi 13 heures, chez Pierre, place Gaillon. C'est noté.

Il consulte sa montre. Il est 15 heures, et rien à faire avant 8 heures ce soir, heure à laquelle il doit dîner chez des amis, square de l'Alboni.

Square de l'Alboni ? Mais c'est juste à côté de la rue Raynouard, ça ! Vérification sur un plan. Cinq minutes à pied. Et, justement, il n'a trouvé personne pour aller surveiller l'appartement d'Anna Beric. La tentation est trop forte pour qu'il y résiste, il n'a d'ailleurs jamais vraiment cherché à résister à ce type de désir. Il compose le numéro d'Anna Beric. Un répondeur. « Anna Beric n'est pas là pour l'instant, veuillez laisser un message après le bip sonore. » Il prend un trousseau de clés et de rossignols dans un des tiroirs de son bureau, le met dans la poche de son blouson, et en route : métro jusqu'à Passy.

Il téléphone à nouveau, toujours personne chez Anna Beric. Traîne un peu autour de l'immeuble. Très bourgeois, très paisible, un samedi après-midi. Il entre dans l'immeuble, et va directement à la loge de la gardienne : Mme Beric, s'il vous plaît ? Cinquième gauche. La gardienne n'a même pas détourné la tête de la télévision pour le regarder. Vraiment facile. Il monte à pied, lentement, pour observer le rythme de vie de l'immeuble. Peu de passage, et les gens empruntent l'ascenseur. Arrive au cinquième. Dans l'appartement de droite, il entend la retransmission d'un match de rugby du tournoi des Cinq Nations à la télé. Il est 16 heures, il a donc peu de chances d'être dérangé par les voisins de palier. Il sort son trousseau. En trois minutes, la porte a cédé. Personne n'a emprunté l'escalier, l'ascenseur est monté une seule fois jusqu'au sixième.

Il entre, ferme soigneusement derrière lui. Le cœur qui bat, tous les sens aux aguets. Silence, pénombre. Il fait d'abord un tour rapide de l'appartement, en marchant sans bruit. Un grand living-salle à manger et un bureau en façade. Une salle de bains aveugle, une chambre et une cuisine sur la rue. Porte de service dans la cuisine, fermée à clé, mais la clé est dessus. L'ouvrir pour se ménager une issue de secours si quelqu'un arrive. Visualiser les trajets jusqu'à cette sortie de n'importe quel point de l'appartement. Et maintenant, au travail.

Immobile au milieu de la chambre, il essaye de deviner la personnalité de la femme qui vit ici, et profite à fond de l'instant : danger et plaisir rare et curieux, dont personne ne saura jamais rien. Il ouvre tous les tiroirs et les placards. Il y en a pas mal. Les vêtements sont soigneusement rangés, beaucoup de soie, des tailleurs classiques, des robes, certaines très habillées. Une le fascine : fourreau rouge carmin à décolleté carré, une simplicité et une force extraordinaires. Une robe qu'il a le sentiment de connaître. Une brune, pour porter une robe comme ça, nécessairement. Pratiquement pas de pantalons. De la lingerie en abondance. Là aussi, beaucoup de soie. Il passe la main doucement dans la pile de combinaisons. Ça fait un peu désuet. Dans tout ce linge, un parfum subtil et fort qu'il ne parvient pas à identifier. Au bas d'un placard, des boîtes empilées pour ranger les chaussures. Une trentaine de boîtes. Certaines sont vides. Au bas de l'autre placard, une malle en osier soigneusement tressé, des coins en cuir, un fermoir en cuivre. Daquin passe la main sur l'osier. Soulève le couvercle : la malle est vide. Elle sert peut-être de panier à linge sale. Dans le lit, de très jolis draps de chez Descamps. Certainement brune, grande et mince. Elle est sans doute maquillée avec soin : une grande coiffeuse, une armada de produits. Et elle est partie, il le sent : quelques cintres vides, pas de brosse à dents en évidence dans la salle de bains…

Daquin passe dans le living. Les stores de toile sont baissés, mais les volets ne sont pas fermés. Il devine un balcon de pierre qui court le long de la pièce, et, au-delà, une vue splendide sur tout le sud de Paris. Il reste planté là, en respirant par petites touches, précautionneusement. Pour lui, il y a un hiatus incompréhensible entre la situation de l'appartement, le raffinement des vêtements et la façon dont ce living est meublé : sans goût ni intérêt. Une grande table en bois clair, des chaises autour, un canapé en tissu, deux fauteuils assortis, une table basse en bois, comme l'autre, mobilier « cheap », recherche nulle. Elle ne vit pas dans cette pièce-là et n'y reçoit personne.

Il entre dans le bureau. Très chaleureux. Là aussi, une porte-fenêtre, le balcon, et Paris derrière. Sur les trois murs, des rayonnages de bois clair du haut en bas, remplis de livres. Au milieu de la pièce, un gros bureau anglais, recouvert de cuir vert, derrière un fauteuil de cuir assorti, et, devant la fenêtre, un petit canapé deux places de cuir fauve. Ça doit être vraiment agréable de travailler ici. Il s'approche de la bibliothèque : romans français du dix-neuvième siècle, russes, anglais, américains. Tragédies grecques classiques, poètes arabes et persans en édition bilingue. Tous soigneusement rangés. Sur le bureau, *Les Enfants de la violence* de Doris Lessing. Daquin siffle entre ses dents. Prend un livre, un autre, les ouvre, les feuillette, les remet en place. Peu de poussière. Ce n'est pas une bibliothèque morte. Des poètes persans ? Rare, quand même. Il y a là une trentaine de titres. Il les ouvre les uns après les autres. Et là, sur la page de garde d'une anthologie bilingue de la poésie de cour, il lit une date, *27 janvier 1958*, une dédicace, *Une rencontre inoubliable*. Signé *O.* Un curieux sentiment. Une sorte de jalousie ? Il glisse le livre dans la poche intérieure de son blouson. Pour se porter chance ?

Les deux derniers rayonnages sont vides sur tout le tour de la pièce. Vides également, ou presque, les tiroirs du bureau. S'il y a eu des archives comptables ici, il n'y en a plus. Lavorel devra trouver autre chose. L'appartement est rangé de façon maniaque, et nulle part il n'y a de photos. Aucun souvenir, vieilles lettres, vieilles clés, que sais-je ? La dame a sans doute un rapport difficile avec son passé.

Daquin tourne un peu dans l'appartement. Il ne sait plus très bien ce qu'il cherche. En fait, il n'arrive pas à partir : la nuit tombe dans l'appartement de la femme absente, et c'est fascinant. Des cendriers partout, même sur le rebord de la baignoire, c'est une grosse fumeuse. Tous sont impeccablement nettoyés. Deux gros cendriers publicitaires, en porcelaine. Daquin note : *Hostellerie du Bas-Bréau, à Barbizon.*

Dans la cuisine, pas grand-chose dans les placards, rien qui indique la fine cuisinière. Un point pourtant le fait sourire : elle utilise le même café que lui. S'en souvenir. Il lui en offrira une tasse quand il l'aura devant lui dans son bureau. Il est presque 7 heures, il faut partir. Il n'est plus suffisamment tendu, aux aguets, ça devient dangereux. Refermer la porte de la cuisine, écouter soigneusement tous les bruits du dehors avant de ressortir, tirer simplement la porte derrière soi, descendre l'escalier, attendre la distraction de la gardienne, ce n'est jamais très long, et sortir tranquillement dans la rue. Là, un peu de marche dans la soirée fraîche, jusqu'à la Seine, et remonter en flânant jusqu'au square de l'Alboni. Une journée jubilatoire.

7

Dimanche 9 mars

10 heures,
Deauville

Un appartement spacieux, en front de mer. Deux gendarmes sonnent. Rien. Ils sonnent à nouveau. Un homme, la cinquantaine, vient ouvrir en peignoir de bain. Manifestement dérangé. Et très surpris de trouver des gendarmes.

– Bonjour, monsieur. À la demande de la brigade parisienne des stupéfiants, nous venons vérifier si Mlle Lamouroux est bien ici.

L'homme se retourne vers Virginie, enroulée dans une serviette de bain, pétrifiée au milieu du salon.

– On te demande, ma charmante. (Ironique et un rien méprisant.)

Virginie s'approche.

– Mademoiselle, vous auriez dû signaler votre déplacement à la brigade des stupéfiants. N'oubliez pas de vous présenter demain, 9 heures au plus tard, au commissariat du Xe arrondissement. Merci, monsieur. Excusez le dérangement, et bon dimanche.

12 heures,
villa des Artistes

Daquin rentre chez lui pour se changer, après une soirée agréable chez son copain producteur d'émissions télé, et une nuit plutôt bien avec une petite actrice blonde et complètement jetée, qui voulait absolument savoir comment un commissaire, un vrai, faisait l'amour. Elle était tellement chargée qu'il n'est pas certain qu'elle s'en souvienne à l'heure qu'il est.

Message sur le répondeur, la voix de Soleiman : « Je cherche à te joindre, rappelle-moi. » Pas de date, pas d'heure.

Daquin appelle au seul numéro qu'il ait, celui du comité. À la deuxième sonnerie, Soleiman décroche. Brouhaha de conversations dans le fond, vraisemblablement en turc.

– Je t'ai appelé très souvent, tu n'as pas été chez toi de toute la nuit.

Daquin éclate de rire :

– Eh ! C'est une scène de jalousie ? (Silence vexé.) 10 heures ce soir chez moi ?

– Bien.

Quand Sol arrive, Daquin est endormi sur le canapé du living. Il ouvre un œil en grommelant. Sol fait signe qu'il monte dans la salle de bains. Lorsqu'il redescend, dans un peignoir blanc tout neuf et à sa taille, préparé à son intention sur le bord de la baignoire, Daquin est réveillé et boit du café. Il a posé une cafetière pleine sur la table basse devant lui.

– Je t'ai préparé des lasagnes, dans le four. J'ai déjà dîné.

Soleiman va prendre son plat, des couverts, et vient s'asseoir sur le canapé, à côté de Daquin.

– Qu'est-ce qui t'est arrivé ? Tu t'es battu avec des voyous ?

Daquin a la lèvre supérieure enflée, et une trace de coup sur la pommette gauche.

– Oui et non. J'ai joué au rugby, cet après-midi. Nous étions moins forts, et nous avons souffert pendant toute la partie. De là à dire que les gens d'en face étaient tous des voyous…

– J'ai des choses importantes.

– Vas-y.

Soleiman sort de la poche du peignoir les quatre photos que lui avait données Daquin. Au dos de chacune, des noms, des sigles, des dates. Les quatre hommes sont arrivés en France à peu près en même temps, dans le courant de l'été 79. Ils ont tous des papiers en règle, carte de séjour, carte de travail. Trois d'entre eux ont été membres du bureau de l'Association des travailleurs illuministes lorsqu'elle a été créée en septembre. Ensuite, en janvier, quand les boutiques ont ouvert, ils ont quitté le bureau de l'association pour s'occuper de leur gestion. Mais on les voit encore souvent dans les locaux de l'association. Il n'y a pas eu rupture, mais plutôt spécialisation des tâches.

– Ça confirme ce que nous pressentions sur les liens extrême droite-drogue. Et ça nous donne une piste pour continuer. Pourquoi et comment ces quatre-là ont eu leurs papiers ? (Daquin se laisse aller dans le fond du canapé, et attire Soleiman contre lui.) Viens un peu par ici, je suis très fatigué, j'ai envie d'être tendre. Dis-moi, en ce moment, tu vis avec quoi et où ?

Soleiman se raidit d'un coup et se lève.

– Pourquoi tu me demandes ça ? Pour remplir tes rapports de police ?

– (Sourire.) Viens ici, Bon Dieu. Il n'y a aucun rapport de police ici en France sur toi, Sol, et il n'y en aura jamais. Je n'écrirai jamais une ligne. Tu es à moi, mais à moi seul. Je te pose cette question simplement parce que ça m'intéresse. Et puis si tu es à moi, ça me donne quelques responsabilités à ton égard.

– Tu n'as pas fait de rapport sur mon compte ?

– Non.

Soleiman se rassied.

– Même pas en me donnant un pseudo ?

– (Sourire.) Non.

– Quand cette affaire sera finie, personne ne saura que je t'ai donné des renseignements, et je récupère vraiment ma liberté ?

– Bien sûr. C'est ce que je t'avais dit dès le premier jour, non ?

Et si c'était vrai ? Se méfier des flics, capables de tout, mais tellement envie d'y croire. Daquin le prend par la nuque. Caresses lentes. Soleiman se sent envahi d'une sorte de chaleur dans tout le corps, engourdissement, soulagement. Ça lui rappelle exactement la sensation que donnait la morphine. C'était le lendemain. La presse d'Istanbul avait publié sa photo en première page : recherché pour un double meurtre. La peur et l'angoisse étaient telles qu'il n'avait survécu qu'avec la morphine que lui donnait son ami médecin, jusqu'à ce qu'il parvienne à sortir de Turquie avec des papiers volés à un touriste français. Le même soulagement, lâche. La tête qui tourne.

– Maintenant, tu veux bien me dire comment tu vis en ce moment ?

– J'aime mieux ne pas en parler.

– Alors moi, je vais te dire ce que je devine. Tu n'as pas un sou parce que tu n'as pas le temps de travailler pour en gagner. Tes copains du comité n'ont pas pensé à te faire une avance. (Temps d'arrêt. Daquin continue à fixer Soleiman.) Ou alors, ils te l'ont proposé, et tu as refusé par fierté, pour ne pas paraître à leur merci. Tu couches sous les ponts, et tu crèves à moitié de faim.

– Tu cherches à m'humilier ?

– Non, pas du tout.

Daquin glisse la main sous le peignoir, caresse lentement le creux des reins, la naissance des fesses, répétition du même geste, de façon presque mécanique.

– Laisse-toi aller un peu, gamin. En ce moment, je cherche simplement à t'aider… (Il continue à parler, très bas.)

Soleiman, les yeux fermés. Ne pas bouger, ne pas désirer. Je suis ici parce que je ne peux pas faire autrement. Pas vrai. Plus tout à fait vrai. Chaleur. Soleiman n'entend plus, ne comprend plus. Lâche soulagement. Il sent monter les larmes derrière ses paupières fermées. Les larmes… Mais depuis quand… Jamais, même pas dans son enfance, en Anatolie. Daquin accentue sa pression. Les délices de l'abandon.

8

Lundi 10 mars

7 heures,
passage du Désir

Daquin prend un peu de temps pour travailler avant l'arrivée de ses inspecteurs. Le courrier sur son bureau : le dossier d'Ali Agça qu'il a demandé à la police turque est arrivé. Dedans, un seul meurtre, celui d'Abdi Ipecki, rédacteur en chef de *Milliyet*, en février 1979. Rien sur la façon d'opérer ni sur les antécédents d'Ali Agça. Arrêté en flagrant délit, a reconnu le meurtre. Emprisonné à la prison centrale d'Istanbul, s'est évadé en novembre 1979, sans autre précision. Depuis, activement recherché. Une photo jointe, très mauvaise qualité, identification difficile. Daquin prépare une enveloppe, y glisse la photo d'Ali Agça et celle qui a été prise rue du Faubourg-Saint-Martin, *Pouvez-vous m'indiquer s'il s'agit bien de la même personne ?* Destinataire : le laboratoire de la PJ.

Drôlement laconiques, cette fois-ci, les collègues turcs. Si le dossier de Soleiman n'avait pas été plus complet, je n'aurais jamais pu le coincer.

Lecture attentive de la presse.

Libération titre sur « l'impossible résurrection de la French Connection ». Le journaliste, qui a l'air assez bien renseigné, évoque le rôle des Américains dans la relance de la piste marseillaise, et conclut : « On ne trouve toujours pas la moindre trace d'héroïne marseillaise à New York. » L'échec du groupe spécial des Stups sur Marseille est donc rendu public. Mais la vraie question que *Libé* ne pose pas est la suivante : pourquoi les Américains ont-ils systématiquement poussé dans la direction de Marseille ? Et qui, précisément, se cache derrière ce terme si vague d'« Américains » ?

8 heures. Quand Romero et Attali arrivent, Daquin est déjà en train de faire le café. Autour de la table, échange d'informations. Anna Beric sûrement importante, Lavorel est dessus. Thomas et Santoni continuent à chercher une piste autour des ballets Aratoff, qui ont été mis sur écoute téléphonique. VL a séjourné à New York. À creuser. Sobesky. Faut-il aller l'interroger ? Daquin formel : pas tout de suite. Savoir d'abord où on met les pieds. Ce sera le travail d'Attali pour la journée.

– Et pour vous, Romero, j'ai autre chose. Voici quatre noms de Turcs, avec leurs photos. Vous les reconnaissez ? Ce sont des photos que vous avez prises. Mon indic les a identifiés. Ces Turcs sont arrivés récemment, vers juillet 1979, et ils ont eu des papiers en règle sans problème. Pourquoi ? Allez voir à l'ONI[1] si on peut tirer quelque chose des dossiers, constater une irrégularité quelconque. Deux précautions à prendre. Un, vous n'en parlez pas autour de vous, même pas à Thomas et Santoni. Ils travaillent à demeure sur ce quartier, mon indic vit ici et je veux le protéger au maximum, y compris des collègues. Deux, à l'ONI, je ne veux pas qu'on sache

1. Office national de l'immigration.

sur quoi vous travaillez réellement. Dans les affaires de drogue, il faut être plus que prudent. Utilisez la commission rogatoire pour le meurtre de la jeune Thaï et inventez une histoire.

9 heures,
commissariat du Xe

Attali et Virginie Lamouroux autour d'un bureau, dans une salle populeuse et encombrée.

– Que faisiez-vous à New York de samedi à mercredi dernier ?

– Comment savez-vous que j'y étais. (Elle est secouée.)

– Répondez à ma question.

– Tourisme.

– Un peu court.

– Et pourtant, c'est ça. J'ai eu de gros soucis sentimentaux avec mon amant, et j'ai éprouvé le besoin de changer d'air.

– Le fils Sobesky ?

– Vous savez ça aussi ? Oui. Le fils Sobesky.

– Et le père ?

– J'ai travaillé pour lui, c'est tout.

– Précisez un peu.

– Eh bien, il m'emploie régulièrement comme mannequin, voilà tout.

Pourquoi, à votre avis, a-t-il signalé votre disparition à la police, mardi dernier ?

– Je ne le savais pas. Parce que j'ai quitté son fils et que j'ai manqué un rendez-vous de travail avec lui sans le prévenir, j'imagine. Il a peut-être cru à un accident.

– Pourquoi ne l'avez-vous pas prévenu ?

– J'en ai marre de vos questions à la fin…

Attali se lève d'un seul mouvement et, sans lui laisser finir sa phrase, lui allonge une gifle retentissante par-dessus le bureau. Modèle Daquin, mais il n'est vraiment pas sûr de lui. Toutes les conversations s'arrêtent dans le commissariat. Tout le monde les regarde. Virginie Lamouroux se tortille sur sa chaise. Elle ne sait manifestement pas quel comportement adopter.

– Je ne l'ai pas prévenu parce que je n'avais pas envie de le faire… parce que depuis que je vivais avec son fils, je n'étais pas censée continuer à coucher avec les clients et là, j'avais envie de le faire… pour le fric et pour le plaisir, voilà.

Elle a à moitié hurlé sa réponse, comme une injure, mais elle a répondu. Attali considère qu'il a marqué le point. Il insiste, en appuyant sur le côté pro :

– Donnez-moi les coordonnées de gens à New York qui pourraient confirmer votre présence dans cette ville du 1er au 5 mars.

Virginie Lamouroux sort son agenda. Donne cinq noms.

– Je vérifierai. À mercredi, ici, 9 heures.

11 heures,
rue des Petites-Écuries

Thomas sonne au deuxième étage de l'immeuble. Une vieille dame frêle vient lui ouvrir.

– Madame, je suis un de vos nouveaux voisins. Je loue un appartement au quatrième. Je viens vous saluer et vous demander un service.

– Entrez, monsieur. (Regard aigu.) Et asseyez-vous un instant. (Elle marche difficilement, en s'appuyant aux meubles.) Voulez-vous un thé, un café ? À cette heure-ci, pas encore d'apéritif, je suppose ?

– Non, rien. Vous êtes trop gentille.

– Alors, ce service ? (Elle s'assied en face de lui.)

– Voilà : l'appartement que je loue n'a pas de cave. Le syndic m'a dit que vous pourriez peut-être me louer la vôtre.

– Ce n'est pas possible, je l'ai déjà louée à des gens de l'immeuble, les Bernachon. Vous comprenez, moi, je ne peux plus y descendre, alors, ça ne me sert à rien.

– Dans ce cas, veuillez m'excuser de vous avoir dérangée… (Il se lève.)

– C'est tout ce que vous vouliez savoir, monsieur le policier ? (Thomas, éberlué.) Vous ne vous étiez pas aperçu que vous aviez le physique de l'emploi ? Et puis, comment pouvez-vous supposer que le locataire du quatrième change sans que je le sache ? Ne vous inquiétez pas. Je ne dirai rien aux Bernachon. Je ne les trouve pas sympathiques. Mais maintenant, vous ne pouvez plus me refuser mon café.

Thomas enlève son imper et se rassoit.

– Alors, causons un peu, puisque vous ne les trouvez pas sympathiques…

11 h 30,
rue de la Procession

Les fichiers de l'ONI sont parfaitement rangés. On peut y entrer par le nom, la nationalité, ou la date d'arrivée en France. Romero n'a aucun mal à retrouver ses quatre Turcs. Ils sont venus à la demande du même employeur. M. Franco Moreira, société Morora, entreprise de dératisation, à Nanterre. Un petit plaisantin, ce

Moreira. Et leurs dossiers ont été traités par le même fonctionnaire de l'ONI, Dominique Martens. Il lui est tout aussi facile de retrouver tous les dossiers de Turcs traités dans l'année et de découvrir que, sur une centaine au total, vingt-deux l'ont été par Martens, et que ces vingt-deux-là travaillent tous chez Moreira, à Nanterre. Il ne lui reste plus qu'à noter soigneusement tous les noms et l'adresse de l'entreprise.

Puis il va saluer le directeur. Tout au long du couloir, il entend, ponctué par le tintement des cuillères à café contre les tasses, le bruissement des conversations. Un farniente assourdissant.

13 heures,
place Gaillon

Dès qu'il entre chez Pierre, place Gaillon, Daquin aperçoit Lenglet assis à une table, au fond, avec un homme. Ils bavardent en buvant du champagne. Une certaine familiarité tranquille qui ne trompe pas : d'anciens amants. Il s'approche. Les deux hommes se lèvent. Lenglet fait les présentations.

– Je te présente le commissaire Daquin. Nous avons fait Sciences Po ensemble, et pendant ces trois années-là nous avons tout partagé, sauf notre lit. Théo, Charles Lespinois, un ami de longue date, conseiller de la banque France-Méditerranée.

Long, mince, l'air distingué et cultivé. Extrême réserve. Un costume trois-pièces gris, comme ses cheveux et ses yeux : un homme d'acier. Daquin songe à Sol, chaud, sauvage, vivant. Lenglet et moi sommes restés amis parce que nous n'avons jamais chassé sur les mêmes terres.

Tous trois s'asseyent. Le sommelier remplit la coupe de Daquin de champagne.

– J'ai commandé pour toi, Théo.

– Tu as toujours aimé le faire.

– C'est vrai. Parlons affaires. Charles est un grand amoureux de la Turquie. Et, de fait, le meilleur connaisseur de la vie politique turque que je connaisse.

– Que voulez-vous savoir, commissaire ? (Voix calme, posée : un homme habitué à la réalité du pouvoir.)

Le maître d'hôtel fait apporter les entrées.

Daquin est tendu et prête à peine attention à ce qu'il mange. Relations triangulaires complexes. Ce Lespinois n'a pas exactement le profil d'un auxiliaire bénévole. Et Lenglet, qui est l'homme le plus intelligent que je connaisse, a de multiples intérêts au Moyen-Orient. Il se tourne vers Lespinois :

– À Paris, je suis tombé, au hasard d'une enquête, sur toute une équipe de Turcs d'extrême droite, proche, semble-t-il, des Loups-Gris. Je ne connais rien à la Turquie. J'ai donc du mal à les situer. Je cherche quelqu'un qui puisse me donner quelques points de repère.

– Pourquoi ne vous adressez-vous pas directement au Quai ?

C'est Lenglet qui répond :

– Parce que Théo est comme moi : il connaît trop bien les hommes du Quai pour leur faire confiance. Ils lui diront ce qui correspondra aux intérêts de tel ou tel service à ce moment-là.

– Moi aussi, je vous dirai ce que mes intérêts m'autorisent à vous dire, et vous le savez très bien.

– Certes, mais tes intérêts sont tellement plus faciles à cerner que ceux des gens du Quai ! (Et Lenglet se tourne vers Daquin.) La banque France-Méditerranée a très largement loupé le coche des années 60 dans cette partie du monde, et la banque Parillaud lui a brûlé la politesse. Aujourd'hui, elle compte sur les bouleversements politiques en cours pour reprendre pied. Au détriment de Parillaud, s'il le faut.

Lespinois acquiesce. Daquin se détend un peu. Le terrain est balisé, plus ou moins. Lespinois embraye :

– L'extrême droite turque est organisée dans un parti légal, le Parti nationaliste de Turkès, et une pléiade de groupes armés clandestins qui tournent autour, dont les Loups-Gris sont les plus importants. Elle semble très puissante aujourd'hui, puisqu'elle est parvenue à imposer une situation de guerre civile, vingt morts par balle chaque jour. Et elle noyaute de grands morceaux de l'appareil d'État.

– En ce qui concerne la police, j'ai déjà eu l'occasion de m'en apercevoir.

– Mais elle est déjà battue, parce qu'elle n'a aucune cohérence. Un amalgame de l'extrême droite laïque nationaliste, plus ou moins influencée par le nazisme, et de mouvements islamistes antikémalistes. Elle offre donc un superbe champ de manœuvres à toutes les forces politiques qui comptent, d'un côté, et à la mafia turque, de l'autre. Par qui voulez-vous que je commence ?

– Les forces politiques. De toute façon, nous retrouverons la mafia en cours de route, j'imagine.

– Une fraction de l'armée encourage le terrorisme d'extrême droite, parce qu'elle l'utilise pour préparer le terrain à son retour en force au pouvoir. Les Russes jouent l'extrême droite comme facteur de déstabilisation d'une zone sous influence américaine. Et les Américains… (Geste désabusé des deux mains fines.)

Daquin se remémore son année de collaboration avec le FBI.

– Comme d'habitude ? Tout et son contraire ?

– La CIA sur place est un abominable panier de crabes. (Soupir.) Une fraction appuie les partis dits démocratiques, qui sont tous corrompus jusqu'à l'os. Et une fraction complote contre eux avec les généraux. Et puis certains, plus isolés, des francs-tireurs en quelque sorte, noyautent l'extrême droite terroriste. Quand on a la puissance des États-Unis, on n'a pas besoin d'être intelligent, ni cohérent. On finit toujours par se retrouver dans le camp des vainqueurs.

– Vous pouvez m'en dire un peu plus sur ces francs-tireurs de la CIA ?

Le maître d'hôtel fait apporter le plat principal, et remplit les verres. Lespinois, complètement absorbé dans ses pensées, mange en silence et boit un verre. Puis il reprend, comme s'il n'avait pas entendu la question :

– Lenglet m'a un peu parlé de vous, commissaire. Il paraît que vous aimez cuisiner et bien manger. La meilleure table d'Istanbul, et la cuisine turque traditionnelle est très raffinée, vous la trouvez chez un Américain qui s'appelle John Erwin et qui possède une très belle maison en bois sur les rives du Bosphore. Il y reçoit le Tout-Istanbul une fois par mois. Il a une petite soixantaine d'années aujourd'hui. En 1943, il avait 20 ans, était turc et s'appelait Mehmet Ervin. Quand Hitler a attaqué l'URSS, il s'est engagé dans la légion du Turkestan et a combattu aux côtés des nazis contre le communisme, pour lequel il a une haine viscérale et complètement irraisonnée. Une haine folle. Il a échappé de peu aux Soviétiques, s'est enfui aux États-Unis, est devenu citoyen américain en pleine guerre froide, et est revenu en Turquie dans les années 50 sous le nom de John Erwin. Officiellement, il est négociant en cuirs et peaux. Il est surtout un agent de la CIA, et il continue le même combat qu'entre 43 et 45, par d'autres moyens.

Évidemment, il est lié d'amitié avec tout ce qui compte dans l'extrême droite turque anticommuniste. Mais sa vision du monde est originale. Il ne croit pas à un affrontement militaire direct USA-URSS. Il rêve d'une désintégration de l'URSS de l'intérieur, une sorte d'implosion qui remonterait du sud vers le nord, une gangrène qui commencerait par les républiques de Centre-Asie. Et cette gangrène s'appelle l'islam. Aussi cet homme, qui est lui-même complètement athée, soutient-il tous les mouvements islamiques dans le monde.

– Ça peut paraître assez prémonitoire, avec la guerre qui commence en Afghanistan. Mais il les soutient avec quels moyens, ces mouvements islamistes ? La CIA n'est pas majoritairement sur cette ligne.

– Voilà le nœud de l'affaire. Je vais d'abord vous dire deux mots des rapports entre l'extrême droite et la mafia turques. À l'heure actuelle, ça n'a pas toujours été le cas, les deux fonctionnent quasiment en symbiose. Dans un premier temps, c'est la mafia qui a fourni des armes à l'extrême droite. Vous n'avez pas idée, commissaire, du nombre d'armes que stockent les Loups-Gris, bien au-delà de leurs besoins, même en cas de guerre civile ouverte. Probablement un côté psychanalytique, une sorte de thérapie collective et violente. Les armes proviennent de la zone d'influence soviétique, via la Bulgarie. En fait, dans cette région du monde, toute la contrebande entre l'Est et l'Ouest passe par la Bulgarie, dont c'est la principale source de devises, et par la mafia turque côté occidental. C'est donc tout naturellement que la Bulgarie est devenue la base arrière de la mafia turque, son sanctuaire. Comme les Loups-Gris sont d'excellents clients de la mafia, la Bulgarie les accueille aussi. De fil en aiguille, des liens se sont tissés et cela explique en partie l'appui soviétique à l'extrême droite turque. Erwin trouve cette situation politiquement dangereuse. Il veut affranchir l'extrême droite turque et, plus largement, les divers mouvements islamistes de toute dépendance à l'égard de leurs fournisseurs d'armes soviétiques. Pour cela, un seul moyen, à son avis : le trafic de drogue. Ce n'est pas une solution bien originale. Le Liban, la Syrie l'ont déjà expérimentée dans cette partie du monde. Sur le plan personnel, ça ne le gêne pas : lui-même est opiomane, et considère que la consommation de drogue appartient à son patrimoine culturel. Il rêve d'une puissante zone de production en Asie centrale, contrôlée par les mouvements islamistes, et qui financerait la guerre anticommuniste. Et il compte sur les Turcs pour former l'armature du projet, disons les cadres techniques des ateliers de raffinage et des réseaux de distribution, en s'appuyant sur le rôle historique joué par l'Empire ottoman dans cette partie du monde, la turcophonie, ce genre de choses.

De nouveau, un temps de silence. Lespinois semble complètement absorbé dans ses souvenirs, ou ses projets. Puis il reprend :

– Comme vous pouvez le penser, Erwin est un irréconciliable opposant à l'entrée de la Turquie dans l'Europe. Sur cette ligne, il trouvera des appuis nombreux au sein même de la CIA, pour des raisons multiples, anticommunisme, hostilité à l'Europe, que sais-je encore… Et aussi auprès de ceux qui ont déjà joué à ce jeu-là dans les régions du Triangle d'Or, et qui en gardent la nostalgie.

Pas de dessert, des cafés. Daquin contemple les arabesques que dessine la cuillère dans le café. Une fois le café bu, Lespinois enchaîne :

– Aucune entreprise occidentale ne peut s'implanter aujourd'hui au Moyen-Orient, sur une échelle un peu vaste, sans participer d'une façon ou d'une autre à l'économie souterraine des armes et de la drogue, commissaire. La question délicate est celle du choix des points d'appui, et des alliances.

14 heures,
centre des impôts du IIIe arrondissement

Après être passé faire un tour dans le hall d'exposition de Sobesky, avoir admiré le style très typé de ses fringues, jeans et broderies, puis vérifié qu'il n'avait pas de casier judiciaire, Attali est plongé dans le dossier de son contrôle fiscal, qui date de l'an dernier. Volumineux. Il le parcourt comme il peut et y remarque une rentrée de fonds nouvelle et importante depuis deux ans : la vente de contrats de licence aux États-Unis, à un certain John D. Baker, fabricant à New York. New York ? Attali note, à tout hasard.

Puis il jette un coup d'œil à la conclusion : tout a l'air en règle, à part des bricoles. Activité des derniers mois avant le contrôle : pour plus de la moitié, l'entreprise travaille avec des usines. Avec les ateliers du Sentier, pour le reste. Ateliers très dispersés, noms variés et éphémères. Un partenaire plus important, la SEB. Gérante : Anna Beric.

16 heures,
passage du Désir

Santoni se bat avec les bandes des écoutes téléphoniques des ballets Aratoff. Quelques conversations sans intérêt. La dondon a téléphoné à sa mère. Mme Bernachon papote avec une amie. M. Bernachon organise une partie de bridge pour le week-end. Et puis trois coups de fil de M. Bernachon en Thaïlande, en anglais. Et une longue conversation de Mme, apparemment orageuse, avec un interlocuteur de Munich. En allemand. Santoni ne comprend ni l'anglais ni l'allemand. Trouver des traducteurs, ça prend du temps.

Lavorel, les traits tirés et le costume trois-pièces un peu fatigué, a l'air content. Daquin lève le nez du rapport qu'il est en train d'écrire, le regarde entrer et s'asseoir, sans un mot.

– J'ai du nouveau, commissaire. Commençons par le plus simple. Les boutiques. Le bail est cédé régulièrement, devant notaire, à un dénommé Darmon. Un homme de paille, bien sûr, mais pour l'instant nous n'avons rien sur lui. Par contre, paiement par chèque certifié de la Société générale, garanti par un dépôt de fonds effectué la veille par l'intermédiaire du fondé de pouvoirs en France de la banque de Chypre et de l'Orient, un certain Assadi, Libanais résidant en France. (Il marque un temps d'arrêt.)

– Vous voulez bien me traduire ?

– La banque de Chypre et de l'Orient est au centre de tous les trafics d'armes au Moyen-Orient. Son apparition dans le circuit donne une vraie stature à ces deux boutiques.

– Bien, c'est noté. Vous me ferez une fiche sur cette banque. Ensuite ?

– Anna Beric. (Lavorel prend un air gourmand.) Nous avons commencé à chercher dans le milieu des fabricants : les ateliers sont trop instables, on perdrait un temps fou. Eh bien, tous les fabricants, tous ceux sur lesquels nous avons pu avoir des renseignements, ont travaillé avec Anna Beric. D'après nos estimations, elle contrôle au moins une cinquantaine d'ateliers, et depuis au moins cinq ou six ans. C'est donc une escroquerie qui doit porter sur des dizaines de milliards de centimes. Vous avez bien entendu : des dizaines de milliards. Mais, évidemment, les fabricants sont mouillés. Ils ne peuvent pas travailler pendant des années avec une société qui change de nom tous les trois mois et qui est perpétuellement « en cours d'inscription » sans se poser de questions. C'est là que le bât blesse. Ils ont certainement partagé les bénéfices avec Anna Beric. Elle a monté une énorme machine à fabriquer de l'argent noir qui a irrigué tout le Sentier. Mais je n'ai pas de preuves. Les comptabilités des fabricants sont en règle. J'ai besoin de sa collaboration pour les mouiller à coup sûr. Ce matin, nous avons donc perquisitionné à son domicile…

Daquin hausse les sourcils.

– Vous auriez dû m'en parler avant.

– Dans le cadre de l'enquête de la Financière…

– Anna Beric est avant tout une des pistes possibles pour le contrôle de la drogue turque en France. Ne recommencez pas, Lavorel, ou je vous vire instantanément. Alors, cette perquisition ?

– Ça n'a rien donné. Il ne reste plus un seul document. Et elle est partie sans laisser d'adresse.

Daquin se renverse dans son fauteuil, croise ses mains, laisse le silence s'installer. Lavorel choisit d'attendre.

– Cette femme, il me la faut. Il faut que vous cherchiez d'abord à savoir qui elle est. Une femme qui monte une combine aussi rentable et aussi durable, dans un milieu comme le Sentier, ça ne peut pas être n'importe qui. Elle a un passé. Lourd, sans doute. Vous n'avez pas remarqué que, chez elle, il n'y a ni photos ni souvenirs d'aucune sorte ?

Daquin a dit ça d'un ton parfaitement naturel. Lavorel hésite.

– Non, je ne l'avais pas remarqué.

– Retrouvez ce passé, Lavorel. Ça vous donnera peut-être un point d'appui pour savoir où la chercher aujourd'hui.

22 heures,
paroisse Saint-Bernard

Tout le monde est parti. Soleiman est seul dans le petit bureau aveugle qui empeste le tabac froid. Fatigue, angoisse, solitude. Une nuit encore. Sortir, marcher. Trouver un lit. Ou bien dormir là, sur les tables du comité ? Il s'assied. Téléphone, la ligne directe du bureau de Daquin. À cette heure-ci, il n'y sera pas. Une seule sonnerie.

– Daquin à l'appareil.

Un temps de silence.

– Je peux passer ce soir chez toi ?

Le lendemain matin, Soleiman ouvre les yeux. Daquin, déjà habillé, prêt à partir, l'embrasse dans le cou.

– Je te laisse la clé sur la table de nuit. C'est plus simple. Est-ce que tu manges du porc ?

9

Mardi 11 mars

9 heures,
aux Douanes

Existe-t-il des échanges commerciaux réguliers avec la Turquie, ou la Bulgarie, qui pourraient servir de support à un trafic de drogue ? Toute une matinée de travail avec des douaniers aimables et compétents mais un peu déconcertés par les questions de Daquin. Et rien d'intéressant.

Je ne trouve pas l'ouverture. À reprendre quand j'aurai plus d'éléments concrets.

10 heures,
à la Cité

Santoni écoute les enregistrements des Bernachon, en compagnie de deux inspecteurs, interprètes d'occasion.

En anglais, M. Bernachon prépare un voyage en Thaïlande, dans quinze jours. Il fixe des rendez-vous avec ses interlocuteurs.

« Pour les photos, je n'en prévois pas cette fois-ci, j'ai encore du stock… J'aimerais ramener deux colis.

(Une hésitation)… De sexe masculin… Oui, je sais. Je ne l'ai pas encore fait. Mais j'ai une commande. J'en voudrais deux. C'est possible ?… Ah non. Pas à ce prix-là. On en reparlera sur place. Et puis il faut que je les voie. »

En allemand, Mme Bernachon répond à un interlocuteur qui l'appelle de Munich.

« Oui, je sais que le ballet est incomplet. Il manque une danseuse. J'en ai déjà discuté avec votre gérant mardi dernier. Je ne refuse pas d'assumer mes responsabilités, je refuse d'assumer seule la totalité de la perte. Vous savez bien que je ne suis qu'une intermédiaire. Je pense être correcte dans cette affaire. Plus même, irréprochable. Oui, monsieur, irréprochable. »

11 heures,
passage du Désir

Daquin pousse la porte vitrée. Attali est assis au petit bureau et rédige un rapport à partir de notes prises sur un tout petit bloc de feuilles quadrillées. Romero travaille sur la table de réunion. Tous les deux lèvent les yeux vers lui et attendent. Sur son propre bureau, un message du labo : *Sur les deux photos, il s'agit sans contestation possible du même homme*. Donc Ali Agça a été, et est peut-être encore à Paris.

– Un café ? (Sans attendre de réponse, Daquin met la machine en route.) Alors, VL ?

– Elle a été très surprise et visiblement contrariée que nous connaissions son déplacement à New York. Je lui ai demandé des noms de personnes pouvant attester son passage là-bas, et elle m'en a donné. (Attali pousse son bloc de papier vers Daquin.) Mais j'ai peut-être plus intéressant. D'abord, Sobesky travaille avec Anna Beric. Ensuite, il a un associé, à New York justement. Un certain Baker. VL ne m'en a pas parlé, mais sait-on jamais ?

– Il y a effectivement de quoi gamberger. (Un temps de réflexion.) Trouvez-moi les coordonnées de Baker. Nous allons lui téléphoner et voir ce que ça donne. Et vous, Romero ?

Celui-ci remet à Daquin la liste des Turcs qui sont venus en France sous le couvert de la société Morora.

– Vous m'en faites un double, évidemment. Ça me paraît une excellente piste. Continuez là-dessus. Au fait, la brigade des stups se charge de la surveillance des deux boutiques de la rue du Faubourg-Saint-Martin. J'ai également l'intention de leur demander de surveiller Sobesky, et d'obtenir sa mise sur écoute. Dès qu'on l'aura obtenue, il faudra que l'un d'entre vous suive les enregistrements jour par jour. Et convoquez-le ici pour jeudi, qu'on voie à quoi il ressemble. Prenez prétexte de son avis de recherche au commissariat du Xe.

Thomas téléphone à ses collègues de Munich.

– Une affaire de proxénétisme, ici, à Paris. Vous pouvez nous donner un petit coup de main ? Ce numéro de téléphone à Munich correspond à quoi ?

Munich rappelle quelques minutes après : un des cabarets les plus chics de la ville. Spectacles de danses. Et des chambres au premier étage. Le tout parfaitement légal et contrôlé. Un Eroscenter au-dessus du cabaret, en somme.

– Des danseuses thaïlandaises ?

– Oui, entre autres. C'est assez exotique.

– Des mineures ?

– Certainement pas. Je vous répète que tout est légal. (Un temps d'arrêt.) C'est un endroit très bien fréquenté. Vous voyez ?

– Parfaitement. Et merci.

16 heures,
Grands Boulevards

Virginie Lamouroux se sent tendue et fatiguée. Elle a travaillé toute la matinée et n'a pas encore déjeuné. Mais elle n'a pas faim. Aucune drogue, d'aucune sorte, depuis qu'elle est enlisée dans ces contrôles policiers. Ce serait trop dangereux. Mais ça lui manque, elle est bien obligée de l'admettre. Elle remonte à pied jusqu'aux Grands Boulevards, entre au hasard dans une salle de cinéma, s'assied au quatrième rang. Elle est seule devant l'écran. Elle s'allonge dans le fauteuil : se détendre, reprendre son calme. Peut-elle encore se tirer de ce mauvais pas ou est-ce déjà le moment de disparaître ? Une présence au cinquième rang, deux fauteuils sur sa droite. Un regard oblique. C'est le flic qui l'a violée. Elle en est sûre. Comment est-ce possible ? Personne ne m'a suivie jusqu'ici. Le cœur qui cogne, les mains qui tremblent. L'homme ne bouge pas, ne dit rien. Il est là, simplement, présence monstrueuse qui remplit toute la salle derrière elle. Elle se lève en vacillant et se précipite aux toilettes. Quand elle ressort, plusieurs minutes après, elle regarde autour d'elle. Il n'est plus là. Au moins, elle ne le voit plus. Elle se rassied, au dernier rang. Et maintenant, penser à fuir. Je dispose de combien de jours, encore ?

16 heures,
passage du Désir

Attali au téléphone, dans un anglais franchouillard, mais passable. Daquin a pris l'écouteur.

– M. Baker, s'il vous plaît. De la part de l'inspecteur Attali. Police française… Bonjour, monsieur. Inspecteur Attali, de la brigade des stupéfiants, de Paris. J'espère ne pas trop vous déranger. Vous n'êtes évidemment nullement obligé de me répondre. Nous avons arrêté en flagrant délit une jeune femme qui vendait de la drogue en petites quantités. Elle s'appelle Virginie Lamouroux. Nous vérifions son emploi du temps durant les quinze derniers jours. Elle nous a dit avoir été à New York du samedi 1er au mercredi 5 mars, pour faire du tourisme, et vous y avoir rencontré. Pouvez-vous nous le confirmer ?

– (Blanc très marqué.) C'est exact.

Attali, après avoir raccroché :

– Il est dans la course lui aussi ?

Daquin hausse les épaules.

C'est seulement vers 8 heures du soir que Lavorel revient passage du Désir, tendu et excité.

– Anna Beric a été accusée en mars 1958 d'avoir assassiné son mac, un Yougoslave du nom de Yavitch, et inculpée. (Il consulte ses notes.) Le juge d'instruction, un dénommé Parent, aujourd'hui à la retraite à Meung-sur-Loire, a prononcé un non-lieu, après avoir entendu le témoignage de ses clients, deux marchands forains du boulevard de la Villette, Scalfari et Rigault, et un étudiant iranien, Osman Kashguri…

Daquin frémit. La poésie persane, janvier 1958, une rencontre inoubliable, O. Le même ?

– … l'inspecteur de police qui a mené l'enquête s'appelle Pierre Meillant.

Pierre Meillant. Daquin ferme les yeux et bascule dans son fauteuil. Pierre Meillant, le commissaire du Xe arrondissement. Ils étaient ensemble à l'École des commissaires, en 1971, et tout de suite Meillant l'a détesté. Fils d'ouvrier, ancien résistant, entré dans la police comme gardien de la paix en 1945, il a grimpé tous les échelons par la promotion et les concours internes. Inspecteur, puis commissaire à l'approche de la cinquantaine : une carrière exceptionnelle, à l'arraché. Chez Daquin, il ne pouvait pas supporter l'aisance du fils de famille, les études brillantes, commissaire à 26 ans. Et son goût pour les garçons, une liberté de plus, une provocation permanente. Il a fallu beaucoup de sang-froid à Daquin pour éviter la bagarre. Du sang-froid, et aussi l'admiration qu'il a pour Meillant : c'est un très bon flic. Le vrai patron dans son commissariat et dans son quartier, où il travaille depuis plus de vingt ans. Un homme de pouvoir : une conception de la police qui lui donne une bonne raison de plus de détester Daquin, qui aime dans le métier son aspect ludique. Daquin rouvre les yeux en prenant une profonde inspiration. Lavorel est toujours là, immobile avec un petit sourire.

– Et, évidemment, la question suivante est : y a-t-il toujours des liens entre Meillant et Anna Beric ?

– Évidemment.

22 heures,
villa des Artistes

Daquin est fatigué : journée longue et lourde. Soleiman aussi, apparemment. Il traîne dans le bain, en écoutant la radio. Il regarde ses pieds posés sur le rebord de la baignoire, et se souvient de son premier rendez-vous avec Daquin, dans cette maison. À moitié mort de peur. La lèvre supérieure encore brûlante du rasoir. Et Daquin, surprenant. Au lit, il n'a pas prononcé un mot. Autoritaire et attentif. Pas pressé. Jouisseur. À cet instant précis, Soleiman ressent un insolite sentiment de bien-être.

– Dépêche-toi, Sol. Les pâtes n'attendent pas.

Des spaghetti carbonara, c'est vite fait, délicieux. Pas envie de cuisiner longtemps.

Sur la table basse, Daquin a préparé un double de la liste des vingt-deux noms fournis par Romero et tout un jeu des photos prises par Attali et Romero.

– Je te laisse tout ça, c'est pour toi. La liste a été établie à partir des quatre noms que tu m'as donnés. Ils ont obtenu leurs papiers dans les mêmes conditions, à l'ONI, et sont tous censés travailler dans la même entreprise, qui leur sert probablement de couverture. Identifie-les, essaie d'établir les liens qu'ils peuvent avoir avec ceux que l'on connaît déjà, et localise-les. Sol, je te fais totalement confiance. Nous, nous travaillons sur les liaisons internationales et les complicités françaises. Je te donne tout le versant turc à Paris de l'affaire. Tu penses pouvoir faire ça dans les quinze jours ?

Grognement.

– Ce qui veut dire ?

– Ce qui veut dire d'accord.

10

Mercredi 12 mars

7 heures,
Nanterre

Romero bâille. Mal réveillé. C'est une banlieue de merde, entre petits pavillons fin dix-neuvième siècle, tours modernes et hangars industriels. Dans ce coin, c'est plutôt des hangars industriels, et des rues en impasse, à moitié défoncées. Mais c'est animé à cette heure-ci. Pas mal d'ouvriers et de camionneurs qui passent boire un café ou un ballon de rouge avant d'embaucher. Le café est situé juste en face de l'entreprise Morora. On ne peut guère trouver mieux comme poste d'observation.

– Un crème et un croissant, s'il vous plaît.

– Pas de croissant.

– Une tartine, alors ? Bon, un crème et une tartine.

Brouhaha de conversations. Romero prend son crème, s'assoit à une table près de la fenêtre, et sort *Le Parisien* de sa poche et un crayon, pour faire les mots croisés. Des camionnettes Renault commencent à sortir de chez Morora. À tout hasard, il note les heures de sortie, dans la marge du journal. Au volant de toutes les camionnettes, comme sur le siège du passager, des immigrés. Romero parierait que ce ne sont pas des Turcs. Des Maghrébins peut-être, mais pas des Turcs. Vers 8 heures, la porte semble définitivement close. Le café s'est vidé. Romero, encore un peu endormi, se lève, et se traîne jusqu'au comptoir. Le patron est du type alcoolique maigre, la quarantaine déjà bien usée.

– Patron, mettez-moi un petit blanc. Il faut que je me console. Mon copain m'a posé un lapin, on dirait. Vous me tenez compagnie ?

Le patron remplit deux verres.

– Je suis chauffeur-livreur, enchaîne Romero, et je viens de perdre mon emploi. (Le patron reste silencieux.) Vous croyez que ça vaut le coup que j'aille me présenter en face ? J'ai vu sortir plein de camionnettes, ce matin.

Le patron jette un vague coup d'œil de l'autre côté de la rue.

– Chez Moreira ? Oh non, sûrement pas, il n'emploie que des crouilles, et puis il ne fait pas de livraisons.

Romero pousse son verre dans sa direction.

– Remettez-nous ça. Sur les camionnettes, c'est marqué DÉRATISATION. Ça consiste en quoi exactement, le boulot ?

– Ils nettoient les vide-ordures, les conduits, les caves abandonnées, tous les endroits où on trouve des cafards, des souris, des rats. C'est un boulot infect, d'après ce que j'ai entendu dire. Comme c'est très sale, ils ne trouvent pas de Français pour le faire, et ils sont obligés d'embaucher des crouilles. Il n'y a que les deux chefs d'équipe qui sont français.

– Ça ne doit pas être une clientèle agréable ces gars-là, ils ne boivent pas, et toujours à chercher un mauvais coup.

Et Romero pousse à nouveau son verre vers le patron, qui sert la troisième tournée.

– Non, je ne dirais pas ça. Ils sont bosseurs ceux-là, et puis très calmes. Ils ne sortent jamais, vous savez, ils vivent là-dedans. Mais Moreira, le patron de la boîte, a passé un marché avec moi, et je leur fais à dîner tous les soirs. Ça arrange bien mes affaires, parce que le soir, ici, sans eux, c'est plutôt désert.

– Dites donc, ça fait des fameuses journées, ça, de 6 heures du matin, jusqu'à tard le soir.

– À 8 heures, tout est fini. Et l'après-midi, je fais la sieste.

– Et ils paient réglo, ces gars-là ?

– C'est là que l'affaire est bonne, collègue. (Sourire malin.) C'est Moreira qui paie, en bloc, toutes les semaines, un peu comme une cantine, vous voyez ? Je ne dis pas que ça ne permette pas un peu de gratte.

Quatrième tournée.

– Ce sont des Algériens ?

– Non, des Marocains. Et tous du même village, en plus. Ils sont tous arrivés ensemble.

– Bon, alors rien pour moi de ce côté-là. Et ailleurs, vous avez un tuyau ?

– Essayez à la boulangerie industrielle. Vous sortez de l'impasse, vous tournez à gauche, et c'est la troisième à droite. Je sais qu'ils ont un gros service de livraison là-bas.

Romero remercie, paye, et s'en va. Quatre blancs secs avant 9 heures du matin, quelques aigreurs d'estomac en perspective.

9 heures,
*commissariat du Xe*

Attali attend sous un porche, en face du commissariat du Xe. Il voit Virginie Lamouroux entrer et ressortir quelques minutes plus tard. Il s'approche d'elle, lui prend le coude d'un air familier, et lui dit :

– Pourquoi ne m'avez-vous pas parlé de Baker ?

Elle sursaute, pâlit, retire brutalement son bras et accélère l'allure. Attali la laisse partir.

9 heures,
rue des Petits-Hôtels

La grosse dondon regarde sa montre en ouvrant les bureaux de l'agence, sans remarquer la voiture de police garée à vingt mètres de là. Daquin, Thomas et Santoni traversent la rue, entrent sur ses talons, et sortent cartes et commission rogatoire.

– Police. Nous venons perquisitionner. (Saisissement de la dondon.) Vous êtes seule ici ?

– Oui, messieurs. Le directeur et sa femme ne sont pas là.

– À cette heure-ci, généralement, ils sont chez eux. Appelez-les au téléphone, ils ne tarderont pas, ils habitent juste au-dessus.

La dondon, impressionnée, va téléphoner, sans rien dire.

Moins de cinq minutes plus tard, le couple directorial pénètre dans le bureau. Les trois flics se sont assis autour de la table basse, et dévisagent les nouveaux arrivants, sans se lever. Lui est chafouin : c'est le mot qui vient à l'esprit de Daquin. Petit, un visage de rat, très blanc, avec un nez pointu, des yeux gris et des cheveux rares, gris eux aussi. Un rat un peu albinos. Elle ? Russe : grande, charpentée, blonde avec une grosse natte autour de la tête, visage blanc et rose, yeux bleus.

Ils se présentent : M. Bernachon, gérant de la société, Mme Irina Aratoff, son épouse, artiste chorégraphe (c'est elle qui a donné son nom aux ballets), et Mme Lilette Balland, secrétaire. Peut-on savoir de quoi il s'agit ?

– Mais bien sûr, dit Daquin, toujours assis. Nous enquêtons sur le meurtre d'une jeune Thaïlandaise. Vous la connaissez peut-être ?

Daquin sort de son blouson la photo de la morte.

Irina Aratoff, poitrine en avant et léger accent, dit très vite :

– Non, nous ne la connaissons absolument pas.

– Nous pensons qu'il pourrait s'agir d'une de vos jeunes danseuses, celle qui a disparu entre Paris et Munich. Nous allons donc perquisitionner vos locaux.

Les trois flics se lèvent. Thomas se dirige vers le bureau de la secrétaire, Santoni et Daquin vers ceux du fond. Fouille systématique et minutieuse. Chez la secrétaire, agendas, rendez-vous, listes de téléphones. Des dossiers classés, correspondances avec les compagnies aériennes, un courrier abondant avec les cabarets de Zurich et de Munich, on y parle de danseuses, de spectacles, de contrats.

– Elles ne reviennent jamais en Thaïlande, vos danseuses ?

– Si, bien sûr, mais ce n'est plus nous qui nous occupons de cette partie du voyage. Une fois en Allemagne, ou en Suisse, ce sont d'autres impresarii qui les prennent en charge.

Mme Aratoff allonge les i d'impresari-i de façon démesurée. Daquin rit.

Dans le bureau d'Irina Aratoff, des scripts, de la musique, des dessins de costumes, des commandes d'accessoires. L'artiste de la bande. Bernachon s'est réservé la Thaïlande : listes d'adresses, et les dossiers de chaque tournée. La liste des danseuses, avec la photocopie du passeport et du visa de chacune d'elles. Et la chorégraphie de chaque spectacle. Tout semble en règle. Les filles ont toutes, d'après les passeports, plus de 18 ans.

La dernière correspondance de Munich prend acte du fait que seules cinq danseuses sont arrivées à destination, au lieu des six attendues. Le règlement pour les ballets Aratoff sera donc réduit d'un sixième. Double de la protestation élevée par lesdits ballets, qui ont eu des frais et proposent que la perte soit partagée en deux.

– Dans le dossier de la dernière tournée, il n'y a que cinq noms. Pourquoi ?

– Nous avons envoyé la fiche de la sixième à Munich, comme preuve de notre bonne foi.

L'appartement, maintenant. Un cinq-pièces, très confortable, grande télévision, magnétoscope, appareils ménagers multiples. Assez mauvais goût, genre grande bibliothèque sans livres, mais remplie d'« objets d'art », et cave à liqueurs dissimulée derrière de fausses reliures. Mais rien, rien.

– Vous avez deux chambres de bonne, je crois ?

– Oui, si vous voulez bien me suivre…

Tout le monde monte au sixième. Deux chambres minuscules. Trois lits superposés dans chacune. C'est là que logent les danseuses pendant leur séjour à Paris.

– On viendra relever les empreintes, dit Daquin.

Mais la propreté minutieuse des lieux laisse bien peu de chances de trouver quoi que ce soit.

– Voudriez-vous nous montrer la cave maintenant ?

Tout le monde descend dans les caves. Le groupe s'arrête devant la porte n° 29. Bernachon l'ouvre : bouteilles de vin, quelques vieux meubles, deux tableaux en mauvais état, des valises. Thomas s'intéresse au contenu des valises : des vêtements de ski dans l'une, les autres sont vides. Puis il se tourne vers Bernachon.

– Nous avons terminé ici.

Et il attend. Bernachon referme la cave et se dirige vers la sortie.

– Hé mais, et l'autre cave ?

– Quelle autre cave ?

– Celle que vous sous-louez à votre voisine, la 39. Ouvrez-la, s'il vous plaît.

Début d'émotion chez les artistes.

– Nous n'avons pas la clé de cette cave, nous ne l'utilisons pas.

– La concierge en a une, peut-être ?

– Demandez-lui, nous n'en savons rien.

La concierge n'a pas les clés des caves. Elle en profite pour demander ce qui se passe. Rien du tout, lui répond Santoni, qui va chercher une pince monseigneur dans la voiture des flics garée devant la porte. Il revient avec un policier en uniforme, qui s'est proposé pour faire le travail, histoire de se distraire.

Cave 39. Trois verrous. Travail facile, une forte pesée sur chaque verrou suffit, la porte cède. La cave est pleine de livres. Ceux qui ne sont pas dans la bibliothèque, pense Daquin. Il en prend un et le feuillette. C'est un catalogue d'enfants thaïlandais. Chaque double page est consacrée à un enfant différent. Sur celle que regarde Daquin – à gauche, photo pleine page –, un gamin entre 10 et 12 ans, nu, mince, à la peau dorée et aux cheveux noirs, lourde frange, à genoux, les mains liées dans le dos, est en train de faire une pipe à un mastard blond à moustache d'une trentaine d'années, assis devant lui, tandis qu'un autre blond du même modèle est accroupi derrière l'enfant et l'encule en rigolant. Le tout sur fond de luxueuse piscine. Les deux blonds sont bronzés, on voit la trace blanche de leurs slips de bain et un début de bourrelet de graisse au-dessus de leurs hanches. Sur la page d'en face, deux photos du même gamin, toujours nu. Sur l'une, il est face à l'objectif, un peu déhanché, aguicheur. Sur l'autre, les yeux bandés, attaché à un tronc de palmier, il est en train de se faire cravacher sur les fesses et le dos par un des deux blonds, tandis que l'autre se paye une belle érection. En bas de la page, un nom, une adresse à Bangkok, un numéro de téléphone et un prix.

Daquin referme la brochure et la passe aux inspecteurs. Il a le visage fermé : ces images, pour lui, une vraie souffrance. Continue l'inventaire. Il y a toute une gamme d'éditions différentes, composées à partir des mêmes photos. Dans certaines séries, les adresses et les prix ont disparu. Ce ne sont plus des catalogues pour préparer des voyages, mais de simples recueils de photos pornos. Il y a des éditions où filles et garçons sont mélangés, d'autres où ne figurent que des filles, ou que des garçons. Le tout fait un bon millier de livres, tous destinés à une clientèle très spéciale de pédophiles sadomaso légers. Il y a un public pour ça.

Dans le couloir, c'est la consternation chez les artistes. La secrétaire dit à mi-voix : « Les parents n'ont qu'à surveiller leurs enfants. » Daquin la gifle à toute volée, un aller et retour, sans retenue. Elle tombe sur les fesses et hurle d'une voix suraiguë. La concierge dévale l'escalier de la cave pour se porter au secours de la malheureuse dame.

– Vous, lui crie Daquin, vous remontez en quatrième vitesse vous enfermer dans votre loge de merde et vous n'en sortez plus, ou je vous embarque pour complicité de meurtre et de viol sur mineurs !

Demi-tour digne, et disparition de la concierge. La secrétaire se tait d'un coup. Daquin se tourne vers Thomas et Santoni.

– Je sais que ça ne sert à rien, mais ça soulage.

Thomas continue la perquisition dans la cave. Sur les piles de droite en entrant, un carton d'archives. Il l'ouvre. Papiers divers. Il parcourt rapidement une lettre manuscrite où le correspondant félicite Bernachon pour la qualité des photos qu'il lui a procurées, et lui offre 60 000 francs pour un jeune garçon, 12 ans maximum. Il énumère ensuite complaisamment les traits physiques qu'il recherche, et l'usage qu'il compte faire du gamin. D'autres lettres du même genre. En somme, il y a dans les bureaux les papiers les plus officiels, et, dans une cave que l'on espérait à l'abri des curiosités, les affaires en cours jugées plus compromettantes. Et là, au milieu des lettres et des reçus, il tombe sur un passeport. Photo. C'est le passeport de la morte. Age : 20 ans. Le médecin légiste a dit 12 ans maximum.

– Ces trois salauds, à la BT, qu'on les sépare les uns des autres et qu'ils ne puissent absolument plus communiquer entre eux à partir de maintenant. On embarque des exemplaires de leur littérature, et tous leurs papiers. Faites garder les locaux jusqu'à ce qu'on pose les scellés. Je vous rejoins, je rentre à pied. J'ai besoin d'un peu d'air.

Dans la rue, Daquin marche vite. Les tempes serrées, douloureuses. S'allonger à côté de Soleiman, et ne plus penser à rien.

13 heures,
Nanterre-La Défense

Après avoir passé la fin de la matinée dans les services de l'URSSAF et des impôts, Attali retrouve Romero devant un hot-dog et un demi. La société Morora paraît limpide : vingt-deux travailleurs, tous déclarés, et les noms correspondent à ceux des Turcs relevés à l'ONI. Salaires intégralement déclarés et impôts payés. Rien à dire.

– Seul petit point, les travailleurs que j'ai vus ce matin ne sont pas turcs, mais marocains. Aucun doute là-dessus, j'ai traîné toute la matinée dans le coin, ce que j'ai vu et tous les témoignages concordent. Des Marocains. (Quelques minutes de réflexion.) On pourrait aller consulter l'inspection du travail.

– Tu ne les connais pas… En règle générale, les inspecteurs du travail ne donnent jamais un coup de main aux flics. Pour te dire la triste vérité, ils ne nous aiment pas.

– Ça existe, des gens comme ça ?

– Ça existe.

14 heures,
passage du Désir

– Attaquons les deux femmes, on verra l'homme après. Tâchons de faire vite. J'ai la migraine.

Irina Aratoff ne cède pas un pouce de terrain devant Thomas. Tête droite et corps cambré : un port de ballerine. Assis dans un coin du bureau, Daquin observe en se frottant le menton.

– Je vous préviens, j'ignore tout de la mort de cette jeune fille.

– Nous verrons. Expliquez-nous d'abord votre rôle dans l'entreprise de votre mari. Lui sert d'intermédiaire aux bordels de Munich et de Zurich. Et vous ?

– Les cabarets avec lesquels nous travaillons ne sont pas des bordels. Ils donnent des spectacles de danse de très bonne qualité. Et c'est moi qui choisis les musiques, écris la chorégraphie et fais répéter les jeunes filles pendant leur séjour à Paris. Mes ballets sont très appréciés de la clientèle allemande. (Et là, luxe de détails, on ne peut plus l'arrêter.) J'ai des références, j'ai travaillé dans la troupe de Carolyn Carlson.

L'inspecteur Thomas, un peu submergé, lui fait épeler le nom et le note à tout hasard.

Daquin quitte discrètement le bureau.

Un étage en dessous, Lilette Balland suffoque. Santoni lui a demandé si Bernachon baisait les fillettes.

– Comment peut-on supposer une chose pareille ? M. Bernachon est un homme d'une correction totale. Il aime sa femme. Jamais un geste ou une remarque déplacés à mon égard (coup d'œil incrédule de Santoni en direction de Daquin). Les jeunes filles sont très surveillées, vous savez. Mme Aratoff va les chercher elle-même à l'aéroport. Ensuite, elles vivent dans les deux chambres de bonne pendant le temps qu'elles passent à Paris. Elles mangent et travaillent la danse avec Mme Aratoff, à l'appartement… Elles ne reçoivent personne et ne sortent jamais.

– Un vrai couvent de jeunes filles. Donc, ce que vous venez de me dire, c'est que seul votre cher patron a eu l'occasion d'étrangler la fillette.

Daquin, accompagné de Thomas, vient s'asseoir devant Bernachon. Lui, il a parfaitement conscience de la gravité de sa situation. Daquin lui sourit.

– Nous avons appelé les Mœurs. Ils vont venir s'occuper de vous. Proxénétisme aggravé. Séquestration et violences sur mineures. Tout ça, ce n'est pas notre rayon. Par contre, nous vous inculpons d'assassinat et de violences sexuelles sur une mineure. Je ne vous l'ai pas dit ? Elle a été violée pendant, ou juste après son assassinat.

– Je ne l'ai pas tuée.

– C'est possible. Mais pour tout vous dire, je m'en fous. Son passeport était chez vous. Ses copines que nous allons interroger à Munich confirmeront qu'elle vivait chez vous. Et votre secrétaire, une perle de dévouement, nous a expliqué que les jeunes Thaïs ne voient personne d'autre à Paris que votre femme et vous. Votre épouse, c'est une artiste. Elle prétend ignorer jusqu'au sens du mot prostitution. En plus, la fillette a été violée par un homme : on a retrouvé du sperme. Vous faites un coupable beaucoup plus plausible que votre femme.

– Je ne l'ai pas tuée.

– Vous expliquerez ça à la cour d'assises.

Daquin se lève. Bernachon se tait. Thomas intervient.

– Monsieur Bernachon, réfléchissez vite. Vous n'avez qu'une façon d'éviter l'inculpation d'assassinat, et c'est de nous dire qui se trouvait avec la victime le 29 au soir.

Bernachon, manifestement, n'arrive pas à se décider. Daquin ramasse le dossier étalé sur le bureau. Thomas poursuit :

– Si vous l'avez vendue à quelqu'un, vous n'aggravez pas votre cas en nous le disant, et cela vous donne une chance d'échapper à l'inculpation pour assassinat. (Daquin se dirige vers la sortie.) Parlez, dites ce que vous avez à dire avant que le commissaire ne sorte de cette pièce.

– M. Simon.

Daquin fait demi-tour.

– Mais encore ?

– De temps à autre, je confie mes jeunes danseuses à des clients de confiance. Pour la soirée.

Daquin se rassied, rouvre le dossier.

– Le 29 au soir, je l'ai conduite chez M. Simon, qui dirige une société, Simon Vidéo, boulevard de Strasbourg.

– Que fait-il dans cette société ? Il tourne des films pornos ?

– Je ne sais pas, je ne lui ai jamais demandé. J'ai accompagné la fille chez lui, vendredi à 20 heures. Je suis venu la rechercher comme convenu, le samedi matin à 8 heures.

– Et alors ?

– Elle n'était pas là. Simon m'a dit qu'il ne savait pas où elle était. Nous avons tous les deux pensé à une fugue. Simon m'a dédommagé.

– Combien ?

– 20 000 francs, en liquide.

– Pourquoi avez-vous gardé le passeport chez vous ?

– À son âge, sans papiers, dans Paris, je croyais avoir une chance de la récupérer. Et les Allemands ne l'auraient pas acceptée sans des papiers en règle. Ça coûte cher, des papiers en règle.

Daquin a maintenant toute la tête dans un étau. Calcule qu'il lui reste à peine une heure de lucidité avant de s'effondrer.

– Occupez-vous d'organiser une descente demain matin chez Simon Vidéo. On se retrouve à 8 heures ici. Je rentre.

21 heures,
villa des Artistes

Soleiman vient s'accroupir à côté de Daquin, allongé sur le canapé dans la pénombre, les yeux clos, le visage livide.

– Qu'est-ce qui t'arrive ?

– Migraine. (Daquin n'ouvre pas les yeux, parle très bas, de façon hésitante.) Ça sera fini dans quelques heures.

– Tu veux que j'aille te chercher des médicaments ?

– Non, rien. Je ne prends jamais aucun médicament.

– Tu veux que je m'en aille ?

– Non. S'il te plaît, ne t'en va pas. Fais-toi à dîner, ne t'occupe pas de moi. Je monterai me coucher quand ce sera passé, vers 1 heure du matin.

Derrière ses paupières fermées, dans une obscurité rouge sang, ce sont les images des mastards moustachus et des gosses des catalogues Bernachon qui viennent battre au rythme des artères.

Très tard dans la nuit, Daquin, épuisé, se glisse dans le lit, embrasse l'épaule de Soleiman et s'endort instantanément, les lèvres sur sa peau.

11

Jeudi 13 mars

9 heures,
boulevard de Strasbourg

Daquin pénètre le premier chez Simon Vidéo. L'hôtesse d'accueil s'avance vers lui, grande, brune, bien roulée, une beauté assez stéréotypée, et tout sourire. Ça ne dure pas. Daquin a décidé qu'on jouerait le coup « à la dure », au moins au début, dans la mesure où on le joue aussi « à l'aveugle ». Les inspecteurs Thomas et Santoni entrent derrière lui et dégainent. La secrétaire, médusée, s'immobilise.

– Police. Appelez votre patron.

Deux cadres fort corrects, costume sombre et cravate, assis dans un coin, en train de bavarder, se taisent soudain. Silence pesant, les inspecteurs ont toujours le revolver à la main. L'hôtesse retourne derrière son bureau et branche l'interphone.

Monsieur Simon, on vous demande dans l'entrée… La police.

Daquin se dirige rapidement vers la porte du bureau sur laquelle est marquée DIRECTION et l'ouvre à la volée.

– Sors de là.

Un signe des deux inspecteurs, les cadres en profitent pour s'esquiver.

Simon sort, la trentaine dynamique, beaucoup d'assurance. Veste jaune sur une chemise en soie noire, pantalon noir. Daquin pense : Lavorel aimerait être là. Simon se défend comme un beau diable.

– Qu'est-ce que c'est que cette irruption, ces revolvers… Une entreprise respectable… Vous mettez mes clients en fuite, ma réputation…

Feinte, la colère ? Daquin, très officiel :

– Nous agissons dans le cadre d'une commission rogatoire sur un meurtre qui s'est produit dans la nuit du vendredi 29 février au 1er mars. Nous avons de bonnes raisons de penser que ce meurtre a été commis ici. Alors, nous prenons nos précautions.

Daquin fait un signe à Thomas, qui enfonce son revolver dans le dos de Simon. Celui-ci se calme d'un coup.

– Assieds-toi. Simon Vidéo, ça consiste en quoi ?

– On fait des films vidéo pour les entreprises, mais, surtout, on entraîne les cadres à s'exprimer en public et devant des caméras.

– Tu fais du film porno ?

– Absolument pas.

– Tu connais cette fillette ? (Photo de la Thaï morte.)

– Non. (Simon croise les mains.)

– Pourtant, Bernachon prétend qu'il l'a amenée ici vendredi 29 février au soir. Et elle a été assassinée dans la nuit.

Simon écarte les mains, hausse les épaules.

– Je ne connais pas de Bernachon.

– Fais-nous visiter tes locaux.

Thomas le pousse du bout de son revolver. Un tour dans les bureaux, vite fait, il n'y en a que trois, celui de Simon, un autre pour le secrétariat. (Où est la secrétaire ? L'hôtesse : C'est moi qui fais le secrétariat, j'occupe ce bureau quand il n'y a pas de clients à recevoir.) Troisième bureau, pratiquement vide.

– On le met à la disposition des clients qui louent nos installations pour la journée, et qui viennent avec leur propre encadrement.

– Et toi, tu n'as pas de cameraman ou d'animateur dans ton entreprise ?

– Non. Je fais tout moi-même. Et quand il y a trop de boulot, je fais appel à des intervenants extérieurs, payés à la prestation.

Et maintenant, les studios. Daquin se tourne vers l'hôtesse :

– Bouclez la porte d'entrée et suivez-nous.

Escalier en colimaçon. Ils descendent dans une sorte de vestibule carré, aveugle. Sur chaque côté du carré, une cabine vitrée, dans laquelle on voit une caméra vidéo fixée sur un pied. Écran de contrôle, projecteurs, prises et interrupteurs multiples, petit matériel, etc. Au fond de chaque cabine, une porte. Daquin ouvre : petit studio, entièrement tapissé, murs et plafond, de tissu blanc, une grosse moulure noire cerne chaque pan de mur, on dirait un écran de cinéma, épaisse moquette blanche, deux projecteurs fixes sur les murs. Et, au centre, une table et quelques chaises. Les quatre studios sont équipés de la même façon.

– C'est tout ? demande Daquin.

– C'est tout. (Simon est sur la défensive.)

Thomas s'y connaît un peu en vidéo. Il entre dans une cabine, furète, regarde dans le viseur de la caméra.

– Comment met-on le contact ?

– Depuis la table du studio.

Daquin met le contact. L'image est floue. Ronronnement d'un moteur électrique dans la caméra, et la mise au point se fait automatiquement sur la table. Thomas inspecte soigneusement la caméra. Il semble qu'il y ait deux positions de mise au point possibles, préréglées, mais la caméra, elle, est fixe. Il demande à Daquin de couper et de remettre le contact. Cette fois, il n'y a plus de bruit de moteur et la mise au point reste réglée sur la table. Bien. À quoi correspond la deuxième mise au point, et d'où la déclenche-t-on ?

Thomas repasse dans le studio, s'approche du mur du fond, face à la caméra, tâtonne, appuie sur la moulure de gauche, qui s'enfonce, et c'est tout le panneau qui coulisse. Le studio triple de volume. Un grand lit blanc au centre du nouvel espace, un frigo, une bergère. Au plafond, juste au-dessus du lit et sur les trois murs, de grands miroirs. Un interrupteur situé à la tête du lit permet de déclencher la caméra, la mise au point se faisant alors automatiquement sur le lit. Les quatre studios sont construits sur le même type. Daquin se tourne vers Simon.

– C'est un dispositif très astucieux. Explique-moi un peu à quoi ça sert.

Simon est soudain moins à son aise. Fini le brillant communiquant.

– Dans la journée, nous travaillons dans la première partie du studio.

– Je m'en doute. Ensuite ?

– Le soir, je loue les studios à des gens qui ont envie de garder un souvenir vidéo de leurs parties de baise. Ce n'est pas interdit. On a bien le droit de s'envoyer en l'air comme on veut. Je ne suis pas le seul à le penser, d'ailleurs. Il y a des gens de chez vous qui ont le même point de vue. Et qui n'apprécieront pas forcément votre rodéo.

– Nous verrons ça plus tard. N'oublie pas que dans un de ces studios une jeune Thaïlandaise de 12 ans a été assassinée. Nos laboratoires vont les passer au peigne fin, et, même si tu as fait faire le ménage, je te garantis que nous allons retrouver des traces de son passage et du meurtre. Et ça, tu vois, ce n'est pas encore admis.

Daquin sent passer un frisson chez Simon comme chez l'hôtesse. Se dépêcher de les emmener et de les interroger, ils sont mûrs. Ils remontent. L'hôtesse débloque la porte d'entrée. Daquin fait signe à un flic qui attend dehors.

– À partir de maintenant, je ne veux que des types de chez nous dans ce sous-sol. Santoni, restez ici et ramassez tout ce qui mérite de l'être dans les bureaux. Thomas, avec moi, à la brigade.

Dans la voiture de police qui les ramène à la BT, Daquin sent la tension entre la fille et le garçon. C'est presque matériel.

11 heures,
passage du Désir

Daquin confie Simon à Thomas.

– Interrogatoire dur, mais ne tapez pas dessus. Vous avez entendu, il a sans doute des protections. Moi, je prends la fille.

– Ton prénom ?

– Christinc.

– Quel âge as-tu ?

– 22 ans.

– Tu es la maîtresse de Simon ?

– Oui. (Faible et mal assuré, malaise évident.)

– Tu vas écouter très attentivement ce que j'ai à te dire. Tu peux m'interrompre quand tu ne comprends pas, mais pas pour me répondre, pas maintenant. Ensuite, je te laisserai seule pour réfléchir pendant un quart d'heure. Je commence. Tu es une fille moyenne. Moyennement jolie, moyennement intelligente, pas de vraie formation, et ta famille n'a probablement pas les moyens de t'entretenir à ne rien faire. Tu cherches du boulot et c'est très dur à trouver. Tu galères un peu, et tu couches à droite à gauche. Et puis tu tombes sur Simon. Il a du bagout, de l'aisance. Il te file du boulot, c'est peut-être un amant passable. Tu lui fais confiance. Tu es vite au courant de ses magouilles partouzardes, mais, malgré ou à cause de ça, tu as l'impression qu'il est capable de grimper et de se faire pas mal de fric. Tu rêves peut-être mariage. Comme tu es droguée aux romans Harlequin, tu t'imagines que tu es amoureuse de lui et, en ce moment, tu te montes tout un cinéma dans lequel tu te conduis comme une héroïne, tu vas le sauver des griffes de la police et ils se marièrent et eurent beaucoup d'enfants. Sauf que les choses ne se présentent pas du tout de cette manière… D'abord, il ne s'agit pas de partouzes, mais du meurtre d'une enfant. Je t'ai apporté des photos du cadavre, je vais te les laisser. Je te laisserai aussi le rapport d'autopsie. Tu ne comprendras peut-être pas tout. Mais tu pourras vérifier l'âge de la gamine, et tu verras qu'elle a été sodomisée après sa mort. Sur une affaire de ce type, tous les bons copains, les relations bien placées de Simon, bref, tous ceux qui profitaient de ses combines vont le laisser tomber. Ils veulent bien couvrir des parties de jambes en l'air plus ou moins légales, mais pas question d'être compromis dans des histoires de prostitution et d'assassinat d'enfants. Tu me suis ?

Elle fait signe que oui.

– Et, toi qui n'as sans doute rien à voir avec ça, tu vas te mouiller par esprit romanesque et te retrouver en taule pour complicité de meurtre. À ta sortie, tu ne retrouveras même pas Simon. Et, par-dessus le marché, tu ne retrouveras pas non plus de boulot. Toujours pour la même raison : les histoires sexuelles avec les enfants, même thaïlandais, ça ne plaît pas aux gens. Est-ce que tu vois le topo ?

Elle acquiesce à nouveau.

– Je vais prendre un café. Tu as exactement quinze minutes pour ne pas gâcher le restant de tes jours.

Quand Daquin revient, Christine est blanche comme un linge. Il s'installe tout de suite derrière la machine à écrire posée dans un coin et lui demande nom, prénom, adresse, état civil…

– Comment marche le système de location des studios de Simon ?

– Moi, je ne m'en occupais pas du tout. Mais je sais qu'il a des abonnés, en quelque sorte. Ils ont une clé de la porte d'entrée, et des studios.

– Ils venaient à n'importe quelle heure ?

– Non. Je pense qu'ils téléphonaient toujours avant pour prendre rendez-vous. Au téléphone, ils disaient : C'est à propos des soirées des abonnés, alors je ne demandais rien et je passais directement à Raphaël.

– Raphaël, c'est le prénom de Simon ?

– Oui.

– Le soir, tu quittais le bureau à quelle heure ?

– J'attendais Raphaël, on partait ensemble, pratiquement tous les soirs. Vers 6 ou 7 heures, ça dépendait du travail.

– Vous n'attendiez pas les abonnés ?

– Non. Je n'en ai jamais vu un seul.

– Et le vendredi 29 au soir… raconte.

La machine à écrire cliquette par rafales entrecoupées de longs silences.

– On a attendu Bernachon.

– Il venait souvent ?

– Pas très, mais enfin… disons assez régulièrement. J'ai dû le voir quatre ou cinq fois.

– Ensuite ?

– Il est arrivé avec la fille vers 8 heures. Elle n'avait pas l'air d'avoir 12 ans.

– Continue.

– Il est reparti et la fille est restée. Raphaël est descendu avec elle au sous-sol. Il est remonté au bout de je ne sais pas… peut-être dix minutes, et on est partis au cinéma.

– Tu peux préciser le temps qu'il est resté en bas ?

– Je me suis recoiffée, j'ai remis du rouge à lèvres, je me suis regardée dans le miroir, et il était là. Je n'ai pas eu le sentiment de l'attendre.

– Je vois à quoi vous occupiez votre temps. Peu importe. Comment Bernachon est-il venu récupérer sa fille ?

– Ça, je ne sais pas. Le lendemain, c'était samedi et je ne vais jamais au bureau le samedi.

– Et Simon, il y est allé ?

– Oui.

– À quelle heure ?

– À 8 heures.

– Bernachon venait seulement le vendredi ?

– Non, je ne crois pas.

– Alors, le matin, ça se passait comment ?

– Je ne sais pas. Je n'allais jamais au bureau avant 9 heures. À cette heure-là, je n'ai jamais vu aucune Thaïlandaise.

– Et Simon ? Il passait au bureau plus tôt ?

– Oui, souvent. Il avait beaucoup de travail à faire avant l'arrivée des clients.

– J'imagine… Et toi, tu ne lui posais jamais de questions sur ses activités ?

– Non. Au début, je ne savais rien. Et puis il m'a expliqué qu'il louait les studios et que je devais lui passer directement certains coups de fil. C'est tout. Pour le reste, il fallait simplement que je ne sois pas une emmerdeuse qui pose toutes sortes de questions.

Daquin finit de taper son rapport.

– Relis ça tranquillement. Et si ça correspond à ce que tu viens de me dire, tu le signes. S'il y a quelque chose qui ne va pas, tu me le dis tout de suite et on corrige.

Un temps, elle lit, appliquée.

– Ça va, je signe.

– Et maintenant, jeune fille, laissez-moi vous dire quelque chose : sortez d'ici en courant, cherchez un nouveau travail, un nouvel amant et oubliez Simon : il ne valait vraiment pas cher.

Déposition de Bernachon, déposition de Christine, Simon a bientôt craqué. Et raconté une drôle d'histoire. Il a commencé par aménager un studio en chambre et il le louait occasionnellement pour filmer des vidéos classées X. Mais, très rapidement, il a eu des demandes, émanant d'abord de sa clientèle d'entreprises, de location pour des partouzes privées que les participants avaient envie de filmer. Il s'est vite aperçu qu'il y avait là un marché très rentable. Comme c'est un homme plein de ressources et d'imagination, il a non seulement fait aménager les quatre studios sur le même modèle, mais il a également monté un club d'un genre très spécial. Cinquante membres, à 2 500 francs par mois. Chaque membre, lorsqu'il adhère pour la première fois, tire au sort un pseudo dans une urne qui en a contenu cinquante, et reçoit la clé de la porte d'entrée et des studios. Simon lui explique le fonctionnement des caméras. Extrêmement simple : tout est automatique. Ensuite, chaque membre du club téléphone en utilisant son pseudo : anonymat complet. Il retient un studio pour la soirée de la semaine, ou la demi-journée du week-end de son choix. Il peut venir avec les amis qu'il veut, à condition de ne rien dire sur le fonctionnement des studios, la discrétion de chacun garantissant la sécurité de tous. Il peut également commander des filles, ou des garçons, mais, là, Simon ne fait que l'intermédiaire et ne touche pas d'argent supplémentaire, les prestations étant payées directement aux prostitués, sauf dans le cas des Thaïlandaises, où il reverse l'argent à Bernachon.

– Revenons sur les Thaïs. Ça se passait comment ?

Bernachon amenait une (ou plusieurs) fille(s), Simon l'accompagnait dans un studio, elle se déshabillait et attendait le client. Simon bouclait ses vêtements dans la cabine caméra. Les clients, en s'en allant, refermaient le studio à clé derrière eux et la fille y passait la nuit. Le lendemain matin, dès 8 heures, Bernachon venait rechercher la fille, à qui Simon rendait ses vêtements. Ce samedi matin-là, quand Simon est arrivé, il n'a trouvé ni fille ni vêtements, et le studio était apparemment en ordre. Il a pensé que le client avait laissé filer la fille. Et il a dédommagé Bernachon pour la perte.

– Combien ?

20 000 francs. Ça lui a semblé raisonnable. Pas un instant, ils n'ont pensé à un meurtre : tous les abonnés

sont des gens « d'un très bon milieu ». Simon n'acceptait pas n'importe qui, il fallait être recommandé.

– Et donc, vendredi soir, vous ne saviez pas qui était avec la Thaï ?

Non. Simon sait simplement que ce soir-là, dans ce studio-là, son abonné s'appelait Icare. Mais qui est Icare ? Il ne peut le dire.

Daquin se lève.

– Prenez la déposition de Simon. Il nous faut la liste des pseudos, celle des abonnés et celle des « prestataires de services » auxquels il s'adressait habituellement. Plus ses comptes en banque et toute la comptabilité de son club. Sinon, on n'accepte pas un mot de son histoire tordue et on le fait inculper pour meurtre. Après tout, il a eu tout le temps de le faire. Je vous quitte, j'ai à faire là-haut.

Sobesky a plus d'une heure de retard, mais ne semble même pas s'en apercevoir. Il se dirige vers Attali, assis derrière le grand bureau. Petit, costaud, avec du muscle et du ventre. La gueule carrée, les yeux clairs, cheveux en brosse et collier de barbe grise. Ouvert, chaleureux. Attali et Romero se lèvent pour l'accueillir, se présentent et le font asseoir. Daquin, derrière le petit bureau, est plongé dans une pile de dossiers. Attali commence :

– Nous vous avons convoqué ici à 16 heures (il regarde ostensiblement sa montre), pour vous poser quelques questions sur la déclaration de disparition concernant Mlle Lamouroux que vous avez déposée le mardi 4 mars au commissariat du Xe. Pourriez-vous nous dire ce qui a motivé cette démarche ?

– Virginie est mon mannequin vedette depuis presque trois ans. (Sobesky, embarrassé, hésite un peu.) C'est aussi la petite amie de mon fils depuis six mois. Elle vivait chez lui. Vendredi 29 février, nous avions un dîner de famille, avec quelques amis. Après le repas, mon fils et Virginie se sont disputés assez violemment pour que Virginie parte seule. Je ne sais pas pourquoi, Xavier n'a pas voulu me le dire. Le lendemain matin, je suis parti en week-end avec des amis, à Deauville. Lundi matin, j'avais une présentation avec un gros client. C'est Virginie qui devait la faire. 11 heures, personne. C'était la première fois en trois ans qu'elle me faisait faux bond. Ma femme la remplace au pied levé. Elle a fait ça autrefois… il y a longtemps. Le client part – l'affaire est loupée, d'ailleurs –, je téléphone à mon fils à l'hôpital où il est de garde – il fait ses études de médecine –, et il m'apprend qu'il n'a pas revu Virginie depuis vendredi soir. Là, j'étais franchement inquiet. Dans la journée de lundi, nous avons téléphoné à tous les amis que nous lui connaissions, personne n'avait de nouvelles. Alors, mardi matin, je me suis décidé à passer au commissariat.

– Savez-vous que Virginie Lamouroux est de nouveau à Paris ? Depuis le 5 mars précisément ?

– Je l'ai entendu dire par un fabricant de mes amis.

– Elle ne vous a donc pas recontacté à son retour ?

– Non.

– Vous ne trouvez pas ça curieux ?

– Bien sûr que si, mais que voulez-vous que je vous dise ?

– Saviez-vous que Virginie Lamouroux s'est rendue du 1er au 5 mars à New York, où elle a rencontré votre associé, M. Baker ?

– Non, je n'en savais rien. (Sobesky a l'air franchement étonné.)

– Pour quelles raisons, à votre avis ?

– Comment voulez-vous que je le sache ?

– Connaissait-elle M. Baker depuis longtemps ?

– Il ne me semble pas qu'elle le connaisse.

– Depuis combien de temps M. Baker est-il votre associé ?

– Qu'est-ce que ces questions ont à voir avec ma démarche au commissariat ?

Romero prend le relais :

– Depuis son retour de New York, nous avons arrêté Virginie Lamouroux. Elle était en possession d'une certaine quantité d'héroïne.

– Virginie ? (La voix se casse dans les aigus.)

– Vous ne vous doutiez pas qu'elle trafiquait dans le milieu de la drogue ?

– Non, sûrement pas. J'aime beaucoup Virginie. Elle fait ce métier de mannequin, comme beaucoup, de façon transitoire, pour financer ses études. Elle veut devenir conservatrice de musée.

Attali et Romero imaginent un instant VL en conservatrice de musée. Difficile à cadrer.

– Elle a certainement eu pas mal d'aventures, c'est normal pour une fille, de nos jours. Mais de là à penser qu'elle vend de la drogue…

– Voilà pourquoi nous cherchons à tirer au clair ses rapports avec M. Baker.

– Moi, je travaille avec Baker depuis un an et demi. Nous nous sommes rencontrés au Salon du prêt-à-porter. Il m'a proposé un contrat de licence pour les États-Unis. J'ai accepté, évidemment. Et ça marche bien. Je n'ai jamais vu Baker et Virginie ensemble.

Daquin, sans bouger de son bureau :

– Travaillez-vous avec Mme Anna Beric ?

Sobesky se tourne vers lui, les sourcils froncés.

– Bien sûr. Quel est le sens de cette question ?

– Mme Beric a disparu en même temps que Virginie Lamouroux, mais elle n'a toujours pas refait surface, elle.

– Quel rapport voulez-vous qu'il y ait entre ces deux femmes ?

– Je n'en sais rien. C'est à vous que je pose la question. Est-ce qu'elles ont des relations professionnelles ?

– Non, elles évoluent dans deux secteurs très différents. À mon avis, elles ne se connaissent même pas. Anna est une très vieille amie. Elle a débuté dans le métier chez moi, comme retoucheuse, il y a à peu près vingt ans. Ensuite, toujours chez moi, elle a tout fait : mannequin, vendeuse, représentante, secrétaire. Je lui ai tout appris. Et elle est partie pour monter sa propre entreprise, il y a une dizaine d'années de ça. Depuis, j'ai continué à travailler avec elle. Et ne me dites pas qu'elle aussi elle se drogue, parce que je vous rirai au nez.

– Comment a-t-elle débarqué chez vous ?

– C'est le commissaire Meillant qui me l'a amenée. Il était inspecteur à ce moment-là. Elle était dans la merde, et il fallait l'aider. Elle s'en est drôlement bien sortie.

– Vous connaissez le commissaire Meillant ?

– Il a disparu, lui aussi ? (Sourire.)

– Non, pas que je sache. (Daquin lui rend son sourire.) C'était simplement une réaction de curiosité de ma part.

Sobesky prend l'air grave un instant. Puis :

– Je n'ai aucune raison de ne pas vous répondre. Oui, je connais Meillant depuis longtemps. Depuis le printemps 1943, pour être précis. J'étais enfant. Juif. Il était à peine plus âgé que moi. Il m'a sauvé la vie. Nous sommes restés très amis. Maintenant, je voudrais que vous m'expliquiez ce que je suis réellement en train de faire ici.

Attali reprend la parole :

– Tout simplement, monsieur Sobesky, nous vous informons officiellement que Mlle Lamouroux n'a pas disparu, que votre déclaration est donc classée, et nous vous remercions d'avoir bien voulu répondre à nos questions.

Sobesky se lève, serre la main des deux inspecteurs, jette un coup d'œil vers Daquin qui s'est replongé dans ses dossiers, et sort.

Daquin se lève pour faire du café.

– Où en sommes-nous, patron ?

– Je n'en sais trop rien, à vrai dire. Une seule chose est sûre : VL connaît Baker. Demandez-lui donc comment il se fait que Sobesky ne soit pas au courant.

Avant de partir, Daquin prend dans un tiroir de son bureau une grande enveloppe en papier kraft. À l'intérieur, deux grandes photos noir et blanc, prises sans doute au cours d'un cocktail. Sur chacune d'elles, une femme cernée d'un trait de crayon et un post-it de Lavorel : *Voici Anna Beric*. Elle est encore très belle. Grande, brune, effectivement. Brève réminiscence de la robe rouge dans l'armoire. Et deux photos plus petites : Meillant sortant du commissariat.

Meillant n'a pas seulement croisé une fois la route d'Anna Beric. Il s'est aussi occupé de lui trouver du travail. Il est peu probable qu'il l'ait complètement perdue de vue. Trop belle, trop fascinante. Et l'un et l'autre travaillent dans le Sentier.

12

Vendredi 14 mars

9 heures,
commissariat du Xᵉ

Attali attend Virginie Lamouroux. Elle entre dans la grande salle de garde, vient jusqu'à lui, petit signe de tête et sourire.

– Alors, ce registre à signer ?

Attali le pousse devant elle. Elle signe.

– Mademoiselle, puis-je vous dire que vous êtes ravissante ce matin ?

– Merci, monsieur l'inspecteur, votre compliment me va droit au cœur.

– Je n'ai qu'une question à vous poser. (Il se lève et lui prend le bras, moitié geste galant, moitié façon de s'assurer qu'elle ne s'enfuira pas en courant.) Comment se fait-il que Sobesky ne sache pas que vous connaissez assez bien Baker pour lui rendre visite à New York ?

Un peu perturbée par la question, Virginie, mais pas assez pour que sa bonne humeur en soit entamée. Elle sourit à Attali.

– Parce que Sobesky est un type qui se croit malin, alors que c'est un con vaniteux et naïf. J'en ai marre de lui, de ses petites combines, de la façon qu'il a de me mettre la main aux fesses. Marre de lui et de son fils. Et je les emmerde. Vous comprenez ça, monsieur l'inspecteur ?

Attali est submergé.

– Je comprends très bien, mademoiselle Lamouroux.

Elle s'en va de sa démarche dansante.

Romero, planqué à la sortie du commissariat, la prend en filature, de loin. Elle entre sous le porche d'un immeuble, rue des Vinaigriers. Romero jurerait qu'elle a fait un petit signe d'adieu de la main, dans sa direction. Il presse le pas, entre sous le porche à son tour. Plusieurs escaliers, trois cours en enfilade, deux autres issues vers le passage et vers la rue… Quelques minutes lui suffisent pour s'assurer que Virginie Lamouroux lui a volontairement brûlé la politesse.

10 heures,
autoroute du Sud

Après un début de matinée très tranquille, baise avec Soleiman et petit déjeuner au lit (blinis, crème fraîche, tarama, café), Daquin roule en direction de Fontainebleau. Il fait plutôt beau, ce n'est pas désagréable de s'éloigner un peu des saloperies de Bernachon-Simon. Au fait, ça lui fait combien, à Simon ? Cinquante abonnés à 2 500 francs, 125 000 francs par mois, sans impôts, merde !… En plus de ses revenus officiels… Évidemment, il faut déduire les sommes qu'il doit verser à ses protecteurs, dont nous n'avons pas encore entendu parler, d'ailleurs. Daquin ne roule pas vite, ça lui donne le temps de penser à un tas de choses. Et de faire un peu attention au signal d'alarme, complètement instinctif, qui lui dit que, maintenant que la circulation s'est raréfiée, en roulant à 110 kilomètres à l'heure, il n'est pas normal de trouver toujours derrière soi cette Citroën CX. Je vérifie, je fais le plein. La Citroën continue sa route. Mais, deux kilomètres plus loin, elle est de nouveau derrière lui. Daquin bifurque vers Barbizon, s'arrête sur le bas-côté, déploie une carte qu'il fait semblant de consulter, la Citroën le dépasse. Il repart. C'est maintenant une certitude. Faire suivre un commissaire, voilà qui n'est pas banal. Mais qui ? Les trafiquants ? Ou d'autres services de police ? Les tenants de la piste marseillaise, par exemple ? Comment réagir ? Tant que je n'en sais pas plus, prudence, j'attends, et je vois venir. Je vais quand même à Barbizon.

11 heures,
auberge du Bas-Bréau

L'auberge est ravissante. Un bâtiment ancien en façade, derrière, des constructions basses, plus récentes mais discrètes, un jardin plein de fleurs et de couleurs. Aucun doute, ce doit être un endroit merveilleux pour des rendez-vous amoureux. Daquin imagine très bien Anna Beric dans ce cadre. Moins bien Meillant. Mais après tout, peut-être qu'il le connaît mal. Il entre dans le bar. Style aux trois quarts anglais. Pas de clients, le barman est seul, il est encore un peu tôt dans la matinée.

– Un café, s'il vous plaît. (Il sort sa carte de police.) Rien de grave, rassurez-vous, une enquête de routine sur deux personnes dont nous avons des raisons de penser que ce sont des clients de l'auberge.

Photos. Le visage du barman s'éclaire d'un large sourire.

– Bien sûr, c'est Mme Beric. Une femme belle et délicieuse, très polie, et pas de ces emmerdeuses, si vous voyez ce que je veux dire.

– Je vois très bien. Elle vient souvent ?

– Oui, c'est une habituée. Je ne peux pas vous dire tous les combien, mais on la voit au moins une fois par mois.

– Et lui ?

– Je ne sais pas son nom. Il est toujours avec elle. La plupart du temps, ils arrivent séparément et se retrouvent au bar, vers 8 heures du soir, avant de dîner et de passer la nuit ici. Le lendemain, ils repartent chacun de leur côté. Mais c'est toujours elle qui paye. C'est drôle, hein ? Il n'a pas exactement le profil d'un gigolo.

– Non, pas exactement. La dernière fois que vous les avez vus ? À peu près ?

– Trois semaines ? Dites, j'espère qu'elle n'a pas d'ennuis sérieux ?

– De notre côté, non. Elle n'est mêlée que de loin à une histoire très compliquée, dans laquelle je cherche à l'entendre comme témoin. Merci beaucoup pour votre complaisance.

Et Daquin paie son café malgré les protestations du barman.

Un tour à pied, en flânant, dans la rue principale de Barbizon : ateliers de peintres et galeries exposant croûtes sur croûtes, et là, il n'a aucun mal à repérer la Citroën, garée dans une petite rue adjacente. Il en mémorise le numéro, déjeune tranquille à la terrasse d'un petit café, en lisant les journaux. Puis retour sans histoire vers le passage du Désir.

15 h 30,
passage du Désir

Vérifier le numéro de la Citroën CX. Aucune à ce numéro qui est celui d'une petite Renault : instituteur, MAIF, pas de vol signalé. Donc, fausses plaques. Ensuite, appeler Soleiman. Il téléphone d'un autre bureau, on ne sait jamais.

– Sol, je suis suivi, et je ne sais pas par qui. Précaution immédiate, tu ne viens pas me voir et tu ne cherches pas à me joindre, ni chez moi, ni au bureau. Je reprendrai contact dès que la situation sera éclaircie. Sois très prudent, Sol. Ne sors pas seul. Ce sont probablement les trafiquants et ces gens-là ont de gros moyens.

Aller voir Lavorel.

– Où en êtes-vous ?

– J'ai reconstitué à peu près tout le réseau de fabricants d'Anna Beric. Quand vous me l'amènerez, si vous me l'amenez, je serai en mesure de lancer la plus grande opération de redressement fiscal que le Sentier ait jamais connue. Je ne vous garantis aucun lien avec la drogue, mais argent noir et poudre blanche font souvent bon ménage.

– Meillant est toujours l'amant d'Anna Beric. Et ils cachent tous les deux très soigneusement leur liaison. (Lavorel regarde Daquin et attend la suite.) Vous allez demander rendez-vous à Meillant. Et le questionner sur le Sentier. Il est dans le coin depuis vingt ans, il connaît tout. Rien de plus normal que de lui demander son avis. (Daquin se donne un temps de réflexion.) Vous pouvez même évoquer Anna Beric. Après tout, nous serions de pitoyables flics si nous n'étions pas remontés jusqu'à elle.

– Qu'est-ce que vous voulez savoir, patron ?

– Je veux savoir où en est Meillant aujourd'hui. Samouraï ou préretraité ?

Thomas et Santoni hésitent entre le triomphalisme et le découragement. Simon a tout donné, les listes, la comptabilité. Cinquante abonnés. Une vingtaine de cadres haut placés dans de très grandes entreprises, six députés, deux sénateurs, trois avocats connus, deux journalistes de la télévision et un commissaire des Mœurs à la retraite depuis six mois. Les emmerdements ne font que commencer.

Ils ont également les pseudos des locataires du vendredi 29 février. Icare, donc, pour la jeune Thaï. Achille, Prométhée et Thésée pour les trois autres studios. Daquin a envie de rire. Voilà à quoi sert la culture grecque de nos jours. Prométhée pour aller tirer son coup et fumer un joint.

Et, dans la liste des « prestataires de services » habituelles, Virginie Lamouroux.

Silence.

– Une couverture pour fourguer ?

Thomas hausse les épaules. Daquin réfléchit à haute voix.

– Nous allons mettre officiellement les Mœurs dans le coup tout de suite et les laisser se débrouiller avec leur ancien commissaire et les hypothétiques, mais probables, protections de Simon. Nous, nous ne nous intéressons qu'au meurtre. Et à Virginie Lamouroux. Cette fois-ci, nous allons la mettre à l'ombre et voir un peu plus sérieusement ce qu'elle a à nous dire. Pour le reste, la suite la plus logique, c'est de prendre la liste des cinquante abonnés, après tout ce n'est pas énorme, d'interroger tout le monde, de vérifier les pseudos, les alibis, les habitudes en matière de consommation de drogue et de fillettes, et ce qu'ils savent sur Virginie Lamouroux. Mais, avec la clientèle dont on hérite, les trois quarts vont refuser de reconnaître leur appartenance au réseau. Si on les bouscule, on va avoir au moins la Commission européenne des droits de l'homme aux fesses et si on insiste un peu l'ONU. Sans parler de nos supérieurs directs. Laissez-moi ces papiers, je vais les lire, rédiger le rapport, et voir mon chef.

Au calme, fauteuil, café, pieds sur le bureau, Daquin lit attentivement la liste des abonnés. Les noms sont tapés à la machine, les uns au-dessous des autres. En face de chacun, la date d'adhésion, les dates de règlement des mensualités, par chèque ou en liquide. Tous sont à jour. Dans la marge, Thomas et Santoni ont noté quelques renseignements au crayon : *député... commissaire de police aux Mœurs jusqu'en 1979... journaliste au* Monde... Et trois noms, parmi les autres, qui lui disent quelque chose : Osman Kashguri, *banquier*, Franco Moreira, *entrepreneur*, Thémistocle Lestiboudois, *entrepreneur*.

Kashguri. Encore lui. Un ancien client d'Anna Beric, qui lui a donné un alibi pour le meurtre de son mac. Un Iranien. Des Iraniens m'ont appris à fumer l'héroïne, a dit VL. La drogue turque vient d'Iran. Il est temps de téléphoner à Lenglet, pour avoir des tuyaux sur ce Kashguri.

18 heures,
Nanterre

C'est l'heure de presse dans les entrepôts de la société Morora, l'heure à laquelle rentrent à peu près toutes les camionnettes.

– Inspection du travail. (Attali montre sa carte tricolore, vite, à un chef d'équipe débordé.) Le patron est-il là ?

– Non, M. Moreira n'est pas là. Il n'est pas souvent là le vendredi soir.

– Vous pouvez m'accompagner ? Je vais inspecter l'entreprise en votre compagnie. Monsieur ?…

– Janvier. Mais vous savez, moi, ici, je ne suis rien, juste un salarié.

– Bien entendu, monsieur Janvier, je vous demande votre nom pour l'inscrire sur le procès-verbal. Je voudrais d'abord voir les travailleurs.

Les gars étaient en train de ranger les camionnettes et d'en sortir le matériel et les produits. Depuis que le bruit circule que l'étranger, là, c'est l'inspecteur du travail, silence de mort, plus personne ne bouge. Les immigrés ne savent pas ce qu'est un inspecteur du travail, mais ils le perçoivent comme un danger. Janvier présente les travailleurs par leur nom, les uns après les autres. Attali note toutes les identités et demande le pays d'origine. Tous sont originaires du même village, dans le Rif marocain. Il demande aussi les cartes de travail. Moment de flottement.

– Ça, il faudra demander au patron. Nous, on n'est pas au courant.

– Ils n'ont pas leur carte de travail sur eux ?

– Non.

– Et leur carte de séjour ? (Pendant qu'on y est…)

– Non plus…

Atmosphère lourde. Attali, grave, note l'absence de papiers, demander à l'employeur, puis entreprend la visite des locaux.

– Où est affiché le règlement intérieur ?

Franche surprise de Janvier. Il en faut un ?

Attali, note sur le procès-verbal : *pas de règlement intérieur affiché non plus*. Dans la première moitié du hangar, les camionnettes sont garées et les outils et machines de travail soigneusement rangés. Sur les côtés, trois établis permettent de faire les réparations de fortune. Attali franchit la porte découpée dans la paroi du fond : deuxième moitié du hangar. Sol en terre battue, murs en tôle. Sur le côté gauche, des lits superposés, six rangées de quatre. Cinq ampoules nues qui se balancent au bout de très longs fils donnent une lumière sinistre. Dans le coin, une rangée d'armoires, sur le mur du fond, cinq lavabos, deux WC chimiques, sans cloisons, un frigo, deux plaques Butagaz, une grande table, et des bidons qui servent de tabourets. C'est à la fois sordide et minutieusement nettoyé et rangé.

Dans la partie droite du hangar, sans aucune séparation, les produits chimiques utilisés par l'entreprise sont stockés. Fûts, bonbonnes, cartons, soigneusement alignés et étiquetés. Attali note consciencieusement tous les noms des produits sur son carnet. Une rangée de bonbonnes, un peu à l'écart, aucune étiquette dessus. Il s'approche :

– Qu'est-ce que c'est ?

– Aucune idée, on ne s'en sert jamais.

Janvier n'a pas hésité, apparemment. Attali ouvre une bonbonne, une odeur très violente se dégage, qu'il connaît par cœur : anhydride acétique. Il n'en espérait pas tant.

– Et ça fait longtemps que c'est ici ?

– Je ne peux pas vous dire. J'ai l'impression que non.

Attali repasse dans la première partie du hangar. Les Marocains se sont rassemblés autour d'un établi, avec l'autre chef d'équipe. Visiblement, ils se voient déjà tous en taule, renvoyés chez eux. La misère et le déshonneur.

Attali salue les chefs d'équipe, informe qu'il appellera le patron lundi et sort dignement. Il entend derrière lui le brouhaha confus des conversations qui reprennent. Il s'assied au volant de la voiture de service qu'il avait garée devant le café d'en face. Coup de klaxon pour alerter Romero, accoudé au comptoir. Celui-ci salue le patron et saute dans la voiture à côté de son collègue.

– Alors, tu es arrivé à le persuader que nous étions des journalistes ?

– Oui, mais ça a été long et difficile. Il n'a jamais vu un journaliste de sa vie.

– Heureusement !

20 h 30,
passage du Désir

– Patron, la combine est géniale. Moreira déclare vingt-deux travailleurs qu'il n'emploie pas, les Turcs. Et il en fait travailler vingt-deux, qu'il ne déclare pas, mais qu'il ne paie pas non plus, les Marocains.

Attali est euphorique, comme un collégien qui aurait fait une bonne blague, et ça surprend, chez lui.

– Comment ça, il ne les paie pas ?

– Non, je suis sûr que non. Il les loge, faut voir comment, il les nourrit, mais il ne les paie pas. Ils sont tous originaires du même village. Moreira doit être de mèche avec un grand propriétaire marocain qui a probablement organisé leur passage, en leur faisant payer le prix fort. Les familles sont toutes restées au village. Comme ça, si un travailleur avait l'idée de protester, ce qui arriverait à sa famille là-bas lui en ferait vite passer l'envie. Son entreprise a l'air en règle, personne ne l'emmerde, ni le fisc ni l'inspection du travail. Les Turcs de la filière ont l'air de travailleurs innocents, et le patron fait un énorme bénéfice sur des travailleurs pour lesquels il ne paie que les charges sociales, mais pas les salaires. Ce qui nous change du Sentier, notez bien, où les patrons paient plutôt les salaires, mais pas les charges…

– Ça fait beaucoup de suppositions. Et on n'a pas le temps de creuser.

– Ce n'est pas tout. Dans les ateliers, j'ai trouvé de l'anhydride acétique planqué au milieu des autres produits chimiques. L'activité de l'entreprise est idéale pour acheter sans attirer l'attention les produits chimiques dont les Turcs ont besoin pour raffiner l'héroïne, et qu'ils rapportent probablement chez eux par le même moyen qu'ils utilisent pour amener la drogue ici.

– Ça, c'est plus solide. Nous allons faire mettre Moreira, entreprise et domicile, sur écoute. Vous les suivrez avec les autres. Il y a du neuf pour VL. Elle est mouillée dans une combine tordue de prostitution dans laquelle elle joue les intermédiaires. Et en plus, dans la liste des clients, on retrouve Moreira et Lestiboudois. Nous avons toutes les chances d'être tombés sur un réseau de revente de notre drogue. Ou d'une autre. Mais, cette fois-ci, nous avons assez d'éléments pour lui faire cracher le morceau. Attali, vous la retrouvez le plus vite possible, vous l'arrêtez, et vous me la ramenez ici pour interrogatoire.

La nuit est tombée. Calme absolu dans le passage du Désir. Prendre le temps de réfléchir. Je suis encore en plein brouillard, mais, au moins, j'ai plusieurs pistes. Moreira et la mise en place de la filière ? VL, Lestiboudois, le club Simon et la revente ? Anna Beric et le ramassage du fric ? Mais rien qui puisse me raccrocher à la mafia et à l'extrême droite turque. Sauf peut-être, une fois, la présence de la banque de Chypre et de l'Orient. Rester modeste dans le rapport.

D'abord, les résultats concrets obtenus par Attali et Romero : quelques mots sur Moreira et Martens, pour appuyer une demande de mise sur écoute téléphonique, le plus tôt possible. Rien sur les méthodes employées, évidemment. Ensuite, Bernachon-Aratoff, c'est déjà fait. Tout sur la combine Simon. La liste des clients. Bien obligé. Les réactions en haut lieu ne vont pas se faire attendre. Les deux affaires doivent rester sous la responsabilité de mon groupe, la présence de Virginie Lamouroux, comme celle de Moreira, montrant qu'elles sont liées au trafic de drogue. Rien sur la CX et l'éventuelle filature. Attendons. Quant à Anna Beric et Meillant, ça, c'est mon jardin secret.

Terminé. Il est plus de 11 heures du soir. Fatigue. Déposer le rapport en remontant vers la maison. Et véritable regret de ne pas retrouver Soleiman. Souvenir du corps endormi sous la couette orange. La peau bronzée et le sexe plus foncé, presque noir. Pas la peine de rentrer dîner. Une choucroute dans une brasserie sur le chemin fera l'affaire.

13

Samedi 15 mars

10 heures,
passage du Désir

– Nous allons commencer par quelques hommes d'affaires, et quelques politiques, pris un peu au hasard.

Thomas et Santoni écoutent et griffonnent des notes, soulagés que Daquin prenne les choses en main.

– Nous n'avons rien contre un homme qui fréquente les putes, de quelque acabit que ce soit. Donc, *a priori*, nous jouons extrêmement doux. Mais nous cherchons à éclaircir le meurtre d'une enfant thaï, commis le 29 février dernier par un certain Icare. Donc, qu'ils nous donnent leur pseudo, ce qu'ils faisaient le 29 au soir, ce qu'ils ont pu voir s'ils sont passés au club Simon ce soir-là… s'ils veulent bien. Et, comme nous sommes obstinés, nous aimerions aussi savoir s'ils connaissent Virginie Lamouroux, dans quelles circonstances ils l'ont fréquentée, s'ils l'ont utilisée pour se procurer des filles et de la drogue… Nous allons les contacter par téléphone. Évidemment, ils ne sont pas obligés d'accepter de nous rencontrer. Mais nous pouvons leur dire que nous enquêtons sur un meurtre et des violences sexuelles à l'égard d'une enfant et qu'au cas où nous serions obligés d'obtenir une commission rogatoire pour qu'ils viennent nous parler en tant que témoins, nous serions beaucoup moins discrets. Voilà des listes de noms à joindre au téléphone. Tout est clair ? Au travail.

Une fois seul, Daquin commence par Lestiboudois. Pas à son domicile, il joue au golf, à l'International Club du Lys, à Chantilly. Téléphone au club-house.

– M. Lestiboudois vient juste d'arriver.

– Passez-le-moi. De la part du commissaire Daquin.

Il suffit qu'il évoque le club Simon pour obtenir un rendez-vous. À 13 heures, au club-house du Lys.

– Je viendrai avec l'un de mes inspecteurs.

– Je vous attendrai dans le hall. Je vous garde à déjeuner, évidemment. Je retiens une table tout de suite.

Et maintenant, Kashguri. Pourquoi résister à la curiosité de le connaître ? Kashguri est dans l'annuaire et décroche à la première sonnerie.

– Monsieur Kashguri ? Commissaire Daquin, de la brigade des stupéfiants. Je ne vous dérange pas ?

– Je travaille. Que me voulez-vous ?

– Nous venons d'arrêter M. Simon pour proxénétisme aggravé. Vous figurez sur la liste de ses clients réguliers.

– Ce n'est pas illicite.

– Je le sais aussi bien que vous. Mais j'aimerais vous poser quelques questions sur le fonctionnement de ce club privé.

– Et si je refuse ?

– Je demanderai une commission rogatoire au juge, je l'obtiendrai et je vous convoquerai de façon disons… plus officielle.

– Bien. Je consulte mon agenda. Je peux venir vous voir mercredi prochain, 10 heures. Je préfère me déplacer. Où dois-je me rendre ?

– Je voudrais vous voir plus tôt.

– Cela ne me sera pas possible. D'ailleurs, vous n'iriez pas plus vite en passant par le juge.

Daquin laisse passer un temps.

– Mercredi 10 heures, au siège de la 10e brigade territoriale, passage du Désir, Paris Xe, bureau du commissaire Daquin.

Il raccroche, immobile quelques instants, regarde fixement l'appareil. Ce ne sera pas facile.

13 heures,
rue Piat

Toute une matinée à attendre dans une R5 du service devant chez Martens. Immeuble ancien, mais très rénové, juste au-dessus du parc de Belleville. Sans doute une des plus jolies vues de Paris. Radio, mots croisés, c'est bougrement long, une matinée. Martens sort de chez lui à pied, costume-cravate, élégance sobre et classique. Quelques dizaines de mètres et il entre dans un restaurant, au coin de la rue Piat et de la rue des Envierges. Accueilli comme un habitué. Table réservée à la fenêtre. Il commande une bouteille de champagne. Arrive une ravissante jeune femme, yeux et cheveux noirs, visage chaud et vivant. Elle enlève son manteau, long, gris, et, dessous, une robe archicollante, archicourte, orange. Romero en siffle d'admiration.

Déjeuner bien arrosé, apparemment très gai. Dehors, il fait frisquet et triste, rien à bouffer. Est-ce vraiment le métier que j'aurais dû faire ?

Puis ils remontent tous les deux, bras dessus, bras dessous, chez Martens. Ce mec est un salaud et un veinard. Romero profite de l'accalmie pour manger un sandwich.

13 heures,
Chantilly

Avec Santoni, voiture de service, direction Chantilly. Daquin ne met pas très longtemps à repérer la voiture qui les suit. Ce n'est plus une CX, mais une 405 Peugeot. Filature très bien faite, plus discrète que la veille. Il faut dire que la circulation est plus dense. Daquin s'arrête devant un tabac, note le numéro de la 405 quand elle passe devant lui. Puis il continue jusqu'au club du Lys, sans plus s'en soucier. Santoni n'a rien remarqué.

Arrivée au club du Lys. Daquin hait les clubs de golf, son enfance lui remonte à la gorge, tous ces week-ends où il était abandonné dans ces ambiances luxueuses et pseudo-anglaises. Arrête, maintenant. Pense à autre chose. Une migraine dans la semaine, ça suffit.

Lestiboudois les a repérés et se dirige vers eux. Petit bonhomme aux cheveux blancs, aimable et rondouillard, élégamment vêtu d'une veste de laine et daim beige sur chemise sport marron et d'un pantalon de velours assorti. Il les pilote vers la salle à manger. Une table réservée, un peu à l'écart, près d'une grande baie vitrée. Nappes blanches, service feutré. Apéritifs ? Daquin commande un margharita, Santoni un whisky, comme Lestiboudois.

Daquin s'assied, le dos à la baie vitrée, pour ne pas voir les links de golf vert artificiel et les taches jaunes soigneusement dessinées des bunkers. Il se rappelle : un dimanche, enfant, au bar du golf de Saint-Cloud, son père dans un immense fauteuil en cuir, buvant un whisky et racontant, coup après coup, avec une chaleur humaine qu'il réservait exclusivement à ce sport, la partie qu'il venait de jouer. Il avait tourné à 8 au-dessus du par, lui, l'amateur du dimanche, qui tournait d'habitude entre 15 et 18. La partie de sa vie. Pendant ce temps-là, sa mère était en train d'agoniser sous les effets d'un savant cocktail de médicaments. Elle était morte quand ils étaient rentrés. Et le petit Théo avait toujours pensé que son père savait. C'est pour cela qu'il avait si bien joué ce jour-là. Et moi, je lui ai servi d'alibi.

Lestiboudois pose sa main sur l'avant-bras de Daquin.

– Tout va bien ?

– Tout va bien, monsieur Lestiboudois. Pour être tout à fait franc avec vous, j'ai un peu de mal à vous imaginer en train de faire des galipettes devant les caméras du club Simon.

– Vous avez bien raison. Je ne me suis jamais allongé sur ces lits.

Le maître d'hôtel arrive. Des mixed grills. Avec un saumur frais.

– Expliquez-nous, alors, pourquoi ces sommes tous les mois ?

– Je suis responsable du secteur exportation dans une grande firme française de cosmétiques et de produits de beauté…

– Nous le savons.

– À ce titre, je reçois les clients étrangers qui viennent du monde entier signer avec nous de très gros contrats. Paris a une certaine réputation. Quand ils arrivent ici, ils veulent… (hésitation, gêne ?), soyons clairs, ils veulent de la fesse. Les Folies Bergère, ou le Crazy Horse, ça ne correspond plus au niveau d'exigence de notre clientèle. Peut-être des concessionnaires Chrysler de l'Iowa ou des paysans danois, mais pas des gens comme ceux avec lesquels nous traitons. Les réseaux spécialisés de call-girls pour hommes d'affaires, qui fournissent de très jolies filles, polyglottes, capables d'accompagner nos clients dans des dîners, ou au spectacle, et qui couchent ensuite, c'est déjà d'un bon niveau. Nous en utilisons quelques-uns. Mais le club Simon, croyez-moi, c'est une idée géniale. Nous y avons trouvé des mannequins superbes, que nos clients avaient parfois déjà vues en photo dans les magazines, et qui savent garder un petit air amateur. Et puis, cette espèce de secret, des abonnés, un pseudo, une clé, excitant. Et la cassette… Ils repartaient avec et ils étaient enchantés. Un souvenir vraiment personnalisé, et pas ringard, du « gay Paris ». Certains, qui sont venus plusieurs fois, arrivaient avec leur propre cassette d'enregistrement, sur laquelle ils avaient déjà préparé un générique. Je pense que le club Simon nous a aidés à enlever quelques très gros contrats internationaux. Un bon investissement.

– C'est l'entreprise qui payait ?

– Bien sûr. Inclus dans les frais généraux. Moi, j'accompagnais nos clients, vérifiais que tout allait bien, et puis je m'en allais.

– Quel pseudo utilisiez-vous ?

– Homère. Je crois que tous les pseudos sont plus ou moins tirés de l'Antiquité grecque.

– Bon, passons aux filles que vous utilisiez. Au fait, il n'y avait que des filles ?

– Non, pas toujours. (Lestiboudois est rose de confusion.)

– Restons-en aux filles. Qui jouait les intermédiaires ?

– Simon nous avait donné les coordonnées d'une certaine Virginie Lamouroux. Je lui téléphonais quelques jours à l'avance. Je lui disais à peu près ce qu'il nous fallait, elle se chargeait de tout. Ça a toujours été parfait. Et pour beaucoup moins cher que les réseaux de call-girls classiques.

– Comment s'effectuaient les règlements ?

– Dans notre cas, nous nous étions mis d'accord pour que les filles ne demandent rien aux clients. Elles adressaient directement leurs factures, le lendemain, à l'entreprise. Je vérifiais tout. S'il y avait un litige, je le réglais avec Virginie. Une fille formidable, commissaire. Bon, ce sont des activités un peu spéciales, mais elle fait ça pour financer ses études, vous savez.

– Oui, je sais. Elle veut être conservatrice de musée. Vous la contactiez comment ?

– Par téléphone. Je tombais sur un répondeur. Elle me rappelait toujours dans la journée. Pour le règlement, elle m'envoyait sa facture et je lui expédiais le règlement à son adresse postale.

– Et là, encore les frais généraux de l'entreprise ?

– Bien sûr.

– Quelques questions annexes. Qui vous a mis en rapport avec le club Simon ?

– M. Hershel, un industriel très en pointe dans la micro-informatique. Un secteur lui aussi très exposé à la concurrence internationale.

– Avez-vous parfois utilisé les services de jeunes filles thaïlandaises ?

– Je ne le pense pas, non. Notre impératif est de faire parisien.

– Aviez-vous loué un studio, le vendredi 29 février au soir ?

– Non, commissaire. Nous louons toujours en semaine. Le week-end, nos clients rentrent chez eux.

– Dans leur famille…

– C'est cela, dans leur famille.

– Y avait-il consommation de drogue dans ces soirées ?

– Pas que je sache. (Lestiboudois est de nouveau tout rose.) Mais ce n'est pas impossible. Je n'y étais pas.

– Allons, un peu de courage, il s'agit d'un entretien privé.

– Certains clients y ont fait allusion devant moi. Ils m'ont simplement dit que les filles leur procuraient toutes les substances dont ils pouvaient avoir envie. Il suffisait de demander. J'ai fait celui qui ne comprenait pas.

– Et sur les factures ?

– Ça n'est jamais apparu.

– Pas en tant que tel, mais sous une autre forme peut-être…

– Eh bien, oui, certaines factures étaient plus élevées que d'autres, et j'en ai demandé une fois la raison à Virginie, elle m'a donné la liste des produits qui avaient été fournis à nos clients ce soir-là. Après, je n'ai plus jamais posé de questions.

– De quels produits s'agissait-il ?

– Hasch et LSD, ce jour-là. Écoutez, commissaire. J'ai bien conscience que tout cela n'est ni très légal ni très moral. Mais nous sommes engagés dans une véritable guerre économique, il ne faut pas affaiblir nos entreprises face à la concurrence étrangère. Ce serait affaiblir la France elle-même.

– Ne vous donnez pas tant de peine, monsieur Lestiboudois. Si je voulais, je pourrais faire le discours à votre place.

Une glace, un café.

– Merci pour tout, monsieur Lestiboudois.

Retour. Santoni conduit. Daquin à la place du passager. Silence.

– Quand je vais raconter ça à Lavorel, il va jouir. (Et, quelques kilomètres plus loin :) Les joueurs de golf sont capables de tout.

Santoni perplexe.

16 h 15,
passage du Désir

– Patron, j'ai de bonnes et de mauvaises nouvelles. Par lesquelles voulez-vous que je commence ?

– Commencez par me faire un café, Attali. Et attaquez par les mauvaises.

– VL semble introuvable. Elle n'a pas dormi chez sa copine, n'a pas laissé de message, et le fils Sobesky ne l'a pas revue. Aucun de ses employeurs n'a entendu parler d'elle depuis hier midi.

– On verra demain matin. Ensuite ?

– L'équipe des Stups qui surveille les boutiques depuis lundi dernier a laissé un gros paquet de photos. J'ai travaillé dessus, je les ai confrontées avec les nôtres. J'ai constitué un fichier d'une trentaine de visages, disons le noyau dur qui fréquente les boutiques. Il n'y a plus qu'à les identifier. On pourrait commencer par les confronter aux vingt-deux noms trouvés à l'ONI. Ça risque d'être long et de demander pas mal de monde.

– Je ne crois pas. Je m'en charge. Ensuite ?

– Les collègues des Stups nous signalent qu'aucun des habitués, mis à part le gérant, n'a pointé son nez vendredi.

– Hier ? Tiens, ça m'intéresse. Demandez-leur de maintenir quand même leur surveillance jusqu'à lundi.

– Vous croyez que les trafiquants peuvent avoir neutralisé les boutiques après l'arrestation de VL ?

– C'est bien possible. Rien d'autre ?

– Si. L'associé américain de Sobesky est à Paris.

– Allez-y. Racontez. (Daquin est tout d'un coup très tendu.)

– Sobesky a téléphoné hier soir à un fabricant avec lequel il avait rendez-vous pendant le week-end à Deauville, pour le décommander, son associé étant arrivé impromptu de New York. Il dîne avec lui aujourd'hui.

– Baker ne l'avait pas appelé ?

– Non. J'ai tout réécouté. Aucune trace.

– Jeudi ou vendredi, Baker est à Paris. Vendredi, VL disparaît. Les boutiques sont mises hors circuit. Une coïncidence ?

– Attendez, ce n'est pas tout. Vendredi, presque toute la journée, Sobesky s'est violemment engueulé au téléphone avec ses représentants. Ils ne veulent pas placer sa nouvelle collection d'imperméables, les prix sont trop bas, les marges insuffisantes.

– Passionnant.

– Ces impers vont être livrés à la fin du mois. Ils arrivent de Roumanie.

La Roumanie : six cents kilomètres de frontière commune avec la Bulgarie.

18 heures,
villa des Artistes

Taxi. Passer se changer à la maison, prendre un bain, lire un peu avant d'aller retrouver Lenglet. Une lassitude, d'un coup. Pense qu'il est probablement suivi, et qu'il rentre dans une maison où Soleiman n'est pas, et c'est dommage. Il ouvre la porte. Et s'immobilise brutalement, une fois la porte fermée, sans allumer la lumière. Ça sent le tabac froid. Pas assez fort pour alerter un fumeur, mais aucun doute possible pour lui, qui ne tolère aucune cigarette chez lui. Un inconnu est entré ici, et y est resté assez longtemps pour fumer une ou plusieurs cigarettes. Pour quoi faire ? Chercher des papiers ? Il n'y en a aucun. Poser des micros ? Des bombes ? Si j'allume la lumière, ça peut sauter. Mais si je n'allume pas et que je ressors immédiatement, l'homme qui me suit peut être là, dehors, sans doute sous le porche en ce moment, et saura que je sais. Et si ce sont les trafiquants, mes chances de les coincer diminuent. Daquin s'accroupit, tourne le dos à la pièce et, bras tendu, allume.

Rien ne se passe. Bien. Il s'assied par terre, respire, se décontracte. Maintenant, le temps de réfléchir. Quelqu'un le piste. Pour savoir où en est l'enquête ? Il y a des moyens plus simples et plus discrets, pour les services de police concurrents comme pour les trafiquants. Pour trouver des moyens de pression sur lui et le faire chanter d'une façon ou d'une autre ? Des gens qui savent qu'il est homo. Ça fait beaucoup de monde. C'est possible. Chez lui, ils auraient alors posé des micros. C'est le plus probable. Inutile pourtant de prendre des risques. Je ne bouge pas et demain je fais examiner la maison par des spécialistes. Encore deux heures avant d'aller rejoindre Lenglet. Il se cale le plus confortablement possible. Rien à lire à portée de main.

Le souvenir de son père, comme à midi, au golf. Autoritaire et froid. Froid. Il n'a jamais touché son fils. Pas un baiser, pas même une poignée de main. Il mettait des gants pour faire l'amour avec sa femme, ma mère. Ma mère qui se bourrait d'alcool et de médicaments pour oublier son mari, mon père. Les moments les plus heureux de son enfance, les interminables randonnées en forêt pendant les vacances chez sa grand-mère. Et puis le viol, dans cette même forêt, l'année de ses 13 ans. L'année de la mort de sa mère. Tout à coup, une pensée obsédante : je n'ai aucun moyen de protéger Soleiman. Un flash : le corps bronzé, sous la couette orange. Endormi. Inanimé. Je ne veux pas que tu meures.

17 heures,
hippodrome de Vincennes

Martens, au volant de sa R5, pénètre dans le parking réservé aux propriétaires et aux entraîneurs. Romero lui laisse prendre un peu d'avance, puis se présente avec sa carte de flic. Le contrôleur hausse les sourcils, mais le laisse entrer. Le temps de se garer, plus trace de Martens. Romero entre dans l'enceinte du champ de courses et se procure le programme de la nocturne qui commence dans deux heures. Dans la deuxième, L'Or du Rhin, propriétaire D. Martens. Il entre dans la zone des écuries, trouve celles des chevaux de la deuxième. Et là, dans le dédale des boxes, il aperçoit Martens, fébrile, qui tourne autour d'un très joli trotteur, petit gabarit, alezan brûlé. Juste comme Romero passe à leur hauteur, le driver et le lad poussent gentiment, mais fermement, Martens hors du box.

– Barrez-vous, vous rendez le cheval nerveux. Allez boire un coup, on se retrouve après la course.

Inspiration. Romero attrape Martens par le bras, grand sourire, et enchaîne :

– Eh bien, c'est cela, je vous emmène, allons boire ensemble.

Martens s'appuie sur son bras, et le suit. Martens ne veut pas monter au restaurant panoramique, il préfère rester dans le grand hall où s'entassent les parieurs, il se sent plus anonyme comme ça, il aimerait bien rentrer sous terre. Tous deux vont boire un pastis au bar du rez-de-chaussée. C'est la cohue, mais pas de risque de se perdre, Martens s'accroche à Romero comme s'il était tout d'un coup toute sa famille.

– Vous savez, c'est la première fois qu'un de mes chevaux court à Vincennes.

– Vous en avez beaucoup ?

– Non, seulement deux. Ils sont entraînés dans l'Orne, à deux cents kilomètres de Paris. Je suis obligé de faire de grands déplacements pour les voir courir, mais je ne manque jamais une de leurs courses. Et vous ?

Rester évasif, sinon comment expliquer sa présence dans le périmètre des boxes ? Mais la question et la réponse n'ont aucune importance, Martens ne s'intéresse qu'à ses chevaux et à lui-même. Romero commande une nouvelle tournée de pastis.

– Vous avez fait vos paris pour la première ?

– Non, pas encore.

– Allez-y vite, je vous attends ici et on ira s'installer dans les tribunes.

Romero n'a jamais joué, ni sur un hippodrome, ni au PMU, au tabac du coin. Il observe ce que font les gens qui le précèdent et joue deux fois 10 francs gagnant sur deux chevaux au hasard, le 4 et le 11. Et pour la deuxième, 500 francs gagnant sur L'Or du Rhin. Je ne peux pas faire moins. Est-ce que ça sera accepté dans mes frais, ça, c'est une autre histoire.

Ils montent dans les tribunes. Martens est blanc, tendu, de plus en plus silencieux. Romero est pris par le spectacle. Les projecteurs font une lumière irréelle dans le demi-jour. Les sulkys passent et repassent devant les tribunes, chevaux mécaniques, chevaux volants, démarrages ahurissants. Et le grondement des tribunes qui commence, en sourdine. Il fait frais. Les chevaux sont sous les ordres. Ils sont partis. Romero cherche à repérer le 4 et le 11. Il n'y parvient pas. Heureusement, le speaker est là, qui accompagne toute la course d'une sorte de récitatif. Le grondement monte. Le 4 prend le commandement, les tribunes hurlent, le 4 a gagné, les tribunes se vident. Romero, sonné, se retourne vers Martens : J'ai gagné. Pauvre sourire de Martens : Félicitations.

– Vous m'avez l'air assez mal en point. Je ne vous quitte pas. J'irai me faire payer tout à l'heure.

– Vous savez, voir mon cheval courir à Vincennes, pour moi, c'est important. Je n'aurais pas cru ça possible. Mes couleurs sur ce terrain. Mais vous avez vu, la cote n'est pas bonne.

– Vous êtes propriétaire depuis longtemps ?

– Cinq ans. Cinq ans que je leur consacre tout mon fric, et tous mes week-ends.

Cinq ans au moins que dure sa combine, pense Romero. Les chevaux de la deuxième sont entrés sur le terrain.

L'Or du Rhin, n° 5, casaque grise, deux bandes orange, toque orange. Pour Romero, un flash : la robe de la fille au déjeuner, le même orange, et le manteau était gris. Un cadeau de Martens ?

Les chevaux sont sous les ordres. Départ à l'autostart, sur la ligne d'en face. Martens s'accroche au bras de Romero. Le speaker a repris sa psalmodie. Le 5 rate son départ, s'enfonce dans les profondeurs du peloton. Romero se surprend : cœur serré. Martens vacille, marmonne, parle à son cheval comme une mère à son bébé malade. Les chevaux passent devant les tribunes. Grondement des sabots, grondement des tribunes. Le 5 dans l'anonymat. Romero n'arrive pas à le localiser. Ligne d'en face, le 5 se rapproche à l'extérieur. Dernier tournant : le 5 enclenche la vitesse supérieure, tout seul à l'extérieur. Dernière ligne droite, le speaker survolté, le 5 déborde le peloton, effort superbe, pointe de vitesse, ligne d'arrivée, le 5 passe en tête. Romero est haletant, et tellement hypnotisé par la course du 5 qu'il n'a même pas entendu les tribunes cette fois-ci. Il se retourne vers Martens, assis, blanc comme un linge, des larmes au bord des yeux.

– Excusez-moi, j'ai la tête qui tourne.

Romero le regarde : ne plus le lâcher d'une semelle maintenant, il va craquer. L'instinct de la chasse. Il l'attrape sous le bras et le remet sur ses pieds.

– Il faut aller accueillir les vainqueurs.

Il le soutient pour marcher.

Bousculades, rires, embrassades, félicitations. Officiels, coupe. Tout cela, plutôt rapide. Le driver court dans la quatrième, il n'a guère de temps à consacrer à Martens. Celui-ci accompagne son cheval jusqu'à son box. Romero en profite pour foncer se faire payer ses tickets gagnants pendant que commence à se courir la troisième. Encaisse plus que sa paie du mois. Trouve que la soirée vire au surréaliste. Court jusqu'aux boxes.

Retrouve Martens, qui contemple son cheval, amoureux et sonné. C'est vrai que c'est beau, un trotteur après la course, comme désintégré par l'effort. Le lad s'active pour le laver, le sécher, lui protéger les jambes.

– Venez, c'est fini. On va fêter ça.

Martens se réveille.

– D'accord. (Au lad :) Dites à votre patron qu'on est au Rendez-Vous des Trotteurs, s'il veut nous rejoindre après les courses.

22 heures,
Closerie des Lilas

Le pianiste entame un air de jazz. Daquin s'assied à la table de Lenglet, qui l'attend sur la banquette rouge de la brasserie, en costume-cravate, strict.

– Comment ça va aujourd'hui, au Quai ?

– Comme ci comme ça. En ce moment, j'en ai marre de l'air confiné de la maison mère. J'ai envie de retourner au Moyen-Orient, pour être aux premières loges lorsque se déclenchera la guerre mondiale que Giscard nous a annoncée au nouvel an.

– Tu n'y crois pas ?

– Pas du tout. Pas plus que toi, j'imagine ? Je me souviens que nous avions souvent les mêmes analyses et les mêmes réactions à Sciences Po.

– Oui, mais c'était il y a plus de dix ans. J'ai peut-être perdu la main.

– Steack tartare. Deux. Et un beaujolais frais.

– Tu as trouvé des choses sur mon bonhomme ?

– Oui, j'en ai même trouvé beaucoup. Celui-là, méfiance, prudence. N'y touche que si tu es parfaitement sûr de ton coup, sinon, il aura ta peau.

– Ça t'ennuie si je prends des notes ?

– Pas du tout, mais, comme d'habitude, rien ne vient de moi. Commençons par le début. Il appartient à une grande famille iranienne, propriétaires fonciers richissimes, familiers du shah. Il a fait Polytechnique à titre étranger, promo 1959. Ensuite, passage aux États-Unis, puis retour en Iran. À partir de 1970, il a servi d'intermédiaire pour les négociations de tous les contrats importants entre la France et l'Iran, en particulier Eurodif. C'est lui qui a emporté la décision iranienne. Je n'ai pas vérifié le chiffre exact, mais je te rappelle quand même que ça portait sur plusieurs milliards de francs. En janvier 79, il a quitté Téhéran, à peu près en même temps que le shah, mais lui est venu en France. Accueilli par des représentants du gouvernement à l'aéroport, tu vois un peu le tableau. Apparemment, il a encore beaucoup de contacts là-bas, où les luttes politiques sont assez complexes, puisque la Banque centrale d'Iran l'a pris comme expert dans le procès qu'elle a intenté à Paris contre la Bank of America. Là, les enjeux se chiffrent en milliards de dollars. Il est également « consultant » du groupe parlementaire d'étude sur l'Iran et expert du gouvernement français sur les questions iraniennes dans les groupes de travail européens. En ce moment, en pleine crise des otages, chantage américain, menaces de guerre et tout le reste, pas la peine de te faire un dessin. À côté de ces activités plus ou moins officielles et qui doivent être largement rémunérées, il est également fondé de pouvoirs pour l'Europe de la banque de Chypre et de l'Orient, peu connue ici, mais qui est le pivot de tout le trafic d'armes au Moyen-Orient. Je te laisse imaginer ce que cela représente. C'est un vrai puissant.

Daquin se renverse sur sa chaise. Le pianiste attaque le thème de *Blue Monk*. Il n'est pas à la hauteur, mais ça ne fait rien, ça rappelle les grands. Moment d'intense bonheur. Un adversaire, un vrai. Un défi, un sentiment de danger. Ce gars-là, un de ces quatre, je le tiendrai dans ma main.

Lenglet le regarde en souriant :

– Théo, un jour tu vas te casser la gueule.

– C'est possible. Si j'en réchappe, je te rejoins au Moyen-Orient, et tu m'engages comme mercenaire.

– En attendant, on chasse un peu ce soir ?

– J'ai plutôt envie de me saouler, mais je t'accompagne un bout de chemin.

23 heures,
Vincennes

Un bistro populaire, de l'autre côté de l'avenue de Joinville. Lads, drivers, entraîneurs, propriétaires, parieurs, escrocs divers, tout le monde ici vit du trot et en parle. Martens entre, suivi de Romero. Un murmure : il est déjà connu des habitués. Il gagne le bar, et annonce :

– Tournée générale, j'arrose mon cheval, L'Or du Rhin dans la deuxième.

Martens a retrouvé tout son aplomb, mais il est déjà légèrement saoul. Romero sait comment orienter la suite des événements. Picoler le moins possible, faire boire Martens un maximum et se tenir prêt à le ramasser. Deux heures à tenir, au milieu d'un va-et-vient incessant, dans le bistro perpétuellement bondé. Il se sent vaguement nauséeux, pas assez mangé.

Et puis, d'un coup, Martens tombe dans les pommes. L'émotion, l'alcool. Romero le rattrape au vol. Je le ramène chez lui. Personne n'a l'air de s'en soucier. Il le porte jusqu'à la R5. L'air frais, quelques claques, Martens revient à lui, Romero l'aide à vomir. Il lui fait les poches, clés de la voiture et de la maison, puis le charge dans la R5. Il dort. En route.

14

Dimanche 16 mars

1 heure,
rue Piat

Romero traîne Martens endormi hors de la voiture. Pas de code à l'entrée de l'immeuble, juste un interphone. Ascenseur, cinquième. Ouvrir, ça marche. Allonger le bonhomme dans l'entrée. Allumer et faire le tour de l'appartement : spacieux, bien aménagé, cuisine, grande salle à manger, chambre d'amis, peut-être un peu froide. Dans l'entrée, un escalier en colimaçon. Romero monte, et là, bluffant : un grand espace complètement dégagé, d'immenses baies vitrées qui donnent sur une terrasse fleurie et, au-delà, tout Paris, de Montmartre à Montparnasse. À cette heure-ci, la ville est faiblement éclairée, c'est émouvant. À droite de l'escalier, un lit immense et, derrière, une baignoire à deux places encastrée dans une estrade. Le long du mur, des placards, un lavabo. À gauche de l'escalier, face à Paris, un bureau plein de tiroirs, une table basse et des canapés. Romero ouvre quelques tiroirs. Des dossiers, soigneusement rangés dans des chemises, chacun portant un nom et un numéro. Il feuillette. Inespéré : tout le trafic est là, classé comme on apprend à le faire dans les administrations.

Romero descend, charge sur son dos Martens qui ronfle, le hisse difficilement jusqu'à la chambre. Il ronfle toujours. L'allonge sur le lit, et, précautionneux, lui enlève ses chaussures. Puis il se précipite vers le bureau, tout en gardant un œil sur le dormeur. Martens approvisionne en cartes de séjour et cartes de travail vierges, mais déjà tamponnées, tout un réseau de distributeurs : des ambassades étrangères, et des policiers français essentiellement. Pas d'entreprises. Rien sur Moreira. À l'ambassade turque, c'est un certain Turgut Sener qui achète cent cartes par an. Martens les vend 2 000 francs pièce. À ce moment précis, Martens se redresse sur son lit et marmonne. Romero se dirige rapidement vers lui, surtout ne pas hésiter, sort son revolver, et lui en assène un coup sec avec la crosse derrière l'oreille. Martens retombe comme une masse. Le temps de vérifier qu'il n'est pas mort, et Romero se rue de nouveau vers le bureau. Demain, Martens sera probablement incapable de se souvenir de quoi que ce soit.

Examiner tous les dossiers, systématiquement, et prendre des notes. Tout remettre à sa place exacte, laisser le moins de traces possible. Il est 5 heures du matin quand Romero s'en va, après avoir jeté un dernier coup d'œil à Paris luminescent. Martens dort d'un sommeil paisible. Éteindre toutes les lumières. Laisser les clés par terre dans l'entrée.

Romero repasse chez lui. Médiocre, cet appartement... Deux pièces minuscules, cuisine, salle de bains. Sur une cour, calme et soleil, au-dessus d'une usine de salaisons, bonjour les odeurs, l'été. Il prend une longue douche, se rase, change de vêtements... et retrouve le paquet de billets dans la poche de son pantalon. Il les avait oubliés. Il les range soigneusement dans le tiroir de la cuisine. Avale un énorme petit déjeuner : du pain, des œufs, du fromage, un jus d'orange et un demi-litre de café. Le patron va être content, et lui s'est franchement amusé.

1 heure,
quartier de l'Opéra

Un bar, fauteuils profonds, lumières tamisées, piano, rencontres. Au sous-sol, les contacts sont plus poussés. Lenglet descend rapidement. Mais Daquin n'a aucune envie de le suivre. Enfoncé dans un fauteuil installé dans un coin sombre, il sirote des cognacs, les yeux mi-clos. Il va boire jusqu'à la fin de la nuit. En trinquant avec le souvenir de sa mère. De temps à autre, regard circulaire. Qui est là pour le surveiller ? Peut-être ce quadragénaire un peu coincé, sur un haut tabouret, devant le bar ? Ou l'un de ces adolescents pleins de charme qui passent et repassent devant lui toute la nuit ? L'un d'eux, au petit matin, vient s'asseoir sur ses genoux.

– Alors, beau brun, tu picoles en solitaire ?

Daquin lui ébouriffe les cheveux, l'embrasse sur le front. Un autre jour, peut-être. Puis il se lève. Descend rapidement au sous-sol, se rend dans les toilettes. Itinéraire connu, déjà emprunté. Une porte marquée PRIVÉ, un couloir sans lumière, plusieurs portes fermées et, au bout, une autre porte, un escalier, une cour, encore une autre cour. Et enfin une rue, parallèle à celle du bar.

Il fait jour. C'est toujours un petit choc, de retrouver ainsi la lumière, après une nuit passée à boire dans l'obscurité. Ne pas laisser s'installer l'ivresse. Marcher vite, jusqu'aux Halles toutes proches. Cabine téléphonique, appeler le patron. Heure décente, il est 7 heures.

– Venez tout de suite.

Taxi, immeuble bourgeois boulevard Malesherbes, quartier sinistre. Grand appartement au deuxième étage, silencieux. Toute la famille doit dormir. Le patron l'entraîne dans la cuisine, bonne surprise : un petit déjeuner solide est préparé sur la table. Du café, des brioches, du beurre, de la confiture, du jus d'orange et des yaourts. Juste ce qu'il faut pour éponger la nuit. Daquin raconte. La filature – suivi au moins deux fois – et, hier, sa maison visitée. Des gens de chez nous, ou les trafiquants ?

Le patron fait la gueule. Le coup du tabac froid, une vraie histoire de vieille fille. À qui va-t-il pouvoir faire avaler ça ? Mais ne pas prendre de risques, ne pas permettre qu'il arrive quoi que ce soit à l'un de ses plus brillants commissaires.

– Je me charge personnellement de cette affaire. Laissez-moi vos clés. Et rendez-vous ce soir dans mon bureau.

Si Daquin n'est pas devenu fou, s'il est vraiment pisté, qui est-ce qui tire les ficelles ? Aucune certitude.

10 heures,
passage du Désir

Daquin sourit à Attali et Romero. Il se sent de moins en moins ivre.

– Qui commence ? Attali ?

– VL ne s'est pas présentée au commissariat ce matin.

– Bon, Attali, au travail. Avis de recherche à toutes les polices. Et trouvez-moi tout sur cette fille, sa famille, ses amis, ses clients.

Daquin se tourne vers Romero, qui raconte sa soirée et sa nuit. Il sent l'intérêt et l'amusement de Daquin et devient brillant. Attali l'envie.

– Martens vend à ses correspondants des documents vierges, mais authentiques, à 2 000 francs pièce. Les clandestins, eux, vont les payer entre 5 000 et 7 000 francs avec leur nom dessus. C'est lucratif. Mais je ne pense pas qu'il soit directement impliqué dans la filière drogue. Ses clients sont très diversifiés.

Et Romero pousse le paquet de notes prises pendant la nuit devant Daquin, qui les feuillette distraitement.

– Il a un moyen de vous retrouver, ce Martens ?

– De me reconnaître, oui, bien sûr. Mais de me retrouver, non. Il ne sait strictement rien de moi, pas même mon nom.

– Il va s'apercevoir rapidement que son bureau a été fouillé ?

– Pas nécessairement. J'ai pris les dossiers un par un et j'ai remis les feuilles exactement dans l'ordre. J'ai fait très attention. Je n'ai pris qu'un seul original.

Et Romero pose sur le bureau une feuille couverte de chiffres et de dates. Tous les mois, dix cartes de séjour et de travail vierges. Prix unitaire : 2 000 francs. Dates des livraisons et des règlements. Destinataire : Pierre Meillant. Daquin ne cherche pas à cacher sa surprise et son excitation.

– Romero, vous avez vraiment la chance qu'il faut pour faire un bon flic. Pas un mot à Thomas et à Santoni, évidemment, ils sont proches de Meillant. Et côté turc, qu'est-ce que ça donne ?

– Le correspondant de Martens à l'ambassade, celui qui achète des papiers régulièrement, est un certain Turgut Sener. C'est tout ce que je sais. Les vrais papiers destinés aux Turcs qui nous ont mis sur la piste de

Martens et de Moreira ne semblent pas avoir été achetés. Du moins, je n'en ai pas trouvé de traces. C'est peut-être un échange de bons procédés.

– Il faut trouver tout ce qui peut rattacher ce Sener au Sentier et à la drogue. Si j'ai bonne mémoire, vous avez déjà établi un « contact » à l'ambassade ?

– Oui, commissaire.

– Eh bien, c'est juste le moment de l'activer, comme disent nos flèches des services secrets.

Romero se sent un peu gêné. Mais rien à dire. Il y a deux mois de cela, quand il est venu travailler avec Daquin, une cousine lui a téléphoné : une lointaine parente (« C'est une petite-fille de la sœur de l'une de nos arrière-grand-mères. – Arrête, je ne suis plus ») venait de débarquer en France comme secrétaire à l'ambassade de Turquie. Tiens, intéressant, ça. Elle aimerait rencontrer des Français, sortir un peu. (« Pour tout te dire, j'ai l'impression qu'elle aimerait bien épouser un Français pour quitter la Turquie, où elle ne veut plus remettre les pieds, m'a-t-elle dit. ») Aïe !... Romero imagine aussitôt un pruneau desséché et revêche... Depuis, il a téléphoné deux fois à la lointaine parente, conscience professionnelle oblige, sans jamais la rencontrer. Le problème en somme, c'est de resserrer les liens téléphoniques tout en évitant les relations collantes. Bah... J'y arriverai.

Nouveaux rendez-vous avec des abonnés du club Simon. Le premier avoue sans aucune réticence sa participation au club, sous le pseudo de Minos (ça aurait bien convenu pour un assassin d'enfant, Minos), et donne à peu près la même version que Lestiboudois. Son secteur à lui, c'est les dérivés du pétrole. Les clients arabes ont adoré les soirées au club Simon. Après, ils emmenaient tout le monde, filles et garçons, finir la nuit dans les boîtes les plus chères de Paris et faisaient projeter en public les cassettes qu'ils venaient d'enregistrer, quand ils étaient contents de leurs performances.

– Vous y étiez ?

– Moi ? Ah non, jamais. On m'a raconté.

Les Thaïlandaises : jamais essayé, ça ne faisait pas assez parisien. Il ne connaît pas Virginie Lamouroux.

Le deuxième est plus intéressant. Un certain Lamergie, qui fait dans l'agro-alimentaire. Son pseudo, c'est Thésée (Tiens… enfin), et il reconnaît qu'il a toujours participé aux soirées que sa société offrait aux clients étrangers. Et qu'il a utilisé à plusieurs reprises les services de jeunes Thaïlandaises. Quand Daquin lui précise qu'il s'agissait de gamines de 10 à 14 ans, d'esclaves achetées, vendues et enfermées sans vêtements dans les studios pour qu'elles ne puissent pas s'enfuir, il ne semble pas choqué outre mesure et affirme simplement ne pas avoir été au courant. Il connaît bien Virginie Lamouroux, à qui il a eu recours à de nombreuses reprises.

Et le vendredi 29 février au soir ? Il sort son agenda. Justement, il était au club, avec deux clients et des filles fournies par Virginie Lamouroux.

Les noms ? Estelle, Maud et Véronique, il n'en sait pas plus, mais pourrait les reconnaître.

N'a-t-il rien remarqué, ce soir-là ? Non. La soirée s'est finie assez tôt, vers minuit, difficile d'être plus précis. Dans le petit hall du sous-sol, il a croisé Virginie Lamouroux, qui sortait d'une cabine de projection.

– Vous en êtes sûr ?

– Certain. (Il feuillette son agenda.) C'est la dernière fois que je suis allé au club. J'ai salué Virginie, elle avait l'air très en forme. Je lui ai proposé de se joindre à nous pour le dîner, mais elle a refusé.

– Elle était seule ?

– Oui.

– Et vous vous rappelez de quelle cabine de projection elle sortait ?

Lamergie se remémore la scène.

– Je venais du studio du fond. (Daquin vérifie rapidement sur la feuille de notes devant lui.) Virginie sortait de la cabine tout de suite à gauche, au pied de l'escalier.

Daquin jette un nouveau coup d'œil à son plan, mais il le sait déjà : c'est le studio loué à Icare, celui où, selon toutes probabilités, a eu lieu le meurtre.

Lamergie parti, Daquin jure deux ou trois fois à haute voix, arpente son bureau en frappant de temps à autre la cloison, la table, les chaises. Comment ai-je pu laisser partir cette fille ? Lamouroux, mêlée maintenant au meurtre de la Thaï… Je me suis comporté en misogyne imbécile, je sous-estime toujours les femmes.

C'est la bonne heure pour téléphoner à New York un dimanche matin. Il doit être 10 ou 11 heures, les gens sont déjà réveillés, et encore chez eux. Daquin passe dans un bureau vide, appelle New York et trouve du premier coup Franck Steiger chez lui. C'est un très bon ami, du FBI. Ils ont travaillé un an ensemble sur une affaire délicate et l'Américain est son obligé.

– Steiger ? Ici Daquin… J'ai un vrai service à vous demander. Baker, vous connaissez ? Actuellement, il dirige une grosse boîte de prêt-à-porter à New York et travaille beaucoup avec l'étranger.

Silence de l'autre côté de l'Atlantique. Puis :

– Daquin, je ne vous demande pas pourquoi vous vous intéressez à lui, mais aucune référence à cette conversation ?

– Bien entendu.

– Il passe pour un citoyen au-dessus de tout soupçon. C'est un ancien de la CIA. Il est encore consulté régulièrement par certains, dans cette maison et à côté.

– Qu'entendez-vous par « il passe pour » ?

– Je n'entends rien de précisable.

– Une dernière question : quand a-t-il quitté la CIA, et quels étaient ses derniers postes ?

– Je n'en sais rien. Je vous téléphone ça dans la soirée ? Enfin pour vous, dans la nuit ?

– Envoyez plutôt un télex au siège de la brigade des stups.

– Je serai en France dans deux ou trois mois. Je passerai vous voir.

– Je vous donne l'adresse de mon bureau actuel.

– Passage du Désir ? Dites donc, ça fait rêver, une adresse pareille…

14 heures,
dans Paris

Première assemblée générale de tous les adhérents turcs du Sentier. À l'ordre du jour : que faire, face à la décision du ministre, qui, après une dizaine de jours de négociations, a pris l'initiative d'ouvrir un bureau de régularisation sur des critères qui ne tiennent pas compte des propositions du comité. Tout le monde sait que la discussion va être houleuse. Au mieux, la régularisation gouvernementale, telle qu'elle est proposée, ne concernera que 10 à 20 % des travailleurs turcs. Pour pouvoir discuter tranquillement, à l'abri des oreilles indiscrètes des RG, une confédération syndicale a prêté une salle de réunion calme et bien aménagée : deux cent cinquante places assises, fauteuils et tablettes pour écrire. Et toujours inoccupée le dimanche.

La salle se remplit vite : cinq cents personnes, rien que des hommes, moustachus. Atmosphère surchauffée. Brouhaha, il faut crier pour se faire entendre. Et bientôt, on ne se voit presque plus, tant la fumée des cigarettes est épaisse. Partout des affichettes DÉFENSE DE FUMER. Traces de mégots écrasés sur la moquette et sur les sièges. Dans l'entrée en pierre polie, une machine distributrice de café. Les gobelets sales débordent des poubelles, envahissent le hall et la salle de réunion.

À la tribune, Soleiman, trois Français qui soutiennent le comité et participent aux négociations et un étudiant turc qui a accepté de venir traduire pour les Français. Soleiman ouvre l'AG en demandant la confirmation, par les adhérents, de sa désignation comme secrétaire général. Unanimité, par acclamations. Bouffée d'intense bonheur. Moi, dans ma vie, j'aurai connu ça, au moins une fois. Il embraye sur un rappel des positions défendues par le comité pendant les négociations : régularisation de tous les Turcs qui ont un travail. La conclusion logique est donc de repousser la régularisation gouvernementale. Hurlements enthousiastes. L'étudiant traduit fidèlement.

Et maintenant, que fait-on ? L'AG éclate en propositions véhémentes et confuses.

On recommence une grève ? Pas d'accord, on perd de l'argent et le gouvernement s'en fout.

Une manif ? On en a déjà fait plusieurs, ça ne suffira pas, il faut trouver autre chose.

L'étudiant traduit toujours.

Une bombe au ministère ? Pas très intéressant, on va déclencher des opérations de police et perdre la sympathie de l'opinion. L'étudiant traduit encore.

À ce moment-là, un moustachu se lève et fait une longue proposition. Le silence s'instaure progressivement. Autour de lui, une, deux, trois, puis dix personnes se lèvent. Tonnerre d'applaudissements. Soleiman est blanc comme un linge. L'étudiant refuse purement et simplement de traduire. Les Français s'inquiètent. Soleiman suggère une suspension de séance et part discuter avec quelques copains. Les Français parviennent à se faire traduire ce qui vient d'être dit : le comité rappelle ses positions dans une lettre à la presse, puis un volontaire turc saute du premier étage de la tour Eiffel toutes les deux heures. À partir de demain lundi midi, et jusqu'à ce que le gouvernement cède. Les gars qui se sont levés sont les candidats au suicide. Là, c'est carrément la panique chez les Français, convaincus que les Turcs sont vraiment capables de le faire.

Soleiman revient, l'AG reprend. Il a une autre proposition : demain matin, boycott du bureau de régularisation ouvert par le ministère. Pas un Turc ne se présente, et pas un Turc ne se présentera tant que les positions du comité ne constitueront pas la base de la régularisation. Et Soleiman défend sa position sur un ton passionné : c'est peut-être moins héroïque, mais c'est réalisable, et par l'action de tous. La classe ouvrière existe par sa solidarité collective, pas par ses martyrs. L'étudiant traduit tout ce qu'il peut. L'AG bascule, Soleiman est ovationné et la décision prise. Il est en nage, les mains moites. Un Français grelotte nerveusement.

Et maintenant, organiser le boycott. Des petits groupes sont formés, qui vont aller immédiatement parcourir les bistros du Sentier. Rendez-vous est pris entre une cinquantaine de militants, dont les Français, pour se retrouver demain matin devant le bureau de régularisation, et jouer la dissuasion si le besoin s'en fait sentir.

Terminé. Il est 6 heures du soir. L'AG se désagrège lentement, comme à regret. Soleiman et les Français sont les derniers à quitter la salle. Un coup d'œil distrait sur le champ de bataille, jonché de journaux, de papiers gras, de gobelets, de mégots qui débordent de partout. Ça pue le tabac froid. Ils sont solidaires dans l'angoisse : si le boycott échoue (et un boycott de ce genre peut-il réussir ?), ils n'auront plus qu'à aller ramasser les cadavres sur le Champ-de-Mars, devant les touristes ébahis. Au moins le premier, avant que les flics ne bouclent tout le monde.

19 heures,
brigade des stupéfiants

Dans le bureau, l'atmosphère est enfumée et tendue. Pas mal de monde : le patron, son adjoint, un des responsables de la Brigade de répression du grand banditisme, un membre du cabinet du directeur de la police et un technicien des Stups, spécialiste en électronique. Daquin arrive le dernier. Il est d'abord surpris, puis amusé.

Le technicien fait rapidement « l'état des lieux » : au rez-de-chaussée, trois micros, dissimulés dans le mobilier et reliés à un appareil d'enregistrement enterré à l'extérieur, un dispositif pratiquement impossible à détecter si on ne le cherche pas. Au premier étage, dans la chambre, une caméra a été cachée dans le socle d'un des spots lumineux fixés au plafond. Elle est orientée vers le lit, qu'elle couvre entièrement. Travail de pro, et très beau matériel : extra-plate, silencieuse, la caméra se déclenche aux infrarouges, c'est-à-dire quand il y a une activité humaine dans son champ de prise de vue. Le technicien se tait.

– Qu'avez-vous fait du matériel ?

– Nous avons tout laissé en état de marche et effacé les traces de notre passage.

– Quels sont les services, chez nous, qui disposent d'un tel matériel ?

– Les micros, tout le monde. La caméra, à ma connaissance, aucun. Enfin, moi, en tout cas, c'est la première fois que je vois un appareil de ce genre.

– Daquin, quel est votre point de vue ?

– Une hypothèse possible : les trafiquants savent que je suis sur leur trace. Il fallait qu'ils réagissent. En me faisant suivre, en posant des micros, ils cherchent à s'informer sur l'état de l'enquête. La caméra, c'est autre chose. Ils ont dû entendre dire que j'aimais les garçons (coup d'œil circulaire à l'assemblée), et ils s'imaginent probablement pouvoir me faire chanter, ou alors faire pression ailleurs pour qu'on me retire l'affaire. On peut imaginer beaucoup de choses. Il y a une autre hypothèse, évidemment : un service de chez nous veut se tenir au courant de l'enquête sur la filière turque. Ou pratiquer le chantage à ses propres fins.

– Hypothèse rejetée, pour l'instant. (Le patron prend un air pincé.) Laissons tout en l'état. On fait surveiller votre maison, à partir de demain matin, et on file les plombiers, quand ils viendront relever les compteurs.

Quelques modalités pratiques de mise en œuvre, et tout le monde s'en va. Daquin reste seul avec le patron.

– Si c'est un service de chez nous, ce que je n'exclus pas, je verrais assez bien des tenants de la piste marseillaise liés aux Américains, d'où le matériel hyper-sophistiqué. On sera assez vite fixés. D'une façon ou d'une autre, ils sauront que nous savons, et personne ne viendra relever les compteurs. Si ce sont les trafiquants, il y a un peu plus de chances qu'ils tombent dans le piège.

Sous l'œil de la caméra, Daquin dans le lit, tout seul sous la couette orange. Désir de retrouver le goût acidulé de la peau de Soleiman. N'oublie pas, impossible de tomber amoureux. Dommage.

15

Lundi 17 mars

7 heures,
métro Sentier

Un petit groupe de militants, Turcs et Français mêlés, se retrouve autour de Soleiman, comme il y a quinze jours. Cafés et croissants. Tendus et fatigués. Personne n'a dormi. Depuis la fin de l'AG, ils ont parcouru le Sentier en tous sens, pour expliquer pourquoi il fallait boycotter le bureau de régularisation ouvert par le gouvernement, ce lundi 17 mars. Pour ceux qui bénéficieraient de la mesure, n'est-ce pas vraiment trop leur demander que de laisser passer une chance pareille ?

Soleiman joue son va-tout dans cette affaire. Si le boycott passe, il assoit définitivement son leadership sur le Sentier, et garde une chance de satisfaire les exigences de Daquin. Si le boycott ne passe pas, il est laminé, et Daquin pourra continuer à jouer avec lui à sa guise. Mais il flaire que l'idée a eu du répondant dans le Sentier. *Ya hip Ya hop*. Tous ou personne. Vers 2 heures du matin, tous ceux qui passaient au Gymnase étaient déjà au courant. C'est bon signe. Si le boycott ne rencontrait pas un écho profond, le mot d'ordre n'aurait pas circulé comme ça.

Soleiman ne dort plus depuis vendredi soir, depuis qu'il n'est plus retourné chez Daquin. Il vit au rythme du comité, et des cafés du boulevard, dort quelques instants sur une table, dans un coin, et avale des pilules que des copains lui passent. Tout le monde en utilise dans le Sentier, pour tenir, au moment des salons, quand on travaille quelquefois plus de vingt-quatre heures d'affilée, à la machine. C'est bien, parce qu'en plus ça coupe la faim et ça réduit l'angoisse.

8 heures,
passage du Désir

Premier « entretien » avec un homme politique : Caron, député breton, droite catholique, membre du club pratiquement depuis sa création. Pas la même chanson que les hommes d'affaires. Il a accepté un entretien informel avec la police, par civisme. Mais ne voyez-vous pas qu'il ne peut s'agir que d'une machination grossière, destinée à compromettre les représentants du peuple et, derrière eux, la démocratie tout entière ? Aucune preuve. Pas trace de versements par chèque ou d'une façon qui permettrait d'identifier l'abonné. Je crois donc de mon devoir, pour protéger l'institution à laquelle j'appartiens, de faire jouer l'immunité parlementaire, et de ne plus répondre désormais à vos convocations.

Petite réunion de travail avec Thomas, Santoni et les collègues des Mœurs. On « s'entretient » encore cet après-midi avec Paternaud, député radical du Sud-Ouest, mais je suis prêt à parier qu'il va nous chanter exactement la même chanson. Ça sent le refrain appris par cœur. Changeons notre fusil d'épaule. On peut imaginer que certains clients consommaient régulièrement des enfants thaïs, et que le meurtre a été commis par l'un d'entre eux. Constituons un fichier photographique de tous les abonnés, allons le montrer aux Thaïlandaises de Munich et de Zurich et voyons ce que ça donne. Avec un peu de chance, on trouvera cinq ou six consommateurs réguliers et, ceux-là, on pourra les mettre sous pression.

8 h 30,
rue de la Procession

Un temps gris, pourri. Une petite pluie fine. Une journée de deuil dans un début de printemps lumineux. Mauvais signe ? Le groupe s'installe sur le trottoir devant les bureaux de l'ONI, déroule une banderole *Ya hip Ya hop*, et attend, trempé, et pas rassuré. Les bureaux ouvrent à 9 heures. À 9 heures moins le quart, quelques policiers arrivent et repoussent le petit groupe et ses banderoles sur le trottoir d'en face. Pas de résistance. 9 heures, les portes du bureau ouvrent. Personne. Personne !!! C'est à ne pas y croire. À 10 heures, un Turc remonte la rue de la Procession, sur le trottoir de l'ONI. Quand il aperçoit la banderole, il traverse et se dirige vers Soleiman, qui lui explique pourquoi il faut boycotter. L'homme approuve, s'excuse d'être venu : il ne savait pas, il n'était pas dans le Sentier hier. Il salue tout le monde et repart vers le métro. Sur le trottoir, c'est une explosion de joie. Les Français s'embrassent, un Turc a les larmes aux yeux. La pluie n'a plus aucune importance.

Durant toute la journée, seuls cinq Turcs passeront rue de la Procession. Personne n'entrera dans le bureau de régularisation. Le ministre doit négocier, le ministre va négocier. Nous reviendrons demain.

10 heures,
passage du Désir

Coup de téléphone aux Douanes.

– Alors, Sobesky et la Roumanie ? Vous avez pu me trouver quelque chose, depuis vendredi ?

– Oui. Il s'agit d'imperméables fabriqués en Roumanie. Une demande de transit pour cinq cent mille articles, embarquement au Havre, destination New York, société Blue and Stripes, gérant John D. Baker. Date prévue : fin mars, à préciser ultérieurement. Et, en annexe, importation de vingt mille imperméables par Francimper, une nouvelle marque créée pour l'occasion par Sobesky. Excusez-nous, le dossier nous avait échappé la semaine dernière. Il était classé avec les demandes de transit… Et puis nous cherchions la Bulgarie…

– Il n'y a rien de perdu. Quand aurez-vous la date précise ?

– On devrait l'avoir ces jours-ci.

– Vous me prévenez immédiatement. Et vous avez autre chose dans le dossier ?

– Transport assuré par la société Euroriencar, siège social à Munich, succursale à Gennevilliers.

10 heures,
avenue Jean-Jaurès

Romero est couché sur son lit. Il feuillette une BD sans la lire, pour passer le temps, en attendant une heure raisonnable pour téléphoner à sa lointaine cousine, à l'ambassade de Turquie. Une rasade de whisky pour se donner du courage, et en avant. Sonnerie.

– Allô.

Il reconnaît sa voix.

– Bonjour, Yildiz. Romero à l'appareil.

– Ah, je suis contente de vous entendre, Roméo. Je croyais que vous ne me rappelleriez jamais.

La voix est grave, et l'accent pourrait passer pour charmant, mais la dame a la sale manie de l'appeler Roméo.

– Vous êtes seule dans votre bureau ?

– En ce moment oui (avec un rire). Pourquoi ? Vous voulez m'y rejoindre ?

– Ne vous moquez pas de moi, Yildiz. Vous connaissez Turgut Sener ?

– Oui, très bien. C'est l'attaché social de l'ambassade. Et nous travaillons dans les mêmes locaux, à l'annexe du boulevard Malesherbes. Vous voulez que je vous le présente ?

– Non, sûrement pas. Je l'ai croisé dans le cadre de mon travail. (Un silence.) Ce serait même gênant qu'il sache que je pose des questions sur lui. (Romero se sent embourbé.) Yildiz, voulez-vous que nous dînions ensemble ? Ce serait plus facile de parler de tout ça de vive voix.

– Moi, je serais ravie.

– Ce soir, 20 h 30, à l'Hippopotamus du boulevard des Italiens ?

– J'y serai, Roméo.

Romero raccroche, très mal à l'aise.

11 heures,
Orléans

Attali, qui n'a jamais connu qu'Alger, quand il était tout gosse, Marseille et Paris ensuite, ne se sent pas chez lui dans le demi-silence et l'absence de hâte de la vraie province. M. Lamouroux est pharmacien dans la rue Jeanne-d'Arc, la rue principale d'Orléans. Il ira peut-être le voir tout à l'heure. Pour l'instant, il a rendez-vous avec Mme Lamouroux, qui l'attend chez elle, boulevard de Verdun, à deux pas de la gare. Un grand boulevard, bordé d'arbres, presque désert en cette fin de matinée pluvieuse. Une grande maison bourgeoise, fin de siècle, entourée d'un petit jardin. Pas de sonnette, une cloche. Une dame charmante lui ouvre la porte et l'attend en haut du perron. La cinquantaine, souriante, cheveux gris permanentés, petit tailleur marron, chemisier rose. Attali a envie de la mettre à l'abri de sa garce de fille. Elle le fait entrer dans le salon, franchement inquiète derrière son sourire. Elle n'a pas de nouvelles depuis quelques jours, ce n'est pas anormal, mais pourquoi la police ?

– Comme je vous l'ai dit au téléphone, nous recherchons votre fille comme témoin dans une affaire importante, et dangereuse. Elle n'habite plus à son adresse habituelle, à Paris, et n'a plus donné signe de vie à personne depuis vendredi. Il est possible qu'elle ait cherché à disparaître quand elle a compris à quel type d'affaire elle se trouvait mêlée. Il vaudrait mieux pour elle que nous la retrouvions les premiers.

– Et de quel type d'affaire s'agit-il ? (Une toute petite voix.)

– Drogue et proxénétisme. Des mineurs sont impliqués.

– Virginie, une fille si gentille et si sérieuse ! Notre fille unique. Elle nous écrit toutes les semaines. Elle passe une ou deux fois par mois.

– Quand est-elle passée la dernière fois ?

– Le 6 mars, elle est venue dîner, et elle est repartie le lendemain matin.

– Vous a-t-elle parlé d'un voyage à l'étranger qu'elle venait de faire ?

– Non, pas du tout. Elle nous a parlé de ses études. Tout allait très bien, elle semble certaine de terminer bientôt.

Sa chambre : au mur un papier à fleurs, des bouquets de roses, aux fenêtres des rideaux roses, un couvre-lit rose à volants, un lit une place, des animaux en peluche. Un petit bureau en bois plaqué et des étagères pleines de livres. « Contes et légendes », « Bibliothèque verte » d'un côté, Balzac dans la Pléiade, Stendhal, Flaubert, de l'autre. Attali contemple, médusé. Il se souvient de ce que disait Sobesky : ce n'était donc pas un mensonge pur et simple. VL est à la fois la gentille étudiante de province dans cette chambre rose et la maquerelle droguée du club Simon. Une intuition : si elle a un secret, c'est ici qu'il va le trouver, dans cette chambre de jeune fille où elle est revenue le 6 mars, à son retour de New York.

– Madame, m'autorisez-vous à fureter un peu dans la chambre de votre fille ?

– Certainement, inspecteur. Mais ne mettez pas de désordre. Je vous laisse. Je vais préparer le déjeuner. Vous restez déjeuner avec moi, inspecteur.

Il commence par le bureau. Des relevés de son compte en banque. Agence à Orléans. Ses rentrées de mannequin, apparemment, entre 6 000 et 7 000 francs par mois, en plusieurs versements. « Elle pose pour des photos de mode, elle paye complètement ses études, voyez-vous. Elle ne nous demande jamais un sou. » Rien d'autre. Les dépenses d'une jeune femme à Paris. Quelques lettres assez anciennes. Attali note les noms des correspondants. Un petit carnet d'adresses : toutes à Orléans et dans les environs. Attali le prend quand même. Ne rien laisser au hasard. Des photos de classe, de vacances sans doute, son premier flirt peut-être. Rien qui semble se rapporter à sa vie à Paris.

Il retourne les tiroirs du bureau, rien n'est collé dessous. Les animaux en peluche : il les examine un à un, les palpe, ne trouve rien. Il soulève le matelas, frappe doucement les murs en se sentant vaguement ridicule, ouvre les fenêtres, secoue les rideaux, ouvre les livres et fouille la table de nuit, vide.

Découragé, il s'assied sur le lit. S'allonge, comme pour une sieste, gamberge. Imagine VL, qui dort ici. Allonge le bras, allume la lampe de chevet. Un abat-jour en soie rose, très belle lumière. Il regarde le pied de la lampe : un cylindre de verre translucide rempli de billes de différentes couleurs. Il éteint la lampe, dévisse le bouchon sur lequel est montée l'ampoule, et déverse les billes de verre sur le lit. Et là, disséminés au milieu des billes, des diamants taillés. Une vingtaine. Impossible de se tromper. Le cœur battant. S'assied un moment pour réfléchir. Puis il sort de la chambre, se penche sur la rampe de l'escalier, entend les bruits de cuisine et de vaisselle au rez-de-chaussée, et appelle Mme Lamouroux.

Elle monte vite, avec un regard angoissé. Il la fait entrer, une main sur l'épaule. Elle prend un diamant dans la main, le regarde, le retourne.

– C'est à ma fille, ça ?

– En tout cas, je les ai trouvés dans sa lampe de chevet. (Elle est complètement désemparée.) Madame Lamouroux, je ne comprends pas plus que vous ce que ces diamants font ici. Si je passe par une procédure judiciaire normale pour les faire expertiser, non seulement ça va prendre du temps, mais, en plus, tout le monde va être au courant. Cela fera du tort à votre fille quand elle reviendra.

– Je voudrais bien que mon mari n'en sache rien.

– Prenez les diamants, et accompagnez-moi à Paris. Nous allons interroger un certain nombre de personnes. Dès que nous saurons ce que ces pierres ont à dire, vous reviendrez ici avec, et moi, je continuerai mon enquête. C'est plus rapide et plus discret. Vous êtes d'accord ?

– Combien de jours ?

– Je n'en sais rien. Deux, au maximum.

– Laissez-moi le temps de me préparer. Nous partons avec ma voiture, après le déjeuner.

15 heures,
villa des Artistes

Les consignes sont claires. Aujourd'hui, demain au plus tard, un inconnu va s'introduire chez le commissaire Daquin, y rester une dizaine de minutes et repartir. On le laisse faire et on le file ensuite. Discrétion absolue exigée. La tâche est facile en principe, au début du moins. La cité n'a qu'une seule entrée, par le porche de l'immeuble de l'avenue Jean-Moulin. Le pavillon de Daquin est surveillé depuis l'escalier de l'immeuble par l'inspecteur Conrad, deux autres inspecteurs attendent son signal dans l'avenue, pour déclencher la filature.

La cité, très calme, semble déserte. Un homme plutôt petit, très large d'épaules, cheveux noirs coupés court, passe sous le porche, parcourt l'allée entre les pavillons, s'arrête devant la porte de Daquin. Il entre et referme la porte. Manifestement, il a les clés. Conrad sort nonchalamment dans l'avenue Jean-Moulin, signe convenu de mise en alerte des inspecteurs Allard et Zanetta, à quelques dizaines de mètres, et revient dans la cité. À peine sous le porche, il entend une femme qui hurle.

Ça semble venir de chez Daquin. Réflexe de sortir son revolver. Surtout pas. Les consignes sont claires : en aucun cas la « cible » ne doit se douter qu'elle est suivie par des flics. Il se met à courir, entend derrière lui des fenêtres s'ouvrir dans l'immeuble qui domine la cité. La porte de la maison, maintenant, est entrebâillée. Sans ralentir, Conrad la pousse. Emporté par son élan, il bute sur un corps, glisse, part la tête en avant. Et se fait ramasser par une manchette parfaitement ajustée, à la base du crâne, sans qu'il ait même seulement aperçu son agresseur. Il s'affale, des éclairs lumineux dans les yeux. Quand il est enfin capable de se remettre sur ses pieds, il est seul devant le corps d'une femme étalée de tout son long, face contre terre. Une flaque de sang, à hauteur du bassin, s'élargit lentement, régulièrement, autour d'elle. Une pile de linge propre est tombée par terre. Un peignoir en éponge blanc s'imbibe lentement de sang. Conrad sort en courant. Personne dans la cité et, dans l'avenue, Allard et Zanetta attendent toujours son signal.

16 heures,
passage du Désir

Sur le bureau de Daquin, le télex de Steiger : B. a décroché officiellement en 1975. Avant 1970, il était à Islamabad, et de 70 à 75 à Téhéran. Il s'appelait alors Edward Thompson.

L'équipe photo passe vers 5 heures : plus personne à la boutique de sandwichs. Arrêt de la surveillance. Heureusement qu'on n'a pas cherché à remonter la filière à partir de là…

– Lavorel, c'est l'heure du café. Dites, vos chefs, à la Financière, attendent toujours votre premier rapport écrit, ils ne s'impatientent pas ?

– Je travaille d'arrache-pied. J'accumule les dossiers, amenez-moi Anna Beric, et vous aurez un des procès les plus pittoresques des annales de la Financière.

– J'ai besoin de vous.

– Je m'en doute. Vous ne m'offrez jamais un café que quand vous avez besoin de moi.

Sourire de Daquin.

– C'est quoi, ça, Lavorel ? Une revendication ?

– Non, non, monsieur le commissaire, tout juste un constat.

– L'entreprise Euroriencar, siège social à Munich, succursale en France, à Gennevilliers. Qu'est-ce que vous pouvez apprendre sur elle ? Vite, évidemment.

– C'est noté, patron.

– Et maintenant, Meillant. Vous l'avez vu ?

– Vendredi dernier, longuement. Il connaît le Sentier comme personne. Mais il ne m'aidera pas vraiment, sans doute parce qu'il est mouillé, ou parce qu'il protège ceux qui le sont.

– Je sais tout ça… Un autre café ?

Lavorel pousse sa tasse vide vers Daquin, qui se lève et refait deux cafés.

– Et il sait déjà qu'il ne va pas tarder à ne plus être dans la course.

– Développez un peu.

– Il parie sur le succès de la bagarre en cours pour la régularisation des Turcs. Ça va changer pas mal les réseaux et les circuits mis en place dans les années 60. Et puis les Chinois commencent à s'installer. Meillant n'a pas envie de se frotter à eux.

– Lavorel, vous voyez où je veux en venir ?
– Bien sûr. Vous allez peser sur Meillant pour récupérer Anna Beric. Ça dépend de ce que vous avez dans votre jeu, mais ça peut marcher.

Téléphone.
– Théo ?
– Oui, patron.
– Venez chez vous, de toute urgence. La concierge de votre cité vient d'être poignardée chez vous, dans votre entrée.

19 heures,
villa des Artistes

La concierge est morte en arrivant à l'hôpital. Daquin, assis dans son canapé, est exaspéré et mal à l'aise. Il va falloir aller voir la famille. Il ne sait même pas si elle en a une. Pour être très honnête, il ne parvient même plus à se souvenir exactement de son visage. Ce n'est pas brillant. Des flics et des spécialistes divers s'agitent en tous sens, chez lui, dans sa maison. Insupportable. Parfum de précipitation et de gâchis. Il boit café sur café. La maison se vide peu à peu. Restent le patron des Stups, Conrad et les deux inspecteurs de la Criminelle chargés de l'affaire. Daquin offre un verre. Tout le monde s'assoit. Le patron explique très succinctement aux deux inspecteurs de la Criminelle les raisons pour lesquelles la maison de Daquin était sous surveillance, et leur demande d'omettre tout cet aspect dans leurs rapports écrits. Daquin explique :
– La concierge avait les clés de chez moi. Elle venait travailler tous les matins, elle faisait tout, ménage, entre-

tien du linge. En principe, elle ne venait pas l'après-midi, elle travaillait ailleurs, et les assassins le savaient probablement. Mais aujourd'hui, elle est sans doute passée pour déposer le linge propre. (Flash sur le peignoir de Soleiman dégoulinant de sang.)

Conrad n'a rien vu. Tout juste l'homme de dos. Trapu. Il faut interroger systématiquement tout le voisinage, immeuble et pavillons. Des fenêtres se sont ouvertes quand la concierge a hurlé. Peut-être quelqu'un a-t-il vu l'homme en fuite. C'est la seule piste. Les empreintes ne donneront rien. L'homme portait sûrement des gants. Attendre aussi le rapport d'autopsie. Pour l'essentiel, il confirmera que la femme est morte d'un coup de couteau qui l'a ouverte du bas de l'abdomen jusqu'au sternum. Mais on apprendra peut-être aussi des choses sur la nature de l'arme et la technique du tueur.

Daquin et le patron, seuls. Daquin, toujours de mauvaise humeur.

– L'inspecteur Conrad, vous pouvez l'envoyer travailler avec le groupe de Marseille. Moi, je ne veux plus le voir. Je suis d'accord avec les journalistes, il faut réformer complètement le système de formation des policiers.

– Théo, donnez-moi un whisky et, une fois passée votre rogne, dites-moi comment nous continuons.

– Je crois qu'on peut maintenant écarter l'hypothèse d'une opération montée par des collègues…

– Je l'espère bien…

Daquin grogne, sans préciser sa pensée sur ce point.

– En tout cas, après une bourde pareille, les trafiquants, s'il s'agit bien d'eux, vont cesser de mettre directement la pression sur moi. Ça devient un peu trop risqué pour eux. Et, pour les encourager dans cette voie, j'aimerais qu'on me donne une protection voyante, policier armé à ma porte, voiture en observation dans les environs. J'espère que ça ne va pas durer longtemps. Et qu'on vérifie aussi que je ne suis pas sur écoute téléphonique, à mon bureau ou chez moi.

Dès le départ du patron, Daquin sort appeler Soleiman d'une cabine téléphonique. Il est 10 heures du soir. Pas de réponse. Rentre et monte se coucher, sans dîner.

20 h 30,
à l'Hippopotamus

Debout au bar, Romero boit un wiskhy, en grignotant des chips. Depuis ce matin, il n'est pas parvenu à surmonter son sentiment de malaise chaque fois qu'il pense à Yildiz. Curieux mélange de curiosité, d'inquiétude et de culpabilité. À 20 h 30 précises, une femme entre dans le restaurant. De taille moyenne, elle donne l'impression d'être grande, parce que ses épaules sont fortes, ses hanches minces et ses jambes longues. Visage triangulaire au teint très blanc, front large, pommettes hautes, immenses yeux dorés. Le tout couronné d'une masse énorme de cheveux roux cuivrés, crépés naturellement, et arrangés ce soir-là en un gros chignon 1900. Romero est médusé. Pour un peu, il se retournerait pour voir à quel heureux homme s'adresse son sourire.

– Vous êtes Roméo ?

La voix grave, l'accent…

– Oui. Enfin, j'aimerais bien.

– Je suis Yildiz.

Le souffle coupé. Heureusement, l'hôtesse vient les chercher pour les emmener à leur table. Un cocktail maison pour Yildiz, un autre wiskhy pour Romero. Les grillades arrivent, Yildiz parle la première, d'Istanbul, de la vie difficile des femmes turques, de sa famille. Et de sa timidité, de sa solitude depuis quatre mois qu'elle est en France…

Là, Romero trouve qu'elle en fait un peu trop. Rester sur ses gardes. Il embraye sur son métier : inspecteur de police, brigade financière, une enquête difficile sur les trafics de main-d'œuvre qui l'a amené à croiser Turgut Sener.

– Je me suis rappelé que vous travailliez à l'ambassade et j'ai pensé que vous pourriez me faire gagner beaucoup de temps et m'éviter des impairs, en me disant quel genre d'homme est ce Turgut Sener, ce qu'on dit de lui à l'ambassade…

Yildiz prend le temps de le regarder, le menton au creux de la main. Turgut Sener n'est ni aimé ni estimé, à l'ambassade. C'est un homme du parti de Turkès, il a été mis là pour surveiller l'ambassadeur, jugé trop modéré. Il a la réputation de trafiquer de tout, et d'extorquer de l'argent sous tous les prétextes aux travailleurs turcs qui ont besoin de ses services. Elle lui sourit.

– Vous voilà satisfait ?

– Si l'on peut dire… Pardonnez mon indiscrétion, mais pourquoi l'ambassadeur garde-t-il un attaché aussi pourri ?

– Vous ne connaissez peut-être pas très bien la situation de la Turquie en ce moment. Turgut Sener restera à l'ambassade tant que le parti de Turkès l'estimera nécessaire. L'ambassadeur n'a pas le choix.

Romero digère l'information. Daquin saura quoi en faire.

– Encore un mot, Yildiz. Si c'est un pourri et si tout le monde le sait à l'ambassade, ça ne doit pas vous déranger beaucoup que la police française s'intéresse à lui ?

– On peut voir les choses comme ça.

– Et vous pourriez me donner quelques indications sur son emploi du temps ? En échange, je vous raconte toutes les petites crapuleries que je trouve, si j'en trouve ?

– Ça peut être amusant.

Et elle lui tend la main pour sceller l'accord. Romero la prend et la porte à ses lèvres. Cette femme est dangereuse. Et je suis amoureux.

16

Mardi 18 mars

8 heures,
passage du Désir

– La rencontre avec le député Paternaud n'a rien donné, comme prévu. Il nous a tenu le même discours que Caron. Par contre, le fichier photographique des abonnés avance rapidement : la majorité d'entre eux sont connus, et on trouve leurs photos dans les agences de presse. On aura un fichier complet mercredi soir.

– Très bien. Santoni pourra donc partir pour Munich jeudi. Je me charge de contacter les polices suisse et allemande. En attendant votre départ, Santoni, essayez donc de trouver ce que ces députés ont en commun. Ils ne sont pas dans les mêmes partis, ni élus des mêmes régions, alors, quel est le lien entre eux ?

10 heures,
rue Cadet

Mme Lamouroux s'engage la première dans l'escalier obscur, Attali sur les talons. C'est le troisième négociant en diamants auquel ils rendent visite depuis le début de la matinée. Premier étage, lourde porte ancienne, renforcée. Ils sonnent. Un homme jeune, la trentaine, vient leur ouvrir. Attali présente sa carte, explique : une femme a disparu en laissant des diamants derrière elle. La famille et la police cherchent à les identifier. Ils entrent dans un bureau étroit, peu éclairé, terriblement vieillot. L'attente est longue. Mme Lamouroux ne comprend plus ce qu'elle fait là. Entre un vieil homme voûté et boitillant. Mme Lamouroux sort une enveloppe de son sac, la renverse sur une tablette recouverte de velours noir. L'homme allume une lampe, porte une loupe à son œil, fait rouler les pierres, se redresse.

– Vous êtes de la police, m'a-t-on dit ?

Attali lui tend sa carte.

– Madame est la mère de la jeune fille que nous cherchons.

– Je connais très bien ces pierres. C'est moi qui les ai vendues. Toutes.

Photo de Virginie Lamouroux.

– Oui, à elle. Il y en a pour près de 2 millions.

Mme Lamouroux sent les larmes lui monter aux yeux. Le vieux caresse les pierres.

– Celle-ci, c'est la dernière que je lui ai vendue. 200 000 francs. (Il ouvre le tiroir du bureau, consulte un énorme registre.) Le 6 mars dernier. Elle m'a apporté la somme en liquide.

14 heures,
boulevard Saint-Denis

Sur les Grands Boulevards, il fait beau, il y a beaucoup de monde. Des gens qui sortent de déjeuner, qui retournent au boulot, qui flânent. Un homme grand, plus de 1 mètre 80, bronzé, la cinquantaine baraquée, grosse moustache, sort d'un café boulevard Saint-Denis et remonte sans hâte vers la rue du Faubourg-Saint-Martin. Il s'arrête au kiosque à journaux, achète *Hürriyet* et lit la première page en marchant. Un jeune homme maigre, blouson en lainage gris, appuyé contre le kiosque, le regarde passer, le laisse prendre un peu d'avance, puis le suit, les mains dans les poches de son blouson. Il règle exactement son pas sur le sien, augmente la taille de ses foulées sans en changer le rythme, se rapproche. Une bosse sous le blouson. L'autre sent un contact dans le dos, juste sous l'omoplate. Il veut se retourner. Entend un bouchon de champagne qui saute. Explosion lumineuse et sanglante dans la tête. Il s'effondre sur le trottoir, tué net. Le jeune homme maigre le dépasse, continue à marcher de la même allure régulière, jusqu'à la prochaine bouche de métro.

15 heures,
passage du Désir

Daquin expédie les affaires courantes. Contacte ses collègues suisses et allemands. Accord. Courrier suit.

Un rapport sur Euroriencar, pour obtenir la mise sur écoute téléphonique et la surveillance par les Stups.

Coup de fil à Soleiman. Ce soir, à la maison. Plus de danger. Un flic devant la porte, je t'expliquerai. Débrouille-toi seulement pour qu'il ne voie pas ton visage.

Téléphone.

– Commissaire Daquin ?

– Lui-même.

– Ici Jurandeau, commissaire du IIe arrondissement. Un assassinat en pleine rue, au coin des boulevards Saint-Denis et Sébastopol. Je vous préviens parce qu'il s'agit d'un Turc, un chef d'atelier. Et vous travaillez sur le Sentier en ce moment, d'après ce qu'on m'a dit ?

– Oui, absolument. Je viens, merci.

– On se retrouve là-bas.

15 h 30,
boulevard Saint-Denis

Sur le large trottoir du boulevard, les flics en uniforme ont entouré un grand rectangle avec des plots et font circuler la foule. Au centre, des paquets d'hommes en civil qui s'agitent. Flashs. Daquin montre ses papiers et pénètre dans le périmètre. Il se présente à Jurandeau, salue la Criminelle, explique sa présence. Le service photo a terminé. Daquin s'accroupit à côté du corps, étalé face contre terre. Un homme de grande taille, large d'épaules. Un trou noir sous l'omoplate gauche. Une rigole de sang a coulé sur le trottoir, à côté de la tête. Dans sa main droite, l'homme tient un journal turc, Daquin regarde le titre. Un meurtre propre. Rien à voir avec la boucherie d'hier, chez lui. On dirait une mise en scène pour film noir de bon ton.

Il se relève et va voir les inspecteurs de la Criminelle, très occupés à chercher des témoins autour d'eux, mais personne n'a rien vu. Et c'est sans doute vrai, pense Daquin. L'un des inspecteurs prend le temps de lui dire qu'il s'agit du cadavre d'un dénommé Osman Celik, patron d'un atelier de confection, passage Brady. Il avait des papiers apparemment en règle sur lui. Tué vers 14 heures d'une balle de revolver, à bout touchant, dans le dos. L'arme était vraisemblablement munie d'un silencieux. La balle a dû faire éclater le cœur, et la mort être instantanée, sous réserve du rapport d'autopsie. Pour le reste, on ne sait pas d'où il venait, encore moins pourquoi il s'est fait flinguer.

– Ce mort peut-il avoir un rapport avec votre enquête ?

– Je n'en sais rien. La seule chose que je puisse vous dire, c'est que je n'ai encore jamais rencontré le nom d'Osman Celik. Un parfait inconnu pour moi. Ça se présente plutôt difficilement, votre affaire.

– Pour tout vous dire, on espérait bien vous la refiler.

– Non, gardez, gardez. Mais tenez-moi au courant, évidemment, si vous tombez sur un énorme paquet d'héroïne dans son atelier…

Le corps est emporté, les divers services de police s'en vont, les uns après les autres, le trottoir est rendu aux piétons. Une équipe de la Criminelle poursuit l'interrogatoire systématique des gens présents dans les boutiques alentour, pendant qu'une autre rend visite à l'atelier de Celik. Daquin refait en sens inverse les derniers mètres parcourus par la victime. Il marche le nez en l'air, en état d'alerte. Une centaine de mètres. Un kiosque à journaux, plusieurs journaux turcs sur un présentoir. Daquin montre sa carte de police.

– Tout à l'heure, vers 14 heures, vous avez vendu *Hürriyet* à un grand Turc d'une cinquantaine d'années ?

– Oui. C'est lui qui s'est fait tuer un peu plus haut ?

– Les nouvelles vont vite. Alors, ce bonhomme ?

– Il passe pratiquement tous les jours à la même heure.

– Vous le connaissez ?

– Oui et non. Bonjour, merci, c'est tout. Il vient toujours de plus bas sur le boulevard et continue par là.

– Aujourd'hui, rien de spécial ?

– Non, rien.

Daquin continue à descendre le boulevard, vers l'Opéra. Sur sa gauche, un grand café, le Gymnase. Le nom revient souvent dans la bouche de Soleiman. « Je suis passé au Gymnase… On dit au Gymnase… » Le Gymnase, c'est le quartier général des Turcs du Sentier. Plausible que Celik l'ait fréquenté régulièrement. Daquin entre boire un café au comptoir. Atmosphère particulière. Dans la clientèle, il n'y a que des Turcs, les conversations sont animées, parfois violentes, ponctuées de regards de franche hostilité à l'égard de l'intrus. Évident que tout le monde parle du meurtre, mais que personne ne lui dira rien. Daquin s'abstient donc de poser des questions, et passe en terrasse. Il s'assied, commande un autre café et regarde le flot des piétons sur le boulevard. Autour du café, sur les arbres, les poteaux, les corbeilles à papier et une palissade de travaux un peu plus loin, une affichette de fabrication très artisanale, des Turcs qui s'arrêtent pour la lire, et discutent de plus belle. Daquin se lève, paie et va la parcourir des yeux. En turc évidemment, mais là, bien clairement, à la deuxième ligne, on reconnaît le nom de Celik Osman. Daquin tâte du doigt, la colle est encore fraîche. Il rentre dans le Gymnase, demande un couteau, le patron lui en donne un avec une franche mauvaise humeur, mais sans demander d'explication. Daquin décolle soigneusement une affichette, la plie, la met dans sa poche et rentre à nouveau dans le café pour rendre son couteau au patron. On entendrait voler une mouche.

17 heures,
passage du Désir

Attali, Romero et Lavorel parcourent le dossier qui vient d'arriver sur le meurtre de Mme Buisson, la concierge de la villa des Artistes. Un portrait-robot de l'assassin. Petite taille, 1 m 60 à 1 m 65. Très large d'épaules, basané, cheveux courts et noirs. Visage carré, maxillaires très développés, nez busqué, moustache noire, sourcils noirs, abondants. Il y a la liste des témoins qu'on a interrogés pour établir le portrait-robot. Ils sont étonnamment nombreux : cinq personnes ont vu le tueur. Premier rapport d'autopsie : un seul coup de poignard, très violent, et porté de bas en haut. Du travail de spécialiste. Entraînement dans des commandos ? L'arme : un poignard à lame mince, longue, recourbée, rare, très difficile à manier, mais dont les blessures sont généralement mortelles.

Daquin, en arrivant, regarde le dossier à son tour. Ça a l'air d'un travail rapide et bien fait. Signé Conrad. Ce connard essaie de se racheter.

– Vous avez l'air crevé, patron, asseyez-vous. Pour une fois, c'est moi qui vais faire le café.

Daquin s'assied, se laisse aller. C'est vrai qu'il est fatigué. Un coup d'œil à sa montre : dans trois ou quatre heures, il baisera Soleiman.

Lavorel commence :

– Euroriencar appartient à un dénommé Kutluer, qui dirige un vaste ensemble de sociétés turques en Allemagne. Lui-même réside à Istanbul. Et on retrouve dans le capital de l'entreprise la banque de Chypre et de l'Orient. La succursale française a été ouverte en 1979.

Romero enchaîne :

– Euroriencar, c'est l'entreprise que Moreira a appelée au téléphone hier. Il a parlé à un certain Mehmet. Il lui raconte la visite du faux inspecteur du travail. Il marche à fond dans l'idée que c'est un journaliste en mal de copie et ne s'inquiète pas trop, mais veut quand même se débarrasser de quelques produits chimiques, dit-il. Mehmet est d'accord pour les stocker jusqu'au départ.

– Avec Moreira et Euroriencar, nous tenons les premiers relais décisifs de la filière en France. Il y en aura d'autres. Les Stups vont prendre leur surveillance en charge. Mais Romero continue à superviser les écoutes téléphoniques. Et Sener ?

– Je me suis organisé avec deux inspecteurs des Stups, nous commençons demain.

Daquin parle rapidement du cadavre du boulevard Saint-Denis. Pas forcément de rapport avec notre affaire, mais… Café brûlant, pas assez fort.

Attali raconte la famille de VL et les diamants.

– Pourquoi des pierres ?

– Parce qu'elle voulait pouvoir se tirer en douce, et rapidement. D'après le diamantaire, c'est dans ce cas-là qu'on achète des diamants. Le plus intéressant, c'est que VL a opéré son dernier achat jeudi 6 mars au matin. Elle a acheté pour plus de 200 000 francs de pierres.

– Ça fait cher pour une passe d'un mannequin anonyme, même à New York.

– C'est aussi mon avis. Si on met bout à bout tout ce que l'on sait des activités de VL autour du 1er mars, voilà ce que ça donne : elle est présente sur les lieux du crime le vendredi soir. Elle file à New York. Elle revient avec un paquet de fric. On peut penser qu'elle a vu quelque chose, ou, mieux, qu'elle a récupéré la bande vidéo du meurtre. Il devait bien y avoir une bande vidéo, et on ne s'y est guère intéressé jusqu'à maintenant. Et elle fait chanter le meurtrier.

– Baker ?

– Baker, s'il était à Paris le 29 février, mais alors VL n'aurait pas eu besoin d'aller à New York. Plutôt quelqu'un que connaissent Baker et VL, et ils s'associent pour faire chanter le meurtrier.

– Hypothèse intéressante. Attali, il faut me retrouver VL. Faites surveiller la maison de ses parents, au cas, improbable maintenant, mais on ne sait jamais, où elle viendrait chercher ses diamants. Relisez les dépositions déjà recueillies, retournez voir les mannequins, les amis, peut-être aussi le fils Sobesky. Montrez-leur les photos que nous avons, toutes les photos, aussi bien les Turcs que les abonnés du club Simon, enfin tout, et essayez de me trouver une piste, une toute petite piste, pour chercher VL.

21 heures,
villa des Artistes

Daquin est allongé sur le canapé, robe de chambre longue en soie, et lit un roman de Yachar Kemal. Quand Soleiman entre, il se lève, marche vers lui, les yeux opaques. S'arrête devant lui. Soleiman ferme les yeux. Il tremble. Daquin commence à le déshabiller. Le blouson, la chemise. S'agenouille. Le pantalon, les chaussures. Se relève, le soulève sur son épaule, grimpe dans la chambre, l'allonge sous la couette orange. Retrouver sur ce corps les souvenirs précis qui l'ont submergé par instants pendant les cinq derniers jours. La peau sans aspérités, la touffe de poils blonds et frisés au creux des reins, les fesses charnues et fermes. Les contours de la hanche, l'épaule, la nuque. Le sexe soyeux et noir. La familiarité. Savoir que c'est là, comme ça, et le vérifier. Retrouver son plaisir.

– Montre-moi tes yeux, Sol.

Soleiman, yeux grands ouverts, qui ne résiste plus à l'envahissement du plaisir.

Plus tard, Soleiman allongé sur le ventre de tout son long, sur la couette orange. Daquin assis, appuyé contre le mur. Plateau chargé de crevettes, saumon fumé, tarama, pains variés, fromages. Vin blanc. Thermos de café.

– Ça a beaucoup bougé pendant ces cinq jours, raconte-moi tes exploits.

Et Soleiman raconte, l'AG, les menaces de suicide – Ils auraient vraiment sauté ? Qui peut savoir ? –, le boycott, les négociations qui ont repris avec le cabinet du ministre.

– C'est gagné, votre affaire. Le ministre est piégé.

– Oui, c'est gagné. Quasiment.

Daquin pose une main légère dans le creux des reins de Soleiman. Et Soleiman, lentement, se frotte contre la main. À mon tour. Filature. Caméra. Assassinats.

– J'ai quelques photos supplémentaires à te passer. Mais rien de bien neuf. Ta liste sera prête pour la fin du mois ?

– Oui.

– Maintenant, pour ton plaisir. (Pression plus insistante de la main.) Le patron de la filière, c'est peut-être bien un Américain, un homme de la CIA.

– C'est vrai que ça me ferait plaisir. Tu auras sa peau ?

– Je l'espère bien. Sol, qu'est-ce qu'on dit chez vous de l'assassinat de Celik Osman ?

– C'est Agça qui l'a tué.

– J'y ai pensé. Vous avez des preuves ?

– Non.

– Et pourquoi l'a-t-il tué ?

– Je n'en sais rien. (Soleiman hésite.) Celik Osman n'avait rien à voir avec les trafiquants. En Turquie, il avait déjà eu des démêlés avec les Loups-Gris, qui avaient incendié son atelier parce qu'il versait de l'argent aux organisations de gauche. Ici, c'était un bon patron. Il payait correctement ses ouvriers et dépannait toujours les gars de chez nous qui en avaient besoin.

Daquin prend un papier par terre, à côté du lit.

– Qu'est-ce qui est écrit sur cette affichette ?

– Alors, c'est toi, le flic qui a pensé à ramasser ce tract ? On ne parle que de ça au Gymnase. Je ne t'avais pas reconnu dans la description que m'a faite le patron du bar.

– Qu'est-ce qu'il y a dessus ?

– « Les Turcs ne doivent pas collaborer avec la police française. Celik Osman a collaboré. Il est mort. Il arrivera la même chose à tous les Turcs qui s'approcheront des policiers français. » Et c'est la signature des Loups-Gris.

– C'était un indic ?

– Absolument pas.

Conviction choquée de Soleiman. Daquin rit.

– Tu es quand même bien placé pour savoir qu'on ne peut jamais être sûr de rien dans ce domaine.

Soleiman, d'une voix blanche :

– Daquin, un jour je te tuerai.

Un long moment, Daquin contemple Soleiman toujours allongé sur le ventre. Les fesses brunes et rondes, surprenantes sur ce corps longiligne. Tu as la plus belle paire de fesses que j'aie jamais vue, toutes catégories confondues.

17

Mercredi 19 mars

7 heures,
villa des Artistes

Une fois le petit déjeuner avalé, Daquin s'allonge sur le canapé, les pieds en l'air, Europe 1 en bruit de fond. Deux heures devant lui. Réfléchir. Soleiman tourne un peu dans la maison avant de s'en aller, Daquin ne le voit plus et ne l'entend plus.

Kashguri. Un entretien. Pas encore un interrogatoire. Déjà un combat ? Non, plutôt faire connaissance. Je sais trop peu de choses pour l'affronter.

J'ai cinq personnages : Sobesky, VL, Kashguri, Anna Beric et Baker. Ils sont tous dans la course. Je ne sais pas dans quel ordre. Et je ne connais même pas les rapports qu'ils entretiennent entre eux. Sobesky connaît VL, Anna Beric, Baker. Mais Kashguri ? Anna Beric connaît Sobesky et Kashguri. Mais Baker ? VL connaît Sobesky, Baker, Kashguri (très probablement), mais Anna Beric ? Kashguri et Baker sont-ils liés ?

Daquin bouge un peu. Il s'aperçoit du départ de Soleiman, boit un café et replonge.

De tous, Kashguri est le personnage le plus difficile à cerner. Un poste important à la banque de Chypre et de l'Orient, qui finance les entreprises de Kutluer et donc la filière, de façon plus ou moins directe. Mais impossible de savoir s'il est personnellement impliqué. Et le sujet est trop dangereux pour que je puisse l'aborder tout à l'heure. Membre du club Simon, ça je le tiens pour certain. Les seuls points sur lesquels je puisse espérer avancer : connaît-il VL, et est-ce par lui qu'elle a appris à fumer l'héroïne ? A-t-il consommé des jeunes Thaïs et que faisait-il le 29 février au soir ? Enfin, ses relations avec Anna Beric il y a vingt ans, et continue-t-il à la fréquenter aujourd'hui ? Ça, je le garde soigneusement en réserve : je ne sais pas comment le jouer.

Et Meillant ? Aucune raison de le laisser hors course. Je répugne à l'imaginer en chef de gang, mais pourquoi pas ? Il est très engagé avec Sobesky et Anna Beric.

Autant l'avouer, je suis dans le cirage complet. Qui fait quoi dans cette affaire ? Une seule certitude, nous sommes entrés dans une nouvelle phase, que je pourrais décrire comme ça : les chefs de la filière, quels qu'ils soient, apprennent que nous nous approchons d'eux. Le plus probable, c'est qu'ils l'apprennent par VL, et Baker et Sobesky devraient être dans le coup, d'une façon ou d'une autre. Les boutiques du faubourg Saint-Martin sont mises en veilleuse, VL disparaît, on cherche à me piéger dès le vendredi. Et le mardi, Celik est abattu. L'objectif évident : faire peur aux Turcs pour les empêcher de nous parler. Pour moi, Celik est un indic. Mais de qui ? Et qui le sait ? Ça n'a pas l'air d'être de notoriété publique. Voir Meillant. Et finalement, ce meurtre est plutôt une bonne nouvelle. Ça veut dire que Sol n'est pas repéré. Pas encore.

Autre bonne nouvelle, la livraison des impers roumains. Si je me concentre là-dessus, je trouve le passage par la Bulgarie, les sociétés turques d'Allemagne par l'intermédiaire d'Euroriencar, la banque de Chypre et de l'Orient. Pour couronner le tout, Baker et la CIA. À peu près tous les ingrédients dont m'a parlé Lespinois. Et, à la réception, Sobesky, qui est dans mon quarté gagnant. Ça fait beaucoup pour une innocente livraison d'imperméables. Je peux légitimement supposer qu'elle n'est pas innocente et qu'il s'agit soit d'une livraison de drogue, soit de la mise en place d'une infrastructure qui sera régulièrement utilisée par la suite. Je prends comme objectif d'être en état d'arrêter tout ce qui tourne autour de cette livraison, en pariant que les hommes de main me donneront les chefs. Je n'ai plus qu'à convaincre le patron.

Carillon de 9 heures à Europe 1. Il est temps de s'habiller et de partir.

9 h 30,
passage du Désir

Juste le temps de téléphoner à Istanbul, avant l'arrivée de Kashguri. Au consulat de France, Kutluer est bien connu. C'est un homme d'affaires très riche et dont tout le monde sait qu'il est lié à la mafia turque, ce qui nc l'empêche pas d'être reçu dans la meilleure société. Et, pour être tout à fait franc, y compris au consulat.

Téléphone à la femme du directeur de l'Institut français d'études anatoliennes.

– Madame, je suis désolé de vous déranger. Je suis le commissaire Daquin, brigade des stupéfiants à Paris, et je vous téléphone sur les conseils de M. Dumas, attaché au consulat de France.

– Je le connais très bien. Vous êtes le bienvenu, commissaire. Que puis-je pour vous ?

Une voix très jeune, pleine de sourires, un léger accent slave. Daquin imagine une blonde potelée.

– Vous connaissez bien John Erwin, d'après ce que m'a dit M. Dumas.

– Bien, ça dépend de ce que vous appelez bien. Je dîne régulièrement chez lui, avec une cinquantaine d'autres personnes.

– C'est justement ce dont il s'agit. Pourriez-vous me fournir la liste de ses invités ?

– Ce serait avec grand plaisir, mais je ne connais pas le nom de tous ces gens.

– Ne pourriez-vous pas, par exemple, lui demander ses listes, pour préparer une réception de l'Institut français ?

Elle hésite un peu.

– Si. Certainement.

– Seule la dernière année m'intéresse.

– Entendu, j'essayerai.

En raccrochant, Daquin rêve de faire l'amour avec une petite blonde rondouillarde. Et tout sourire. Ça le changerait.

Kashguri arrive à 10 heures précises. Grand, la taille de Daquin, mince, cheveux noirs, yeux noirs, teint pâle, visage très régulier, lisse. Un très bel homme, dans son genre. Pas le mien, plutôt celui de Lenglet. Vêtu d'un costume classique de coupe anglaise, bleu-gris. Cravate grise plus foncée, sur chemise bleu très pâle. Il s'assied dans le fauteuil que lui a préparé Daquin. Les bras sur les accoudoirs. Les mains croisées devant lui, manucurées, longues, nerveuses, elles dégagent une impression de force sèche.

– Merci d'être venu, monsieur Kashguri. Je souhaitais vous rencontrer pour parler d'un meurtre commis au club Simon, le 29 février. Vous êtes abonné, nous entendons tous les abonnés.

Kashguri croise et décroise lentement ses doigts en dévisageant Daquin. Il se penche lentement en avant.

– Monsieur le commissaire, je n'ai nullement l'intention de jouer au chat et à la souris avec vous. (Pas l'ombre d'un accent. Un français parfait.) Je joue un rôle important dans les rapports franco-iraniens, qui sont à l'heure actuelle particulièrement complexes, comme vous le savez…

– (Profil bas, Daquin.) Ce qui ne vous met pas au-dessus des lois de notre pays.

– (Sourire.) Évidemment. Mais ce qui me donne beaucoup de travail. Et je n'ai donc pas de temps à perdre. Oui, je suis grand amateur de femmes vénales, ce qui est légal en France. Mais je ne suis pas prêt à vous raconter dans quelles circonstances je me livre à ce plaisir.

– Ce n'est pas non plus ce que j'ai l'intention de vous demander. Ma première question est : confirmez-vous que vous étiez abonné au club Simon ?

– Oui, je l'étais.

– Quel pseudo utilisiez-vous ?

– Ça, je ne vous le dirai pas. Vous empiétez sur ma vie privée.

– Un meurtre a été commis…

– Ce n'est pas une raison.

– … le 29 février au soir.

– Par contre, je veux bien vous dire ce que je faisais le 29 février au soir. (Il feuillette son agenda, montre la page à Daquin.) À 16 heures, j'ai participé à une réunion du groupe parlementaire franco-iranien. Après quoi, j'ai dîné avec le président du groupe, le député Bertrand.

Daquin examine la page. 16 heures : *groupe FI.* Et 20 heures : *Bertrand.*

– Vous souvenez-vous où vous êtes allés dîner ? Et vers quelle heure ?

– Oui, nous sommes allés chez Lipp, où nous avons nos habitudes. Aux alentours de 20 heures, à la fin de la réunion du groupe, en taxi.

– Je ferai vérifier.

– Soyez discret.

– Bien sûr. Je voulais également vous indiquer qu'en France la consommation de certaines substances est interdite.

Grande maîtrise de Kashguri, qui sourit, mains toujours jointes.

– Sur ce point, vous pourrez certainement me prendre en faute assez facilement. C'est une habitude que j'ai contractée dans mon pays, où il y a une grande tolérance en ce domaine. Mais vous savez aussi bien que moi que cela vous créera bien des problèmes, avec beaucoup de monde, et pour un délit finalement mineur.

Il est content de lui, sûr d'avoir marqué un point. C'est le moment d'y aller au bluff.

– Connaissez-vous Virginie Lamouroux ?

– Non, je ne connais pas cette personne.

Rien n'a bougé dans le personnage. Daquin glisse vers lui la photo de Virginie que Mme Lamouroux a donnée à Attali.

– Jamais rencontrée ?

– Non, jamais.

– Pourtant, Virginie Lamouroux nous a déclaré qu'elle a appris à fumer l'héroïne en votre compagnie.

Là, un frémissement, Daquin en est sûr. Kashguri se redresse complètement dans son fauteuil. Ton très sec.

– Écoutez, je ne connais pas intimement toutes les personnes avec lesquelles je passe des soirées un peu mouvementées. Je ne connais pas cette dame, et je ne souhaite pas poursuivre la discussion sur mes passe-temps favoris.

– Très bien, monsieur Kashguri. Je vous remercie pour cet entretien.

Kashguri est surpris que Daquin y mette fin aussi vite. Ils se lèvent tous les deux, Daquin raccompagne Kashguri jusqu'à la porte et revient s'asseoir à son bureau.

Il veut m'envoyer du côté de Bertrand. Très bien, Attali ira. Voir pourquoi il veut qu'on y aille. Je pense qu'il connaît VL. Mais il faut que je le prouve. Si j'y arrive, c'est qu'il est mouillé jusqu'au cou. Mais dans quoi ? Le trafic de drogue ? Le meurtre de la Thaï ? Les deux ? Est-ce lui que VL fait chanter ?

12 heures,
chez Mado

Daquin a rendez-vous avec Meillant pour déjeuner. Il passe le prendre au commissariat du Xe. Les deux hommes se serrent la main. Ils ne se sont guère revus depuis l'École de commissaires. Ça fait… presque dix ans déjà. Meillant n'a pas changé. Petit, épais plutôt que gros. Costume trois-pièces, chemise blanche, cravate sombre. Cheveux gris, soigneusement plaqués en arrière. Gominés ? Un air archaïque en diable. Qu'est-ce qu'Anna Beric peut bien lui trouver ? Daquin retrouve intacte l'animosité qui les séparait à l'École.

– Je vous emmène déjeuner. J'ai retenu une table chez Mado. Vous connaissez ?

– Non.

– C'est une curiosité du quartier, à deux pas d'ici.

Ils arrivent chez Mado, ne s'attardent pas au bar et franchissent le rideau rouge. Mado fend l'air à leur rencontre, embrasse Meillant, serre la main de Daquin, qu'elle s'attarde un instant à contempler en connaisseuse, et les installe à une table au calme, tout au fond de la salle.

– Aujourd'hui, c'est le jour du cassoulet.

– Parfait, deux cassoulets, du cahors, et apporte-nous ce que tu as de mieux comme hors-d'œuvre, pour nous faire patienter.

Ce disant, Meillant tapote gentiment l'impressionnante paire de fesses de la patronne, qui le remercie d'un sourire et chaloupe vers les cuisines.

Meillant raconte minutieusement la carrière de Mado à Daquin, et pour conclure :

– Vous voyez toute cette quincaillerie que Mado trimballe ? Eh bien, tout est en or véritable et en pierres précieuses. Même ses lunettes ne sont pas en toc : diamants et platine. Elle ne fait pas confiance aux banques et préfère porter sa fortune sur elle. Et elle garde tous ses bijoux quand elle baise, sauf ses lunettes.

Il en fait vraiment beaucoup, Meillant.

– Vous savez que c'est ici que Thomas a trouvé la piste des ballets Aratoff ?

Non, Daquin ne le savait pas. C'est Meillant qui m'a envoyé Thomas et Santoni, pour être tenu au courant d'une enquête qui se déroule sur son territoire. Comment ai-je pu être assez naïf pour ne pas le comprendre plus tôt ? Faire comme si tout allait bien. Heureusement, le cassoulet est sublime.

– Meillant, connaissiez-vous Osman Celik ?

– Oui, bien.

– Je m'en doutais. Pouvez-vous m'en dire un peu plus ?

– Je l'ai aidé à avoir des papiers en règle, il y a à peu près deux ans de ça, et à ouvrir son atelier. On est restés en contact depuis.

– Vous savez, évidemment, qu'il a été assassiné hier ?

– Oui. J'ai lu le rapport de la Criminelle.

– Vous avez une hypothèse ?

– Règlement de comptes politique. Osman Celik était un homme de gauche. Il avait déjà eu des problèmes à Istanbul avec les Loups-Gris.

– Il ne touchait pas de près ou de loin aux affaires de drogue ?

– Non, vraiment pas. Pas du tout son truc. Les petites magouilles habituelles du Sentier, oui. Mais on ne se tue pas encore pour ça dans mon quartier.

Sur le chemin du retour, Daquin rêvasse un peu. Donc, Celik était un indic de Meillant. Je le dis, ou je ne le dis pas à Sol ? Et qui le savait ?

15 heures,
passage du Désir

Deux heures consacrées à questionner successivement deux jeunes mannequins qui ont travaillé avec Virginie Lamouroux. Thomas mène les interrogatoires, assisté d'un inspecteur des Mœurs. Daquin est assis en retrait, dans un fauteuil, et observe sans intervenir. On n'apprend pas grand-chose. Virginie Lamouroux travaillait avec un répondeur. Attali l'a déjà trouvé, il était installé chez le fils Sobesky. Elle prenait une commission très raisonnable. Les filles l'aiment bien, jamais d'entourloupe ou de conflit. Côté drogue, ça sort plus difficilement. Il faut les bousculer un peu, mais elles n'ont pas d'expérience de la pratique policière et se font piéger assez vite. Ce sont les clients qui consomment. La grande mode en ce moment, c'est le LSD. Elles aussi ?... Oui, peut-être, de temps à autre, en très petites quantités, et plutôt de l'héroïne. Tout passait-il par Virginie Lamouroux ? Non, pas nécessairement. Et Kashguri ? Toutes deux l'ont eu comme client, rendez-vous pris par l'intermédiaire de Virginie, comme les autres. Un client plutôt spécial. Il vient avec des amis, il reste dans un coin pendant toute la partouze, à fumer, à regarder, à boire, mais il ne s'est même jamais déshabillé.

Santoni a fait bonne chasse. Les six députés et deux sénateurs abonnés au club Simon sont tous membres du groupe parlementaire pour l'amitié franco-iranienne, qui réunit une trentaine d'élus. Liste complète du groupe. Le président, Gérard Bertrand. Ses coordonnées : à l'Assemblée, ou chez lui, 57 avenue Bosquet. Daquin apprécie.

– Et j'ai trouvé, dans une agence de presse, une bonne photo de Bertrand. Je la joins au dossier que j'emporte demain à Munich ?

– C'est une idée. Mais, pour l'instant, rien dans les rapports.

Romero, en fin d'après-midi. Calme plat sur toute la ligne. Sauf chez Moreira. Il a téléphoné à une certaine Paulette pour lui demander de lui trouver des faux papiers. Ses gars ont tellement peur depuis la visite du faux inspecteur du travail qu'il devient nécessaire de les remplacer. Comme c'est plus tôt que prévu, le fournisseur habituel est à sec. Elle peut arranger ça ? Elle va essayer.

Le téléphone de Paulette est celui d'un atelier du Sentier, Berican, passage de l'Industrie. À suivre.

18

Jeudi 20 mars

8 heures,
passage du Désir

Atmosphère studieuse dans le grand bureau. Daquin lit la presse. *Libération* titre sur le boycott de la régularisation ministérielle par les Turcs sans papiers.

Une certaine admiration pour Soleiman.

Romero bricole un rapport sur la filature de Sener.

Téléphone.

– Théo ?

– Oui, patron.

– Rouen vient de nous appeler. Ils ont un cadavre anonyme sur les bras qui pourrait vous appartenir. Vous envoyez quelqu'un jeter un coup d'œil ?

– Pourquoi ont-ils pensé à nous ?

– Une gueule de métèque et des vêtements en provenance d'Istanbul. Contactez l'inspecteur Petitjean, au commissariat central de Rouen.

Daquin raccroche.

– Romero, c'est pour vous, ça. Emportez le dossier photos, ça pourra vous aider.

9 h 30,
brasserie Lipp

Les portes battantes de la brasserie Lipp sont bloquées en position ouverte, un livreur en bleu sort des caisses de bouteilles vides et rentre des caisses de bouteilles pleines. Du champagne. Attali s'assied à la terrasse, jette un coup d'œil à l'intérieur, miroirs à l'infini, céramiques claires et bois sombre. Une femme en train d'arranger un énorme bouquet d'arums orange. Pas un client. Un seul garçon est là, habit noir et immense tablier blanc jusqu'aux pieds. Il se dirige vers Attali. Bruits de vaisselle et de voix dans les cuisines. Attali montre sa carte. Le garçon va chercher « le responsable ». Un monsieur respectable, costume gris, chemise blanche, cravate sombre.

– J'ai quelques questions à vous poser, sur deux clients, routine, discrétion.

Les deux hommes s'installent à la terrasse, toujours grande ouverte.

– Connaissez-vous M. Bertrand et M. Kashguri ?

– Oui, ce sont des habitués.

– Étaient-ils ici le vendredi 29 février au soir ?

L'homme va chercher deux gros cahiers derrière le comptoir de la caisse, à côté des fleurs orange. Dans le premier, jour par jour, la composition des équipes de serveurs, avec leurs horaires. Les intéressés ont signé en face de leur nom.

– 29 février. J'étais présent ce soir-là. Autant vous dire tout de suite que je n'ai pas de souvenirs précis.

Deuxième cahier : les réservations.

– 29 février. M. Bertrand a réservé une table pour deux, à 21 heures.

– Pourquoi toutes ces réservations sont-elles rayées ?

– Nous rayons au fur et à mesure que les clients arrivent.

– Donc, si M. Bertrand n'était pas venu, ce ne serait pas rayé.

– À moins qu'il ait décommandé par téléphone. Si un client décommande, nous rayons aussi, puisque nous ne gardons plus la table.

– Et ça arrive que des clients prennent la peine de téléphoner pour se décommander ?

– Oui. Ici, nos habitués font attention à ne pas nous faire faux bond sans prévenir.

– Si M. Bertrand s'est décommandé, c'est passé par vous ?

– Oui.

– Et vous ne vous en souvenez pas ?

– Non. Cela remonte à trois semaines. M. Bertrand vient plusieurs fois par semaine. Nous avons une centaine de réservations par jour. Dont trois ou quatre se décommandent. Alors…

– Pourriez-vous interroger les garçons qui travaillaient ce soir-là, et me contacter à ce numéro si quelqu'un se souvient de quelque chose ?

– Mais bien sûr, inspecteur.

Attali s'en va. Il sait déjà qu'il n'y aura aucune suite.

10 heures,
passage du Désir

Reprise des interrogatoires des mannequins. Ça devient de la routine. Thomas est en duo avec le même inspecteur des Mœurs. Daquin, toujours en marge, continue à observer sans rien dire. Maud Mathieu. Interrogatoire insipide, mais qui confirme les déclarations de Lamergie.

Daquin s'ennuie. On peut considérer comme établie la présence de VL le 29 au soir au club Simon. En dehors de ça, personne ne sait rien sur elle. On piétine, je reste pour la dernière de la matinée, et je passe à autre chose.

Entre Dorothée Marty, une fille longue, mince et brune. Cheveux coupés au carré, lisses, avec beaucoup de volume. Énorme frange qui lui mange tout le front. Le visage a l'air petit et enfantin au milieu de ce casque noir. De la grâce, constate Daquin, qui reste un peu distrait. L'interrogatoire commence. Comme les autres. Daquin doit faire un effort d'attention. Et soudain, à la question « Connaissez-vous Kashguri, l'avez-vous eu comme client ? », un durcissement de tout le corps. L'attitude, le visage se figent.

– Oui.

– Qui vous l'avait procuré ?

– Virginie Lamouroux, comme les autres.

– Savez-vous si elle le connaissait personnellement ?

– Non. Je n'ai jamais parlé de ça avec elle.

Thomas passe à autre chose. Dorothée Marty se détend, retrouve un comportement normal. L'interrogatoire se poursuit. Incroyable que Thomas n'ait rien remarqué, ni l'inspecteur des Mœurs. Pas des bons flics. Ou alors, ils s'en foutent.

Terminé. Dorothée Marty se lève, signe sa déposition et s'apprête à sortir. Daquin se lève. Les deux inspecteurs le regardent ouvrir la porte à la jeune femme et la prendre par le coude.

– Il drague, votre commissaire ? demande l'inspecteur des Mœurs à Thomas, qui hausse les épaules en signe d'ignorance et d'incompréhension.

– Mademoiselle, puis-je vous inviter à déjeuner ? C'est l'heure et j'aimerais bavarder un peu avec vous, de façon tout à fait informelle, évidemment. (Dorothée Marty a l'air surprise et hésitante.) Acceptez. Vous ne risquez pas grand-chose, parole de commissaire.

– Vous savez, je ne déjeune pas, habituellement.

– Je vous emmène chez un Italien qui vous plaira. Si vous voulez, vous ne prendrez qu'un café.

11 h 30,
Rouen

Froid, carrelage, odeurs. Le cadavre sur un chariot. Le visage est découvert. Teint blanc, des boursouflures un peu partout. Un aspect irréel. Pas un mort, plutôt un masque.

– Ce sont des brûlures dues à la chaux, explique Petitjean. Mais nous l'avons fait maquiller, pour rendre l'identification plus facile.

Romero pose sa serviette sur une table, sort le jeu de photos, le feuillette, en trouve une, et la montre à Petitjean.

– D'accord. C'est lui.

– Sortons d'ici.

Ils font les cent pas devant la morgue. Romero a emporté des petits cigares italiens, des toscans, qu'il prend toujours quand il va à la morgue : ils puent plus que les cadavres. Il en propose un à Petitjean, qui refuse.

– Ça vous gêne si je fume ?

– Pas du tout. Alors ?

– C'est un petit trafiquant turc que nous avons repéré depuis une quinzaine de jours, un dénommé Celebi.

12 h 30,
Da Mimo

Ambiance napolitaine. Daquin est manifestement un habitué. Petite table au fond de la pièce, nappe à carreaux blancs et rouges. Daquin installe la jeune femme le dos à la salle. Il choisit pour elle une assiette de hors-d'œuvre variés à base de légumes à l'huile et au vinaigre et, pour lui, une pizza à la rughetta. Ensuite, un plat de poissons grillés. Orvieto frais, comme d'habitude, et pour Madame, une Contrex.

Profiter de ce que la fille est déstabilisée, ne pas lui laisser le temps de se reprendre.

– Parlez-moi de vos relations avec Kashguri.

La même carapace qui revient. Un effort pour dissimuler. Un sourire.

– Je n'ai rien d'autre à en dire.

– Ce n'est pas vrai. Dès que ce nom est prononcé, tout votre corps est en état de guerre. Ça s'est mal passé ?

– C'est possible. Et alors ?

– Racontez-moi. Nous ne sommes plus dans les locaux de la PJ, ici. Vous avez envie d'en parler et personne ne vous écoutera mieux que moi.

Dorothée a mis son visage dans ses mains pour échapper au regard de Daquin.

– Comment faites-vous pour savoir ?

– Je vous écoute, je vous regarde, je fais attention à vous, c'est tout.

– Il m'a fait violer dans des conditions abominables.

Une voix basse, monocorde, les mains toujours devant le visage. Daquin laisse s'installer le silence. Pour elle, le plus dur est fait, elle a bien le droit de choisir son rythme. Dorothée enfoncée dans sa mémoire. Regarde maintenant fixement son assiette. Toujours la même voix.

– Il m'a proposé une somme importante pour passer une soirée chez lui, avec des amis, a-t-il dit. Je l'avais eu deux ou trois fois au club Simon comme client, il venait avec des amis et il nous regardait faire l'amour. C'est tout. J'ai cru que ce serait pareil chez lui. J'ai accepté.

Nouveau silence, très long. Daquin ne dit toujours rien.

– J'arrive chez lui. Il était apparemment seul, me remercie d'être venue. Tous les deux dans le salon, nous fumons un peu d'héroïne. Je commence à planer. Il me fait passer dans une chambre, quelque part dans son appartement. À peine meublée, juste un grand lit en cuivre. (Dorothée lève pour la première fois les yeux vers Daquin.) Vous savez, comme autrefois, avec une tête et un pied de lit hauts, à barreaux.

– Oui, il y en avait chez ma grand-mère.

– (Dorothée replonge le nez dans son assiette.) Dans la chambre, il y avait deux hommes, ses valets de chambre. Ils m'ont attrapée, l'un me tenait, l'autre m'arrachait littéralement mes vêtements. J'ai commencé à crier et à me débattre. Ça les faisait rire. Kashguri était assis dans un fauteuil et souriait. J'étais terrorisée, j'ai pensé qu'ils allaient me tuer et que personne ne me retrouverait jamais. Quand j'ai été complètement nue, ils m'ont attachée sur le lit avec des cordelettes, allongée sur le dos, bras et jambes écartées, et ils ont commencé à me frapper avec des cravaches. J'ai hurlé tout ce que j'ai pu.

Long silence. La mémoire de la souffrance.

– Quand j'ai cessé de crier, ils m'ont détachée. Je ne pouvais plus bouger, je saignais de partout, et ils m'ont violée, l'un après l'autre d'abord, et ensuite tous les deux en même temps. J'ai perdu connaissance. Je crois que Kashguri se masturbait pendant ce temps-là. (Nouveau silence.) Ensuite, l'un des deux m'a soignée, en mettant sur les plaies un produit qui sentait très fort. Et puis ils m'ont enveloppée dans une espèce de drap en tissu éponge et m'ont portée dans une voiture, puis déposée dans mon appartement. Ils m'ont laissée là, au milieu de la nuit. Avec un paquet de fric. Je n'ai pas porté plainte. Je me suis soignée. Je ne travaille plus, je ne sors plus, je vis sur l'argent de Kashguri. (Un temps. Elle lève enfin les yeux de son assiette. Un sourire, jeune.) C'est vrai que vous écoutez drôlement bien.

Daquin a envie de lui caresser doucement le visage, mais pense que c'est sans doute la dernière des choses à faire. J'aurai la peau de Kashguri. D'une façon ou d'une autre. Je le tiendrai dans ma main.

14 h 30,
passage du Désir

Sur le bureau, un message de Romero : *Le cadavre est celui de Celebi, le petit trafiquant turc complice du chef d'atelier yougoslave. Je serai de retour à 20 heures.*

Celebi a été exécuté : la nouvelle provoque un déclic. Daquin prépare un mot pour Attali et Lavorel : *Soyez au bureau à 20 heures.* Puis il rentre chez lui. Se sert un café et un cognac. S'allonge sur le canapé, les yeux clos, l'esprit en vadrouille, à mi-chemin entre sommeil léger et activité intellectuelle consciente.

15 heures,
annexe de l'Assemblée nationale

Bertrand a accepté un rendez-vous avec Attali. « Une demi-heure, pas plus, j'ai beaucoup de travail. Et j'aimerais que vous soyez discret, et que vous ne fassiez pas état de votre qualité d'inspecteur de police auprès de l'huissier ou de ma secrétaire. »

L'immeuble est moderne : marbre, acier, bois, moquettes épaisses. Le luxe authentique. Au moins, on sait où passe l'argent des impôts. Et ce n'est pas dans les commissariats de police.

Attali entre dans le bureau de Bertrand, qui se lève, lui serre la main et lui indique un fauteuil. Assez grand, lourd, plutôt rouquin à peau blanche, la quarantaine bien sonnée. Attali le trouve d'emblée antipathique.

– Alors ?

– Monsieur le député, nous vérifions l'emploi du temps de M. Kashguri, le vendredi 29 février au soir. Il nous a indiqué qu'il avait passé la soirée avec vous.

– De quoi M. Kashguri est-il accusé ?

– Il n'est accusé de rien. Nous vérifions l'emploi du temps d'un grand nombre de personnes, dans le cadre d'une enquête sur un meurtre, commis le 29 février au soir.

Bertrand dévisage Attali en mâchonnant sa lèvre inférieure. Le silence s'éternise. Malaise. Il ouvre son agenda de bureau.

– Le 29 février, à partir de 16 heures, j'ai présidé une réunion du groupe parlementaire d'amitiés franco-iraniennes, à laquelle avait été invité M. Kashguri à titre d'expert. La réunion s'est terminée vers 20 heures, 20 h 30, et nous sommes ensuite allés dîner chez Lipp, tous les deux, ce qui arrive assez souvent. C'est ma secrétaire qui avait retenu la table.

– Très bien, je vous remercie, monsieur Bertrand.

– Inspecteur, la situation est très tendue aujourd'hui entre les États-Unis et l'Iran. La France a en Iran des intérêts considérables. Elle joue un rôle de premier plan pour faire adopter par l'Europe une attitude de médiation, de dialogue. Pour éviter une rupture irréparable. M. Kashguri est un allié précieux de la diplomatie française. Je ne vous en dis pas plus. Cela ne signifie évidemment pas qu'il est au-dessus des lois de ce pays. Mais cela signifie clairement que nous vous demandons de procéder avec la plus extrême prudence.

Dans l'ascenseur, Attali dit à haute et intelligible voix : J'ai la haine. Et finalement, ça le fait rire.

15 h 30,
sur la nationale, entre Paris et Rouen

La route domine la Seine d'une bonne trentaine de mètres. Sur le bas-côté, un vaste terre-plein sur lequel manœuvrent des camions qui viennent déverser leur chargement de craie dans des hangars. En contrebas, une usine à chaux dont les silos descendent jusqu'à la Seine. Les péniches viennent accoster là, sous les silos, pour prendre leur chargement. Petitjean laisse Romero regarder la disposition des lieux.

– D'après le médecin légiste, l'homme a très probablement été tué sur le terre-plein, d'une balle en plein cœur tirée à bout touchant. À partir de 5 heures du soir, les camions arrêtent leur rotation, et le lieu est désert. L'assassin a franchi le grillage de l'usine ici. (Il indique un point où le grillage est affaissé.) Et il est descendu jusqu'aux silos à chaux par là, en traînant le cadavre. (Il montre des traces sur la terre argileuse.) Ensuite, il a fait glisser le corps dans le silo n° 3. Et est reparti. Si le corps était resté plus de quarante-huit heures dans la chaux, à l'intérieur des silos ou dans une péniche, il aurait été impossible de l'identifier. Mais une péniche est venue charger sous le silo n° 3 à 5 heures du matin, le 19 mars. Le marinier, qui fait la navette plusieurs fois par jour en ce moment, a fait la manœuvre de chargement tout seul, et n'a rien remarqué. Nous avons vérifié, il est tout à fait possible que le cadavre ait glissé par le tuyau de chargement. Ensuite, la péniche est partie vers la cimenterie de Rouen, à trente kilomètres d'ici, où elle a commencé à décharger à 8 heures. À 9 heures, le cadavre était à nous. Aucun papier sur lui. Rien dans les poches. Les marques de sa veste, de son pantalon et de sa chemise avaient été arrachées. Il était en chaussettes. L'identification semblait très difficile. Heureusement, en venant enquêter ici, j'ai retrouvé une chaussure que le cadavre a dû perdre pendant qu'on le traînait hors du terre-plein, à l'abri de la pente. Des chaussures sans doute coûteuses, puisque le nom du magasin était marqué à l'intérieur du cuir, avec l'adresse : *Istiklal Caddesi, Istanbul*. À partir de là, je suis remonté jusqu'à vous. Vingt-quatre heures, pas plus. Je trouve que nous n'avons pas été mauvais sur ce coup, pour des petits flics de province.

Romero sourit à l'idée qu'il est devenu un Parisien.

20 heures,
passage du Désir

Attali et Lavorel jouent aux dames. Daquin se fait un café sans rien dire.

Romero arrive. Très sale, pense Daquin. Une fine poussière blanche recouvre ses cheveux, son visage, ses mains, ses vêtements. Ses chaussures sont uniformément blanches. Il semble ne pas s'en rendre compte, tant il est excité et content. La partie de dames s'arrête.

– On va commencer par Attali, dit Daquin.

Attali explique le système réservations-annulations. Donc, alibi possible, mais pas certain. Petit discours de Bertrand sur l'importance politique de Kashguri.

– Et puis le malaise qui s'installe et le sentiment que Bertrand en savait plus que moi sur le déroulement de l'enquête.

– Il était content, Bertrand, de voler au secours de son ami ?

– Il aurait donné sa chemise pour ne pas avoir à le faire.

– Donc, Kashguri cherche à mouiller Bertrand. Qu'est-ce qu'il tient en échange ? On trouvera. Lavorel ?

– Rien de neuf, mais une confirmation : le Français qui a servi de prête-nom pour l'achat des deux boutiques est salarié d'Euroriencar.

Daquin a l'air satisfait.

– Et vous, Romero, détaillez un peu votre scoop.

L'identification, la reconstitution de la façon dont le cadavre a été largué dans la chaux. Tué à bout portant, une balle dans le cœur, de face. Transporté après le meurtre. Pour l'instant, c'est tout.

Daquin s'enfonce dans son fauteuil. Crispé.

– Sur ce meurtre, je veux vous faire remarquer deux points. Un : cet assassinat ressemble à la liquidation de Celik. Je ne sais pas si je vous l'avais déjà dit, mais Celik était un indic de Meillant, et très peu de gens le savaient. Deux : très peu de gens étaient au courant du fait que nous avions repéré Celebi, et que nous avions un témoin à charge contre lui. Nous sommes sur une grosse affaire de drogue, ce qui signifie beaucoup d'argent. Et beaucoup d'argent, ça veut dire meurtres, nous en avons ici déjà trois, quatre ou cinq, selon l'analyse qu'on en fait. Et corruption. Corruption d'hommes politiques, peut-être, mais de flics aussi, c'est possible. Pensez-y.

Effet réussi, silence de mort.

– Romero, demain, vous reprenez le suivi de votre attaché d'ambassade, les écoutes téléphoniques et Paulette. Attali, retour au dossier VL. À la fin du mois, il va y avoir une livraison d'imperméables en provenance de Roumanie chez Sobesky. Je voudrais que nous soyons le plus avancés possible à ce moment-là.

Le silence, encore. Daquin se lève, enfile son blouson, dit bonsoir et s'en va.

19

Vendredi 21 mars

8 heures,
avenue Jean-Jaurès

Romero dort à poings fermés. La sonnerie du téléphone. Il décroche, grogne. De méchante humeur. Journée fatigante hier, et il n'a pas dormi de la nuit, avec cette allusion de Daquin à des flics corrompus. Qu'est-ce qu'il a voulu dire ? Impossible à avaler. Il est tombé dans un sommeil comateux vers 6 heures du matin, c'est-à-dire il y a à peine deux heures… Quel métier.

La voix de Yildiz…

– Je vous réveille, Roméo ?

– Oui.

– Bon, je fais vite. Aujourd'hui, Turgut Sener va chercher la valise diplomatique à Roissy, comme tous les mois. Il part des bureaux du boulevard Malesherbes vers 10 heures, avec une camionnette de l'ambassade.

– Quand dînons-nous ensemble, Yildiz, vous me manquez.

– (Rire.) Rappelez-moi quand vous serez de meilleure humeur.

Romero se lève. Une douche presque froide, un litre de café. Le désordre de son appartement le dégoûte. Un petit tas de poussière blanche au pied de la chaise où il a abandonné ses vêtements la veille. De la vaisselle sale un peu partout. Il faut que je m'organise.

Un sweat propre, l'avant-dernier, un blue-jean, des baskets, un blouson en cuir. Joindre les collègues des Stups.

9 h 30,
filature

Les deux inspecteurs Romero et Marinoni attendent dans une R5 banalisée, à une cinquantaine de mètres de l'annexe de l'ambassade turque, boulevard Haussmann. Marinoni est très gai, et raconte blague sur blague. Romero se détend un peu.

Une camionnette blanche sort des locaux de l'ambassade. Facile à suivre, la circulation est fluide, et on sait où elle va.

10 h 30

La camionnette pénètre dans le parking transit douanes de l'aéroport de Roissy. Romero lui laisse quelques minutes d'avance, puis la suit dans la zone surveillée, en montrant sa carte de police. Sener reste près d'une heure à l'intérieur des locaux des douanes, puis il revient, avec un manutentionnaire, une grosse caisse de bois, scellée, sur un Fenwick. Manœuvre. La caisse est déposée dans la camionnette. Départ de la camionnette, suivie par la R5 des deux inspecteurs. Retour tranquille sur Paris.

12 h 15

La camionnette entre dans le garage de l'ambassade, avenue de Lamballe.

Attendre de nouveau. Marinoni va boire un coup dans un café à une vingtaine de mètres de là. Romero note sur un bloc les différents mouvements de la matinée, avec les heures précises, puis attaque des mots croisés.

12 h 45

Sener réapparaît au volant d'une 205 bleu marine immatriculée à Paris. Direction le centre de Paris. À cette heure-là, la filature n'est toujours pas difficile. Sener se gare sur un passage clouté rue du Faubourg-Saint-Denis, sort de la 205, prend sur la banquette arrière un sac en plastique de la FNAC qui semble contenir une boîte rectangulaire. Romero reste au volant, Marinoni emboîte le pas à Sener.

13 heures

Retour de Marinoni.

– Sener s'est installé à une table, à la brasserie Flo, cour des Petites Écuries, avec une femme d'une cinquantaine d'années. Ils ont l'air de bien se connaître. Ils ont commandé à déjeuner, ils en ont pour un moment, allons manger un morceau nous aussi, j'ai vraiment la dalle.

Vingt minutes pour avaler un plat chaud dans une brasserie de la rue du Faubourg-Saint-Denis, tout en surveillant du coin de l'œil l'entrée de la cour des Petites-Écuries. Puis ils se promènent tranquillement, en bavardant, aux abords de chez Flo.

14 h 45

Sener sort avec la femme déjà repérée par Marinoni. Assez passe-partout, la cinquantaine, grande et un peu empâtée, cheveux châtains, permanentés et teints, maquillage discret, tailleur strict. Pas de temps à perdre en coquetteries, mais soignée. C'est elle maintenant qui porte le sac de la FNAC. Ils se séparent dans la rue du Faubourg-Saint-Denis. Il l'embrasse en lui effleurant les lèvres, puis, très grand style, il lui baise la main, avec des sous-entendus.

– J'en conclus que Sener est l'amant de la vieille.

– Ça y ressemble.

Elle prend à droite, suivie de Marinoni. Sener retourne à sa voiture, Romero dans son sillage, fourre distraitement sa contredanse dans la poche de son imperméable et démarre. Romero suit sans difficulté.

15 h 25

Arrivé rue de la Procession, Sener se gare de nouveau sur un passage clouté et disparaît dans les bureaux de l'ONI. Romero se gare à son tour, où il peut, remonte à pied vers la 205, prend dans la poche intérieure de son blouson une petite lime qu'il a bricolée à sa main, voilà quelques années, du temps de son adolescence à Marseille. Il jette un coup d'œil à la trotteuse de sa montre, se penche au-dessus du coffre de la 205 d'un air très affairé et bidouille la serrure, qui s'ouvre. Vérification : quarante-cinq secondes. Bien. Malgré le manque d'entraînement, on reste en dessous de la minute. Un regret pourtant : sa gamme reste très limitée. Voitures françaises, Volkswagen… Il aimerait essayer les américaines ou les japonaises. Il n'en a jamais eu l'occasion. Le coffre est vide. Romero le referme et retourne s'asseoir dans sa voiture. Encore une heure d'attente. Il s'emmerde, vraiment.

16 h 35

Sener ressort de l'ONI en compagnie de Martens. Je l'aurais parié. Et ils partent à pied. Romero les suit, de loin. Ils tournent à droite, à gauche, s'arrêtent devant la R5 de Martens, montent dedans, démarrent, et laissent Romero en rade.

19 h 30,
passage du Désir

Quand Romero entre dans le grand bureau, Santoni commence à raconter son voyage à Munich. Il n'a retrouvé qu'une dizaine de gamines thaïs qui sont passées par Paris.

– En Suisse et en Allemagne, il existe tout un réseau de cabarets spécialisés et elles ne restent guère plus de six mois dans la même ville. Elles n'ont pas d'argent, ne sortent jamais dans la rue, voyagent toujours d'une ville à l'autre avec un accompagnateur qui garde leurs papiers. Au bout de trois ou quatre ans, quand elles sont « vieilles », elles passent dans le réseau de la prostitution

« normale », ou récupèrent un billet d'avion pour rentrer chez elles. La police, les patrons des boîtes font semblant de croire qu'elles ont 20 ans, comme c'est marqué sur les passeports, mais la clientèle, elle, ne s'y trompe pas, et ce sont bien des amateurs d'enfants qui fréquentent ces boîtes. Ça évite les frais de déplacement jusqu'en Thaïlande... Les boîtes ne désemplissent pas. Passons. Sur la dizaine d'enfants qui est passée par Paris, sept ont « travaillé » pour le club Simon et elles ont identifié cinq abonnés. Le commissaire en retraite, le plus assidu. Sans commentaires. Un entrepreneur, Lamergie, qui a déjà reconnu les avoir utilisées. Deux députés. Et Kashguri. Mais lui, il ne les a jamais baisées. Il regardait pendant que d'autres le faisaient. Évidemment, j'ai pris les dépositions dans les règles. Mais il sera sans doute extrêmement difficile de les localiser dans quelques mois, ces filles. Voilà. Tout est dans mon rapport, et les dépositions sont jointes.

– Beau travail, merci. Ici, nous piétinons, côté mannequins. Thomas vous racontera. Prenez votre weekend, il vous faudra au moins ça pour vous remettre de toute cette propreté suisse allemande.

Daquin reste seul avec Romero.

– J'ai déjà eu un coup de fil de Marinoni. La femme qu'il a suivie depuis la brasserie Flo est montée dans l'atelier Berican, passage de l'Industrie.

Romero est très surpris.

– Cette femme serait Paulette ? La copine à Moreira ?

– C'est possible. Marinoni est toujours là-bas. Et vous ?

– Sener est allé rejoindre Martens à l'ONI et je les ai perdus quand ils sont partis dans la voiture de Martens, après 16 heures. Avant, j'étais allé jeter un coup d'œil, officieux bien sûr, dans le coffre de la voiture de Sener. Il était vide. Marinoni vous a parlé du sac de la FNAC ?

– Oui.

– Je ne suis pas allé poser de questions chez Flo. J'attendais votre feu vert. Si ce sont de bons clients, les patrons risquent de les prévenir.

– Vous avez eu raison. Laissez tomber Flo. On a mieux que ça. Romero, demain, l'atelier Berican.

Devant Daquin, un télex que le patron des Stups lui a fait parvenir dans l'après-midi. La réponse de la femme du directeur de l'Institut français d'études anatoliennes. Une cinquantaine de noms. En face de certains, des remarques personnelles. *Grincheux. Sale. Beau gosse.* La femme du directeur s'est bien amusée. Un seul nom dit quelque chose à Daquin : Kutluer. *Déjà un certain âge. Dommage.*

Et puis, tout en bas :

Au dernier dîner d'Erwin, le 15 mars, j'ai beaucoup discuté avec une femme dont le nom ne figure pas sur la liste, parce qu'elle ne faisait que passer, m'a dit Erwin. Anna Beric. Elle est belle, intelligente, cultivée. Et je ne connais pas son adresse.

Madame, un jour, j'irai à Istanbul, vous remercier.

20

Samedi 22 mars

7 h 30,
passage de l'Industrie

Il fait frais et beau, un délicieux printemps. Romero étend ses jambes. Content d'être là, à la terrasse d'un café, avec Lavorel, après une nuit moyenne, dans les bras d'une blonde moyenne. Lavorel a apporté le dossier sur l'atelier Berican qu'il a bricolé rapidement la veille : registre du commerce, impôts, Sécurité sociale. Paulette, c'est Paulette Dupin, gérante de la société depuis cinq ans, demeurant au 44 de la rue Gallieni, à Villemomble. L'atelier est florissant et semble un peu plus « régulier » que la très grande majorité de ceux du Sentier. Berican, le chef d'atelier, est installé dans les locaux du passage de l'Industrie – un grand trois-pièces – depuis huit ans et, depuis cinq ans, il est même propriétaire des lieux, ce qui est tout à fait exceptionnel. Il déclare cinq salariés, pour lesquels il paye régulièrement l'URSSAF. Compte tenu de la taille de l'appartement, c'est probablement bien moins que ce qu'il emploie effectivement. Il fait des bénéfices, paie un peu de TVA, et des impôts. Dans quelle proportion, c'est une autre histoire…

Romero va passer un coup de fil à Daquin. On ne sait toujours rien de plus sur la femme qu'ils ont suivie hier. Elle a passé tout l'après-midi à l'atelier, mais Marinoni l'a perdue vers 20 heures : elle est sortie de l'atelier, a pris un taxi, et il est resté en rade. Pas d'autres consignes qu'hier, bonjour à Lavorel.

Aller voir un peu sur place. 2 passage de l'Industrie. Au pied de l'escalier obscur, une plaque : *Berican, deuxième droite*. Odeur de cuir dans tout l'escalier. Au deuxième droite, derrière une porte classique d'appartement petit-bourgeois du dix-neuvième siècle, les bruits d'une intense activité, des voix, des pas, des ronflements de machines, une radio en langue étrangère dans le fond. Coup d'œil par la fenêtre de l'escalier : l'appartement semble disposé en enfilade le long du passage. Grimper l'escalier du 4 passage de l'Industrie. Au deuxième gauche, c'est très probablement un autre atelier. Pas de plaque, pas de nom, mais les caractéristiques bruits de machines. Ça communique sans doute, commode en cas de visite impromptue de l'inspecteur du travail.

Et maintenant, qu'est-ce qu'on fait ? Un peu à court d'idées. Arrivent deux Pakistanais avec leurs diables. Ils grimpent chez Berican, redescendent avec de volumineux ballots enveloppés dans du plastique blanc et fermés par du gros scotch marron. Trois aller et retour et les diables sont surchargés. Les Pakistanais foncent avec une dextérité remarquable à travers la foule qui encombre les trottoirs, les deux inspecteurs à leur suite. Livraison chez Berelovitch, fabricant, rue du Vertbois, et les deux Pakistanais repartent. Dans la boutique, deux hommes ont commencé à défaire les ballots, ils en sortent des blousons en cuir qu'ils accrochent au fur et à mesure sur des portants. Vérifient, comptent. Lavorel entre.

– Je voudrais essayer ce blouson.

– Excusez-nous, monsieur, mais nous ne faisons absolument pas de vente au détail.

Il ressort.

– Ce sont des blousons Ted Lapidus. Du luxe dans le prêt-à-porter. À mon avis, le client, en bout de chaîne, doit payer ça dans les 5 000 francs, et 10 000 francs pour un manteau. Dans ces prix-là, ça devient vraiment intéressant de trouver des combines.

Ils remontent tous deux passage de l'Industrie. Romero s'installe pour lire le journal dans un café tranquille. Lavorel monte chez Berican, sonne, attend une à deux minutes. Le niveau sonore, derrière la porte, a beaucoup baissé. La porte s'entrouvre. Puissante odeur de cuir. Un colosse apparaît dans l'entrebâillement de la porte. 1 grand mètre 80, large d'épaules, du ventre sans excès. Tout habillé de noir. Teint basané, crâne rasé, une énorme moustache grise. Impressionnant.

– Monsieur Berican ?

– C'est moi. Qu'est-ce que vous me voulez ? (Fort accent, français courant.)

– Je suis journaliste. Je prépare une série d'articles sur la régularisation des travailleurs turcs dans le Sentier. Je voudrais interviewer un chef d'atelier, et Berelovitch, le fabricant que j'ai rencontré, m'a dit que vous accepteriez sans doute de répondre à mes questions.

– (Sourire chaleureux.) Attendez un moment.

Berican se retourne vers l'intérieur de l'appartement, à peu près silencieux maintenant. Quelques phrases en turc. Le bruit des machines et les conversations reprennent. Puis à Lavorel :

– Allons prendre un verre, mais pas longtemps, j'ai beaucoup de travail.

Café rue du Faubourg-Saint-Denis. Beaucoup de monde, des hommes, basanés, moustachus. Au bar, de l'ouzo, du raki, plus que du pastis. Et des cafés. Conversations très bruyantes, en langues parfaitement étrangères. Groupes agglutinés autour des flippers. On se voit à peine à travers la fumée des cigarettes. Berican entraîne Lavorel vers une petite table libre à la terrasse, on respire un peu mieux. Jovial, Berican.

– C'est ma tournée, qu'est-ce que vous prenez ? Un pastis. Et un raki. Qu'est-ce que vous voulez savoir ?

– La régularisation, à votre avis, les Turcs vont gagner ?

– Depuis deux ou trois jours, nous y croyons tous, oui.

– Vous, vous employez des clandestins. S'ils deviennent réguliers, ce n'est pas votre intérêt. Ils vous coûteront plus cher.

– (Rire.) Ce n'est pas comme ça que ça se passe. D'abord, j'ai été clandestin, comme eux. Je me suis enfui de Turquie en 1960. J'ai travaillé ici sans papiers pendant dix ans. Vous, vous ne pouvez pas savoir ce que cela veut dire. Je m'étais rasé les moustaches, teint les cheveux en châtain clair. Je regrettais d'être grand. Je prenais les autobus, jamais le métro. Et je me baladais toujours avec un appareil photo sur le ventre. Mais rien à faire, je n'arrivais pas à ressembler à un touriste allemand. J'avais peur chaque fois que je mettais le pied dans la rue. Peur. C'est une drôle de vie, vous savez. C'est la vie de mes ouvriers, aujourd'hui. J'ai donné de l'argent pour soutenir leur comité. Dès que je pourrai, je ferai des contrats de travail à tout le monde.

– Et vous paierez les charges sociales ?

– (Haussement d'épaules.) Moi, je veux de très bons ouvriers, et je veux des Turcs. Je ne fais confiance qu'aux Turcs. Ça fait des siècles qu'ils travaillent le cuir, ils savent. Mais des réguliers turcs, il n'y en a pas. Aujourd'hui, je paie mes ouvriers cher, en liquide. Demain, je ferai des feuilles de paie, les salaires seront un peu moins élevés, c'est tout.

– Et votre gérant, il voit les choses comme vous ?

– Mon gérant, c'est une gérante. Une vieille amie. J'ai fait sa connaissance il y a une dizaine d'années. Elle fait toute la comptabilité de l'atelier, et une grande partie de la représentation auprès des fabricants. Elle connaît le Sentier aussi bien que moi. Moi, c'est la qualité du travail. Elle, la gestion.

– Vous croyez que je peux l'interviewer ?

– Pas aujourd'hui. Elle n'est jamais là le samedi.

– Vous pouvez me la décrire, pour que je puisse faire son portrait dans mon article, vous savez, pour faire vivant.

– (Rire.) Elle n'est plus toute jeune, un peu plus de 50 ans je crois bien. Solide, costaude, mais en même temps de l'allure, je ne sais pas quoi vous dire d'autre. Elle fait sérieux. Je remonte travailler. Vous voulez visiter l'atelier ?

– Oui, bien sûr.

Berican se lève, prend au bar un plateau avec une vingtaine de tasses de café, sans rien payer. Il a un compte, et tous ses ouvriers viennent boire leur café dessus. Dans le passage, il se tourne vers Lavorel :

– Vous voyez, des passages comme celui-ci, avec des ateliers partout, ça ressemble à certains endroits d'Istanbul. Mais, à Istanbul, vous auriez à l'entrée une toute petite boutique, et un bonhomme qui ferait du thé et le monterait dans les ateliers toute la journée. Ça manque, ça, par ici.

Ils grimpent l'escalier, poussent la porte de l'appartement. De nouveau, l'odeur du cuir, presque suffocante.

Beaucoup de bruit, machines, conversations, radio. Une activité intense. Le patron annonce : Café. Toutes les machines s'arrêtent. Les hommes viennent dans la cuisine, dans l'entrée, boire en bavardant. Berican leur présente Lavorel, journaliste. Sourires, rires. On va gagner. *Ya hip ya hop.* Chaleureux.

Le tour de l'appartement. Un appartement petit-bourgeois très classique. Trois pièces en façade, séparées des cuisine, salle de bains, débarras, par un couloir. Les pièces principales donnent sur le passage. Rien n'a été réaménagé, simplement une forêt de fils pend du plafond et des barres de néon éclairent toutes les pièces. Dans la première, la plus grande, en face de la cuisine, une immense table de coupe, deux coupeurs à l'ouvrage. Et une longue table où sont fixées quatre machines à coudre, grosses, lourdes, très bruyantes. Deuxième pièce, quatre longues tables où les machines sont alignées. Troisième pièce, encore une table de machines, et trois petites tables isolées, avec des machines plus légères. Les finitions, explique Berican. Boutonnières, boutons, accessoires divers. Et les griffes. Important, chez nous, les griffes : nous travaillons pour les plus grands noms du prêt-à-porter. Chaque ouvrier coche sur une feuille, au fur et à mesure, le nombre de griffes reçu et le nombre utilisé. Au fond de cette pièce, une porte de communication avec l'appartement voisin. Elle semble condamnée par des verrous, mais… De toute façon, ce n'est pas ça qui m'intéresse, et je n'ai pas grand-chose à me mettre sous la dent, songe Lavorel. Retour par le couloir. Le débarras a été aménagé en petit bureau pour la gérante. Mobilier plus que sommaire : un bureau métallique, tiroirs qui ferment à clé, quelques étagères, un grand lampadaire, un fauteuil. Sur le bureau, bien rangés, deux cahiers et le sac plastique FNAC décrit par Romero, avec sa boîte à l'intérieur. Berican l'aperçoit en même temps que Lavorel. Air légèrement contrarié. Il sort son trousseau de clés, ramasse le sac et le boucle dans un des tiroirs du bureau. Retour dans le couloir. Cuisine et salle de bains encombrées de restes de casse-croûte, cafetières, tasses, verres. La visite est terminée. Berican retourne à son travail, avec les coupeurs.

Lavorel salue tout le monde, claque la porte et rejoint Romero dans son café tranquille, un peu plus haut dans le faubourg. Faire le point.

– Paulette et la femme d'hier sont très probablement une seule et même personne. Le signalement semble bien être le même. Si trafic il y a, Paulette y joue un rôle important, c'est sûr. Mais quel trafic ? Je suis incapable de répondre à cette question. La boîte dans le sac FNAC est là, je sais où, mais je ne sais pas ce qu'il y a dedans. J'irais bien faire un tour cette nuit. Mais que dirait le patron ?

Romero rit.

– Il dirait : « Ne vous faites pas prendre. » Demande-lui quand même.

Après un bifteck frites et un demi, cap sur Villemomble. Un samedi après-midi, ça roule tranquille. Lavorel et Romero échangent des souvenirs d'enfance qui se ressemblent, de la Belle de Mai à La Courneuve. Romero conduit, Lavorel consulte le plan. 44 rue Gallieni. D'abord, passer devant. Ensuite, on verra. Villemomble, c'est plutôt petit-bourgeois, mais la rue Gallieni c'est franchement rupin. Plus de pavillons, mais des maisons cossues, grandes, étages, terrasses, vérandas, et de vrais jardins derrière de hautes grilles. Au 44, une très jolie maison blanche, fin dix-neuvième siècle, avec une petite tourelle, bien protégée par un haut mur en pierres et un portail en fer noir. On distingue difficilement l'intérieur de la propriété.

– Ça marche pas mal pour Paulette Dupin, on dirait. Qu'est-ce qu'on fait maintement ?

La gare est proche, arrêt au café. Deux cafés cognac. Romero va jeter un coup d'œil dans la cabine téléphonique au sous-sol et remonte avec l'annuaire. Pas de Dupin à Villemomble. Les deux inspecteurs parcourent rapidement les colonnes d'abonnés, pour trouver qui habite au 44 de la rue Gallieni. Romero jure, renverse le fond de sa tasse de café. Il souligne un nom de son ongle. Lavorel regarde : *Yves Thomas, 44 rue Gallieni.*

18 heures,
passage du Désir

Daquin a les traits tirés, l'air épuisé. Romero et Lavorel, très tendus. Attali piaffe d'impatience. Daquin lui sourit.

– Commencez, vous êtes le seul à en avoir envie.

– J'ai quelques petits détails supplémentaires sur VL. Après que je l'ai vue au commissariat du Xe, elle est allée chez Julie La Tour, un fabricant avec qui elle avait rendez-vous pour une présentation. Elle était pressée, mais elle a fait son travail correctement. Elle s'est dépêchée de partir en disant qu'elle avait rendez-vous.

– C'est déjà une avancée, ça, Attali.

– Après, plus rien, plus aucune trace. Cette fille est curieuse. Beaucoup de gens la connaissent, mais personne n'est capable d'en parler vraiment, de me dire qui elle est. (Un blanc.) Mais j'ai autre chose.

– Nous nous en doutions un peu.

– Vous m'aviez dit de montrer au maximum de gens tous les portraits que nous avions. Je l'ai fait. Un mannequin, une dénommée Sophie Lambert, a participé à des soirées chez Kashguri. Elle a reconnu de façon formelle le portrait-robot de l'assassin de votre concierge. C'est un des valets de chambre-hommes à tout faire de Kashguri.

Long silence.

– À force de touiller la marmite… On ne sait pas ce que l'on cherche, mais on finit par le trouver. Bravo, Attali. C'est le premier élément tangible qu'on ait pour mouiller Kashguri. Mais il est de taille. Si son valet de chambre agit sous son contrôle, ce qui est probable, alors Kashguri a un rôle direct dans la filière en France. Romero ?

– Paulette Dupin est la femme de l'inspecteur Thomas.

Nouveau silence.

– Pas d'erreur possible ?

– Non. On a vérifié à l'état civil. Aucune erreur possible. À toi, Lavorel.

– Et Paulette Dupin est bien la femme qui déjeunait avec Sener. Mais je ne sais pas encore quelle est leur combine. Le paquet que lui a apporté Sener hier est dans son bureau, à l'atelier Berican. Si vous m'y autorisiez, je ne mettrais pas plus d'un quart d'heure à savoir de quoi il retourne, cette nuit.

– Comment voulez-vous que je vous y autorise ? Faites-le sans que j'en sache rien. Et ne vous faites pas prendre. (Romero et Lavorel échangent un sourire.) Romero vous aidera certainement. Il adore crocheter les serrures, ça lui rappelle son adolescence. (Daquin prend une profonde inspiration.) À moi, maintenant. Je voulais vous reparler un peu des problèmes de corruption dans la police. Je me rends bien compte que c'est plus facile après les découvertes de Romero et Lavorel. J'ai beaucoup gambergé depuis qu'on a identifié le cadavre de Celebi, jeudi soir. J'ai réfléchi à la façon dont les trafiquants ont conduit leur contre-offensive depuis une semaine. Je mets d'un côté ce qu'ils ont fait. Ils neutralisent les boutiques du faubourg Saint-Martin. Font disparaître VL. Assassinent un indic de Meillant, et le seul Turc que nous avions précisément identifié comme trafiquant, avec un témoin à charge. De l'autre côté, ce qu'ils n'ont pas fait. Sobesky, les entreprises de Moreira et de Kutluer, le gars de l'ONI, l'attaché d'ambassade, tous ceux-là continuent comme si de rien n'était, alors que nous sommes sur leurs traces. Je me pose forcément la question : quels sont les flics qui connaissent les premiers éléments, et peuvent donc les communiquer aux trafiquants, et ignorent les seconds ?

Malaise maximum. Daquin semble attendre une réponse. Attali marmonne :

– C'est vous le patron.

– Exact. La réponse est : Thomas et Santoni.

– Et pourquoi pas Meillant ? Vous avez des preuves que c'est un ripoux.

– Pas d'accord. Je ne vois pas Meillant comme un ripoux. C'est un homme de pouvoir. Il veut gouverner son quartier, pas seulement maintenir l'ordre en surface. Pour gouverner, il faut transiger, trafiquer sur les marges. On négocie toujours ce qu'on obtient. Vendre des faux papiers, pour Meillant, c'est un moyen de contrôler les flux de clandestins. (Un silence.) Je vois que je ne suis pas compris. Je peux me gourer, d'ailleurs. Je reconnais qu'on peut le considérer comme un suspect. De toute façon, ce qu'il sait sur notre travail ne peut passer que par Thomas et Santoni. À moins que vous, Lavorel…

– C'est idiot, patron.

– Je le sais. Je disais cela pour détendre l'atmosphère. Donc, jeudi soir, j'ai pris la responsabilité de demander une enquête de l'IGS, en urgence, sur Thomas et Santoni. Ce que nous apprenons aujourd'hui la rend peut-être inutile. C'est Thomas qui renseigne les trafiquants par l'intermédiaire de sa femme et de Sener, ou de Moreira. Elle connaît les deux.

– Vous n'avez pas le moindre début de preuve.

– Très juste. Et si nous voulons mener cette affaire à son terme, nous avons intérêt à en trouver, et très vite. Lavorel, quand vous saurez en quoi consiste exactement le trafic de Paulette Dupin, vous me téléphonerez chez moi, à n'importe quelle heure de la nuit. Et nous verrons alors si nous pouvons organiser une perquisition lundi. Vous arrivez à digérer tout ça ? Alors, revenons à la partie amusante de notre travail. Les Douanes m'indiquent que la date de la livraison est fixée. Elle aura lieu le 4 avril, sans doute très tôt le matin. Dans treize jours exactement. D'ici là, nous n'avons plus qu'à trouver qui dirige ce bordel, mouiller Kashguri, retrouver VL, élucider le meurtre de la Thaï, démasquer les flics ripoux. Et ramener Anna Beric chez elle. Facile.

2 heures,
villa des Artistes

Téléphone. Daquin se réveille difficilement. Comateux.

– Patron…

– C’est vous, Lavorel… Où êtes-vous ? Chez vous ? Alors attendez une minute, je vais me passer la tête sous l’eau froide.

Daquin pose le téléphone. Soleiman est là, dans le lit, endormi. Il ne l’avait pas entendu rentrer, cette nuit. Soulève la couette, le contemple un instant. Le sexe noir. Les traits aigus du visage, si différents quand les yeux bleu passé sont fermés. Un mélange déconcertant de soumission et de révolte.

La tête sous le robinet. Serviette. Retour vers le lit.

– OK, Lavorel, je vous écoute.

Nu, assis contre le mur, le téléphone sur le ventre, écouteur dans la main gauche, main droite sur la nuque de Soleiman.

– La boîte contient des rouleaux de griffes de grands noms français du prêt-à-porter. Ted Lapidus, Yves Saint Laurent. Ceux pour lesquels l’atelier travaille. Ça permet à Berican de pratiquer la contrefaçon en grand.

– C’est illégal ?

– Oui, complètement.

– Et ça rapporte ?

– Beaucoup.

– Si on perquisitionne lundi matin, on peut avoir des preuves contre Paulette ?

– Si on vient assez tôt, oui. Les rouleaux de griffes sont suffisamment importants pour être impossibles à justifier. Ils sont sous clé dans un tiroir de son bureau.

– Vous êtes sûr qu’on peut partir en l’embarquant ?

– Oui, sûr. (Une hésitation.) Il y a quelque chose qui me gêne.

– Dites.

– C’est qu’on n’embarque pas seulement Paulette. On embarque aussi Berican, et ses ouvriers se retrouvent à la rue. Sans emploi. Au moment où ils espèrent tous leurs papiers.

– Je vous avais prévenu que dans le Sentier vous ne trouveriez pas beaucoup de costards-cravates. (Silence.) Je vais y réfléchir. Demain après-midi (regard sur l'heure : 1 heure du matin), enfin, cet après-midi, dans mon bureau pour qu'on organise la perquisition ?

– J'y serai.

– Et vous vous êtes bien amusé ?

– Un peu facile et un peu rapide.

– On essaiera de vous trouver mieux. Bonne nuit.

Raccroche. Se retourne vers Soleiman qui s'est réveillé.

– Tu as l'air crevé, gamin.

– Je le suis. Lundi, AG. On va proposer d'accepter les nouvelles offres du ministre. Je ne sais pas ce qui va se passer. Les Turcs n'aiment pas les compromis.

Daquin a posé la tête de Soleiman sur son épaule, et lui lèche la nuque à petits coups de langue, les dents pas loin.

– Tu l'auras ton vote, gamin. J'entends ce qui se dit ces jours-ci dans les ateliers. On te donne gagnant. (Descend le long de la colonne vertébrale.) J'ai un cadeau pour toi. Lundi matin, nous allons boucler le patron d'un atelier. Berican, 2 passage de l'Industrie. Si les ouvriers protestent assez fort, nous leur rendrons leur patron. (Arrive au creux des reins.)

– Arrête, Daquin. Je ne comprends rien à ce que tu me dis.

– J'arrête. Pour l'instant. Va me faire un café.

Soleiman remonte avec la cafetière et deux tasses. S'assied au pied du lit. Daquin lui raconte l'atelier Berican.

– La Financière arrêtera la gérante et le chef d'atelier, on ne peut pas faire autrement. Mais seule la gérante nous intéresse. Si les ouvriers gueulent assez fort, nous chargeons tout sur la gérante, nous vous rendons le patron. Toi, tu arrives à l'AG avec lui, l'atelier réouvert… Tu connais Berican ?

– Oui. Il a donné du fric au comité. C'est un vrai cadeau que tu me fais. Qu'est-ce que tu veux en échange ?

– Rien. Ce que je veux, tu me l'aurais donné de toute façon. Je veux tout ce que tu peux ramasser sur Sener. Pour moi, il est dans la filière, mais je n'ai pas de preuves. Et ton cul. Tout de suite.

21

Lundi 24 mars

7 heures,
passage de l'Industrie

Berican monte l'escalier qui mène à son atelier, comme tous les jours ouvrables. Sur le palier, quatre individus sinistres, trois imperméables, un blouson. Panique. Les Loups-Gris, comme pour Celik Osman ? Non. Ce ne sont pas des Turcs. Des policiers français ? Ils lui montrent leurs cartes, un papier qu'il ne lit pas. Une perquisition. Une suée, la vue qui se brouille. Paulette avait juré que ça n'arriverait jamais…

Berican entre avec les policiers. L'un d'entre eux reste à la porte. Au fur et à mesure de leur arrivée, les ouvriers sont envoyés à la cuisine. Le moral est franchement mauvais.

Tour rapide des ateliers. Les policiers semblent presque distraits. La tension monte quand on arrive aux machines des finitions. Feuilles de contrôle des griffes : un policier les ramasse soigneusement. Mais ce qu'ils veulent vraiment fouiller, c'est le bureau de la gérante. Livres de comptes, commandes, factures, tout est sorti. Un flic s'assied et commence à feuilleter. Dans un tiroir fermé à clé, des griffes de couturiers et un registre d'entrées et de sorties. Vérification rapide :

le compte y est. Tiroir en bas à gauche, le patron ouvre. Sac plastique FNAC. À l'intérieur, boîte en carton. Dans la boîte, deux rouleaux de griffes, Saint Laurent et Ted Lapidus. À peu près cinq cents de chaque.

– Et ça, qu'est-ce que c'est ?

Berican n'a pas besoin de forcer beaucoup pour avoir l'air complètement affolé.

– Je n'en sais rien. Ici, c'est le bureau de la gérante. Moi, je suis toujours dans l'atelier.

– Et la gérante vient quand ?

– À 8 heures 30, tous les jours.

– On l'attend. Asseyez-vous.

Un policier prend les déclarations des ouvriers. Pratiquement personne n'a de papiers, les adresses sont fantaisistes et personne n'a jamais vu ce sac.

Un peu après 8 heures 30, arrivée de Paulette Dupin. Elle pâlit en voyant l'atelier vide et deux inconnus qui sortent de son bureau. Les deux hommes l'encadrent et la poussent dans le bureau. Coup d'œil à Berican, assis sur une chaise. Le salut ne viendra pas de là, mais il ne semble pas s'être effondré.

Livres de comptes, premières irrégularités constatées.

Paulette hausse les épaules, se doute bien qu'ils ne sont pas venus pour ça.

– Et ces griffes ? À quoi servent-elles ?

Paulette jette un coup d'œil en biais à Berican.

– Jamais vu cette boîte. Pas moi qui ai apporté ça ici.

– Dans le tiroir du bas de votre bureau, fermé à clé, vous ne l'avez jamais vu ?

– Non.

– C'est une position que vous allez avoir un peu de mal à maintenir.

Les policiers embarquent Paulette et Berican. Les ouvriers sont priés de s'en aller et l'atelier est fermé.

9 h 30,
passage du Désir

Paulette Dupin et Berican sont bouclés dans deux petits bureaux séparés du premier étage. Pendant que l'équipe de la Financière se concerte pour préparer l'interrogatoire, Attali va faire son rapport à Daquin.

– C'est une coriace. Elle nie avoir jamais vu ce sac. C'est une défense idiote, à mon avis. On va retrouver les détaillants qui ont écoulé les contrefaçons, peut-être aussi le producteur de griffes en Turquie…

– Peut-être, mais ça, c'est le point de vue de la Financière. Moi, j'ai besoin qu'elle craque, et vite. Je me fous de l'escroquerie, je veux la vérité sur les fuites. Il faut que nous sachions avant la fin de la garde à vue. Après, on n'y arrivera plus. Vous allez participer à l'interrogatoire de Berican. La seule chose qui nous intéresse, c'est qu'il reconnaisse avoir vu le sac dans les mains de Paulette, mais, si j'ai bien compris, nous avons peu de chances de l'obtenir. Pour le reste, il ne nous intéresse pas. Chargez Paulette, blanchissez Berican, qu'on puisse le relâcher en fin de matinée. C'est clair ?

Interrogatoire de Paulette dans le bureau de Daquin. Le commissaire et l'inspecteur de la Financière dirigent les opérations, Daquin observe.

Paulette est amenée par un flic en uniforme, s'assied sur la chaise qu'on lui désigne, s'efforce d'éviter l'affolement. C'est vrai, elle ne s'y attendait pas, pas elle, une femme de flic, elle ne s'y est pas préparée. Elle n'a qu'une seule pensée : résister, tenir, nier.

– Vous êtes bien la gérante de l'atelier Berican ?

– Oui.

– Un rapide coup d'œil sur vos comptes fait apparaître de nombreuses irrégularités. L'atelier déclare cinq travailleurs, et en occupe plus de vingt en permanence.

– C'est vrai, mais tout le Sentier travaille comme ça. Vous n'avez pas entendu parler de la régularisation négociée en ce moment avec le gouvernement ? Nous ne sommes pas les seuls concernés.

– Venons-en à la perquisition de ce matin. Ce paquet de griffes…

– Je ne l'ai jamais vu.

– J'ai bien compris. Il ne s'agit donc pas de griffes qui vous auraient été fournies par les fabricants ?

– Non.

– À quoi pourrait servir un tel paquet de griffes ?

– Je n'en sais rien.

– Là, vous n'êtes pas crédible, madame. Après des années à gérer un atelier de ce type…

– Je n'ai rien à dire là-dessus.

– Bien. Connaissez-vous un certain Turgut Sener ?

– Oui.

– Comment l'avez-vous connu ?

– L'ambassade nous a commandé des travaux d'ameublement en cuir. C'est lui qui a géré le dossier. J'ai fait sa connaissance à cette occasion.

– Quand ?

– Il y a trois ans.

– Et vous continuez à le voir régulièrement ?

– Oui, c'est un ami.

– Vous avez déjeuné avec lui chez Flo, vendredi dernier ?

– Oui. (Surprise.)

– Et il vous a remis un sac plastique FNAC ?

– Non.

– Nous avons des témoins, madame.

– Ils se trompent.

– Nous reprendrons cet interrogatoire demain, madame. Une dernière question : votre mari est-il impliqué dans vos activités professionnelles ?

Paulette Dupin se redresse, comme électrisée.

– Commissaire, nous sommes mariés sous le régime de la séparation de biens, et je suis majeure. Laissez mon mari en dehors de ça.

Paulette Dupin est emmenée vers sa première journée de garde à vue.

Daquin se prend à espérer. Elle joue la femme coriace, elle l'est peut-être. Mais sa défense est désespérée et manque totalement d'élasticité. Nous pouvons la faire craquer. Il faut appuyer sur Sener. D'après Romero, il y a une bonne chance qu'ils soient amants. Elle la cinquantaine, lui vingt de moins, elle doit y tenir.

9 h 30,
passage de l'Industrie

Les ouvriers de Berican sont agglutinés au pied de l'escalier. Ça fume et ça discute avec Soleiman, qui passait par là. D'abord, le désespoir : pas de travail, pas de papiers. Dans le cuir, c'est plus difficile de retrouver un emploi que dans le tissu. Quelqu'un propose de monter au deuxième, de fracturer la porte, récupérer les machines, les vendre et partager l'argent, pour tenir jusqu'à ce qu'on retrouve un travail.

– Mœurs de gangster, dit Soleiman.

– De toute façon, tu sais bien que si nous ne récupérons pas les machines les flics les saisiront.

– Non, aucune raison de se laisser faire, c'est fini ce temps-là. On se bat, tous ensemble, on va devant le commissariat exiger la libération de Berican, la réouverture de l'atelier.

– C'est impossible. Ils vont tous nous coffrer, et nous renvoyer en Turquie.

– Non, vous verrez. Le comité sera là, et il va téléphoner au ministère. D'autres Turcs vont venir nous soutenir.

Soleiman parle avec chaleur, une vraie force de conviction. Finalement, la décision est prise à l'unanimité d'aller en groupe exiger la libération de Berican. Arrêt au café habituel, raki pour se donner du courage. Sur le compte de Berican, bien sûr. Pendant ce temps, Soleiman téléphone au comité. Ramasser tous les militants français qu'on peut trouver, rendez-vous dans une petite demi-heure passage du Désir, oui, c'est ça, devant les locaux de la BT. Apporter de quoi faire une banderole. Omar est là ? Oui, passe-le-moi. Omar, file au Gymnase, et envoie passage du Désir tous les Turcs qui voudront bien y aller. C'est important.

10 h 30,
passage du Désir

Les ouvriers de Berican ne sont pas rassurés quand ils s'arrêtent devant les locaux de la BT. Un moment de flottement. À l'autre bout du passage arrive une dizaine de militants français. Pendant que trois d'entre eux déroulent une bande de tissu rouge sur laquelle ils écrivent à la peinture blanche : *Les ouvriers de Berican veulent travailler*, Soleiman et un Français entreprennent de négocier avec le planton. Ils veulent être reçus par le commissaire.

– Quel commissaire ?

– Celui qui a perquisitionné ce matin dans l'atelier Berican.

– Pas au courant.

Une avocate bien connue pour sa pugnacité arrose la BT de coups de fil. Elle veut absolument entrer en contact avec M. Berican, qui est son client. Comment ça, impossible ? J'appelle le cabinet du ministre.

La banderole est accrochée sur le mur en face de la BT.

À 11 heures moins le quart, des Turcs commencent à arriver par petits groupes. Bientôt, une petite foule de deux cent cinquante à trois cents personnes crie des slogans, en turc et en français. Lavorel regarde par une fenêtre du troisième étage.

À 11 heures et demie, le chef de cabinet du ministre téléphone à la BT. Il faudrait éviter de faire des vagues, au moment où les négociations sont sur le point d'aboutir. A-t-on retenu des charges particulièrement lourdes contre ce M. Berican ? Non ? Alors…

À midi, Berican est libéré et sort sous les applaudissements, les sifflets, les vivats, comme un footballeur du Galatasaray après une victoire contre un club grec. En cinq minutes, la foule se disperse et le calme revient dans le passage du Désir. Lavorel est toujours à sa fenêtre, admiratif et perplexe.

La nouvelle de la garde à vue de la femme de Thomas s'est répandue comme une traînée de poudre dans la BT. Thomas, totalement surpris, a eu une sorte de malaise et a prévenu le commissaire de la Financière qu'il rentrait chez lui. Il sera entendu demain mardi, à 10 heures, comme témoin. Santoni laisse brutalement tomber son travail, pour foncer au commissariat du Xe, voir Meillant, qui téléphone aussitôt :

– Daquin, je veux vous voir, ce matin.

– Venez à mon bureau, vers midi.

Meillant arrive en pleine manifestation. Il a du mal à traverser la foule, dans laquelle personne ne semble le reconnaître ni prendre garde à lui. Il assiste, sidéré et furieux, à la sortie de Berican. Monte dans le bureau de Daquin, au comble de l'exaspération.

– C'est quoi, tout ce bordel ? Vous avez décidé de jouer le Monsieur Propre dans le Sentier en solo ? (Un geste vers la fenêtre.) Ou bien vous vous achetez une clientèle à bon marché ? Et pour quoi faire ? Au passage, vous brisez l'un des meilleurs inspecteurs que j'aie connus, avec trente ans de services derrière lui. Et avec moi. C'est moi que vous visez ?

Daquin a décidé de jouer conciliant : pour Meillant, le pire est à venir. Il lui raconte très précisément comment son équipe est tombée sur Paulette à partir de Sener (omet tout à fait les écoutes Moreira) et sans savoir qu'il s'agissait de Mme Thomas.

– Bien, admettons. Mais pourquoi agir si vite ? Vous n'imaginez quand même pas que c'est la seule affaire de trafic de griffes dans le Sentier ? Vous auriez dû m'en parler, avant de mettre la Financière dans le coup.

Silence.

– La décision d'intervenir a été prise pour des raisons qui n'ont rien à voir avec la Financière, mais que je ne vous donnerai pas aujourd'hui. Pas avant un ou deux jours, le temps de la garde à vue, qui sera prolongée, de Paulette Thomas.

La situation a totalement échappé à Meillant, et il le sait.

18 h 30,
Bourse du Travail

De nouveau, la grande salle de la vieille Bourse de la rue du Château-d'Eau, archicomble. Des hommes partout, debout dans les travées, et jusque dans le promenoir.

On est loin de l'explosion des premiers jours, la joie intense d'être ensemble, dans la rue ou à la Bourse, hors de la clandestinité. Aujourd'hui, les visages sont graves, brouhaha de discussions à voix mi-basses, tension de l'heure des choix. Ces hommes restituent à la vieille Bourse son souffle utopique, et son esprit dix-neuvième siècle.

Soleiman arrive à la tribune, avec quatre Français, et Turgut Sener, présent pour la première fois, au titre de représentant de l'ambassade dans les négociations. Ils s'asseyent. Sener se tient un peu à l'écart, l'air coincé. Soleiman se lève. Il parle brièvement, en turc, d'une voix forte et rauque, sans utiliser le micro, et sans aucun effet oratoire. Quand il a fini, il se tourne vers la tribune et parle en français, d'une voix encore plus rauque, avec un accent très prononcé :

– J'ai dit où nous en sommes des négociations avec le ministre. Nous avons beaucoup avancé. Hier, il proposait de régulariser les Turcs qui sont arrivés avant 1976, à peine 10 % d'entre nous. Aujourd'hui, la date butoir d'entrée a été avancée à 1979. Cela concerne désormais 80 % d'entre nous. Certes, ce n'est pas exactement notre proposition de départ. Mais nous sommes convaincus que nous n'irons pas plus loin dans la négociation globale. Alors, il faut accepter. Et ensuite, nous nous battrons pied à pied sur chaque dossier individuel.

Il reste encore beaucoup de points obscurs : les logements, les conditions de travail dans les ateliers, les contrats de travail. Faisons confiance à notre force collective. Nous nous battrons sur tous les fronts, nous ne laisserons tomber personne. *Ya hip Ya hop*, mais pour pouvoir continuer, nous devons dire oui au ministre.

Pas de réaction dans la salle. Puis deux ou trois interventions véhémentes contre le projet d'accord. Soleiman traduit à voix basse pour la tribune. La salle, extrêmement attentive, ne réagit toujours pas.

Berican se lève. Il est là, dans les rangs de devant, entouré de ses ouvriers. Il raconte son histoire. Comment il a eu des papiers, il y a dix ans, en payant l'ambassade, en payant les services de l'immigration, en payant les flics français. Son arrestation ce matin par la police française, puis sa libération :

– C'est la première fois que je vois ici, en France, l'action collective victorieuse des travailleurs turcs. Pour moi, c'est un grand jour, je suis fier d'être turc, ici à Paris. (La voix tremble d'émotion.) Et, quand Soleiman dit qu'il se battra pour chaque cas, je le crois, parce que je l'ai vu faire ce matin, et gagner.

Ses ouvriers se lèvent et applaudissent. Toute la salle se lève, applaudit, siffle pendant cinq bonnes minutes. La décision est prise, de fait, et chacun se libère de son angoisse. À la tribune, Sener donne l'impression d'être sur le point de se trouver mal.

Quand le calme revient, Soleiman organise un vote en bonne forme, à mains levées, avec un assesseur par travée. Votent ensuite tous ceux qui n'ont pas pu s'asseoir. 1 754 voix pour ratifier l'accord proposé par le ministre, 217 contre. Adopté. Un long brouhaha. Puis Soleiman passe aux questions-réponses avec la salle, sur tous les aspects pratiques de la première phase de la régularisation qui va commencer demain. L'AG se fragmente en une multitude de petits forums. Soleiman omniprésent, patient, indispensable.

L'AG se termine. Un flot de Turcs coule vers la place de la République. Romero repère Sener qui s'en va, seul et l'air accablé. Il remonte la rue du Château-d'Eau, traverse le boulevard de Strasbourg et entre dans un local dont la façade est toute en vitres, recouvertes d'une peinture opaque jusqu'à une hauteur d'environ deux mètres. Une plaque à l'entrée : ASSOCIATION DES TRAVAILLEURS ILLUMINISTES. Romero entre sous un porche juste en face, monte sur une borne en pierre, tend le cou. Il semble qu'il y ait pas mal de monde à l'intérieur et que les discussions soient assez agitées. La tête de Sener apparaît par moments. Crampes. Romero descend de sa borne et attend dans l'ombre. Sener ne ressort que deux heures plus tard. Seul, et encore plus abattu. Romero le suit jusque chez lui, surveille l'appartement, jusqu'à l'extinction des feux.

Rien à signaler.

22

Mardi 25 mars

8 heures,
passage du Désir

Daquin tourne dans son bureau depuis déjà une demi-heure. La pression est là, et ne va cesser de monter, jusqu'au 3 avril. Il faudra faire avec.

Romero lui téléphone et raconte Sener et l'Association des travailleurs illuministes. Continuer la filature de Sener.

Puis arrivée des deux inspecteurs de l'IGS. Tenues sombres, mines sombres. Ils ont un peu tendance à surjouer.

– Mme Thomas a un compte en Suisse.

– Vous n'avez pas traîné…

– (Sourires entendus.) On a payé. On avait une monnaie d'échange. Le compte de Mme Thomas, c'est un compte joint au nom de M. et Mme Thomas.

– Ça change tout. On peut donc impliquer Thomas dans les escroqueries de sa femme.

– Nous allons le faire. Dès ce matin. Nous voulions vous en informer. Thomas sera en garde à vue, à partir de 10 heures.

Quand ils sont partis, Daquin appelle le standard.

– Quoi qu'il arrive, je ne veux pas avoir Meillant au téléphone aujourd'hui, compris ?

Le patron des Stups au téléphone : Daquin, passez me voir tout de suite.

8 heures,
au comité

Soleiman a à peine franchi la porte que le téléphone sonne. Un Turc au bout du fil.

– On était à l'AG hier soir. On est en grève, il faut que le comité vienne.

– Où ?

– 24 rue des Maraîchers, XXe.

– Je viens dès que je peux.

– Vite. On a dit qu'on était en grève, et on ne sait plus quoi faire.

9 heures,
avenue du Maréchal-Lyautey

Attali en costume sombre et cravate, une serviette en cuir à la main droite et un volume de l'*Encyclopedia Universalis* sous le bras gauche, entre dans un immeuble de l'avenue du Maréchal-Lyautey, se dirige vers l'ascenseur et appuie sur le bouton du cinquième et dernier étage. C'est là qu'habite Kashguri. L'ascenseur ne bouge pas. Surpris, Attali appuie de nouveau. Toujours rien.

Une voix d'homme descend d'on ne sait où et lui dit dans un français rugueux : Annoncez votre nom, s'il vous plaît, et le motif de votre visite.

Attali : Je m'appelle Lambert et je vends des livres, l'*Encyclopedia Universalis*.

La réponse ne se fait pas attendre : Nous ne sommes pas intéressés. Merci.

Une petite demi-heure plus tard, Attali se retrouve dans le hall d'entrée de l'immeuble, profondément découragé, après avoir essuyé rebuffades sur rebuffades, à tous les étages, et n'avoir rien appris sur les occupants du cinquième. La concierge, une femme dans la quarantaine, solide, sanglée dans une robe de lainage gris, sort de sa loge :

– Qu'est-ce que vous faites, jeune homme ? Le démarchage est interdit dans l'immeuble, c'est marqué là.

Attali prend un air de chien battu. Il n'a pas besoin de se forcer beaucoup. Il lui montre le catalogue de l'*Encyclopedia Universalis* : toute la culture, toute la science du monde, personne n'en a voulu.

– Ça ne m'étonne pas. Venez dans ma loge, boire une bière. Ça va vous remonter. À cette heure-ci, je n'ai pas de travail.

La loge est petite : une table, quatre chaises, un fauteuil, un frigo, une télé. Le logement doit être ailleurs. Attali s'assoit.

– Ça a mal commencé. J'ai pris l'ascenseur, j'ai appuyé sur le cinquième.

– Chez les Iraniens.

– Des Iraniens, comme ceux qu'on voit à la télé, qui hurlent et qui ne veulent pas rendre les otages américains ?

– Exactement. Les nôtres ne hurlent pas, mais ce sont les mêmes sauvages.

Elle pose les bières sur la table, et s'assied à côté d'Attali. Elle a des mains calleuses et les cheveux teints. Pourquoi s'assied-elle à côté et pas en face ?

– Ça fait longtemps qu'ils sont ici ?

– Huit à dix mois. L'appartement est somptueux, vous savez. Et le Kashguri, c'est son nom, il vit seul là-dedans avec quatre domestiques, deux hommes et deux femmes. Qu'est-ce qu'il fricote avec eux, je ne sais pas.

Je rêve ou elle a rapproché sa chaise ? Qu'est-ce que je fais, Bon Dieu, qu'est-ce que je fais ?

– En tout cas, les femmes, des Asiatiques, ne sortent jamais. Pas une seule fois en huit mois. Et les valets de chambre se relayent. Il y en a un qui fait les courses, ou le chauffeur pour le Kashguri, l'autre reste en haut, garder les filles et l'appartement. Pour moi, c'est suspect. Qu'est-ce que vous en pensez ? (Et elle lui met une main sur le poignet.)

– C'est vrai, c'est pas normal. Personne ne monte jamais là-haut ?

– Moi jamais, et les livreurs non plus. Mais il y a souvent des réceptions, le soir. Même que les locataires du quatrième ont fini par se plaindre. Du beau monde d'ailleurs, à ces réceptions. (Elle lui sourit, et pose l'autre main sur sa cuisse.) Ça va mieux, mon petit ?

– Je boirai bien une autre bière. (Elle va la chercher dans le frigo. Attali est en nage.) Et pour les réceptions, l'ascenseur fonctionne pareil ?

– Oui. (Elle se rassoit en rapprochant sa chaise de celle d'Attali. Maintenant, sa cuisse est collée contre la sienne.) Les gens annoncent leur nom. Les valets vérifient sur une liste, et font monter. On se demande ce qu'ils ont à cacher. (De nouveau, la main sur la cuisse, plus haut, tout près du sexe.)

Attali saute sur ses pieds, cramoisi et raide.

– Madame, je m'excuse, je suis homosexuel.

Il attrape sa serviette et s'enfuit à toutes jambes.

9 heures,
rue des Maraîchers

Une boutique de plain-pied avec la rue, dont les vitres ont été peintes. Soleiman pousse la porte et entre directement dans l'atelier. Forêt de fils, machines, comme partout. Huit Turcs clandestins, quatre ouvrières françaises et un petit bonhomme déjà âgé, dans les 70 ans, trépignant de rage. En voyant entrer Soleiman, le petit bonhomme se précipite sur son bureau, au fond de la pièce, ouvre le tiroir et brandit un revolver dans sa direction. Les filles sont terrorisées, les Turcs prêts à se battre. Soleiman sourit, on dirait une scène de vaudeville.

Au bout d'une demi-heure, le patron range son pistolet et appelle le commissariat.

– Je suis envahi.

– Par qui ?

– Une dizaine d'ouvriers.

– D'où viennent-ils ?

– Ce sont mes ouvriers.

– Alors, où est le problème ?

– Il y a un inconnu avec eux.

Soleiman, d'une voix forte : Je suis le représentant officiel du Comité de défense des Turcs en France.

Du côté du commissariat, aucune envie de se précipiter : Conflit du travail, négociez. Et on raccroche.

Soleiman sourit, et on commence à causer. Le patron, un certain Gribsky, finit par admettre qu'il est complètement ruiné ; il a tout perdu aux courses, son argent et la paie de ses ouvriers, et comptait, dit-il, sur les vêtements achevés qui s'entassent dans le fond de l'atelier pour faire la paie. Mais voilà, les Turcs bloquent la livraison, déjà deux fois les donneurs d'ordre n'ont pas pu venir récupérer leurs commandes... Les filles rigolent : ce vieux pourri comptait sur la livraison pour aller se refaire aux courses, oui ! Les Turcs préviennent Soleiman que cette nuit ils démonteront les machines, et se paieront dessus.

Soleiman au patron :

– Vendez votre atelier, bail, machines, et stock. Vous paierez les salaires, et il vous restera encore quelque chose. Sinon, faillite frauduleuse, vol de machines, tout peut arriver... et vous n'aurez plus rien.

Gribsky part chercher un « repreneur ». Les ouvriers s'installent pour occuper l'atelier. Rendez-vous est pris pour le lendemain matin, au siège du comité.

9 h 30,
brigade des stupéfiants

– Théo, j'ai lu vos deux derniers rapports très attentivement, comme les autres d'ailleurs...

Daquin attend.

– Cette idée d'une rafle à la livraison des impers, j'y ai réfléchi. Nous allons travailler ensemble sur la conception précise. D'accord pour jouer le coup comme ça. Mais vous sentez bien le caractère hasardeux de l'opération, le grand nombre d'inconnues...

Toujours pas de réaction.

– Ce matin, j'ai eu un coup de téléphone du directeur de cabinet du ministre. Hier, un de vos inspecteurs a contacté deux députés, pour leur demander un entretien...

– Oui, l'inspecteur Attali, sur mes ordres.

– Bien. Mais les ordres du ministre, eux, sont clairs : on laisse tomber les députés. Vous n'avez rien de solide contre eux… Et ça libèrera des forces que vous pourrez concentrer sur la filière turque.

– (Rire.) D'accord.

– Vous ne protestez pas ? Vous ne me dites pas que je ne remplis pas mon rôle de protection du travail de mes services ?

– Non, patron. Je m'y attendais, je suis même surpris que cela ne soit pas venu plus tôt, et je m'en arrangerai. Par contre, je voudrais savoir si le ministre a aussi un point de vue sur Kashguri.

– Oui. J'allais y venir. On le laisse tomber lui aussi, tant qu'on n'a pas de preuves formelles contre lui. Même traitement que pour les députés.

– Très bien. Vos ordres seront respectés. Rien tant qu'on n'a pas de preuves formelles. À propos, et hors rapport évidemment : j'ai plusieurs personnes qui, après avoir vu le portrait-robot, identifient formellement le valet de chambre de Kashguri comme étant l'assassin de ma concierge. Qu'est-ce que j'en fais ?

15 heures,
au comité

Le petit local aveugle grouille de monde. Soleiman vient d'arriver de la rue des Maraîchers. Il boit du café à la petite cantine, un peu plus loin dans le couloir. Il est heureux.

Un ouvrier turc vient le voir.

– Je m'appelle Yavouz. Le patron me doit 6 000 francs. Il m'a renvoyé il y a trois jours et il ne veut pas me les payer. Le comité doit m'aider.

– Tu as une preuve ?

– Une preuve, quelle preuve ? Je suis clandestin, je n'ai jamais eu une fiche de paie.

– On y va. Mais pas seuls.

Une quinzaine de Turcs partent en groupe, frappent à la porte de l'atelier, discrètement. Le patron, pas méfiant, ouvre. Invasion pacifique, Yavouz en tête. Le patron, un Yougoslave, hurle des injures, cherche à attraper des ciseaux pour se défendre. Deux ouvriers le ceinturent pour l'en empêcher. La tension baisse d'un cran.

– Vous devez 6 000 francs à Yavouz.

– Celui-là ? Je ne l'ai jamais vu. J'appelle la police.

Il attrape le téléphone, obtient le commissariat. Il parle très mal le français. Son correspondant ne comprend pas un mot à ce qu'il raconte, et lui demande :

– Il n'y a pas à côté de vous quelqu'un qui parle mieux le français ?

– Si.

– Passez-le-moi.

Le patron passe le téléphone à Soleiman, qui explique : conflit du travail, un salaire pas payé.

– Il y a des bagarres ?

– Non, aucune.

– Très bien, débrouillez-vous, conclut l'officier de permanence, qui raccroche.

– La police ne viendra pas, dit Soleiman au patron.

– Si, elle viendra.

– Eh bien, attendons-la.

On s'installe, on joue aux dames, quelqu'un va chercher du café. Le patron en prend un avec tout le monde.

Au bout de deux heures, le patron admet que la police ne viendra pas. Yavouz, après tout, il le connaît peut-être. Et même, il s'en souvient. Il travaillait ici la semaine dernière. On commence à négocier. Le patron propose 1 000 francs en liquide tout de suite. 3 000, pas moins. 2 000 ? Va pour 2 000. Topé. Yavouz est enchanté. Tout le monde s'en va. Le patron les regarde descendre l'escalier. Au revoir, monsieur Comité.

23

Mercredi 26 mars

9 heures,
au comité

Soleiman boit du café avec deux ouvriers et deux ouvrières de la rue des Maraîchers. Les autres sont restés occuper l'atelier.

Gribsky arrive, accompagné d'un Libanais flamboyant, un certain Hammad, qui a garé sa Mercedes sur le trottoir devant la grande porte de l'église, caresse la joue des ouvrières en les appelant mes chéries et sort des liasses de billets de banque de sa serviette noire.

Coup de téléphone. Un Turc.

– Le comité ? Vite, rue d'Hauteville… Le patron veut licencier un Turc…

– Impossible de me déplacer maintenant, rappelle plus tard.

Hammad possède des boutiques de mode dans le Sentier et sur la Côte. L'aventure de la production le tente. Il veut bien racheter. Discussions serrées sur le prix des machines, des stocks de vêtements achevés, sur les arriérés de salaires, le bail. Aucun document écrit ni pièces comptables. Finalement, Gribsky, Hammad, les ouvriers tombent d'accord. Un constat est rédigé par Hammad, contresigné par Gribsky, les ouvriers, et Soleiman, au nom du comité. Des liasses de billets changent de mains. Tout le monde va arroser ça au café du coin, en reluquant la Mercedes au passage.

Soleiman revient dans le bureau. Téléphone.

– Le Turc de la rue d'Hauteville. Ça va, c'est arrangé, pas besoin de se déplacer.

– Et ça c'est arrangé comment ?

– Eh bien, le patron a donné un coup de ciseau dans la tête de son ouvrier, l'ouvrier lui a transpercé la main. La gérante a appelé les flics. Le patron a dit que c'était un accident, les flics sont repartis. Tous les deux sont à l'hôpital, et le patron a dit que l'ouvrier allait garder son travail.

12 h 30,
sur les Champs-Élysées

Sener remonte l'avenue depuis le Rond-Point vers le Lido, accompagné par deux employés de l'ambassade. Il est bien trop préoccupé pour profiter du beau temps : sa barque prend l'eau de toutes parts. Lundi, Paulette est arrêtée, la police demande à l'ambassade l'autorisation de l'entendre, et ses amis politiques lui reprochent avec véhémence de s'être compromis dans des trafics qui ne servent pas la cause… Mardi, c'est le mari de Paulette qui est arrêté à son tour, un inspecteur principal. Aujourd'hui, il a rendez-vous dans quelques minutes pour essayer de négocier son retrait des affaires et son retour en Turquie. Ça va être dur.

Marinoni remonte lui aussi les Champs, à quelques dizaines de mètres devant Sener, tandis que Romero le suit, vingt mètres derrière, les yeux braqués sur son dos. Un groupe d'adolescents italiens qui se bousculent en plaisantant lui masque Sener un moment. Romero cherche à se rapprocher. Quand il le revoit de nouveau, Sener s'est effondré sur le trottoir et ses deux compagnons se penchent au-dessus de lui en affichant un air perplexe. Romero bondit. Sener est étalé face contre terre, un trou en dessous de l'omoplate gauche, une flaque de sang commence à se former dans le caniveau. Romero se redresse, regarde partout, ne voit que des promeneurs, et Marinoni qui arrive en courant. Il demande aux deux compagnons de Sener ce qui s'est passé, ceux-ci lui font signe qu'ils ne parlent pas français.

Romero laisse Marinoni attendre l'arrivée de la police et fonce vers une cabine téléphonique.

– Allô, Daquin à l'appareil.

– Commissaire, Sener vient de se faire flinguer devant moi, en pleine rue, et je n'ai rien vu.

– Où êtes-vous ?

– Sur les Champs-Élysées.

– Débrouillez-vous, Romero. Trouvez vite un photographe de presse. Il y a des journaux dans le coin. Je veux des photos émouvantes du mort. Il nous reste moins de vingt-quatre heures pour la garde à vue de Paulette. Ne perdez pas de temps.

14 heures,
au comité

Les premiers dossiers de demande de régularisation arrivent et le petit local est surpeuplé. Chaque dossier est examiné. S'il est complet, il est photocopié, le comité conserve le double, le classe. C'est seulement après que l'ouvrier va le déposer à l'ONI. Le comité pourra ainsi contrôler réellement toutes les décisions administratives, cas par cas. Gros travail. Mais Soleiman s'y attaque avec enthousiasme. Sentiment d'être utile et puissant. La peur est loin. Le téléphone n'arrête pas de sonner. Deux militants turcs se relayent pour répondre aux demandes de renseignement.

– Soleiman, pour toi. Une nouvelle grève.

Hassan, un des piliers du comité, au bout du fil. Il travaille depuis quelques jours chez LVT, un gros atelier d'une soixantaine d'ouvriers, il n'y a que des clandestins, ou à peu près. Des Yougoslaves, des Africains, une trentaine de Turcs. Un patron yougoslave, un certain Jencovich. Les Turcs lui ont demandé ce matin un contrat de travail, pour se faire régulariser. Le patron a répondu en les licenciant. Les Turcs restent assis devant leurs machines, sans rien faire. S'ils se lèvent, ils vont être remplacés par des Yougos.

– Les étrangers continuent à travailler comme si de rien n'était, dit Hassan. Il faut que tu viennes, ça risque d'être violent.

Soleiman cherche de l'aide autour de lui. Téléphone, dossiers, tout le monde est occupé. Il y a la queue dans le couloir devant la porte du comité. Tant pis, j'y vais seul.

Rue du Faubourg-Saint-Denis, tout en haut, près du métro aérien, au-dessus du théâtre des Bouffes du Nord. Soleiman monte au troisième étage, entre dans l'atelier. Il n'en a jamais vu un aussi grand. Six pièces, toutes en façade sur la rue. Pour le reste, fouillis de fils, machines, néons, comme partout. Au moment précis où il entre, une bagarre éclate entre Turcs et Yougos. Un Yougo s'effondre, un coup de ciseau dans la cuisse. On est au bord du carnage. Le patron, Soleiman, les Africains s'interposent. Les ciseaux retombent sur les tables. Deux Yougos allongent le blessé dans une autre pièce.

Jencovich téléphone au commissaire du Xe puis se tourne vers Soleiman :

– Je vous préviens, j'ai appelé la police. Je connais le commissaire. Il va être là d'une minute à l'autre. Il va mettre tous les Turcs dehors de chez moi. Je fais travailler qui je veux. Et ceux-là, je n'en veux plus. Et vous, vous n'avez aucun droit à être ici.

Soleiman propose de discuter. Inutile.

Sirènes. Soleiman regarde par la fenêtre. Trois petits cars de police, plus Police-Secours, s'arrêtent devant l'entrée de l'immeuble. Une bonne trentaine de flics en uniforme en sortent, ainsi que trois flics en civil. Tout le monde s'engouffre dans l'immeuble. On les entend monter l'escalier en courant. Soleiman pâlit.

Les flics entrent dans l'atelier. Trois d'entre eux vont s'occuper du Yougo blessé, et l'emportent sur une civière, direction l'hôpital. Les autres se répandent dans l'atelier et contrôlent l'espace entre les communautés. Un flic en civil, pas grand, épais, la cinquantaine bien sonnée, semble commander les opérations. Soleiman s'adresse à lui :

– Je suis là pour le comité…

– Toi, ta gueule. Je ne t'ai pas causé.

Et il prend le patron par le bras, l'entraîne dans l'appartement d'en face, de l'autre côté du palier.

Soleiman demande aux Turcs de l'atelier de lui expliquer ce qui se passe. Des rires. En face, c'est l'appartement du patron. Le commissaire le connaît bien parce qu'il vient, tous les vendredis à midi, baiser la femme du patron, une blonde française, justement dans l'appartement d'en face. Le patron et le commissaire sont très copains. Le patron paie, et en plus le commissaire baise sa femme, jamais un contrôle dans l'atelier, une affaire prospère…

Le commissaire ressort, suivi du patron, à moitié penaud. Un ordre bref, un signe à ses flics qui se répartissent tout le long des trois étages de l'escalier. Seuls les civils et deux uniformes restent dans l'atelier.

– C'est fini ce bordel, maintenant. Personne n'est licencié. Tout le monde recommence à travailler, tout de suite. Le premier qui parle de contrat de travail, je le coffre immédiatement. Vous m'entendez ? Et toi, connard (et il attrape Soleiman par les cheveux, avant qu'il ne réalise ce qui lui arrive, tandis que les deux flics en civil lui tordent les bras dans le dos), je te reconnais. Je t'ai vu lundi matin, passage du Désir. Tu ne reviendras pas jouer les Zorro dans mon quartier. Tu vas sortir d'ici en rampant et nous ne te reverrons plus, compris ?

Il le traîne jusqu'à l'escalier dans lequel il le pousse, la tête en avant, tandis qu'un flic lui fait un croche-pied. Soleiman vole contre la rampe. L'arcade sourcilière gauche éclate. Aveuglé de sang. Cherche à se relever en tâtonnant contre la rampe. Deux coups de matraque sur les mains, un coup de pied dans les reins. Dégringole jusqu'au palier du deuxième étage, où un uniforme le relève d'un coup de pied dans la mâchoire. À genoux, un coup de poing dans la tempe droite, voile sanglant au fond des yeux, du sang plein la bouche. Projeté de nouveau dans l'escalier, essaie de rouler en boule, atterrit sur le palier du premier étage. Soulevé par le col, de face un coup de pied dans les couilles, s'entend hurler. Ne peut plus respirer. Lâché dans l'escalier, tombe de marche en marche, à coups de pieds dans les côtes. Un bruit d'enfer dans la tête. Entend très loin une voix qui dit : « Ne le tuez pas. »

Écrasé tout en bas. Je ne peux même pas ramper. Se sent soulevé, porté. Une porte claque. On le dépose sur une estrade, ne peut pas allonger les jambes. Des serviettes mouillées pour essuyer le sang sur le visage. Une immense douleur dans la poitrine, il ne peut toujours pas respirer, mais distingue deux silhouettes penchées sur lui.

– Qui êtes-vous ? (À peine un murmure.)

– Vous êtes en sécurité, dans le théâtre. On a entendu hurler. On s'est précipités dans l'entrée de l'immeuble, on vous a ramassé. Dès que les flics seront partis, on vous emmène à l'hôpital.

Soleiman recommence à respirer tout doucement, par toutes petites bouffées. Souffrance.

– Pas à l'hôpital. Chez moi.

– Mais il faut vous faire soigner.

Un temps pour reprendre son souffle.

– Chez moi, quelqu'un pourra le faire.

– Où est-ce, chez vous ?

– Avenue Jean-Moulin, dans le XIVe.

16 heures,
passage du Désir

Daquin n'avait pas revu Paulette depuis lundi. La trouve fissurée. Il se lève pour lui avancer une chaise.

– Romero, racontez ce qui s'est passé sur les Champs-Élysées, tout à l'heure.

Romero raconte, maladroitement. Paulette, figée, blanche. Quand il a terminé, Daquin pousse vers elle deux grandes photos de Sener mort, l'une dans la position où il est tombé, le visage tourné vers la gauche, l'autre, allongé sur le dos, de face. Daquin laisse le temps s'écouler.

Paulette regarde longuement les photos. Sans bouger. Puis passe la main doucement sur le visage du mort.

– Qui l'a tué ?

– Un tueur à gages du gang turc de trafiquants de drogue pour lequel il travaillait.

– Pourquoi ?

– Pour que nous ne puissions pas lui poser de questions. Paulette, saviez-vous qu'il travaillait pour ce gang ?

– Non.

– Alors, pourquoi lui avez-vous répété tout ce que vous disait votre mari ?

– Je n'en sais rien. (Un long silence. Paulette est toujours immobile.) Je ne me suis sans doute pas rendu compte de ce que je faisais. Je pensais qu'on pourrait mieux gérer nos affaires communes. (De nouveau un long silence.) Et puis je l'aimais. (Pathétique.)

– Acceptez-vous maintenant de répondre à quelques questions précises ?

Elle enlève sa main de la photo, tourne la tête vers Daquin.

– Allez-y. Je n'ai plus rien à défendre.

En moins d'une heure, tout est réglé. Le trafic des griffes : fabriquées en Turquie, acheminées par la valise diplomatique. Beaucoup moins risqué que de les faire en France. L'ampleur des profits, le compte en Suisse, les revendeurs détaillants. Et les longues confidences de son mari. (Il ne vous aime pas, Daquin.) Tout ce qu'elle a transmis à Sener. Paulette semble hors du temps. Il n'y a plus qu'une question qui compte, à laquelle elle cherche vainement la réponse dans son souvenir : Sener l'a-t-il aimée, ou l'a-t-il seulement utilisée ?

18 heures,
villa des Artistes

Il faut décompresser. Faire des plats qui demandent un peu de temps et d'attention. Une blanquette de veau aux poireaux, et un soufflé aux noix. Et après, l'amour.

Daquin rentre chez lui, chargé de sacs en plastique. Salue le planton et lui trouve un drôle de regard.

– Qu'est-ce qu'il y a ?

– Eh bien, votre… jeune homme, il est rentré bien amoché.

– Il y a longtemps ?

– Un peu plus d'une heure.

Daquin entre, pose ses sacs sur le comptoir de la cuisine et s'approche du canapé. Soleiman, allongé sur le dos, s'est assoupi. Il tremble par moments. Il a l'air effectivement assez mal en point, le visage très abîmé, des traces de sang, une arcade sourcilière éclatée, l'arête du nez ouverte, les lèvres qui ont doublé de volume… Il sera mieux dans le lit. Daquin le soulève. Soleiman ouvre les yeux, aperçoit Daquin, les referme. Daquin le porte dans la chambre, l'allonge sur le lit, le déshabille et le recouvre. Puis il fouille dans l'armoire de la salle de bains et revient près du lit avec tout un assortiment de produits, du fil, des aiguilles, des seringues et des pansements. D'abord nettoyer le visage, désinfecter les plaies. Assis sur le lit, à côté de Soleiman. Des gestes précis. Soleiman sent la cuisse de Daquin contre son bras, ses mains sur son visage, ne plus bouger du tout, se rendormir. Il entend Daquin qui lui dit :

– Je vais faire quatre points à l'arcade sourcilière. Je ne crois pas que tu sentes grand-chose.

Il se laisse complètement aller. Douleur, torpeur, la chaleur qui revient.

– Sol, tu as deux doigts déboîtés. Je vais te les remettre. Ça fait mal, mais pas longtemps. Tu es prêt ?

Soleiman ouvre les yeux, battement de cils. Gémit. Bandage à l'Élastoplast. Merveilleux sentiment de soulagement. Maintenant, les mains de Daquin sur tout le corps. Légères, ces mains, si autoritaires quand il le baise. Côtes cassées. Rien à faire, il faut attendre. Les couilles, enflées, douloureuses. Pas de trace d'hématome, ça ne sera pas long. Caresse du dos de la main sur le pénis. Une grosse entaille à un genou, désinfecter, panser, voilà.

– Je vais te faire trois piqûres. Pas la peine de bouger, j'y arriverai comme ça. Tu m'entends ? (Battement de cils.) Antitétanique, antibiotique, et une contre la douleur, pour ton confort.

– Non Daquin, pas la troisième. (Fatigue. Pas envie de parler, d'expliquer, la morphine, en Turquie, à la fin, tous les jours.) J'ai peur de l'engrenage.

– Comme tu veux.

Les deux piqûres. Le recouvre de la couette, et reste là, assis à côté de lui, à lui caresser les cheveux. Soleiman ouvre les yeux, bleu fatigue. Les lèvres de Daquin contre l'oreille. Un chuchotement, une caresse. Sol, tu veux bien que je te baise ? Doucement, très doucement… Battement de cils.

24

Jeudi 27 mars

6 h 30,
villa des Artistes

Soleiman ouvre les yeux. Il sort d'un sommeil très profond. Entend Daquin, en bas, qui prépare du café. Inventaire rapide : il a mal partout, mais à peu près tout semble fonctionner. S'assied dans le lit. Un gémissement : avait oublié ses côtes cassées. Se lève, comme il peut, va jusqu'à la salle de bains. Le grand miroir : visage presque méconnaissable, une main bandée, un pansement au genou, bleus sur tout le corps. Urine normale. Je m'en tire à bon compte.

Daquin, en peignoir, monte le petit déjeuner : des œufs brouillés, du fromage blanc, du café. Soleiman se recouche et commence à manger. Faire très attention à la mâchoire, craquements et douleurs fulgurantes. Daquin n'a toujours posé aucune question.

– Tu sais déjà ce qui m'est arrivé ?

– Non, je ne sais rien.

– Je me suis fait tabasser par des flics, par tes copains.

Soleiman paraît tellement scandalisé que cela fait rire Daquin.

– Tu aurais dû leur dire que tu étais à moi, et qu'il fallait mon autorisation pour te toucher.

Soleiman se ferme. Daquin se penche vers lui, l'embrasse dans le cou.

– Excuse-moi, je n'ai pas pu résister à la tentation, tu étais drôle en disant ça. Vas-y, je t'écoute.

Soleiman raconte sobrement toute l'affaire. Puis :

– Le commissaire me connaissait déjà, il m'avait vu lundi à la manifestation, passage du Désir. J'ai eu l'impression qu'il me haïssait.

– Tu connais son nom ?

– Non.

– Décris-le-moi.

– 50 ans passés. Pas grand. Épais. Français moyen haut de gamme.

– Dans le Xe, toutes chances que ce soit Meillant.

Un long silence, chacun dans ses pensées. Soleiman, allongé sur le dos, bouge un peu dans le lit pour se rapprocher de Daquin, pose la tête sur sa cuisse.

– Écoute-moi, Daquin. Cette branlée, ce n'est pas la première que je prends. Tu connais ma vie, tu peux l'imaginer. À chaque fois, j'ai simplement essayé de survivre. Je me suis caché dans un trou, et j'en suis ressorti, quand je n'avais plus de traces sur le corps. Aujourd'hui, c'est différent. Pour la première fois, je commence à exister dans les yeux des autres, j'ai une histoire, je suis un homme. Tu comprends ce que je veux dire ? (Daquin fait signe que oui.) Et c'est tout ça que ce salaud massacre. Il m'humilie devant les miens. Je n'ai pas le choix. Ou je disparais de nouveau, ou je vais le tuer. (Yeux bleu désespoir.)

Pendant un long moment, silence. Daquin caresse le sein gauche de Soleiman, pointe sombre et dure. J'aime ce corps. Il me va bien.

– Dans les deux cas, tu ne t'en sors pas, gamin, et tu le sais déjà. Prends l'affaire autrement. Il t'a humilié, rends-lui la pareille, devant le même public. Il te tabasse parce qu'il est flic. Oblige-le à démissionner de la police. Tu t'imagines le prestige que tu en retirerais ?

– C'est hors de ma portée, tu le sais bien.

– Pas sûr. On s'associe, toi et moi, pour casser Meillant.

Soleiman se redresse, grimace, douleur dans les côtes.

– Pourquoi ferais-tu ça ?

– J'en ai besoin pour mes propres affaires. Et j'entrevois un moyen d'y arriver, avec toi. Tu es partant ? Je te préviens, ce sera risqué et difficile.

– Je ferai tout pour me sortir de là.

– On en reparle ce soir.

Daquin se lève, passe dans la salle de bains, se rase et s'habille.

– Reste ici, au lit, aujourd'hui. Tu en as besoin. Mais téléphone au comité, explique ce qui est arrivé, la gueule que tu as. Une protestation solennelle auprès des ministres, Intérieur et Travail, ça peut faire bien dans le tableau. Fais aussi passer le mot aux Turcs de LVT que tu es vivant, que tu auras besoin d'eux, qu'ils se débrouillent pour rester chez LVT jusqu'à lundi soir. Moi, je vais aller traîner dans le coin des Bouffes du Nord, pour voir ce qu'on peut faire. (Un baiser sur les lèvres, un sourire, un autre baiser.) Tu as de quoi manger dans le frigo. Je te confie la maison, sois sage.

10 heures,
ambassade de Turquie

L'ambassadeur, un homme entre deux âges, très Quai d'Orsay, se lève pour accueillir les deux inspecteurs de la Criminelle chargés de l'enquête, accompagnés de

Romero. Mais, dans la façon de les recevoir, il trace tout de suite des frontières : ils appartiennent à un monde subalterne. Romero se crispe.

– Événement extrêmement regrettable. Nos services, évidemment, collaboreront avec la police française. Pour nous, les choses sont claires : M. Sener est tombé sous les balles des mêmes terroristes arméniens qui ont frappé notre ambassadeur au Vatican en 1977, ou notre ambassadeur à Berne, le 6 février dernier.

Il ménage un temps de silence, puis se retourne vers Romero :

– Mes services m'ont dit que vous étiez avec l'un de vos collègues sur les lieux au moment du meurtre. Je pourrais m'en inquiéter. La police française se serait-elle intéressée aux activités d'un de nos diplomates sans nous en informer ? Je n'envisage pas cette hypothèse, qui serait grosse de complications futures. Je pense que votre présence sur les lieux est due au hasard et je m'en réjouis, car elle permettra certainement à l'enquête de déboucher très rapidement sur l'arrestation des coupables.

Romero enregistre d'une brève inclinaison du buste.

Un bureau est mis à la disposition des inspecteurs pour qu'ils puissent entendre les deux hommes qui accompagnaient Sener sur les Champs-Élysées, Tahar Bodrum et Dogan Carim. Bâtis sur le même modèle : grands, lourds, denses, moustachus. Des gueules d'hommes de main. Costume gris, très bien coupé, comme il le faut pour cacher la bosse du revolver, chemise blanche, cravate sombre. Fonctions à l'ambassade : attachés culturels. Ils ont une drôle de dégaine, les intellectuels turcs. Ils sont arrivés tous les deux à l'ambassade en 1979. Depuis, relations très amicales avec Sener. Hier, une promenade sans but défini. Profiter du beau temps, sur la plus belle avenue du monde. Sener n'était pas plus préoccupé que d'habitude. Ils ont entendu une sorte de « ploc », comme le bruit atténué d'un ballon qui éclate, Sener s'est effondré. Ils n'ont pas compris ce qui arrivait, se sont penchés sur lui. Il était mort. Stupeur. En se redressant, ils ont aperçu Romero et Marinoni qui accouraient.

– Comment se fait-il que le mort n'avait sur lui aucun agenda, ni même ses clés, seulement son portefeuille et ses papiers d'identité ?

– Nous n'allions pas à un rendez-vous de travail. Il avait peut-être tout laissé à son bureau ?

– Vos adresses, messieurs ?

– À l'ambassade, naturellement, inspecteur.

12 heures,
boulevard Haussmann

Fouille systématique du bureau de Sener en présence d'un homme de l'ambassade. Rien. Rien à un point stupéfiant. C'est un bureau sans dossiers, sans courrier, sans agenda, sans répertoire d'adresses. Les inspecteurs entendent les secrétaires qui travaillaient avec Sener, ses collègues les plus proches : c'était un homme irréprochable, ponctuel, tranquille.

– Il avait un agenda, des dossiers ?

– Oui, bien sûr.

– Où sont-ils ?

Yeux écarquillés, mimique de la bonne volonté impuissante.

– Sa secrétaire ne garde pas son carnet de rendez-vous ?

– Non. M. Sener travaillait de façon très personnelle.

12 heures,
passage du Désir

Daquin arrive à son bureau en sifflotant. Une longue visite à l'immeuble des Bouffes du Nord, et plein d'idées. Attali termine un rapport sur les deux jours qu'il vient de passer à surveiller Kashguri. Il est d'une humeur massacrante.

– Vous voulez des nouvelles de la maison ? Fin de la garde à vue de Paulette et de son mari. Ils sont inculpés tous les deux. Vous imaginez les retrouvailles ? Thomas démissionné de la police, et Santoni a demandé un congé. Lavorel suit l'affaire Paulette Dupin. Bref, il ne reste plus que nous trois sur un dossier énorme et on s'enlise. Par-dessus le marché, ici, dans la maison, plus personne ne nous dit bonjour…

– Qu'est-ce qui vous rend si pessimiste, ce matin ?

Attali médite sur la meilleure réponse à faire à cette question apparemment simple, quand le téléphone sonne. Sur un signe de Daquin, il décroche.

– Bureau du commissaire Daquin, inspecteur Attali à l'appareil.

Petit à petit, le visage s'éclaire. Attali attrape un papier, un crayon.

– C'est noté. J'informe immédiatement le commissaire. (Il raccroche, se tourne vers Daquin.) Les flics de Mantes ont repêché un cadavre qui pourrait être celui de VL. Ils nous attendent à la morgue pour l'identification.

14 heures,
square Nicolay

Après le bureau de Sener, son appartement. Et toujours l'inévitable observateur de l'ambassade. Joli appartement, au cinquième étage d'un immeuble du dix-neuvième siècle donnant sur un square privé calme et vert. De l'air, du silence, de l'espace. Une petite entrée, une grande pièce en façade, deux chambres. Cuisine et salle de bains vieillottes. Un mobilier moderne, confortable, sans ostentation. La concierge de l'immeuble faisait le ménage de Sener. À la demande des inspecteurs, elle monte avec eux. Tout est rangé impeccablement.

– Quand êtes-vous venue pour la dernière fois ?

– Hier matin.

Une des deux chambres sert de bureau. Sur la table, pas un papier, rien.

– C'était comme ça d'habitude ?

– Non. Ici, près du téléphone, il y avait une espèce de classeur noir, avec son répertoire téléphonique, et un bloc de papier pour prendre des notes.

Les inspecteurs furètent partout. Importante garde-robe. Peu de livres. Pas de papiers.

– Des dossiers ? Non, il n'en avait pas beaucoup ici. Parfois, il en rapportait un ou deux le soir, mais il repartait le matin suivant avec.

Une fois la perquisition finie, les scellés posés, et l'homme de l'ambassade parti, la concierge offre un café dans sa loge aux trois inspecteurs.

– Parlez-nous un peu de ce M. Sener. Il vivait comment ?

– C’était un bon locataire. Il était là depuis un peu plus d’un an. Jamais de retard dans le loyer. C’est moi qui les ramasse. Si tous les locataires étaient comme ça… Il me payait aussi très régulièrement. Et chez lui, il y avait du travail, mais ce n’était jamais franchement dégueulasse. Si vous saviez ce qu’on voit parfois…

– Des femmes ?

– Une. Bien plus âgée que lui. Pas tellement belle. Plutôt femme d’affaires. Elle venait passer la nuit deux ou trois fois par semaine.

Paulette. Chaque fois que les images de Paulette ou de Thomas reviennent, Romero est mal à l’aise.

– Pas d’autres ?

– Comment voulez-vous que je vous dise ? Pas d’autre régulière, c’est tout.

– Et les autres soirs ?

– Ou bien il rentrait très tard, ou bien il recevait des copains. Pratiquement que des hommes. Des Turcs, sans doute. Beaucoup de moustachus. Ils dînaient, ils discutaient, ils buvaient, ils fumaient comme des sapeurs. Et ils jouaient énormément.

– À quoi ?

– Je n’en sais rien. Aux dés, aux cartes…

– De l’argent ?

– Je crois, oui, beaucoup. Mais ce n’est qu’une impression.

15 heures,
Mantes

Les inspecteurs de la Criminelle attendent Daquin et Attali devant l’hôpital de Mantes.

– Un peu impressionnant le cadavre, vous allez voir.

Ils entrent dans la petite salle où travaille le médecin légiste, toute carrelée de blanc, table métallique, fioles, scalpels, et odeur entêtante de pourriture et Javel mêlées.

Le médecin se redresse. Daquin et Attali s'approchent. Attali crie de saisissement. Bien sûr, c'est elle, mais elle est méconnaissable. Le beau visage n'est pas seulement blanchi, boursouflé, décomposé par son séjour dans l'eau, il est aussi figé dans un rictus de souffrance à peine supportable, les yeux révulsés, la bouche grande ouverte, les traits déformés, le cou tordu dans un effort désespéré pour s'arracher. À quoi ? Un coup d'œil sur le corps. Les chairs sont lacérées, éclatées et pourrissantes, depuis le buste jusqu'aux genoux. Il n'y a plus de seins, plus qu'une plaie blanche et béante.

Attali sort en vacillant.

Daquin se tourne vers le médecin, qui jette un drap sur le cadavre.

– Vous pourriez me donner quelques indications sur sa mort dès maintenant, ou je dois attendre le rapport ?

– Je peux déjà vous dire deux ou trois choses. La mort remonte à environ quinze jours, difficile d'être plus précis pour l'instant. La victime est morte avant d'avoir été jetée à l'eau, peut-être même assez longtemps avant. La mort est due aux lacérations que vous avez vues, on dirait des coups de fouet. Voilà. Elle a été attachée par les poignets et les chevilles, fouettée à mort, violée par deux personnes différentes, quand elle était encore vivante. Ensuite, le cadavre a été mis dans une malle tout de suite après la mort et jeté à l'eau plus tard. On peut mourir de façon plus agréable.

– Merci, docteur.

Daquin va rejoindre les inspecteurs de la Criminelle et Attali, qui font les cent pas aux abords de l'hôpital.

– C'est elle, aucun doute là-dessus.

– Le visage semblait correspondre à l'avis de recherche. Et comme, d'après le toubib, l'âge, la date de disparition pouvaient cadrer, on vous a appelé. On vous repasse le dossier ?

Hôtel de police de Mantes. Petit bureau. Les deux inspecteurs remettent à Daquin et Attali le rapport sur la découverte du corps. Un marinier, en accostant ce matin au quai d'une usine de Mantes, constate qu'il a laissé un filin traîner. Il le remonte et tire, accrochée au filin, une malle en osier, pas mal amochée. Il la hisse sur le pont, l'ouvre en forçant un peu et trouve le cadavre. Il tombe dans les pommes, et sa femme téléphone au commissariat. Nom du marinier, déposition, moyen de le joindre, description du corps dans la malle, tout y est. Allons voir la malle.

Au sous-sol de l'hôtel de police. Daquin s'immobilise. Je la connais, cette malle. La façon dont l'osier est tressé, les coins en cuir, le fermoir en cuivre, même à moitié arraché. C'est la malle qui était dans la chambre d'Anna Beric… Formalités administratives, puis Daquin et Attali embarquent la malle dans le coffre de leur voiture, et retour sur Paris. Attali au volant ne desserre pas les lèvres.

– Qu'est-ce qui vous arrive ?

– Je crois que je commençais à comprendre cette fille. Elle voulait fuir sa famille, étouffante, et les salopards comme Sobesky et Romero qui ne pensaient qu'à lui mettre la main aux fesses. Être quelqu'un d'autre, ailleurs. Et moi, je n'ai pas été à la hauteur. Ce visage supplicié, quelle horreur ! Il va me poursuivre longtemps.

– Retrouvez l'assassin, ça vous aidera à oublier.

Attali explose littéralement :

– Commissaire, vous êtes dégueulasse de me dire ça ! J'ai essayé par tous les moyens, avec toute ma conviction. J'ai interrogé, écouté. Je crois n'avoir rien laissé de côté. Et rien, rien, rien. Néant. Je suis impuissant.

– Calmez-vous, Attali. Je crois que j'ai une idée.

Attali lui jette un regard sceptique et écrase le champignon. On frôle le 180.

– Ralentissez. J'ai peur en voiture, et je suis attendu chez moi ce soir. Mon idée vous intéresse ou non ?

– Évidemment.

Daquin se cale dans son siège, et essaie de ne pas regarder le compteur de vitesse.

– Tous les témoignages que nous avons, les mannequins, les Thaïs, coïncident. Kashguri est un voyeur. Je sais par un des mannequins, conversation privée, qu'il a organisé chez lui des séances assez spéciales, où des filles étaient attachées par les chevilles et les poignets, flagellées puis baisées ou violées, je ne sais pas quel serait le terme retenu par la justice, par ses valets de chambre, pendant que lui se masturbait dans son coin. Sans aller jusqu'à la mort : après la séance, les filles étaient ramenées chez elles avec un paquet de fric, et aucune n'a déposé de plainte à ce jour. Ça ressemble assez à ce qui est arrivé à VL, qui en plus connaissait Kashguri. Mais, elle, elle en est morte. Deux hypothèses possibles. VL participe à une de ces soirées spéciales, ça tourne mal, Kashguri se débarrasse du cadavre. Ou bien Kashguri a de bonnes raisons de liquider VL. Elle essaie de le faire chanter avec la bande vidéo du club Simon, par exemple, ou elle représente un danger pour la filière dans la mesure où la police la serre de près. Ou d'autres raisons que nous ne soupçonnons même pas. Toujours est-il qu'il la fait exécuter en s'offrant au passage un petit plaisir sexuel. Tout ça ne repose sur rien de concret, je vous l'accorde. Mais vous pourriez peut-être revoir ceux qui ont rencontré VL le matin de sa disparition, et chercher si on ne trouve pas trace de Kashguri dans les environs. C'est parfois plus facile de localiser deux personnes qu'une seule.

Quelques kilomètres plus loin :

– Patron, Mantes est sur la route de Rouen.

– C'est incontestable.

– Dans la Seine, dans une péniche, ça se ressemble.

– Mais elle n'est pas morte d'une balle dans le cœur.

16 heures,
au siège de la Criminelle

Le commissaire chargé de l'affaire écoute sans rien dire le rapport de ses deux inspecteurs. Puis il leur fait passer une dépêche AFP. Ils la lisent en silence, puis la donnent à Romero.

Paris, le 27 mars,
15 h 30

L'AFP vient de recevoir à son bureau de Paris par porteur le communiqué suivant :

Un diplomate turc vient d'être exécuté en plein Paris, comme avant lui un autre diplomate turc à Rome. Nous vengerons par les armes l'extermination de notre peuple, jusqu'à ce que le gouvernement turc reconnaisse ses crimes.

Commando des Arméniens Vengeurs

– Maintenant, enchaîne le commissaire, nous allons tranquillement explorer la piste arménienne.

Romero, surpris :

– Vous y croyez, à ce communiqué ?

– Peut-être que non. Mais l'ambassade verrouille complètement, c'est évident. Ça ne concerne que des Turcs appartenant tous au personnel de l'ambassade, cette histoire. Et nous ne sommes pas chargés de faire le ménage chez eux.

20 heures,
rue des Pyrénées

Romero tourne dans l'appartement que lui a prêté sa cousine. Un tout petit trois-pièces derrière le Père-Lachaise. Napperons en dentelle sur le téléviseur, sur les tables… Il a rendez-vous avec Yildiz. Un dernier coup d'œil, tout est prêt, apéritifs, dîner… Coup de sonnette, il ouvre la porte. Yildiz, cheveux simplement retenus par une barrette. Une simple robe de coton, à manches longues, bleu turquoise. Sandales blanches. De nouveau, le coup à l'estomac. Il lui baise la main. Elle s'arrête dans l'entrée. Nerveuse.

– Où est votre cousine ? Elle m'avait dit… (Temps d'arrêt.)

– Yildiz, vous avez l'air de croire que je serais capable de vous sauter dessus ? (Bref souvenir de VL au pied d'un escalier sombre… Vite chassé. Attention, soirée difficile à négocier, pas d'images parasites.) Vous me peinez.

– Non, bien sûr.

Encore hésitante, elle pose son sac, entre dans le salon, s'assied sur le canapé.

– Alors ?

– Qu'est-ce que je vous sers, d'abord ?

Bref coup d'œil à la table basse :

– Une vodka orange.

Romero prend un whisky, s'assied dans un fauteuil de l'autre côté de la table basse, lui sourit. Elle boit une gorgée, toujours inquiète.

– Que voulez-vous, Roméo ?

– Vous parler tranquillement. Il s'est passé des choses… Et je pense qu'il est possible que je sois surveillé par l'ambassade. Donc, pas de lieu public. Je ne veux pas vous compromettre.

– Répondez-moi franchement. Suis-je d'une façon ou d'une autre responsable de la mort de Sener ? (Elle a l'air angoissée.)

– Certainement pas.

– J'aurais dû parler à l'ambassadeur de notre entretien.

– Surtout pas.

– L'avez-vous tué ?

– Qu'est-ce qui peut vous faire croire ça ? (Surpris.)

– Vous étiez sur les Champs-Élysées.

– Je le suivais.

– Oui. (Pas convaincue.)

C'est le moment. Ne pas rater la scène.

– Je vais vous dire ce que je sais et ce que je pense de l'assassinat de Sener. Je vous dois bien ça. Premier point, je ne suis pas membre de la Financière, j'appartiens à une unité de lutte antidrogue…

Yildiz, les yeux baissés, finit son verre. Il la ressert.

– Cela fait presque trois mois que nous travaillons en région parisienne. Et nous n'avons pratiquement rien trouvé, je laisse de côté quelques petits dealers. Mais nous sommes tombés en cours de route sur d'autres réseaux. Prostitution, je passe. Et dans la confection, dans le Sentier. (Là, raconte dans le détail Berican, Paulette et Sener. Récit brillant, Yildiz rit, est émue.) C'est là que vous intervenez, Yildiz, et que vous m'aidez à suivre Sener.

– Vous ne m'avez toujours pas expliqué par qui et pourquoi il a été assassiné.

– Je n'ai aucune certitude. Mais nous pensons que l'atelier Berican n'est pas une affaire isolée. Qu'il y a probablement un réseau de contrefaçons beaucoup plus vaste, dont Sener aurait été la plaque tournante. Ses associés l'auraient liquidé avant que nous ne puissions l'entendre.

– Pour des histoires de vêtements ?

– Mais qui font au total beaucoup d'argent. (Yildiz a l'air sceptique.) Et j'ai encore besoin de vous.

– (Sur ses gardes.) Pourquoi ?

– L'ambassade masque toutes les pistes, pour étouffer un éventuel scandale. Mais deux personnes en savent long, et ce sont Dogan Carim et Tahar Bodrum, qui accompagnaient Sener sur les Champs. Nous pensons qu'ils allaient à un rendez-vous d'affaires lié au trafic dans le Sentier. Nous les avons entendus, mais ça n'a rien donné.

– Ils sont consignés à l'ambassade.

– Nous nous en doutions. Et c'est pourquoi j'ai besoin de vous. Qui sont ces deux hommes ? Où habitaient-ils jusqu'à hier ? Qui sont leurs amis, leurs connaissances ? Il n'y a que vous qui puissiez me fournir un début de quelque chose pour continuer. Sans vous, je suis bloqué, j'arrête.

– J'ai des remords, Roméo. J'ai l'impression d'avoir mal agi. Et ça s'est mal terminé.

– Je vous en supplie, vous n'avez pas mal agi. Sener était un magouilleur, tout pour le fric, et il a été liquidé par ses propres copains. Yildiz, aidez-moi.

Un temps de silence. Yildiz regarde fixement son verre et le fait tourner entre ses doigts.

– Je ferai ce que je pourrai, Roméo. Demain.

Romero se lève. Se dirige vers la cuisine. En revient avec un bouquet de roses rouges, s'agenouille aux pieds de Yildiz et dépose le bouquet sur ses genoux.

– Yildiz, voulez-vous m'épouser ?

Stupéfaite.

Quand la cousine rentre à minuit, comme convenu, elle trouve les lumières allumées, le dîner intact dans la cuisine. Romero et Yildiz, profondément endormis, dans son lit. La chevelure rousse étalée sur les oreillers, et Romero enfoui dedans.

25

Vendredi 28 mars

8 heures,
passage du Désir

Daquin fait du café.

– Alors, Romero, où en êtes-vous ?

– Pas très positif. L'ambassade fait totalement barrage à l'enquête, et sans se soucier d'être discrète. Là-dessus, la Criminelle laisse tomber et fait mine de croire à un attentat arménien. Mon contact à l'ambassade ne me donnera rien. (Un temps d'arrêt. Image éblouie des seins de Yildiz, aréoles pâles, innombrables taches de rousseur.) Je pense même qu'elle joue double jeu depuis le début. Elle m'a donné quelques éléments tant que l'ambassadeur a pu espérer que nous allions le débarrasser en douceur de Sener. Aujourd'hui, le scandale risque d'être trop gros et donc c'est le black-out.

– Et vous n'avez pris aucun risque avec elle ?

– Non, aucun. (Un moment d'hésitation.) Enfin, ça dépend de ce que vous appelez risque. Je lui ai demandé de m'épouser. (Daquin attend la suite.) Et si elle accepte, je vais le faire.

– Quand tout cela sera terminé, vous m'expliquerez ?

– Quand tout cela sera terminé, je vous la présenterai.

Pour en revenir à mon affaire, la seule façon de continuer me semble Paulette ou Martens.

– Paulette s'est suicidée. Elle s'est pendue chez elle hier après-midi. Thomas n'était pas là et n'est pas revenu de la nuit. Il l'a trouvée ce matin en rentrant.

De nouveau, Romero encaisse. Pourquoi cette histoire me touche-t-elle tant ? Daquin enchaîne :

– Reste Martens. Vous pouvez aller l'interroger si vous êtes sûr qu'il n'est pas dans le réseau. Sinon, c'est trop dangereux.

– À mon avis, il n'y est pas. Moreira ne le connaît pas directement. Ses clients sont très divers. Il a son business à lui. Du réseau, il n'a connu que Sener.

– Alors, jouons-le comme ça. Vos deux jeunes acolytes des Stups, Marinoni et Rimbot, feront l'interview, que vous préparerez tous les trois. Essayez de boucler ça dans la journée.

9 h 30,
rue Raynouard

Daquin a emmené Lavorel pour une nouvelle perquisition chez Anna Beric. Ils entrent dans l'appartement, Daquin va droit à la chambre, ouvre l'un des placards. La malle d'osier est toujours là, à la même place. Soulagement ou déception ?

– Regardez bien cette malle, Lavorel. C'est la seule chose que je suis venu voir ici. Vous l'avez dans les yeux ? Osier, coins, fermoir, dimensions ?

Retour silencieux passage du Désir. Daquin et Lavorel descendent directement au sous-sol, où sont conservés quelques objets concernant les enquêtes en cours.

– Voilà la malle dans laquelle on a retrouvé le cadavre de VL.

– C'est la même que celle que nous venons de voir chez Anna Beric. Aucun doute possible là-dessus.

– Quand je l'ai vue hier, j'ai cru que c'était celle d'Anna. Ce n'est pas la sienne, mais c'en est une identique. C'est fou ce que nous allons avoir comme sujets de conversation avec cette dame.

10 heures,
rue des Jeûneurs

Attali entre chez Julie La Tour, le fabricant chez qui Virginie Lamouroux travaillait le vendredi 14 au matin, et se dirige vers le patron.

– Je suis désolé de vous déranger de nouveau, mais hier nous avons retrouvé le cadavre de Virginie Lamouroux. Elle a été assassinée vendredi 14 mars, dans l'après-midi. Vous êtes les derniers, à notre connaissance, à l'avoir vue vivante. Alors tous les détails sont importants, vous comprenez ?

– Bien sûr. Elle a été assassinée comment ?

– Fouettée à mort.

– Non !!! Un sadique ?

– Sans doute.

Le patron à la cantonade : On ferme une demi-heure, tout le monde dans mon burcau !

Il y a là la comptable, la secrétaire, deux vendeuses, le coupeur, la retoucheuse, l'accessoiriste, et le patron.

Attali reprend l'information pour tout le monde. Silence pesant. Puis le patron annonce :

– Je vais tenter de raconter ce vendredi matin. Si quelqu'un se souvient du moindre détail, il le dit. 10 heures, arrivée de Virginie. Elle est toujours à l'heure. Elle monte dans le show room, avec la retoucheuse. Les modèles sont déjà en haut. Je monte à mon tour, je lui indique l'ordre de présentation des modèles, je redescends.

Attali à la retoucheuse :

– Elle vous dit quelque chose ?

– Je crois qu'on échange quelques mots sur les modèles, ceux qu'elle aime, ceux qu'elle n'aime pas. C'est tout.

– À 10 h 30, les clients arrivent, des Japonais.

– Virginie les connaissait ?

– Non, apparemment pas. La présentation commence. Virginie est bonne, comme d'habitude. Ce n'est pas un très grand mannequin, mais dans les présentations intimistes, comme celle-là, elle est excellente, parce qu'elle est très… comment dire ?… elle donne envie de toucher, et d'emporter.

– (Attali revoit Romero en train de la violer au bas d'un escalier, et lui…) Je vois très bien ce que vous voulez dire.

– À 11 h 30 à peu près, elle a tout présenté. Les Japonais demandent à revoir plusieurs modèles. Vers midi, elle commence à s'impatienter un peu. Elle me dit qu'elle a rendez-vous pour déjeuner à midi et demi. Et elle a toujours eu horreur d'être en retard.

– « Pour déjeuner », vous êtes sûr ?

– Oui, c'est le souvenir que je garde. À peu près au même moment, les Japonais en ont assez vu. Virginie se change à toute allure, et descend au magasin. Je reste en haut, avec les Japonais.

La secrétaire prend le relais :

– Elle descend l'escalier en disant : « Je vais être en retard. » Je lui propose d'appeler un taxi. Elle me répond : « J'aurai plus vite fait à pied. » Je regarde ma montre, il est 12 h 20, à une ou deux minutes près.

Le coupeur ajoute :

– Je l'ai regardée partir depuis la porte. Elle marchait vite, en direction de l'Opéra.

11 heures,
café Le Capucin, métro La Chapelle

Daquin se dirige vers une petite table au fond du café. Un grand gaillard se lève pour l'accueillir. L'homme, 30 ans, a tout du baroudeur, carré, costaud, cheveux taillés court. Ils se sont connus sur les terrains de rugby. Sur la banquette, à côté de lui, toute une batterie d'appareils photo.

– Un deuxième café, patron.

– Alors, de quoi s'agit-il cette fois-ci, monsieur le mystérieux ?

– Je t'emmène sur le balcon d'un appartement inoccupé, dans un immeuble tout près d'ici. Je me débrouille pour t'y introduire, toi, tu te débrouilles pour ne pas te faire repérer. De là, tu as une vue imprenable sur un lit, un étage au-dessous, où il devrait y avoir une partie de jambes en l'air entre 12 heures et 13 heures. Tu me prends quelques photos suggestives, comme on dit.

– Dont tu te sers pour faire chanter les protagonistes.

Pas du tout. Dont je me sers tout au plus pour faire pression afin que triomphent la vérité et la justice.

– En échange ?

– Je te mets dans le coup de l'arrestation du plus gros réseau de trafiquants de drogue jamais démantelé à ce jour. En exclusivité.

– Tu es sûr de toi ?

– Autant qu'on peut l'être dans ce genre d'affaire. C'est-à-dire pas tellement.

– C'est joué. On y va. Paye-moi le café, commissaire.

13 heures,
passage du Désir

Daquin écoute, Attali parle :

– VL avait rendez-vous pour déjeuner vendredi 14 mars à 12 h 30. Je ne sais pas où, et je ne sais pas avec qui. Mais dans une zone distante d'environ un quart d'heure à pied de la rue des Jeûneurs, en allant vers l'Opéra. J'ai une possibilité : je prends une carte du quartier, j'isole la zone que je peux joindre en dix ou vingt minutes de marche à partir de la boutique de Julie La Tour, et je fais tous les restaurants de cette zone, avec les photos de VL et de Kashguri. C'est hasardeux, parce que, même si VL a déjeuné dans le coin, il y a peu de chances que quelqu'un s'en souvienne. Mais je n'arrive pas à trouver autre chose.

– D'accord. Il faut cibler surtout les restaurants chics et chers. Et il faudrait vous trouver du renfort. Mais ça…

Retour de Romero, qui jubile :

– Martens est catastrophé par l'assassinat de Sener. Il n'était pas au courant. Marinoni lui a dit qu'on avait trouvé son nom et ses coordonnées dans l'agenda de Sener, qu'ils auraient passé le dernier week-end ensemble. Il a confirmé. Très coopératif. Les deux intellectuels turcs, il les connaît. Il y a trois mois à peu près, il est allé aux courses à Enghien avec Sener. Ils ont rencontré les deux en question sur le champ de courses, ont passé l'après-midi avec eux et, comme ils étaient fin saouls à la fin de l'après-midi, ils les ont déposés en voiture, à Enghien, à la porte d'une villa luxueuse dont Martens a donné une localisation assez précise. C'est la seule piste qui nous reste, car mon contact à l'ambassade, comme prévu, ne m'a rien donné. On continue dans cette direction ?

– Bien sûr.

Sonnerie du téléphone. Le poste de garde à l'entrée.

– Un certain Alain pour vous, commissaire.

– Oui, je l'attends, laissez monter.

Alain entre en trombe et jette une enveloppe marron grand format sur le bureau.

– Tu vas t'amuser. Bonne chance, et n'oublie pas de me renvoyer l'ascenseur, comme promis.

Il repart immédiatement.

Daquin ouvre l'enveloppe. Trois grandes photos. Pas des œuvres d'art, mais suffisamment nettes. Sur la première, Meillant, debout de profil, parfaitement reconnaissable, se fait faire une pipe par une grosse blonde décolorée à genoux devant lui, le visage enfoui dans son entrejambe. Photo suivante : la grosse blonde, les cheveux dans les yeux et les seins en bataille, chevauche Meillant allongé. Là, les identifications sont moins probantes. Sur la dernière, Meillant prend par-derrière la femme agenouillée. Elle est cramponnée au pied du lit, et son visage est très net, face à l'objectif. Tout ça en une heure, il est en forme, le vieux. Je ne pouvais pas rêver mieux.

Flash sur le corps de Soleiman, en pièces et morceaux sous la couette. Poussée de désir. Je rentre à la maison.

26

Samedi 29 mars

9 heures,
Enghien-les-Bains

Pas très difficile de trouver la villa. Martens avait dit : « Ils étaient venus au champ de courses à pied, en voisins. Pour les ramener chez eux, on a fait un ou deux kilomètres. Ils habitent une maison au bord du lac, dans une impasse qui longe un grand lycée en briques. »

Romero et Marinoni trouvent facilement le lycée sur une carte et s'y rendent directement. Ils s'engagent dans l'impasse. Martens avait dit : « Une très grande maison, bien cachée, un portail noir, très haut, avec des dorures, tape-à-l'œil. » La maison est là, au coin de l'avenue Regina et de l'avenue Château-Léon, noms pompeux pour deux impasses désertes. Très protégée, effectivement. Une grille couverte de lierre, jusqu'à plus de deux mètres, et, au-dessus, des marronniers soigneusement taillés. On devine à peine un grand jardin et une grande maison, meulières, briques et ciment, sans goût. Les volets sont ouverts, la maison semble habitée, mais c'est tout ce que l'on peut dire. L'accès au lac est protégé lui aussi par des grilles. Pas de commerces ou de concierges à proximité. Et impossible de rester trop longtemps sans attirer l'attention. Faire le tour du lac pour essayer de voir la maison de la rive d'en face.

À quelques centaines de mètres de là, l'agence immobilière Gay annonce qu'elle est spécialisée dans l'immobilier de grand standing. Essayons.

Les deux inspecteurs entrent, se présentent à une charmante jeune femme blonde, tailleur gris, efficacité sobre. La villa au coin de l'avenue Regina et de l'avenue Château-Léon ? La villa Léon. Bien sûr, elle la connaît très bien. C'est l'agence Gay qui la gère. Elle est louée depuis deux ans à M. Oumourzarov, un homme d'affaires turc. Loyers très élevés, payés sans aucun problème. La villa est très belle, tout le rez-de-chaussée surélevé est consacré à des salles de réception, salons, salle à manger, fumoir. Au premier et au deuxième étage, une dizaine de chambres, cinq salles de bains. Vue sur le lac…

– Qu'est-ce que vous savez de M. Oumourzarov ?

– Eh bien… pas grand-chose. (Elle fouille dans ses dossiers, sort celui de la villa Léon.) Sur sa fiche, il déclarait être directeur d'une société commerciale. Fiches de paie de la société Turkimport, siège social à Istanbul. Et la banque Parillaud a garanti sa solvabilité. Vous voulez l'adresse de Turkimport ?

– Bien sûr.

Elle la recopie sur une carte de l'agence et la leur tend.

– Comment est-il, physiquement ?

– La quarantaine, taille moyenne, mince. Cheveux châtains, assez anodin, en fait. Genre homme d'affaires courant.

Les deux inspecteurs ressortent.

– On boit un coup au bord du lac, et direction le passage du Désir. Je pense qu'on n'est pas venus pour rien.

11 heures,
dans Paris

Attali et Rimbot ont entrepris de parcourir systématiquement toute la zone délimitée la veille comme étant celle où Virginie Lamouroux avait probablement rendez-vous pour déjeuner. Daquin a dit « les restaurants chics et chers ». Mais qu'est-ce qu'un restaurant vraiment chic et cher ? Ce n'est pas toujours facile à identifier. Ratisser plutôt trop large que trop étroit. Dans chaque restaurant, les inspecteurs présentent d'abord la photo de Virginie, puis celle de Kashguri, puis les deux ensemble. Vous connaissez l'un ou l'autre ? Jamais vu ni l'un ni l'autre ? Ni les deux ensemble ? Qui d'entre vous était là, le vendredi 14 mars au déjeuner ? Ces deux visages ne vous disent rien ?

C'est difficile, le samedi, dans ce quartier. Beaucoup de restaurants sont fermés. Noter soigneusement ceux qui ont été visités, ceux dans lesquels il faudra revenir. Noircir sur la carte les rues explorées. Et continuer à y croire.

18 heures,
passage du Désir

Une atmosphère de conseil de guerre dans le bureau de Daquin. Ils sont tous là, Romero, Marinoni, Rimbot, Attali et Lavorel, autour du patron.

Lavorel a bien travaillé. En moins de six heures, et un samedi, un rapport consistant sur la société Turkimport :

– Turkimport est une très grosse société turque d'import-export, la deuxième dans cette branche, spécialisée dans la machine-outil et la machine agricole à l'importation, et les produits transformés de l'agriculture à l'exportation. Société anonyme, cotée en Bourse. Le PDG est un ancien général à la retraite. Dans son capital, on trouve la banque Parillaud, par l'intermédiaire de sa filiale en Turquie. Laquelle a des accords croisés avec la banque de Chypre et de l'Orient dans un certain nombre de très grosses opérations en Turquie et au Liban.

Un silence, Lavorel ménage ses effets, c'est réussi.

– Le bureau français a été ouvert il y a deux ans. Il est dirigé par Oumourzarov depuis le début. Le siège est installé à La Défense, dans la tour Atlantique. Nous avons la liste de ses principaux clients, à l'import et à l'export. Certains d'entre eux sont liés à Parillaud. Nous aurons beaucoup de mal à en savoir plus. Sur les prix pratiqués, par exemple. Turkimport est considéré en haut lieu comme un soutien de la présence française au Proche-Orient.

– On ne peut pas faire un lien avec Kutluer ?

– Pour le moment, non. Et il n'est pas sûr du tout que ce lien existe. Kutluer, Moreira, ce sont des entreprises familiales, des bricoleurs, en quelque sorte. Là, on entre dans la sphère du grand commerce international et de la haute finance. On change d'échelle.

– Par où passent les marchandises ?

– Une partie par Roissy, une autre par Marseille.

– Romero et Marinoni, demain, les douanes à Roissy. Tirez tout ce que vous pourrez tirer. Je ne préviens ni le juge, ni mon patron avant lundi. En fait, j'essaierai de le faire le plus tard possible. On s'est fait bloquer sur le meurtre de la Thaï. Voyons jusqu'où on peut aller, ce coup-ci.

27

Dimanche 30 mars

10 heures,
villa des Artistes

Daquin est encore au lit. Se réveille à peine. Du bruit dans la cuisine : Soleiman est en train de faire le petit déjeuner. Un flot de lumière par la verrière. Soleiman monte le plateau. Nu. De grandes plaques bleues et vertes sur le corps, le visage encore très marqué. Il pose le plateau sur le lit.

– Viens me dire bonjour, gamin.

Tous les deux à genoux, autour de la table basse, dans la pièce du bas. Une grande carte de la région parisienne. Des photos. Soleiman parle, Daquin écrit. Pour chaque nom, la photo et une fiche : l'adresse, les activités connues, la description de toutes les habitudes ou particularités qui ont pu être recueillies, les liens éventuels avec l'Association des travailleurs illuministes ou les boutiques du faubourg Saint-Martin. Pour chaque fiche, une croix sur la carte. Soleiman a rajouté quelques noms à la liste, sans photos. Au total, une trentaine de personnes. Daquin, parfois, pose des questions. Il faut trois heures pour tout finir.

– Maintenant, attaquons l'opération Meillant.

Daquin se lève, va chercher dans la bibliothèque, coincée entre deux gros volumes, une enveloppe en papier kraft. Il en sort les photos de Meillant en train de faire l'amour avec la femme de Jencovitch, le patron de l'atelier des Bouffes du Nord, et les pose sur la table basse.

– Pas mal, la performance.

– Tu rigoles aussi quand tu montres les miennes à tes copains ?

Daquin s'assied sur le canapé, sérieux d'un coup.

– Ce que je te propose, pour moi, c'est très risqué. Si tu continues à traîner ta mentalité de victime, tu vas t'apitoyer sur le sort du type que tu es en train de démolir, parce que tu penseras à toi, et que tu t'apitoieras sur ton propre sort. Et fatalement, tu feras des conneries. Si tu es incapable de te penser autrement que comme une victime, autant me le dire tout de suite, Sol. Et j'arrête les frais.

11 heures,
service des douanes, Roissy

Activité en veilleuse au service des transactions commerciales.

Romero et Marinoni se présentent : travaillent sur le trafic de drogue Turquie-France. Venus bavarder avec des spécialistes, sur le terrain, de façon tout à fait officieuse. À votre avis, un passage de drogue régulier, par des grandes sociétés pratiquant officiellement le grand commerce international, pas possible, possible ?

Dans le bureau, un peu de va-et-vient. Des hommes entrent, d'autres sortent. Les douaniers offrent le café. La discussion devient générale.

– Vous savez, nous ne travaillons efficacement que sur dénonciation. Tout se passe en amont de chez nous. Quand les sociétés sont bien connues, et les flux réguliers, seule une infime partie des livraisons est vérifiée.

– Et les sociétés peuvent savoir à l'avance quelle partie ?

– (Rires.) Oui et non, c'est selon. Et puis on a des consignes pour accélérer les transactions, pour certaines sociétés françaises ou très proches. On peut d'ailleurs avoir des consignes inverses, pour être vraiment scrupuleux avec des sociétés étrangères gênantes, et leur faire perdre quelques jours, ou même, ça s'est déjà vu, quelques mois.

C'est le moment de l'apéro. L'effectif douanier est au complet. Le nom de Turkimport vient dans la conversation. Un homme d'une quarantaine d'années, silencieux jusque-là, suit leur dossier. Il n'en dit pas plus, mais annonce un peu plus tard qu'il va finir son service à 13 heures. Les deux inspecteurs le retrouvent, comme par hasard, sur le parking. C'est lui qui les apostrophe :

– Où allons-nous pour être au calme ?

– C'est vous qui connaissez le coin.

– Ici, il n'y a rien. Suivez-moi, je vous emmène dans le bled où j'habite.

Ezanville, à quelques kilomètres de l'aéroport. Ancien petit village de l'Île-de-France noyé sous les zones pavillonnaires et les cités-dortoirs. Un café tabac bourré de monde, dans une rue déserte. Ils s'asseyent à une petite table, tout au fond. L'atmosphère est irrespirable. Le douanier se présente :

– Pascal Dumont. Pourquoi vous intéressez-vous à Turkimport ?

Romero ne sait pas trop où il met les pieds.

– Nous nous intéressons à Turkimport, c'est beaucoup dire. C'est un nom parmi d'autres.

– Arrêtez. Je ne suis pas un imbécile. Vous avez sacrifié toute une matinée de dimanche simplement pour attraper un bout du fil Turkimport. Maintenant, vous en avez un, allez-y. J'ai pris mon service très tôt ce matin, j'ai envie de rentrer chez moi le plus vite possible.

– Pourquoi avez-vous envie de parler de Turkimport à des flics, et en dehors des heures de service ?

– (Sourire.) Méfiants, c'est normal. Mais il va falloir que vous preniez des risques. (Puis, après un silence :) J'ai la quarantaine passée, une famille, une vie régulière. Simplement, par moments, j'en ai marre qu'on me dise de faire vite, de ne pas être trop regardant. On utilise les douaniers comme si c'était des imbéciles. Mon frère et un de ses amis travaillaient sur des fuites de capitaux français en Suisse. Avec des méthodes pas très orthodoxes, sans doute, mais avec le feu vert de leurs supérieurs. Tant qu'ils ont ramené des comptes de Français moyens, tout allait bien, c'était des héros. Il y a quinze jours, ils ont ramené un listing avec des noms de membres du gouvernement. Trois jours après, ils sont tombés dans un traquenard que leur ont tendu les Suisses. Ils sont en prison là-bas, à Bâle, depuis plus d'une semaine, et tout le monde les lâche. Même pas un mot dans la presse. Le bruit court qu'ils ont été « échangés » contre des renseignements sur des flics ripoux qui ont des comptes en Suisse. Si je vous aide sur Turkimport, c'est à la fois une vendetta personnelle et une revanche professionnelle.

Un temps d'arrêt. Romero et Marinoni ne réagissent pas. Dumont continue :

– Je peux vous dire comment se passe le suivi du dossier Turkimport, pour l'exportation du moins. Les papiers sont toujours en règle. Livraisons toutes les semaines, une vingtaine de caisses. Nous contrôlons toujours la première, pas les autres. Ça fait deux ans que j'attends de savoir ce qu'il y a dedans.

– Pourquoi ne pas les ouvrir ?

– Parce qu'on a des ordres. Turkimport est protégé.

– Par qui ?

– Je n'en sais rien exactement. Ça remonte jusqu'aux sphères gouvernementales, en passant peut-être par nos services secrets. Vous cherchez vraiment de la drogue ?

– Disons que oui.

– Je verrais plutôt autre chose. Des transferts illégaux de technologie, des trucs comme ça. Vu le type de protection.

– Comment se déroulent les opérations Turkimport ?

– Tous les lundis matin, arrivée des vingt caisses. Contrôle de douane. Ensuite, zone de transit, et l'embarquement est étalé sur la semaine, en fonction des places disponibles dans les avions en partance pour Istanbul. Turkimport n'a pas ses propres lignes. Allons prendre l'air sur le trottoir.

Debout, à côté des voitures.

– On se donne rendez-vous demain soir. Vers les 10 heures. Je vous introduis dans les entrepôts de la zone de transit, je m'arrange pour qu'on vous laisse tranquilles dans votre coin, et je viens vous rechercher vers 2 heures du matin. Ça vous va ?

– Ça nous va.

28

Lundi 31 mars

18 heures,
aux Bouffes du Nord

À 18 heures précises, Soleiman pénètre dans l'immeuble de l'atelier Jencovitch, accompagné de deux copains turcs du comité. Là-haut, les ouvriers turcs les attendent. Trois minutes après Soleiman, Romero, habillé en ouvrier des Télécom, franchit à son tour la porte de l'immeuble, se dirige vers un recoin sombre, sous l'escalier principal, où s'entrecroise une masse de fils, peu conforme aux normes de sécurité des immeubles modernes, qu'il a dûment repérée à l'avance avec un spécialiste. Il tranche le fil sur lequel il avait laissé une marque rouge. À cet instant, l'atelier de Jencovitch n'a plus de téléphone.

Soleiman vient d'y entrer, trois étages plus haut. Daquin a prévenu Soleiman : « C'est la partie la plus délicate de l'opération. Ne rate pas ton entrée. » Les Turcs se lèvent.

– Je ne veux de mal à personne. Mais j'ai droit à une discussion d'homme à homme avec ce salaud qui fait démolir les ouvriers par les flics.

Jouer à fond sur la surprise et la vitesse. Les Turcs

font le tour des tables, ramassent tout ce qui y traîne et qui pourrait servir d'arme, ciseaux, cutters.

– Allez, tout le monde s'en va, c'est l'heure.

Coups d'œil vers le patron, stupéfait, tétanisé dans son coin. Les Africains déclenchent le mouvement de départ. Les Yougos suivent, un peu poussés par les Turcs. Romero les entend descendre l'escalier au-dessus de sa tête, regarde sa montre et commence à chronométrer. Daquin a dit dix minutes.

En haut, il ne reste plus que Soleiman et le patron, face à face. Celui-ci reprend ses esprits.

– J'appelle la police.

– Essaye, tu n'as plus de téléphone.

Le patron se précipite, décroche : plus de tonalité. Se dirige vers la porte.

– Pas la peine, elle a été fermée à clé par les Turcs, et tu n'as plus tes clés.

Le patron fouille ses poches : pas de clés.

– Tu vois, arrête un peu de t'agiter, et viens d'abord regarder ces photos.

Et Soleiman pose sur une table, à côté d'une machine, trois grandes photos et s'éloigne d'un pas. Le patron regarde. Sa femme, sa femme complètement nue, en train de faire l'amour avec Meillant. Sur son propre lit. Il est livide.

– Tu ne les avais jamais vus faire ? Il est plutôt doué, le commissaire, sous ses airs de père tranquille. Ça m'étonnerait que tu lui en fasses autant, à ta femme.

Daquin a dit : « Démolis-le complètement avant de commencer à cogner, c'est plus sûr. »

Le patron, ivre de panique et de colère, se dirige vers Soleiman.

– Qu'est-ce que tu me veux, hein ? Qu'est-ce que tu me veux ?

C'est le moment. Soleiman n'est pas un cogneur. Mais Daquin lui a fait répéter : « Quand il s'approche, tu menaces son cou, comme si tu allais l'attraper pour l'étrangler, pour fixer son attention. Et tu l'allonges d'un coup de pied dans les couilles. Allonge-le d'un seul coup. S'il y a échange de coups, ça devient aléatoire. » Un seul coup. L'homme s'écroule en hurlant, et en se tenant l'entrejambe. Incroyablement facile. La colère et la rancœur libérées. Cet homme, par terre, Soleiman le frappe à coups de pied dans les côtes, à peine s'il sait pourquoi. Respire, respire, dis-toi que ce type tu t'en fous. Il l'attrape par la chemise, le traîne, l'assied contre le mur, le maintient de la main gauche et le gifle trois fois, à toute volée, de la main droite. Une trace de sang sur sa main.

En bas, les dix minutes sont écoulées. Romero a rebranché le téléphone, enlevé sa combinaison d'ouvrier des Télécom. Il sort s'asseoir dans la voiture de police banalisée, garée de l'autre côté du carrefour, sur la station taxis. De là, il surveille l'entrée de l'immeuble.

Jencovitch est mûr. Il respire difficilement, des éclairs de souffrance, du sang dans la bouche, l'image de sa femme dans les yeux. Il ne comprend rien à ce qui lui arrive, il a peur de mourir. Soleiman commence à parler :

– Toi, tu ne m'intéresses pas, c'est la peau de Meillant que je veux. Tu vas me dire tout de suite ce que tu as payé à Meillant, depuis combien de temps, et quels services il te rendait en échange. Si tu refuses de parler, je montre les photos demain matin à tous tes ouvriers et dans tous les cafés yougos. Ta femme, elle pourra toujours se faire une clientèle comme putain, mais toi, tu n'auras plus qu'à faire tes valises.

– Ça fait cinq ans. (Il crache, salive sanguinolente, garde les yeux fermés.) Je paye 1 000 francs par mois.

Je suis prévenu s'il y a un contrôle de l'inspection du travail. Et si un ouvrier me fait des soucis, Meillant l'arrête. Après, le gars est sage. Je n'ai jamais eu d'ennuis, depuis que je paye.

Daquin lui a dit : « Maintiens la pression tout le temps, qu'il n'ait pas un moment pour reprendre ses esprits. Qu'il ne cesse pas d'avoir peur. » Soleiman se redresse, attrape une chaise en bois, la fracasse à toute volée sur la table des coupeurs. Puis il prend le barreau le plus solide et s'approche de l'homme à terre.

– Est-ce que tu te rends compte que je peux te casser les membres sans problèmes ? Tu es seul. Ta femme a été convoquée par les flics. Et elle y restera aussi longtemps que je serai ici. Personne dans l'appartement d'en face. Tu comprends ce que ça veut dire ? (Le patron le regarde.) Tu prends le téléphone et tu appelles Meillant.

– Le téléphone ne marche pas.

– Si. Maintenant, il marche. (Soleiman pose l'appareil à terre, à côté du patron, et le décroche du pied. On entend la tonalité. Soleiman raccroche.) Tu vois. Et Meillant est à son bureau. Il attend ton coup de fil, en somme. Tu te démerdes, mais tu le fais venir ici. Moi, je laisse un magnétophone et je passe dans la pièce à côté. Je veux que Meillant parle des sommes qu'il touche. Je veux l'entendre dire qu'il est un pourri.

– Je ne peux pas faire ça.

Pas le temps de finir sa phrase. Soleiman lui attrape la main gauche, la pose sur le coin d'une table, et abat le barreau de chaise. La main craque, le patron hurle. Rien ne bouge dans l'immeuble. Il est en sueur, pleure. Voix très basse :

– J'appelle. Donne le téléphone.

Soleiman lui tend l'appareil. Jencovitch obtient Meillant tout de suite. Soleiman ne le quitte pas des yeux.

– Je me suis fait tabasser… Les militants du comité… Des photos, et ils savent des choses… Je suis seul, j'ai peur, venez, je ne peux plus bouger… Ma femme est convoquée à la police pour des histoires de comptabilité… Oui, s'il vous plaît, vite.

Au commissariat, Meillant raccroche, préoccupé. En face de lui, Lavorel, venu prendre son avis sur la façon de bloquer la circulation de l'argent noir entre les fabricants et les ateliers.

– Je ne peux pas rester, désolé, un appel très urgent.

– Ce n'est pas grave. Je comprends très bien, on se reverra. Rien ne presse.

Lavorel rentre passage du Désir, attendre Daquin.

Jencovitch a raccroché.

– C'est bien, gentil garçon. (Soleiman essuie d'un doigt les larmes sur le visage de l'homme à terre. Daquin lui a dit : « Occupe-le pendant que Meillant arrive. Ce sera long. Il ne faut pas le laisser se reprendre. ») Dis-moi un peu ce que tu vas lui dire, à Meillant, quand il va arriver ? (Le patron, en sueur, ne répond pas. Soleiman attrape sa main cassée et serre. Nouveau hurlement.) Qu'est-ce que tu vas lui dire ?

– Que je le paie, et qu'il faut qu'il me protège.

– Qu'est-ce que je veux entendre ?

– Oui, il a reçu de l'argent, oui, il va me protéger.

Soleiman dissimule rapidement un magnétophone miniaturisé dans une machine à coudre.

– Si j'ai la bande, je te donne les photos et tu ne me revois plus. Si quelque chose foire, les photos circulent dans tout le Sentier et mes copains reviennent te casser le dos à coups de barre de fer. Est-ce que tu es encore capable de comprendre ça ?

Le patron fait signe que oui.

Soleiman se penche au-dessus de lui. Un souvenir précis, Istanbul, l'hiver 78-79, glacial, des jeunes hommes virils en bordée qui cassent du pédé, et lui, coincé contre un mur, à terre. Celui qui le frappe à coups de pied se penche vers lui, l'attrape par les couilles et hurle : « Hé, il en a encore. » Et puis plus rien, le trou noir.

Soleiman sourit, pose la main sur l'entrejambe du patron. Regard affolé. N'aie pas peur, tu ne vas pas mourir, pas tout de suite. Un geste rapide, la main qui se resserre sur une couille, une brusque torsion, et le patron s'évanouit.

Soleiman se redresse, se dirige vers la porte d'entrée de l'atelier, sort le trousseau de clés du patron, ouvre la porte, remet le trousseau dans sa poche, écoute sur le palier.

De l'autre côté du carrefour, Romero voit Meillant entrer dans l'immeuble. Sidérant. L'histoire de fou a l'air de fonctionner. Il laisse s'écouler deux minutes, montre en main, puis se dirige sans hâte vers l'immeuble, entre, monte au troisième et attend sur le palier.

Soleiman entend monter Meillant. Il referme la porte, traverse la pièce, caresse au passage les cheveux du patron toujours évanoui. « Applique-toi, c'est le moment. » Et passe dans la pièce suivante. Daquin est là, appuyé sur une table. Lui sourit. Ils gagnent le fond de l'appartement, ouvrent la porte de service, la referment à clé et attendent sur le palier. Se méfier de Meillant, c'est un vieux routier.

Meillant entre, se dirige directement vers Jencovitch, évanoui contre le mur, le téléphone par terre à côté de lui. Il l'inspecte d'un coup d'œil : un peu de bave rose aux coins des lèvres, la main gauche déformée, l'entrejambe du pantalon gonflé, le bonhomme est effectivement mal en point. Meillant vérifie qu'il n'est pas mort et fait un tour rapide de l'appartement : on n'est jamais trop prudent. Personne et la porte de service fermée. Revient auprès de Jencovitch, qui commence à revenir à lui. Meillant s'accroupit à côté de lui.

– Qu'est-ce qui t'est arrivé ? (Jencovitch jette un regard affolé autour de lui.) On est seuls, tu peux parler.

– Le type de l'autre jour, celui que vous avez jeté en bas de l'escalier. Il est revenu, avec des copains à lui, après la fermeture de l'atelier. (Reprend difficilement son souffle.) Ils m'ont tabassé. (Meillant attend la suite.) Ils ont des photos de vous, avec ma femme, dans mon lit. (Il sanglote, à petits coups.)

– Qu'est-ce qu'ils veulent en faire ?

– Les montrer dans tout le quartier si je ne paye pas. Commissaire, si ces photos circulent, je suis comme un homme mort. (Meillant pense qu'il ne serait pas frais, lui non plus.) Commissaire, je vous ai payé 1 000 francs tous les mois, depuis cinq ans. (Jencovitch s'agrippe d'une main à la veste de Meillant.) Vous le savez ça, dites ? Vous n'avez pas oublié, tout d'un coup ?

– Oui, je le sais.

– Vous n'allez pas me laisser tomber maintenant ?

– Lâche-moi et calme-toi. Non, je ne vais pas te laisser tomber. Quand dois-tu payer ?

– Demain matin, ici, à 7 heures.

– Et combien ?

– 30 000 francs.

– Pas trop gourmands, donc ils ont l'intention de revenir. Demain matin, je serai là avec quelques hommes. On les arrêtera, on récupérera les photos en force, et on les fera expulser de France rapidement. Il ne sera pas dit qu'on fait impunément chanter les gens que je protège. Maintenant, je vais t'aider à rentrer chez toi, et ta femme s'occupera de toi à son retour.

Un bruit dans la pièce à côté. Meillant lève la tête et voit Daquin, dans l'encadrement de la porte. Il se redresse, sans un mot. Daquin appelle Romero, qui entre.

– Ramassez ce type, traînez-le jusqu'à la BT, et enregistrez sa déposition. Après, direction l'hôpital.

Romero emmène Jencovitch pendant que Daquin sort le magnétophone de la machine à coudre et le glisse dans sa poche. Meillant s'est assis sur le coin d'une table.

– Je craignais un coup fourré. Je ne pensais pas qu'il viendrait de vous. Qu'est-ce que vous voulez ?

– Vous ne voulez pas d'abord savoir ce que j'ai dans mon jeu ? (Silence de Meillant.) Rien de bien grave, en soi, mais un ensemble qui fera très mauvais effet, en pleine négociation sur la régularisation des clandestins turcs.

Daquin pose sur la table, à côté de Meillant, une photocopie de la page de comptes soustraite à Martens, et les photos de Meillant avec Mme Jencovitch.

– Vous vendez de façon régulière des faux papiers, et des vrais aussi d'ailleurs, aux clandestins du Sentier. Vous faites payer votre protection à un certain nombre de chefs d'atelier. Vous êtes très proche de Thomas et de sa défunte épouse, qui n'ont pas bonne presse dans les services de police en ce moment. Je passe sur le tabassage mercredi dernier, ici même, d'un membre de l'équipe de négociations au ministère. Pour en venir aux activités de votre maîtresse, Anna Beric… (Meillant accuse le coup) c'est un personnage clé dans le système de fausses factures et d'argent noir sur lequel vit le Sentier aujourd'hui. Sans remonter jusqu'au meurtre de son mac. Et c'est la femme de votre vie. Ça fait un dossier plutôt lourd, vous ne trouvez pas ?

– Daquin, finissons-en. Qu'est-ce que vous voulez ?

– Deux choses. Votre démission. Et le retour d'Anna Beric.

Long temps de réflexion.

– Pourquoi ma démission ?

– Pour protéger mes arrières. (Que dirait-il si je répondais : Pour faire plaisir à mon amant ?)

Nouveau silence.

– Et vous me donnez quoi en échange ?

– Une réputation honorable, une retraite heureuse… et prospère : je garde pour moi tout ce que je sais.

– Et Anna ?

– Anna fera quelques mois de prison, un an tout au plus, avant de vous rejoindre. Je ne crois pas que ce soit vraiment de nature à l'effrayer. (Regard soupçonneux de Meillant : la connaît-il ?) Le Sentier change, Meillant. Beaucoup. C'est le moment de partir.

Meillant regarde sa montre : 19 heures. Prend le téléphone. Le directeur des polices urbaines… Il n'est plus là, mais son chef de cabinet ?… Très bien, le chef de cabinet. Meillant à l'appareil… Il sort de chez son cardiologue. Gros problèmes de santé. Très affecté par l'histoire Thomas. Sollicite sa mise à la retraite anticipée et voudrait prendre un congé en attendant que toutes les formalités soient réglées. Passer demain chez le directeur ? Très bien, il y sera.

– Pour Anna, c'est à elle de décider. Je vous donnerai la réponse dans une heure, à votre bureau de la BT.

Et Meillant s'en va. Daquin admire.

Soleiman quitte l'atelier Jencovich par l'escalier de service pendant que Daquin achève Meillant. Il se sent profondément mal à l'aise. Surtout, ne pas y penser. On verra demain. Impossible de retrouver Daquin ce soir. Il descend la rue du Faubourg-Saint-Denis jusqu'aux Boulevards. Passer la nuit avec une fille, n'importe laquelle.

22 heures,
Roissy

Les entrepôts sont encombrés de marchandises, mais déserts. Lumière parcimonieuse et livide. Romero et Marinoni portent des combinaisons de manutentionnaires, deux badges parfaitement en règle, et une grosse caisse à outils. Dumont les a accompagnés jusqu'aux caisses Turkimport. « Une ronde des services de sécurité est prévue toutes les heures. La dernière vient juste de passer. Vérifiez sur vos montres. Il faut arrêter de travailler avant de les entendre approcher et se dissimuler à cet endroit précis, entre ces quatre caisses. Ce soir, ils n'auront pas leurs chiens. Bon courage, bonne chance. »

Ouvrir les caisses, ce n'est pas grand-chose. Fouiller dans le premier étage de marchandises, non plus. Ce serait beaucoup plus difficile de pénétrer plus avant. Et c'est délicat de refermer correctement. On a beau retenir les coups de marteau, le fracas semble assourdissant. Trois caisses pendant la première heure. Planque. Romero et Marinoni en sueur. Et si Dumont… La ronde passe. Reprise du travail. La quatrième caisse. Le couvercle saute. Emballage intérieur mis de côté. Une palette de percuteurs, pour pistolets mitrailleurs, semble-t-il.

Marinoni embrasse Romero.

– On essaie de regarder dessous ?

– Pas la peine. Et pas d'autres caisses. Assez joué comme ça.

Refermer. Un marquage discret, ramasser, ranger tous les outils. Attendre dans la planque. Dumont viendra à 2 heures. Romero s'endort.

29

Mardi 1er avril

9 heures,
au Gymnase

Soleiman émerge lentement du sommeil. La fille est partie. Tant mieux. Elle a laissé un petit mot par terre, à côté du lit : *Café à réchauffer sur le fourneau. Claque la porte derrière toi en partant. À bientôt ?*

Il se lève. Une sorte de gueule de bois. Chambre de bonne aménagée, rue du Faubourg-Poissonnière, plutôt sympa. Par les deux petites fenêtres, soleil et lumière. Il réchauffe le café et le boit, allongé nu dans une flaque de soleil. Ça fait du bien. Regarde l'heure. 9 heures, il faut sortir. Ne pas penser, laisser le temps passer. S'habille, s'en va en claquant la porte. Les Boulevards. Un peu plus loin, le Gymnase. Pourquoi pas ? Un moment au chaud dans le cocon turc, ça peut aider.

Soleiman pousse la porte du café. Toutes les conversations s'arrêtent. Les Turcs se lèvent. Applaudissements, sifflets, cris de joie, slogans. Soleiman vacille. Les nouvelles circulent vite dans le Sentier : après la raclée qu'il a prise la semaine dernière, Soleiman a envoyé Jencovich à l'hôpital et démissionné le commissaire du Xe. C'est un héros. Tout le monde veut lui taper sur l'épaule, lui offrir un café, un raki. Et adhérer au comité. Soleiman s'assied. La tête lui tourne.

9 heures,
passage du Désir

Romero seul dans le bureau avec Daquin. Des pièces détachées d'armement. Clandestinité. Protection à haut niveau.

– On a encore mis les pieds dans un beau guêpier. Votre douanier a une idée du point de chute de ce matériel ?

– Pas de certitudes. Istanbul d'abord. Après… Ce sont des pièces assez classiques. Peut-être l'Iran, une façon de contourner le blocus international ? Il faudrait un spécialiste de ces questions pour nous en dire plus.

Daquin fait deux cafés, qu'ils boivent en silence.

– Comment gérer ça ? L'affaire de trafic d'armes, de toute façon, nous échappera. Il y a peut-être des connexions financières avec la drogue, mais elles risquent d'être complexes à mettre au jour. Par contre, le lien avec le meurtre de Sener est assez direct. Il faut coincer cet Oumourzarov. On verra ce qu'on en tirera. Comment voyez-vous la suite ?

– Un accident est vite arrivé. Quand le contenu d'une caisse se répand sur le sol, c'est difficile de ne pas savoir ce qu'il y a dedans.

– Et ça peut arriver quand ?

– Demain si on veut, après-demain au plus tard.

Téléphone.

– Bonjour, commissaire, Lespinois à l'appareil. Comment allez-vous ?

– Très bien, monsieur Lespinois.

– Je suis avec Lenglet et nous parlons du Moyen-Orient, où je pars ce soir. Il me dit que vous vous intéressez de près à la drogue iranienne.

– Je m'y intéresse en effet. De près… c'est une autre affaire.

– Les choses sont en train de changer, là-bas. Le Parti de la Révolution islamique lance une grande campagne contre la drogue et les drogués. C'est plutôt nouveau dans le paysage culturel de ce pays. Vous savez, sous le shah, les vieux de plus de 60 ans avaient droit à leurs doses d'opium gratuites, distribuées par l'État. Je pense que c'est avant tout un moyen pour liquider ceux qui tiennent le trafic, et qui sont dans l'ensemble des pro-Occidentaux. Les islamistes reprendront sans doute le trafic à leur propre compte ensuite. Mais il est certain que les actuels trafiquants, et leurs antennes à l'étranger, n'en ont plus pour longtemps. J'ai pensé que cette information, qui ne circule pas encore, pourrait vous intéresser…

– Absolument, monsieur Lespinois. Et je vous remercie de m'avoir appelé. Mes amitiés à Lenglet, puisqu'il est avec vous, et bon voyage.

Il raccroche.

– Soyez heureux, Romero, vous êtes devenu un pion dans le combat que se livrent les grandes banques internationales. Peu de gens accèdent à cette dignité. (Incompréhension totale de Romero.) La banque France Méditerranée essaie de liquider les positions de la banque Parillaud en Turquie et au Moyen-Orient, lesquelles positions reposent en partie sur l'alliance entre la banque et les trafiquants de drogue et d'armes. Ce que nous faisons ici peut affaiblir Parillaud là-bas, et France-Méditerranée nous en sera très reconnaissante. Que voulez-vous qu'on y fasse ? Revenons à notre affaire. Je fais un rapport aujourd'hui à mon patron et au juge sur les accointances entre nos deux malabars de l'ambassade et Oumourzarov. Je demande à pouvoir utiliser les commissions rogatoires dont je dispose pour perquisitionner au siège de la société et au domicile d'Oumourzarov. Ça me sera refusé. Mais, quand la caisse tombera, nous garderons une petite chance de rester dans le coup. Au fait, quand vous irez surveiller la chute, emmenez un photographe de presse avec vous. Voilà les coordonnées d'un très bon ami à moi, qui me rend des services à l'occasion. Discrétion assurée. Téléphonez-lui de ma part.

11 heures,
quartier de l'Opéra

Attali et Rimbot attaquent leur troisième journée d'enquête sur les restaurants. Premier restaurant, le Petit Riche, rue Le Peletier. Les garçons achèvent la mise en place, la salle est encore très sombre. Un garçon appelle le maître d'hôtel, qui ne leur propose pas de s'asseoir, sa mauvaise volonté est visible. Première photo, VL. Jamais vue. Deuxième photo, Kashguri. Attali sait qu'il n'a pas encore autant d'expérience que Daquin, mais il jurerait que ce type ment quand il répond qu'il ne connaît pas.

– Qui était de service le vendredi 14 mars, à l'heure du déjeuner ?

– Je ne me souviens pas.

Attali élève la voix, les garçons tendent l'oreille :

– Attention, si vous nous prenez pour des imbéciles, nous pouvons nous fâcher, et même vous inculper pour complicité. Nous enquêtons sur un meurtre, je vous le rappelle. Cette fille a été assassinée juste après avoir déjeuné avec cet homme. Donnez-moi la liste de tous les serveurs qui étaient présents ce jour-là.

Le maître d'hôtel ronchonne un peu, s'éclipse un petit quart d'heure, et revient avec la liste demandée. Attali la prend et vérifie avec les garçons présents : trois d'entre eux étaient là le 14 mars à midi.

– Je vais les entendre les uns après les autres. Où puis-je m'installer ? Cette table m'ira très bien.

Il fait dégager une table tout au fond de la salle.

– Monsieur l'inspecteur, vous allez désorganiser tout mon service.

– Pas du tout. J'aurai fini très vite.

C'est le troisième garçon, un dénommé Judicelli, qui reconnaît formellement Kashguri et Virginie Lamouroux.

– C'est moi qui les ai servis. Il étaient à cette table. (Il désigne une des tables du fond, pas loin de celle qu'ils occupent en ce moment.) Ils avaient l'air d'un couple normal. Je ne les aurais pas remarqués si, au milieu du repas, la femme n'avait pas renversé un verre de vin sur le pantalon de l'homme. Je ne sais pas comment c'est arrivé, je ne l'ai pas vu. Moi, je venais de renverser un plat dans les cuisines (coup d'œil au maître d'hôtel, ça va, il est loin), alors je me rappelle avoir pensé : « Pourtant on est vendredi 14 et pas vendredi 13. » Je me suis précipité pour essayer de réparer les dégâts. Ce qui m'a frappé, c'est l'attitude de l'homme. Très bien élevé, donc il ne disait rien, mais il était pris d'une sorte de fureur rentrée, impressionnante. Il tremblait. Ça semblait beaucoup pour une tache de vin sur un pantalon. Vous croyez que c'est pour ça qu'il l'a tuée ?

18 heures,
villa des Artistes

Daquin sort de la douche, il est en train de finir de se raser, devant la glace du lavabo. Apparition de Soleiman, à la porte de la salle de bains. Coup d'œil en biais de Daquin. Soleiman a un air détendu, presque heureux, qu'il ne lui a jamais vu.

– Je ne t'ai pas entendu entrer. Ça a l'air d'aller, ce soir…

– Daquin, si tu savais… (Soleiman raconte son triomphe ce matin, au Gymnase.) Et toute la journée, ça a été comme ça. J'ai fait le tour des ateliers. Dans la rue, les gens qui me disent bonjour, qui m'accompagnent, qui m'offrent des cafés… (Il a commencé à se déshabiller.)

– Que des cafés ?

– (Sourire.) Pas que des cafés, pas aujourd'hui. Pas mal de rakis aussi. Dans les ateliers, des cris, des applaudissements… Hier soir, je ne savais pas quoi penser. C'est la première fois que je tabasse un mec. J'avais envie de vomir, je me dégoûtais, et je te haïssais.

Il monte dans la baignoire, ouvre la douche.

Daquin va se servir un café dans la cuisine et le boit dans la salle de bains, appuyé au lavabo, en contemplant Soleiman immobile sous le jet réglé à la puissance maximum. Il a flingué deux types, mais donner deux claques à un homme à terre lui soulève le cœur. Bon…

– Sors de là, Sol.

Daquin le prend dans ses bras, contact du corps mouillé, l'appuie contre le lavabo. Les deux hommes face à la glace. Ils sont de la même taille, mais Daquin tellement plus lourd. Une main dans les cheveux, lui maintient la tête levée.

– Regarde-toi, Sol, pendant que je te baise.

Soleiman dort déjà à moitié sous la couette, pendant que Daquin s'habille. Chemise sans col, rouge foncé, costume Hollington gris, en tissu mélangé laine et coton. Un coup d'œil dans la glace. Bien. Il se penche au-dessus du lit.

– Je ne rentrerai pas de la nuit.

L'embrasse dans le cou. Aujourd'hui, c'était la soumission. À quand la révolte ?

21 heures,
Roissy

L'avion en provenance de Marrakech, via Casablanca, à bord duquel se trouve Anna Beric atterrit à l'heure prévue, 20 h 3. Daquin l'attend au guichet de la police de l'air. Les passagers arrivent par paquets. Daquin la reconnaît. Grande, élancée, les cheveux noirs mi-longs. Elle porte une saharienne beige et une jupe en toile assortie. Chemisier marron, en soie semble-t-il, sandales et sac en cuir marron.

– Madame Beric.

Elle se tourne vers lui. Des yeux bleu foncé, la peau bronzée, aucun maquillage. Il s'approche, lui baise la main et se présente :

– Commissaire Daquin. (Etonnée, un petit sourire.) Vous avez des bagages ?

– Oui, une valise.

– Je vous accompagne.

Il lui prend sa valise. Ils passent par les bureaux de la police de l'air et marchent en silence jusqu'à la voiture de service garée juste devant la porte. Daquin pose la valise dans le coffre, lui ouvre la portière, s'assied au volant et démarre.

– Où m'emmenez-vous, commissaire ?

– Dîner d'abord. J'ai retenu une table au Pouilly Reuilly, un très bon bistro, au Pré-Saint-Gervais. La cuisine française a dû vous manquer pendant ce long mois. (Anna Beric le regarde sans un mot.) Ensuite, je vous ramènerai chez vous. Nous avons rendez-vous demain matin à 8 heures avec l'inspecteur Lavorel, qui s'occupe plus précisément de votre dossier.

– Suis-je oui ou non en état d'arrestation ?

– Oui. Vous préférez que je vous emmène tout de suite à la BT ?

Pas de réponse. Elle regarde Daquin, qui conduit tranquillement. Pas plus de 80 aux abords de Paris. Meillant m'avait dit : « Un homo complètement tordu. » Et je tombe sur un beau gosse, séducteur.

– Je ne comprends pas. Vous faites chanter Meillant pour que je revienne, et pour me coller en taule. J'arrive et vous me draguez… parce que vous êtes bien en train de me draguer, n'est-ce pas ?

– Je ne vous drague pas. Je me comporte en homme amoureux.

– Vous êtes amoureux de moi ?

– Oui.

– J'ai droit à quelques explications.

– Quand je suis allé perquisitionner dans votre appartement, je savais déjà que vous étiez une forte femme, ce qui pour moi est très attirant. Et puis, j'ai aimé votre lingerie, sa finesse, son odeur. Votre café. Votre robe rouge, fabuleuse. L'été dernier, j'en avais vu une qui y ressemblait beaucoup, à Venise, dans une devanture du campo Santo Stefano. Présentée sur un incroyable mannequin de femme en bois, avec une tête de doge.

Ils arrivent devant le Pouilly Reuilly, un bistro dans une rue étroite et déserte du Pré-Saint-Gervais. Une salle toute en longueur, des nappes jaunes éclatantes, des garçons en noir et blanc, la patronne épanouie, souriante. Ils s'asseyent à la table près de la porte et commandent deux coupes de champagne.

Anna Beric s'appuie sur la banquette. Ferme les yeux un instant. Je savais que je jouais un jeu dangereux. Mais j'avais mal situé ce Daquin. Pierre, au secours. Rouvre les yeux.

– C'est là que je l'ai achetée, cette robe. À Venise. Sur le campo Santo Stefano.

Des yeux immenses. Daquin la regarde, puis plonge dans le menu. Une envie violente de la prendre. Ne pas se laisser entraîner. Garder la maîtrise de la soirée.

– Deux œufs en meurette, deux tripoux, et un brouilly frais. À partir de cette robe, je vous ai imaginée et, à l'aéroport, je vous ai reconnue. Mais vos yeux m'ont surpris. Je ne les voyais pas bleus. Votre salon m'a intrigué, par sa nullité, mais j'ai aimé votre bureau. Et j'ai été follement jaloux de ce O…

Il sort de la poche de sa veste l'anthologie des poètes persans, l'ouvre à la page de garde : *27 janvier 1958, une rencontre inoubliable.* Signé : *O.* Anna Beric pose la main sur le livre. Secouée. Daquin prend sa main, tourne le poignet et embrasse les veines qui battent.

– Pardonnez cet emprunt, je vous le rends. Mais racontez-moi comment vous avez rencontré Osman Kashguri.

Anna Beric s'appuie à la banquette. Sentiment de perdre définitivement pied, et que c'est agréable. Les œufs en meurette sont sublimes.

– Que savez-vous de ma vie, Daquin ?

– Un certain nombre de choses. La traversée de l'Europe en guerre à pied à l'âge de 10 ans. La tante qui faisait la pute avec les Allemands et qui vous recueille à Belleville. Son mac qui vous met sur le trottoir à 13 ans. Et qui meurt assassiné lorsque vous en avez 23.

– En somme, vous en savez beaucoup. (Un temps de réflexion.) C'était un métier qui ne me plaisait pas. Un jour, j'attendais le client devant le café, sous l'œil de ma tante. Un jeune homme s'arrête, 18-20 ans, plutôt beau gosse, des belles manières, comme disait ma tante. Il me demande s'il pourrait me regarder pendant que je fais l'amour avec un autre client. Je lui dis non, ce n'est pas mon truc. Et c'est quoi votre truc ? Je ne sais pas ce qui m'a pris, mais je lui réponds : les tragédies grecques. Il embraie en me récitant les premiers vers de la prophétie de Cassandre, dans *Agamemnon*. Je prends la suite. À cette époque-là, je me récitais les tragiques grecs pendant les passes. C'étaient les seuls textes qui m'aidaient à tenir le coup. On monte tous les deux, et on passe une heure à dire de la poésie. Il bifurque très vite sur les poètes persans, que je ne connaissais pas du tout. En persan et en français. J'ai beaucoup aimé. Il est revenu souvent…

Une histoire qu'elle n'a jamais racontée, à personne, pas même à Meillant. Les tripoux arrivent. Et soudain, l'angoisse, demain ce sera peut-être la prison, et jusqu'à quand ?

– Donnez-moi à boire, Daquin.

– Et puis votre malle en osier, dans le bas de votre placard, m'a fait aussi beaucoup gamberger. Le travail de l'osier, la beauté du fermoir, les coins en cuir. Elle a un parfum d'autrefois, ou d'ailleurs. Cadeau de Kashguri, aussi ?

– Que cherchez-vous à me faire dire ? Que je continue à le voir ? Eh bien, je vous le dis : il est resté un de mes amis très chers. C'est un personnage assez flamboyant.

– Et la malle ?

Anna boit son verre de vin très lentement, les yeux sur Daquin.

– Quand il est revenu d'Iran, en 1979, tout son déménagement de linge, de livres et de petits objets était dans des malles comme ça. J'étais venue le saluer à son arrivée. J'ai trouvé ces malles superbes, il m'en a donné une. Maintenant, dites-moi à votre tour, comment m'avez-vous… « retrouvée » ?

Daquin raconte le dossier de police, le vieux juge, les cendriers, l'auberge du Bas-Bréau. Anna admire. Comme dessert, il y a des pruneaux à l'armagnac.

– Et pour le cadavre dans mon atelier, celui qui a tout déclenché pour moi, vous avez trouvé l'assassin ?

– Non, pas encore. Pourquoi êtes-vous partie ? Ce cadavre était là par hasard, semble-t-il ?

– Je n'ai pas l'habitude de sous-estimer la police. J'ai pensé qu'il y avait de fortes chances pour que mon montage soit découvert au cours de l'enquête. J'ai voulu me mettre à l'abri. Ça me semble logique.

– À Marrakech ?

– Il y fait très beau à cette saison de l'année.

– Certes. Mais pourquoi pas Istanbul ? (Aucune réponse.) Je vous ramène chez vous ?

Dans la voiture :

– Encore une question, Daquin. Meillant m'a dit que vous aimiez les garçons.

– (Grand sourire.) J'aime aussi les garçons. Pourquoi ?

Pas de réponse.

La voiture s'arrête rue Raynouard, en bas de l'immeuble d'Anna Beric. Daquin ne bouge pas. Anna Beric le regarde.

– Qu'est-ce qui va se passer maintenant ?

– Vous allez monter chez vous.

– Et vous ?

– Si vous le voulez, je monte avec vous. Sinon, je vous attends ici. De toute façon, nous allons ensemble demain matin à la BT, passage du Désir.

La main sur le bras de Daquin.

– Venez. J'aimerais vous offrir un café, puisque vous appréciez celui que j'utilise.

30

Mercredi 2 avril

7 h 30,
dans la voiture, direction les locaux de la BT

– Tu sais ce que nous attendons de toi ?

– À peu près.

– Nous voulons savoir comment s'opérait le partage des bénéfices entre les fabricants et toi. Avec des preuves. Et avoir quelques idées de ce qu'ils font de l'argent sale. Tu nous les donneras ?

– Oui.

Un temps de silence. La voiture est bloquée dans un souterrain sur les quais.

– Qu'est-ce que tu protèges, Anna ?

– Meillant, tu le sais bien.

– Pas seulement.

Anna a détourné la tête et ne dit rien. Daquin reprend :

– Je vais demander, et obtenir, ta mise en détention préventive. Jusqu'à ce que mon enquête sur la filière turque soit finie. (Silence.) Si tu collabores comme prévu avec la Financière, je ne ferai rien de spécial pour en savoir plus que je n'en sais sur ton rôle dans les affaires de drogue dont je m'occupe. Mais je ne veux pas me retrouver comme un imbécile si je tombe sur quelques preuves matérielles que tu aurais malencontreusement laissé traîner derrière toi.

Ils roulent en silence jusqu'au passage du Désir, dans les embouteillages du matin. En arrivant sur le boulevard de Strasbourg, Anna se tourne vers Daquin, les yeux plissés par le sourire.

– Tu me rappelles quelqu'un, Daquin. Mais j'étais plus jeune. Et disponible.

12 heures,
bureau de Daquin

– Récapitulons. Les camions vont arriver à la frontière française demain jeudi. Les douaniers se débrouilleront pour qu'ils arrivent chez Sobesky vers 4 heures du matin. Les imperméables sont déchargés. Ça devrait prendre deux heures, à peu près. Un groupe des Stups est là, en embuscade, et réagit en fonction de ce qui se passe. Mais on attendra certainement un peu avant d'entrer dans la boutique. À vide, les camions se dirigent vers leur garage, Euroriencar, à Gennevilliers. Là, c'est le patron qui dirige les opérations. Il coffre tout ce qui bouge et fouille les camions. Dès 6 heures du matin, arrestation d'une trentaine de Turcs dont j'ai dressé la liste, et de Moreira. J'espère pouvoir coffrer également Oumourzarov, mais c'est loin d'être sûr. Un autre groupe file les camions qui vont vers Le Havre, et improvisent, selon ce qu'on trouve à Paris. Au total, deux cent cinquante policiers seront mobilisés. Je vais passer le temps qui me reste à préparer des fiches sur tous les gens qu'on va arrêter. Je me servirai de ce que j'ai déjà comme renseignements et de ce que les groupes chargés de la surveillance des entreprises de Moreira et de

Kutluer vont nous apporter. Je finirai la mise au point avec le patron. En cas d'urgence, vous pouvez me joindre là-haut. Mais je vous conseille de prendre un jour de congé, vous allez en avoir besoin.

– Et nous, qu'est-ce que nous faisons, vendredi matin ?

– C'est pour cela que je vous ai convoqués aujourd'hui. Attali est affecté au groupe de surveillance de Sobesky. Romero à celui de Moreira. Et moi, j'arrête Kashguri. Lavorel, vous venez avec moi.

31

Vendredi 4 avril

Au très petit matin

Le début de la soirée avait été redoutable. Attendre. Impossible de toucher à Sol. Les nerfs trop tendus, Daquin n'est pas disponible. Maintenant, il est 1 heure du matin à peine passée. Le moment de s'habiller. Il cherche son arme de service, dans un tiroir de la cuisine, au milieu des instruments dont il ne se sert pas souvent, comme le presse-purée ou la cuiller à glace. Ça a fait rire Soleiman, qui s'est ensuite endormi.

Daquin sort sur le trottoir de l'avenue Jean-Moulin. Il sent son pistolet sous le blouson et n'aime pas ça. Être armé lui donne toujours le sentiment de l'échec possible. Cette nuit, c'est bien de cela qu'il s'agit. Une grosse voiture banalisée, avec radio, deux inspecteurs devant, Daquin monte derrière, direction l'avenue du Maréchal-Lyautey. Ils arrivent en douceur devant chez Kashguri. Arrêt à vingt mètres de là, le long du trottoir. La radio est branchée en permanence, et crachouille doucement. L'attente recommence.

3 h 24

« Bosphore 4 à tous les groupes Bosphore :

Le convoi de camions s'est séparé en deux à hauteur de Brie-Comte-Robert. Deux camions poursuivent en direction de Paris. Nous prenons en charge comme convenu le convoi qui se dirige vers le Nord. »

3 h 30

Ils sont quatre dans la voiture que conduit Attali. Arrêt en douceur sur le bateau, juste en face de la boutique de Sobesky. Parisot descend, ouvre la porte cochère en fer, la voiture entre, vient s'arrêter au fond de la cour. Le commissaire Raymond, qui dirige le groupe, et Attali viennent refermer la porte cochère, et restent en planque derrière. À hauteur des yeux, une frise de petites fleurs géométriques, ajourées, dans la tôle. Une planque idéale, à condition de ne pas bouger.

Un lieu curieux, entre ville et bois. À droite, la dernière rangée des immeubles parisiens, à gauche les premiers arbres du bois de Boulogne, alignés au cordeau, des arbres sans nature. Au dernier étage de l'immeuble, six grandes fenêtres, violemment éclairées, certaines ouvertes. On entend de la musique, de façon presque continue. Une musique inconnue de Daquin, sans doute iranienne, et puis du jazz.

– Keith Jarrett.

– Qu'est-ce que vous dites, commissaire ?

– C'est un disque de Keith Jarrett, là-haut. Vous ne reconnaissez pas la sonorité du piano ?

Les inspecteurs échangent un coup d'œil.

Silhouettes, côté Bois. Deux adolescents viennent racoler les trois hommes arrêtés dans leur voiture. L'un d'eux, très mince, mélange de provocation et d'angoisse. Daquin intéressé. Sol devait ressembler à ça, à Istanbul. Les deux inspecteurs, mal à l'aise.

– Tirez-vous, connards.

Surveiller la sortie de l'immeuble, et celle du parking. Daquin se sert un café à la bouteille thermos qu'il a emportée. De temps à autre, un couple qui vient probablement de chez Kashguri, costume sombre, robe longue, sort et s'en va. Dans l'avenue, des voitures roulent au pas, conduites par des hommes seuls. Appels de phares, arrêts, regards, gestes, les trois hommes font les morts. Les voitures redémarrent lentement. Un inspecteur somnole. Deuxième café.

À 3 heures et demie, une fille en robe longue noire, veste courte blanche, sort de l'immeuble. Elle regarde à gauche et à droite, traverse. Daquin lui fait signe. Elle se dirige vers la voiture des policiers, monte à l'arrière à côté de Daquin. Dorothée Marty, très pâle sous son casque de cheveux noirs. Les inspecteurs la regardent dans le rétroviseur.

– Il est toujours là-haut ?

– Oui. Il m'a saluée à la porte de l'appartement, il y a un instant.

– Qu'est-ce qu'il fait ?

– Il bavarde, il va de l'un à l'autre. C'est lui qui met les disques.

– Il fume, il boit ?

– Non, il ne fait pas grand-chose. (Une hésitation.) Il donne l'impression d'attendre. De vous attendre ?

4 h 13

« Bosphore 2 à tous les groupes Bosphore :
Les deux camions sont arrivés à destination. Le déchargement va commencer. »

4 h 30

« Bosphore 1 à tous les groupes Bosphore :
Entrepôts sous contrôle. Calme plat. »

4 h 32

Attali fait signe au commissaire, tous les deux se replient sans bruit jusque dans la voiture garée dans la cour.

– On a un problème imprévu. Les hommes qui font le débarquement, je les reconnais pour la plupart. Ce sont des Turcs que nous avons fichés. Ils ne seront donc pas chez eux quand nos copains vont débarquer, à 6 heures. Qu'est-ce qu'on fait ?

5 heures

« Bosphore 1 aux groupes Bosphore 6 à 32 :
Ceux qui, tout à l'heure, ne trouveront pas leur cible doivent prendre contact avec Bosphore 2, et suivre les instructions. »

5 h 45

Le commissaire Nanteuil et Romero débarquent boulevard Suchet, devant le domicile de Moreira. Grand immeuble très moderne et luxueux. Moreira habite un rez-de-chaussée, dans le deuxième bâtiment, sur le jardin. Nanteuil et Romero font les cent pas, pour attendre les 6 heures fatidiques. Un coup d'œil à l'inspecteur resté dans la voiture à l'écoute de la radio. Rien à signaler. On y va.

Interphone. Carillonnement, pour réveiller le gardien.

– Police, ouvrez, en vitesse.

Le gardien ouvre, visage effaré. Le commissaire montre sa carte. Et ils courent vers le deuxième bâtiment. Rez-de-chaussée gauche. Sonnent. Rien. Sonnent de nouveau. Une voix de femme endormie :

– Qu'est-ce que c'est ?

– Ouvrez, madame, police.

Silence de mort derrière la porte. Romero tend l'oreille, crispé à craquer. Il entend, très faible mais distinct, le glissement d'une porte-fenêtre coulissante. Dit par gestes au commissaire : il fout le camp par-derrière.

– Ouvrez, ou je tire dans la porte.

Elle ouvre. Les deux flics la bousculent, traversent l'appartement au pas de charge, passent la porte-fenêtre, cavalent à travers le jardin. Au fond, un mur surmonté d'une grille. Escalade. Et, de l'autre côté, la profonde tranchée d'une voie de chemin de fer désaffectée. Une trace toute fraîche de glissade, et à droite, au fond de la tranchée, la silhouette de Moreira en peignoir, qui court sur les traverses dans l'obscurité.

– C'est lui ?

– Oui.

Ils se laissent glisser tous les deux. Atterrissage brutal.

– Arrêtez, police !

Moreira continue à courir. Devant lui, à cinquante mètres, à peu près, un tunnel. Les deux flics se lancent à sa poursuite aussi vite qu'ils le peuvent. Moreira tient la distance. L'entrée du tunnel se rapproche.

– Arrêtez ou je tire !

Un coup de feu en l'air. Et puis le commissaire s'arrête, genoux ployés, bras tendus. Romero en fait autant. Trois coups de feu. Moreira s'écroule, face contre terre. Nanteuil et Romero, debout, revolver à la main, à côté du cadavre, dégrisés. En haut de la tranchée, accrochée à la grille, la silhouette d'une femme.

5 h 50

Il fait encore nuit. L'opération commence. Un inspecteur reste à la radio, dans la voiture. Une petite équipe surveille l'entrée du parking. Ils sont seize à entrer dans l'immeuble. Deux inspecteurs passent par une porte de service, un long couloir, débouchent dans la cour intérieure. On ne sait jamais. Daquin reste à côté de l'ascenseur, avec deux inspecteurs d'une quarantaine d'années, habitués à la bagarre, et le spécialiste en électronique qui a déjà travaillé chez lui, il y a deux semaines. Hier, il est venu réparer une judicieuse panne d'ascenseur et, pendant plus d'une heure, il a soigneusement préparé de nouveaux branchements des circuits électriques de la cabine, de façon à pouvoir monter au cinquième étage directement, sans l'aide d'une clé. Tous les autres flics, ils sont une dizaine, montent par l'escalier, Lavorel en tête du groupe.

Daquin et les deux bagarreurs échangent quelques mots pour tromper l'attente, constatent qu'ils jouent tous les trois au rugby. Grésillement du talkie-walkie.

– Nous sommes arrivés devant la porte.

– OK.

L'équipe de Daquin bloque l'ascenseur. Le spécialiste se met au travail. Démonte la façade qui protège les circuits électriques. La conversation continue à rouler sur le rugby. L'un est pilier, l'autre deuxième ligne, Daquin troisième ligne. Le spécialiste connecte les branchements, fait signe à Daquin : c'est bon. Et sort de l'ascenseur.

Talkie-walkie : C'est prêt en bas, à vous là-haut.

Lavorel sonne, frappe à la porte.

– Ouvrez, police.

De l'autre côté de la porte, difficile d'entendre ce qui se passe, porte très épaisse. D'abord une voix, avec un fort accent :

– Qu'est-ce que vous voulez ?

– Police, c'est une perquisition, ouvrez.

Une ombre dans l'œilleton. Un inspecteur montre une carte.

– M. Kashguri n'est pas là, on ne peut pas ouvrir.

Talkie-walkie, discrètement : À vous, l'ascenseur.

Daquin, clin d'œil à ses deux acolytes, allez la mêlée, appuie sur le bouton du cinquième. L'ascenseur démarre. Il n'y a pas de porte palière. Les deux Iraniens sont probablement armés. Le moment délicat, c'est l'arrivée de l'ascenseur chez Kashguri.

Le groupe d'inspecteurs devant la porte continue à sonner, à parler très fort, à donner des coups de plus en plus violents dans la porte. Ils annoncent qu'ils vont tirer dans la serrure, l'un d'eux sort un pistolet…

Daquin et le deuxième ligne jaillissent de l'ascenseur ensemble, le pilier les couvre. Les deux Iraniens se retournent, avant de s'écrouler, plaqués aux jambes.

– Placage impeccable, dit le pilier, comme à l'entraînement.

Daquin relève son Iranien sans ménagement, un bras tordu derrière le dos.

– Police, ouvre cette porte, dépêche-toi.

C'est vrai qu'il ressemble au portrait-robot. Mais l'autre aussi.

6 heures

Rue des Vinaigriers, un immeuble assez vétuste. L'inspectrice Danièle Ribout, une petite bonne femme énergique et rouquine, monte en silence l'escalier avec son copain, l'inspecteur Saval. Ça fait longtemps qu'ils font équipe, plus besoin de parler pour se comprendre. Elle fait un geste : comme d'habitude ? Il hoche la tête en signe d'assentiment. Ils arrivent au troisième étage. Forte porte, munie d'un œilleton. Saval se planque le long du mur, sur le côté. Danièle Ribout se place juste en face de l'œilleton, et sonne, deux fois, comme pressée. On entend des frôlements de pieds nus derrière la porte. Elle prend un air affolé et fragile.

– Aidez-moi, s'il vous plaît. Je suis seule, j'habite juste au-dessus, et il y a une fuite d'eau, je ne sais pas quoi faire.

La porte s'entrouvre. Les deux inspecteurs sautent dans l'appartement, revolver au poing.

– Police, ne bougez plus.

À chaque fois, le même petit pincement de satisfaction. Une revanche sur les machos.

La porte est ouverte. Invasion des flics dans l'entrée. Quatre inspecteurs prennent en charge les deux Iraniens. Daquin désigne les deux portes et l'escalier intérieur qui donnent dans l'entrée.

– Dépêchez-vous. Trois groupes. Trouvez avant tout Kashguri.

Dans l'immense salon, il ne reste plus grand monde. À une table de jeu, cinq hommes ramassent fébrilement des billets froissés qui traînent sur la table. Trois jolies jeunes femmes essayent de s'esquiver par le couloir. Inutile. Et Bertrand dort sur un canapé. Deux jeunes filles asiatiques en robe noir et tablier blanc en dentelle sont debout à côté d'un buffet à demi dégarni. Tétanisées. Dans un instant, elles vont se mettre à pleurer.

– Police. Personne ne bouge.

Daquin et trois inspecteurs passent par le fumoir. Personne. Au pas de charge, dans la première chambre. Là, des hommes, des femmes, six au total, en train de se rhabiller en hâte. Vêtements éparpillés, maquillages défaits ou anatomies approximatives, surprise, inquiétude, personne n'est vraiment à son avantage. Les flics rient franchement. Mais toujours pas de Kashguri. Tout le reste de l'appartement est désert.

6 h 38

« Bosphore 2 à Bosphore 1 :

Le déchargement est bientôt terminé. »

6 h 41

Attali sursaute : il a reconnu le Turc qui vient de s'asseoir au volant d'un des deux camions. Un autre Turc monte à ses côtés, et les camions démarrent. Presque instinctivement :

– Il faut les suivre.

Ça commence à paniquer un peu dans la cour. Le commissaire coordonne par radio l'arrestation en douceur des Turcs qui se dispersent dans le quartier. Les intercepter le plus loin possible de chez Sobesky.

Attali sort de l'immeuble, suit le trottoir, tourne à gauche deux rues plus loin, trouve une voiture de police banalisée, avec un collègue qui écoute la radio. S'assied à côté de lui.

– Fonçons, on a peut-être une chance de retrouver les camions.

7 h 3

« Bosphore 2 à Bosphore 1 :

Nous avons rejoint les camions à la porte de la Chapelle. Nous commençons la filature. »

7 h 17

« Bosphore 2 à Bosphore 1 :

Un des camions sort à Gennevilliers, direction Euroriencar sans doute. L'autre continue sur l'A86, nous le suivons. »

7 h 20

« Bosphore 2 à Bosphore 1 :
Le camion sort à Nanterre. »

7 h 28

« Bosphore 2 à Bosphore 1 :
Le camion est entré dans la cour d'un garage, rue de l'Avenir, à Nanterre. Nous attendons les instructions. »

7 h 43

Le patron des Stups passe à pied devant le café du Réveil social. Attali, attablé près de la fenêtre, paie son crème et sort. Ils remontent la rue en discutant.

– J'ai fait venir vers Nanterre la moitié des effectifs que j'avais à Gennevilliers. Quelle gueule ça a, à votre avis ?

– Je n'en sais strictement rien.

Ils longent le garage. Une façade assez crasseuse, vaguement délabrée, un passage sur le côté et, derrière, une vaste cour dans laquelle on aperçoit des bagnoles en piteux état. Ils poursuivent jusqu'à la voiture de police, garée à l'autre extrémité de la rue. Un jeune inspecteur part en reconnaissance. Revient.

– Je suis entré sans problème. Le camion est dans la cour, la cabine basculée, et le garagiste, un vieux pépé, est en train de bricoler le moteur. Je n'ai pas vu ce qu'il faisait. Les deux Turcs sont assis un peu plus loin dans la cour, et fument. J'ai pris rendez-vous pour demain pour réparer ma bagnole. Aucune nervosité apparente.

– C'est un peu déprimant.

– Il faut quand même aller y voir. Trois inspecteurs avec Attali. Vérification des identités. Si les Turcs sont sur la liste, vous les arrêtez. Et vous examinez le camion de près. Le reste de nos hommes se rapprochent, prêts à intervenir en soutien. Tenez vos revolvers et vos talkies prêts, on ne sait jamais.

Les inspecteurs entrent par le passage et s'approchent du vieux au moment où celui-ci finit de dévisser une plaque rectangulaire de tôle.

– Police, nous avons quelques questions à vous poser.

Le vieux jette la tôle à la tête d'Attali, qui tombe, les deux Turcs sautent sur leurs pieds et tirent à travers leur blouson. Attali, touché à un bras, se traîne à l'abri des roues du camion. Ça continue à tirer autour de lui.

Talkie-walkie : Tous au garage, arme à la main.

À ce moment précis, les camionnettes de la société Morora arrivent à petite allure et commencent à se garer sagement dans la cour, suivies par une quinzaine d'inspecteurs au pas de charge. Le désordre est indescriptible.

Quand le patron parvient à reprendre la direction des opérations, tous les chauffeurs des camionnettes, d'innocents Marocains visiblement ahuris, sont menottés et parqués dans le garage. Les Turcs et le vieux garagiste ont disparu. Attali s'est remis sur ses pieds, et tient son bras gauche ensanglanté. Devant lui, le réservoir du camion démonté : un trou béant, l'accès au double fond, et là, soigneusement entassés, des sacs de poudre blanche.

8 h 1

« Bosphore 1 à tous les groupes Bosphore :

Nous avons trouvé la blanche. Beaucoup. Feu vert à tous les groupes. »

Épilogue

Libération, 13 mai 1980 :

« On commençait à connaître dimanche les premiers résultats du deuxième tour des élections au Parlement iranien, où le Parti de la République islamique, de l'ayatollah Béhechti, est certain d'obtenir la victoire… »

Jeudi 15 mai, 19 heures,
rue du Château-d'Eau

Depuis deux jours, des manifestations étudiantes se poursuivent du côté de Jussieu. Concentrations policières autour de la fac. Le bruit court qu'il y aurait un mort. Le quartier de la gare de l'Est est nettement plus calme. La rue du Château-d'Eau est presque déserte lorsqu'une moto s'y engage à vive allure. Deux hommes casqués. Ils stoppent, moteur en marche, devant l'Association des travailleurs illuministes, pleine de monde à cette heure-là. Le passager descend, plonge la main dans la sacoche arrière et en sort un pistolet mitrailleur. Bien campé sur ses pieds, il tire une rafale vers le haut de la devanture, qui s'effondre dans un bruit assourdissant de verre brisé. À l'intérieur, tout le monde s'est jeté à plat ventre. Le tireur relève la visière de son casque, hurle deux ou trois phrases en turc. Nouvelle rafale. Puis il saute sur le siège arrière de la moto, qui démarre et disparaît. La police sera sur les lieux quelques minutes plus tard.

Vendredi 16 mai, 8 heures,
passage du Désir

Daquin est de très mauvaise humeur. Cela fait plus d'un mois qu'il piétine. Certes, il a réussi un magnifique coup de filet, tout le réseau est tombé, avec ses connexions françaises et quelques liaisons financières. Mais Kashguri s'est évanoui sans laisser de trace. L'enquête a montré qu'il possédait une R5, garée dans le deuxième parking de son immeuble dont la sortie donne sur le boulevard Suchet, et qu'il a très probablement utilisée pour partir vers 4 heures du matin le 4 avril. Pour aller surveiller l'arrivée de la livraison ? Le numéro de la voiture a été diffusé à toutes les polices, mais elle reste introuvable. Tous les papiers de Kashguri ont été dépouillés et ses connaissances interrogées, sans résultats. L'homme s'est purement et simplement volatilisé dans la nuit du 3 au 4 avril. Oumourzarov, qui se trouvait à la soirée Kashguri, a été libéré l'après-midi même. Quasiment avec des excuses. Rien n'a pu être établi contre Sobesky. Le meurtre de la Thaï n'est toujours pas élucidé. Et, cette nuit, Soleiman n'est pas rentré dormir avec lui. Il lui manque, même s'il a du mal à l'admettre.

Daquin parcourt rapidement les différentes notes éparpillées sur son bureau et tombe sur celle des inspecteurs de la BT : le siège de l'Association des travailleurs illuministes a été mitraillé hier soir. Tirs en direction du plafond. Deux blessés légers par éclats de verre. D'après les témoignages, l'auteur des coups de feu serait un certain Soleiman Keyder, militant d'un groupe turc d'extrême gauche ; les personnes présentes au siège de l'association l'auraient nettement reconnu au moment où il relevait la visière de son casque pour leur crier : « Les fascistes n'ont pas leur place dans ce quartier ! Déménagez, sinon la prochaine fois nous tirons à hauteur d'homme ! » Avis de recherche.

Première réaction de Daquin : Ce soir, je l'attrape par la peau du cou et je lui flanque une raclée. Deuxième réaction : Si je veux le faire, il faudra que je l'envoie chercher par deux flics. Ça ressemble beaucoup à un adieu.

Vendredi 16 mai, 9 heures,
paroisse Saint-Bernard

Soleiman arrive en marchant, le nez en l'air, sans se presser. Il fait beau, les Turcs ont apprécié le mitraillage de la veille. À deux cents mètres de l'église, un Français qui le guettait l'attrape par le bras et le pousse dans le café le plus proche.

– Les flics te cherchent. Il y a déjà eu une perquisition ce matin à 6 heures chez Thévenard, celui qui reçoit ton courrier. Et deux flics t'attendent en face de l'église. Les fascistes prétendent que c'est toi qui as mitraillé le siège de leur association.

– Et alors ?

– Nous ne te demandons rien. Pour nous, cette histoire est une provocation des flics ou des fascistes, un point c'est tout. Nous t'emmenons quelques jours à la campagne, le temps d'arranger ça. Tu ne discutes pas,

Soleiman. On ne peut pas risquer des emmerdes maintenant, alors que la régularisation est sur le point d'être gagnée.

– Mais je ne discute pas.

Coup de téléphone. Dix minutes après, une voiture. Deux copains français du comité à l'avant. Soleiman monte à l'arrière. Traversée de Paris plutôt cocasse : il y a bel et bien eu un mort à Jussieu, et ça chauffe au quartier Latin. Il faut multiplier les tours et les détours pour éviter les contrôles policiers mis en place sur tous les grands axes. Soleiman, enfoncé à l'arrière, est soudain angoissé à l'idée d'être ramené devant Daquin entre deux flics.

À 11 h 30, le voyage s'achève devant une très jolie maison en pierre, dans un petit village du Vexin français. Un grand portail en bois. Derrière la maison, à l'abri de tous les regards, un très grand jardin, plein d'arbres fruitiers, certains en fleurs. Une grosse femme sort de la cuisine, une Mauricienne à la peau jaune, tout sourire.

– Maria, voilà le petit jeune homme qu'on vous confie.

– Il est mignon. Pas de souci, je vais bien m'en occuper.

– Bon, on vous laisse. On téléphonera ce soir.

– Ne partez pas. Je n'ai pas de vêtements, pas d'argent…

Comment dire qu'il se sent perdu ? Et que Maria lui fait peur ?

– On t'a dit qu'on s'était occupé de tout. Maria fera les courses et la cuisine. Toi, tu sors dans le jardin, mais pas dans le village. On a apporté des vêtements, tu trouveras tout dans ta chambre.

Soleiman regarde partir la voiture. Maria referme le portail. Les choses vont un peu vite pour lui, il n'arrive pas vraiment à suivre.

– Dans une heure, dit Maria, le déjeuner est prêt.

Soleiman lui sourit. De ce point de vue-là, au moins, je ne vais pas être dépaysé. Il fait très beau. Quelques pas dans le jardin, il s'allonge dans l'herbe au soleil et s'endort.

Samedi 17 mai, 22 heures,
au Sancerre

Il n'y a plus grand monde dans le bistro. Daquin et Steiger sont seuls à la petite terrasse fermée, lambrissée de bois clair, intime. Ils attaquent une épaule d'agneau farcie, une splendeur. Avec un petit brouilly frais. Après un long détour par le Moyen-Orient, la conversation revient sur le récent démantèlement de la filière turque.

– Vos amis ne sont pas coopératifs. C'est frustrant. Je n'ai même pas pu aller interroger Baker dans sa prison.

– Vous savez bien qu'il a été assassiné.

– C'est ce qu'on m'a dit, oui. Assassiné sous la douche par un camé. Vous l'avez un peu aidé à mourir ? Ou il commence une nouvelle carrière sous un autre nom en Amérique du Sud ?

– (Steiger hésite un peu.) Vous n'avez pas idée de la tempête que vous avez déclenchée dans le microcosme des services secrets américains.

– Si, j'ai une petite idée. On pourrait dire, par exemple, que Baker travaillait toujours pour la CIA. Il aurait appartenu au clan qui a décidé d'utiliser la drogue contre le communisme et l'Union soviétique. Quand ça apparaît au grand jour, ça fait toujours un peu désordre, et les autres, ceux qui sont contre l'utilisation du trafic de la drogue et pour des méthodes plus classiques, peuvent en profiter. Tout compte fait, je pense qu'il a dû être liquidé.

– Ce n'est pas ça qui était le plus gênant, dans le cas Baker. Ce genre de conflit entre clans rivaux est un grand classique à la CIA, et ils savent le gérer. Non, Baker a fait bien pis, pour l'image de la CIA. Tout en continuant à travailler occasionnellement pour l'Agence, il avait monté pour son propre compte un commerce extrêmement lucratif de cassettes vidéo genre porno sanglant : des supplices et des meurtres en direct, garantis authentiques. Et le fonds de départ était constitué par l'enregistrement *live* des supplices que la Savak faisait subir aux opposants au régime du shah, à Téhéran, pendant que Baker y était en poste. On dit que c'est Baker lui-même qui filmait. Il paraît qu'il y avait des hommes brûlés vifs sur des plaques chauffantes, d'autres qu'on désossait vivants. Je ne parle pas des viols collectifs de femmes et d'enfants, devant les maris et les pères. Que leurs fonctionnaires collaborent avec des tortionnaires au bout du monde, les Américains s'en accommodent apparemment, mais qu'ils transforment ça en commerce de vidéo porno, c'est plus difficile à admettre. Enfin, la CIA n'a pas voulu prendre le risque.

Daquin est comme tétanisé.

– Et je n'ai rien su de tout ça… Vous trouvez ça normal ? Je sais enfin ce que Virginie Lamouroux est allée faire à New York. Franck, il faut que j'aie accès le plus vite possible à ces cassettes !

– Je ne vous connaissais pas ces goûts.

Daquin lui sourit.

– Garçon, deux coupes de champagne. Qu'est-ce que vous prenez comme dessert ?

Dimanche 18 mai, 1 heure,
villa des Artistes

Daquin dort profondément quand le téléphone sonne. Il décroche, jette un coup d'œil à la montre. 1 heure moins le quart. Assis, torse nu contre le mur, la couette jusqu'à la taille.

– J'écoute.

– Soleiman.

Un regard machinal sur la blonde potelée, qui émerge lentement du sommeil, à côté de lui, toute fripée, mignonne.

– Daquin, je sais ce qu'Ali Agça est venu faire en France.

– Vas-y.

– Il est venu assassiner le pape.

– Explique, doucement. Il est tard. Je dormais.

– Je suis à la campagne. Je n'ai rien à faire. Je passe mes soirées à somnoler devant la télé. Je n'écoute pas vraiment, mais on ne parle que de ça, le pape à Paris, à la fin du mois, sur toutes les chaînes. Et tout d'un coup, ce soir, ça m'a rappelé quelque chose. Agça s'est échappé de prison, en novembre 1979, au moment où le pape faisait un voyage en Turquie. Et il a écrit au *Milliyet* pour expliquer qu'il s'était évadé parce qu'il voulait assassiner le pape, symbole de l'Occident, ou quelque chose comme ça. Je ne me souviens pas exactement, parce que j'étais moi-même en fuite à ce moment-là, et puis ça me semblait tellement aberrant, mais tu pourras vérifier. C'est peut-être une coïncidence, mais peut-être pas. Tu m'écoutes toujours ?

– Bien sûr.

– Adieu, Daquin.

Lundi 19 mai, 8 heures,
passage du Désir

Lavorel, en costume sombre, cravate, attaché-case, vient, accompagné d'un commissaire de la Financière, apporter son rapport à Daquin sur les papiers saisis chez Kashguri. Il est terriblement sérieux et réglementaire. Daquin joue le jeu et se redresse dans son fauteuil.

– Monsieur le commissaire, vous verrez qu'à travers les papiers Kashguri nous parvenons à nous faire une idée précise du fonctionnement de la banque de Chypre et de l'Orient. Elle finance le trafic d'armes en direction de la Turquie et du Liban et la mise en place de la filière turque. Elle est aussi la banque de dépôt de trafiquants de drogue très connus en Syrie et au Liban. Cet argent noir lui sert, en partie, à financer les pots-de-vin et commissions diverses que versent les entreprises européennes qui travaillent avec elle au Proche et au Moyen-Orient, et dont la plus importante est la banque Parillaud. L'autre partie de cet argent est recyclée par Parillaud, en investissements au Moyen-Orient. Vous avez tous les détails dans le rapport. Mais rien dans ces papiers ne permet de prouver que Kashguri ait eu d'autres implications dans la filière turque. Financier, oui, chef d'orchestre, rien ne nous permet de le dire.

– Je vous remercie pour la qualité et la clarté de votre travail. Quelles vont être les suites de ce rapport ?

Lavorel se tait, et jette un coup d'œil en direction de son commissaire, qui le relaie :

– Puisque nous sommes entre nous, autant vous le dire, probablement nulles. La loi ne nous permet pas d'agir contre les banques qui blanchissent l'argent sale. Et qui oserait toucher à Parillaud ?

– Un mot encore, Lavorel. Sur Anna Beric, où en êtes-vous ?

– Elle m'a tout donné, comme convenu. Nous attaquons maintenant les convocations des différents fabricants mis en cause. Ça va être long, mais nous allons déboucher sur des redressements fiscaux retentissants.

– Vous me confirmez qu'on ne trouve rien dans les papiers Kashguri qui permette de relier Anna Beric à la filière turque ?

– Non, rien. Anna Beric n'apparaît que dans la mesure où elle utilise la banque de Chypre et de l'Orient pour sortir de l'argent de France, comme un certain nombre d'autres fabricants, d'ailleurs.

– Je crois qu'il va falloir accepter qu'elle soit remise en liberté. Qu'en pensez-vous ?

– Je crois qu'on aura du mal à l'éviter. Ses avocats l'ont demandé au juge, il y a deux jours. J'ai réservé mon avis jusqu'à aujourd'hui.

– De mon côté, pas d'objections. Je vous signale cependant que je la ferai suivre, et que le juge a déjà autorisé sa mise sur écoute.

Lundi 19 mai, 11 heures,
brigade des stupéfiants

Réunion au sommet, patron des Stups, ministère de l'Intérieur, Criminelle, Voyages officiels. Daquin présente un rapport sur Ali Agça. Il a opté pour un exposé strictement chronologique : surveillance de la boutique de sandwichs, photos, identification, et donc présence en France et liaison avec la filière drogue attestées. Rapport de la police turque. Pour trois des meurtres commandités par les trafiquants, conviction qu'Ali Agça en a été l'exécutant, car le *modus operandi* est le sien.

Après le 4 avril, plus rien. Daquin explique le travail écrasant qu'il a dû fournir pour construire un dossier solide contre les trafiquants et les revendeurs français, une soixantaine de personnes au total, les assassins de Virginie Lamouroux et de Mme Buisson, les hommes de main de Kashguri. La mise au jour difficile des circuits financiers à partir des papiers de Kashguri. La vaine recherche de ce même Kashguri, un peu partout en France, des dizaines de personnes interrogées sans résultats. L'échec subi avec la société Turkimport, finalement mise hors de cause. Et, pour compléter le tout, les deux inspecteurs qui travaillent avec lui depuis le début, et sont donc parfaitement au courant des dossiers, hors course pendant un temps : Attali, pour cause de blessure, légère, et Romero, soumis à une enquête de l'IGS, à la suite de la mort de Moreira. Heureusement qu'il tire mal ! Bref, il n'a pas eu le temps de s'occuper d'Ali Agça. Reprise du dossier il y a quelques jours. Première étape, compléter le rapport de la police turque, qui est extrêmement succinct. Travail sur la presse turque. Et là, Daquin donne lecture d'une traduction de la lettre d'Ali Agça au *Milliyet*, datée de novembre 1979, dans laquelle celui-ci explique pourquoi il tuera certainement le pape, commandeur des Croisés. Long discours enflammé, nationaliste, islamiste, anti-occidental. Juste un peu délirant. En somme, plausible.

C'est la consternation. Le pape arrive à Paris le 31 mai. Il reste douze jours pour retrouver Ali Agça, ou acquérir la certitude qu'il a quitté le territoire français.

Libération, 20 mai :

NARCOTIC BOURREAU

« L'ayatollah Sadegh Khalkhali a déclaré dimanche à Radio-Téhéran qu'il avait repris sa tâche de chef du service des narcotiques iraniens… L'ayatollah avait donné le 14 mai sa démission de chef des services de lutte contre les stupéfiants, quatre jours après sa nomination, parce qu'il estimait que ses pouvoirs judiciaires étaient limités. Le président iranien, M. Abolhassan Bani Sadr, lui avait demandé, vendredi dernier, de reconsidérer sa position. L'ayatollah Khalkhali a indiqué que son premier grand succès portait sur la saisie par ses fonctionnaires de 900 kilos d'opium et l'arrestation des trafiquants. »

Mardi 20 mai, 8 heures,
Roissy

Attali s'envole pour New York. Le FBI cherche à identifier les meurtriers et les victimes filmés en direct sur plus de trois cents cassettes. Celles qui ont été enregistrées à Téhéran ont été classées « secret défense », mais Attali aura libre accès à toutes les autres, et un agent du FBI l'aidera à faire le tri.

Daquin part pour deux jours à Istanbul. Première rencontre avec la police turque, longtemps différée à cause des divergences d'appréciation entre la France et la Turquie sur le meurtre de Sener. Mais rendue enfin possible depuis que, le 14 mai dernier, le gouvernement français a officiellement reconnu la responsabilité des terroristes arméniens. Deux jours pour apporter à la police turque tous les compléments d'information qu'elle pourrait souhaiter sur la filière turque. Et obtenir tout ce qui est possible sur Ali Agça.

Romero le conduit à Roissy.

– Débrouillez-vous comme vous voulez, Romero. Quand je reviendrai, je veux que les Turcs aient donné Agça. On a laissé filer Kashguri. Un, pas deux.

À la brigade des stups, avec Romero, une dizaine d'inspecteurs. Obligation de résultats, carte blanche sur les moyens.

Les huiles des VO et du ministère de l'Intérieur réétudient tous les dispositifs de sécurité prévus pour le voyage du pape.

Mercredi 21 mai, 22 heures,
Roissy

Romero, pas rasé, épuisé, vêtements fripés, vient chercher Daquin. L'aéroport est presque désert. Daquin jette un coup d'œil critique sur la tenue de Romero, mais il a l'air de meilleure humeur que la veille.

– Istanbul, c'était bien ?

– Belle, belle ville. (Une pensée émue pour la femme du directeur des Études anatoliennes, le petit hôtel en bois au pied de Sainte-Sophie, les mouettes dans les clochetons, la masse sombre de la basilique sur le ciel clair, les tonalités radiophoniques des muezzins.) J'ai rencontré des policiers qui connaissaient Agça. D'après eux, il est assez allumé pour avoir effectivement le projet d'assassiner le pape, et assez lucide pour avoir une chance d'y arriver. Par contre, au dire des flics turcs, c'est un assez mauvais tireur, ce qui explique qu'il flingue toujours à bout portant. Ça nous laisse une chance. Après son évasion, en novembre dernier, il s'est installé en Allemagne. Ils le croyaient encore là-bas. Pour le reste, pas vraiment de piste. Et vous ?

– On a repris tous les interrogatoires. On n'a pas dormi depuis hier matin. Résultats : le mercredi 5 mars, jour où a été prise la photo, Agça arrivait à Paris, en provenance d'Allemagne, semble-t-il. Ensuite, il a totalement disparu. Les Turcs pensent qu'il ne vivait pas à Paris. Détail peut-être intéressant : il ne parle pas un mot de français. Nous avons identifié les deux hommes qui ont collé autour du Gymnase les tracts sur l'assassinat d'Osman Celik, et on les a fait craquer. C'est bien Agça qui a assassiné Celik. Ils étaient là pour faire diversion et protéger sa fuite. Il n'en a même pas eu besoin. Il est reparti le soir même en voiture, avec le dénommé Celebi, le petit trafiquant dont je suis allé identifier le corps à Rouen. Les décisions d'exécuter Celik et Sener ont été prises par le chef de la filière en France, qu'aucun Turc n'a jamais rencontré. Il était le seul à avoir le contact avec Agça. Il communiquait ses ordres par courrier aux deux responsables turcs des boutiques, poste restante, écrit en turc. Quand eux avaient à dire ou demander quelque chose, ça remontait par Moreira et Kutluer.

– Bien protégé.

– Ça a l'air. Les Turcs ne savaient pas que Celebi avait été exécuté et ils ne comprennent pas pourquoi. Voilà. C'est tout ce qu'on a pu tirer en deux jours d'interrogatoires ininterrompus. Ce ne sont pas des tendres. On est fatigués, mais eux aussi.

– D'après le peu que j'ai pu voir là-bas, ils doivent effectivement avoir acquis une certaine résistance aux interrogatoires musclés, question d'habitude. À votre avis, est-ce qu'il y a encore quelque chose à en tirer ?

– À mon avis, non.

Jeudi 22 mai, 8 heures,
passage du Désir

Attali, arrivé le premier, s'est péniblement procuré une télévision, un magnétoscope, a préparé la cassette. Et les a attendus. Tendu, fatigué, un peu halluciné par ce qu'il a vu pendant deux jours. Romero, Lavorel, puis Daquin débarquent, s'installent autour de la table.

Attali allume la télévision, enclenche la cassette.

La fille est là, enfantine et déjà blasée, assise toute nue au bord de ce grand lit blanc au centre de la pièce entourée de miroirs. Dans un coin, une bergère Louis XV, au fond un frigo pas plus haut qu'une table. Dessus, des verres, flûtes, coupes et autres. Elle balance doucement ses jambes en chantonnant. L'homme entre. Il est nu, lui aussi. Elle le regarde attentivement, l'évalue. Dans les 45 ans, cou de taureau, gras, avec un petit cul et des jambes maigres, un peu chauve, mais une vraie toison rousse sur la poitrine. Elle lui sourit et fait un geste dans sa direction. Lui, mine gourmande, marche comme s'il glissait au ralenti, se dirige vers le frigo, qu'il ouvre, se verse un whisky très généreux, « Tu veux boire, mon bébé ? », et il lève son verre dans sa direction. Le geste est un peu trop large, il renverse du whisky sur l'épaisse moquette blanche. Elle fait non de la tête, sans dire un mot, et toujours souriante. Il boit, laisse tomber le verre sur la moquette, s'approche d'elle, s'affale sur le lit, en riant.

Elle le couche sur le ventre, elle s'assied sur ses reins, elle est incroyablement fragile à côté de lui. Elle commence à le masser, en miaulant doucement, pour se donner du rythme. Il se laisse faire, grogne de plaisir, l'encourage, « Un câlin pour ton petit papa ». Elle s'allonge sur lui, lui mordille le cou, les oreilles. Lui, remue lentement, émet quelques sons inaudibles, agrippe la moquette avec ses doigts. Elle le retourne sur le dos. Il a l'air bien. Elle masse doucement son sexe. L'homme prend appui sur ses coudes. Il regarde ce petit corps qui a presque du mal à rester en équilibre sur le sien, se tourne vers les miroirs et leur sourit. Il ronronne. Elle est tout à sa tâche, maintenant en silence. Elle s'applique avec sérieux. Son visage est plus attentif, le sourire un peu figé ; du regard, elle guette les réactions de l'autre.

D'un coup, l'homme se sent dévisagé. Il semble se réveiller d'un long sommeil, mais ses yeux sont vitreux. La fille monte lentement les mains vers les seins de l'homme et commence à les pincer doucement. Le ronronnement se transforme en une longue plainte. Il se redresse, elle tombe sur le lit. Il est pris d'une peur panique. Ses yeux sont dilatés. Il hurle, « Elle va me tuer ». Ses mains devant les yeux, il se recroqueville, puis il envoie des coups de pied dans la direction de la fille, elle demande « It's a game ? », sourit encore, mais semble un peu inquiète. Elle évite ses coups de pied et cherche à le calmer en l'attirant sur le lit, en lui caressant les épaules et les seins, « Remember, I am your baby ». Mais il hurle à nouveau, « Grandis pas, grandis pas ». Puis il l'attrape par le cou, la secoue, la renverse sur le lit, et serre, serre. « Tu ne m'auras pas. » Elle se débat un peu, pas beaucoup, elle est complètement écrasée par la masse de l'homme. Elle ne peut plus crier. Une, deux minutes, elle ne se débat plus du tout…

La bande est terminée.

– Alors, c'est Bertrand. (Romero et Daquin se regardent.)

– Ce gros porc est parti dans un mauvais trip.

– Je voyais plutôt Kashguri.

– Il devait être dans un coin, bourré d'héroïne, en train de mater. Ensuite, tous les deux émergent. Ramassent le cadavre, qu'ils enveloppent dans n'importe quoi. La fille est toute petite. Ils s'éloignent de Simon Vidéo par les ruelles de derrière, complètement désertes la nuit, pour larguer le corps le plus loin possible, mais sans traverser la rue du Faubourg-Saint-Martin, qui est plus fréquentée. Ils montent dans le dernier immeuble, trouvent la porte de l'atelier de Bostic mal fermée, cachent le cadavre sous les pantalons, et claquent la porte en partant. Ils jettent les vêtements ailleurs, ou les donnent à l'Armée du Salut. Et, comme ils sortent à peine de leur trip, ils oublient la cassette vidéo. VL passe, et la ramasse. Ça a dû se passer à peu près comme ça.

– Est-ce que Bertrand peut nous mener à Kashguri et à Ali Agça ?

– Attendez. Ce n'est pas tout. Il faut que je vous dise où j'ai trouvé la cassette. Les cassettes vidéo de Baker ont été réparties en trois séries par le FBI : première série, les cassettes prises à Téhéran, « secret défense », ça m'a été épargné. Deuxième série, le fonds commercial. J'ai travaillé avec un agent du FBI qui m'a aidé à trier. Tout ce qui concernait les garçons a été éliminé, puisque je cherchais le meurtre d'une fillette. J'ai visionné une centaine de cassettes, en accéléré. Je ne savais pas ces choses-là possibles. Une fillette dont le sexe et l'anus étaient tailladés au rasoir… Je passe. Au bout du compte, rien. Alors, le gars du FBI me dit qu'il existe une troisième série, les cassettes privées de Baker, celles qu'il n'avait pas fait reproduire pour une diffusion commerciale et dont le FBI pense qu'il s'en servait comme instruments de pression ou de chantage. Une vingtaine en tout, généralement des scènes beaucoup plus soft, adultères classiques, ou amours homosexuelles.

Daquin rit.

– C'est sans doute dans cette collection que j'ai bien failli me retrouver.

– Vous y auriez été en très bonne compagnie. Il paraît qu'il y a une cassette de l'épouse d'un ministre français. Je n'ai pas eu le droit de la voir. Et c'est dans cette série que j'ai trouvé la cassette Bertrand.

Depuis quelques instants, tout le monde s'attendait à la chute. Une petite pause, pour digérer la nouvelle.

– Si Bertrand avait assez d'importance aux yeux de Baker pour que celui-ci estime intéressant d'avoir un moyen de pression sur lui, cela signifie qu'il peut avoir un rôle direct dans la filière.

– Ça pourrait donner à peu près ça : VL passe au club Simon, où elle a rendez-vous avec Kashguri. Le studio est vide. Elle jette un coup d'œil sur la bande qui est restée en place et l'apporte à Baker, dont elle connaît le petit commerce, sans savoir qui est Bertrand. Baker achète la bande, et fait assassiner VL pour protéger Bertrand.

– Ce qui me gêne dans cette version, c'est la part trop grande faite au hasard.

– Et on n'est même pas sûrs, pour l'instant, que Kashguri ait été présent au club Simon pendant le meurtre.

– On n'en est pas sûrs, mais c'est plus que probable. L'abonné, c'est lui. Lui encore que les Thaïs ont reconnu.

– On peut avoir tout autre chose : VL travaille de longue date avec Baker. C'est elle qui lui a indiqué Sobesky comme le pigeon idéal, et qui est restée dans la maison pour le surveiller. Sur les indications de Baker, elle piège Bertrand et lui donne rendez-vous au club Simon. Souvenez-vous : elle quitte le fils Sobesky pour un rendez-vous important. Elle s'arrange pour qu'il ingurgite des saloperies et fasse à coup sûr un mauvais trip. Ça va jusqu'au meurtre, c'est encore mieux. Pendant que Bertrand s'arrange avec le cadavre, elle file à New York avec la cassette.

– Et c'est Bertrand qui la fait assassiner par Kashguri ?

– Ou qui la fait assassiner à la mode Kashguri. Kashguri tient Bertrand parce qu'il est au courant du meurtre de la Thaï. C'est le message qu'il lui fait parvenir en nous donnant son alibi pour le 29 février au soir. Réponse de Bertrand : il tient Kashguri en lui faisant endosser le meurtre de VL.

– Comment tu intègres le déjeuner du 14 mars dans ce schéma ?

– Baker fait assassiner sa fidèle collaboratrice par Kashguri quand il apprend, par le coup de fil d'Attali, que la police est à ses basques.

– De toute façon, nous n'avons pas assez travaillé sur Bertrand.

– On nous a ordonné de ne pas le faire.

– Vous savez bien que ce n'est pas une raison suffisante. Je me suis un peu braqué sur Kashguri. On aurait dû enquêter sur le passé de Bertrand. Je suis sûr qu'on va le trouver quelque part entre Téhéran et Istanbul dans les années 70, et mêlé aux trafics de la CIA. C'est peut-être un membre de nos propres services secrets. Maintenant, nous allons avoir le temps de creuser tout ça. On commence par l'arrêter pour meurtre. Mais il est député, couvert par l'immunité parlementaire. Ça va forcément être compliqué.

Daquin téléphone au patron des Stups, pendant que Romero fait du café pour tout le monde.

Il est 17 heures passées quand Daquin et son équipe se présentent chez Bertrand. La journée est passée en coups de fil divers. Il en a fallu des démarches pour que Daquin obtienne l'autorisation d'interroger le député tout de suite, avant qu'il ne puisse être inculpé et arrêté. Finalement, contact est pris avec la secrétaire, au bureau de Bertrand à l'Assemblée. Après avoir reçu un coup de téléphone, vers 15 heures, Bertrand est immédiatement rentré chez lui, en laissant comme consigne de n'être dérangé sous aucun prétexte.

– De qui était le coup de téléphone ?

– Je ne saurais vous le dire. Un homme, avec un accent étranger.

Ascenseur. La porte de l'appartement est fermée. Coups de sonnette. Rien. Daquin envoie chercher la concierge. Elle ouvre. Dans son bureau, ils trouvent Bertrand affaissé sur le grand fauteuil en cuir, une balle dans la tête, le pistolet par terre. L'enquête conclura au suicide.

Qui a téléphoné, ou fait téléphoner ? Un ami politique ? Un flic ? Anna Beric ? Erwin ?

Vendredi 23 mai, 15 heures,
passage du Désir

Relevé d'un œil distrait dans *Libération* :

«… On pouvait raisonnablement penser que le cheikh Khalkhali s'acquitterait avec conscience et éclat d'une tâche apparemment modeste pour l'homme qui avait décidé d'exterminer les ennemis de l'islam… Vingt exécutions mercredi, neuf jeudi : le cheikh n'a pas déçu ses admirateurs… Les trente condamnés étaient accusés de faire partie d'une bande internationale qui vendait de la drogue à travers tout l'Iran et qui avait des relations avec des contre-révolutionnaires à l'étranger. »

Attali, assez éprouvé par son voyage new-yorkais, a demandé à prendre quelques jours de repos, qu'il passe à Antony, dans sa famille. Romero a aussi pris une journée. Les Voyages officiels ont cuisiné les deux valets de chambre de Kashguri, en vain. Daquin, seul dans son bureau, travaille sur des photocopies des papiers personnels de Bertrand. Sans grande conviction. Les fins d'affaires sont toujours amères, mais là il se sent profondément démobilisé. Kashguri et Agça ont disparu, et il n'a pas l'ombre d'une piste pour l'instant. Baker est mort, à New York, et il ne l'a pas même vu une seule fois. Bertrand s'est suicidé ou a été suicidé avant qu'il ne l'arrête. Frustrations sur frustrations.

Romero apparaît à la porte du bureau.

– Patron, est-ce que je peux vous déranger quelques minutes ?

Daquin fait signe que oui.

Romero s'efface et fait entrer une femme, un bouquet de cheveux roux frisés, la peau blanche, les yeux dorés. Daquin se lève, fasciné.

– Patron, je vous présente Yildiz, nous allons nous marier et je voudrais vous demander d'être mon témoin.

Une fois qu'ils sont partis, Daquin referme ses dossiers et décide de prendre immédiatement son week-end.

Lundi 26 mai, 10 heures,
passage du Désir

Les Voyages officiels sont sur les dents.

– Toutes les mesures de sécurité ont été revues et renforcées. Nous avons deux chances. La première, c'est qu'Agça ne parle pas le français et va se retrouver très isolé, parce que vous avez arrêté à peu près tous les gens qu'il connaissait à Paris. Nous faisons surveiller tout ce qui reste de militants et de locaux d'extrême droite turcs à Paris, pour l'instant sans résultats. Deuxième chance, Agça est un mauvais tireur. Si nous parvenons à tenir le pape toujours très éloigné du contact avec la foule, on peut éviter la catastrophe. On a prévu des déplacements en hélicoptère et en voiture. Les accès seront très contrôlés : uniquement sur invitations, ou laissez-passer. On a embauché vingt mille scouts volontaires, en plus des trois mille CRS et des cinq cents inspecteurs en civil. On a deux moments très délicats parce qu'on pourra difficilement tenir le pape à distance : la rencontre avec la communauté polonaise, au Champ-de-Mars, et la visite à Saint-Denis, le pape rencontre les immigrés… vous voyez le genre.

– D'autant mieux qu'Agça, tout compte fait, ressemble beaucoup à un immigré… Moins à un Polonais.

– Pour Saint-Denis, on a informé la municipalité, qui fait appel au service d'ordre du PC.

– Eh bien, alors, tout va bien.

– Toutes les polices de France ont reçu une photo d'Agça. Mais nous n'avons toujours aucune remontée. Et de votre côté ?

– De mon côté, rien. Pour tout vous dire, depuis la mort de Bertrand, je suis sans idée. Et un peu démobilisé.

Coup de téléphone du patron des Stups. Il vient d'être informé que l'Iran demande officiellement l'extradition de Kashguri, comme trafiquant de drogue. Daquin se fait un café et, calé dans son fauteuil, rêvasse à Lespinois, qui doit manœuvrer ferme en ce moment. Avec les islamistes, contre Parillaud. Comme la CIA en Afghanistan contre les Soviétiques… Le trafic de drogue comme une pièce non négligeable dans des stratégies confuses. Et, tout d'un coup, une idée. Il plonge dans ses dossiers, retrouve les adresse et téléphone d'Oumourzarov, appelle à son bureau de La Défense. La secrétaire. Un temps d'attente.

– Oumourzarov à l'appareil. Qu'est-ce que vous me voulez, commissaire ? (Légèrement agressif.)

– J'aimerais vous rencontrer et avoir une discussion avec vous. Ma démarche n'a absolument rien d'officiel et, pour être franc, je n'en ai pas informé mes supérieurs, qui ne m'auraient certainement pas autorisé à vous téléphoner.

Un long silence.

– Demain, pour l'apéritif, 19 heures, chez moi. Vous connaissez l'adresse.

Mardi 27 mai, 19 heures,
Enghien-les-Bains

Daquin sonne. Un déclic, l'impressionnant portail noir s'ouvre, il entre. Un domestique en pantalon noir et veste blanche vient à sa rencontre, « Monsieur vous attend dans le jardin », et le conduit au bord du lac. Là, sous un marronnier, pelouse, table de jardin, fauteuils. Lac gris-bleu derrière les troncs des arbres. Mur de pierre, l'eau clapote. Oumourzarov se lève pour l'accueillir et lui serre la main. Très homme d'affaires classique, jeune et dynamique. Daquin se souvient de l'avoir aperçu, le 4 avril, dans l'appartement de Kashguri, puis dans les locaux des Stups, avant qu'il ne soit relâché après une intervention vigoureuse du ministère de la Défense.

– Commissaire, enchanté de faire votre connaissance dans des circonstances, disons, acceptables pour moi. Vous m'avez posé quelques problèmes ces temps derniers, mais vous en avez posé encore plus à votre gouvernement. Est-ce vous qui êtes à l'origine de la campagne de presse anglo-saxonne dénonçant les violations de l'embargo sur les armes à destination de l'Iran par le gouvernement français ?

– Non, je n'ai rien à voir là-dedans. Mon gouvernement fait ce qu'il juge bon de faire dans ce domaine. Je n'ai croisé votre route que dans la mesure où Carim et Bodrum, que vous connaissiez bien, pouvaient avoir participé au meurtre de Sener.

– (Agacé.) Depuis, la police française a officiellement admis la responsabilité des terroristes arméniens et l'affaire est close. Donc, ce n'est pas de ça que vous venez me parler.

– Évidemment. (À l'évocation de Sener, c'est Yildiz qu'il voit, somptueuse. Double jeu, avait dit Romero. Si c'était un triple jeu ?) Je suis venu vous donner deux informations, dont j'aimerais discuter avec vous. D'abord, l'Iran vient de demander officiellement l'extradition de Kashguri. Vous voyez ce que cela signifie ?

Le valet de chambre arrive, avec un plateau chargé de verres et d'un seau à glaçons, et un panier plein de bouteilles.

– Posez tout cela et laissez-nous. Qu'est-ce que je vous sers ?

– Une vodka avec de la glace, merci.

– Donc… qu'est-ce que cela signifie à votre avis ?

– Que les islamistes virent définitivement les pro-Occidentaux et les modérés, et qu'il faudra désormais passer par eux pour faire des affaires en Iran. Cela va bientôt être un handicap d'être lié à Parillaud, ou à la banque de Chypre et de l'Orient.

Oumourzarov prépare les verres. Ils commencent à boire en silence.

– Et votre deuxième information ?

– Kashguri a utilisé les services d'un extrémiste turc, qui a assassiné deux de ses compatriotes, ici en France, et dont je pensais qu'il avait également exécuté Sener. Il s'appelle Ali Agça. (Oumourzarov ne réagit pas.) Nous pensons que cet Ali Agça veut assassiner le pape pendant son voyage à Paris.

Oumourzarov, surpris, pose son verre.

– Vous parlez sérieusement ?

– Je le crains.

Et Daquin raconte rapidement la lettre au *Milliyet* et sa visite récente à la police turque.

– Je vous accorde que c'est difficile à croire. Mais admettez que si cela se produisait ce serait un coup très dur pour certains intérêts turcs en France. Pour parler sans détours, cela fait deux bonnes raisons pour que vous risquiez de vous retrouver dans la situation inconfortable de bouc émissaire.

– Commissaire, je ne regrette pas de vous avoir rencontré, je ne m'ennuie pas un instant en votre compagnie. Dites-moi maintenant pourquoi vous êtes là, en dehors de l'intérêt passionné que vous portez aux Turcs résidant en France.

– Vous ne croyez pas si bien dire. (Sentiment de l'absence et du manque.) Ma question est très simple. Dans les discussions que vous pouvez avoir eues avec Kashguri, vous souvenez-vous d'un élément quelconque, même apparemment anodin, qui pourrait m'aider à retrouver Kashguri ou Agça ? Une allusion, une plaisanterie, n'importe quoi ?

Un long silence. Les deux hommes finissent leur verre à toutes petites gorgées en contemplant le lac, lumineux, sans une ride. Une très belle soirée de printemps.

– Kashguri ne m'a jamais parlé d'Agça. Pour la bonne raison qu'il ne le connaissait pas. Une seule personne m'a parlé d'Agça, et c'est Bertrand.

Oumourzarov laisse Daquin digérer la nouvelle et reprend :

– C'était ici même, il était assis à votre place. Il m'en a parlé comme d'un très curieux illuminé. (Ton détaché.)

Et m'a dit qu'ici, en France, ses seules connaissances étaient les intégristes catholiques. Moi qui suis profondément laïc, ça m'a fait rire. Mais ça a peut-être un rapport avec votre histoire d'assassinat du pape. (Un blanc.) Voulez-vous rester dîner avec nous, commissaire ? Ma femme serait enchantée de faire votre connaissance.

Mercredi 28 mai, 9 heures,
passage du Désir

Daquin déclenche plus de scepticisme que d'enthousiasme chez les responsables des VO.

– Chercher chez les catholiques intégristes ? Quelles sont vos sources ?

– Pas de source citable.

– Nous n'avons pas de dossiers sur les intégristes. Et qu'est-ce qu'un nationaliste turc, islamiste, peut bien avoir à faire avec les intégristes catholiques ?

– Je n'en sais rien, ce n'est pas ma culture. Faites-en ce que vous voulez.

Certitude qu'ils ne vont rien en faire.

Soleiman entre dans les locaux de la BT. Il vient mettre un point final à l'affaire du mitraillage de l'Association des travailleurs illuministes, désormais assimilée à une provocation de l'extrême droite turque. Un bureau au deuxième étage, un inspecteur derrière une machine à écrire, déposition. Ce jour-là, à cette heure-là, il était au siège du comité, entouré de nombreux témoins. Signature. Soleiman sort. Devant la porte, un jeune flic en civil le regarde avec curiosité.

– Monsieur Keyder ?

– Oui, c'est moi.

– Le commissaire Daquin aimerait faire votre connaissance, et vous demande de bien vouloir passer dans son bureau.

Trouble, chaleur, peur. Je m'y attendais ?

– Je vous suis.

Troisième étage. La porte vitrée, il la reconnaît. Comme si c'était hier. Passe sa main sur sa lèvre supérieure. Sentir la moustache qui repousse pour se donner confiance. Le jeune flic s'en va. Daquin, assis derrière son bureau, le regarde entrer. Il n'est plus à moi. C'est encore mon blouson. Mais déjà sa moustache.

Soleiman s'assoit. Daquin prend un dossier dans un tiroir de son bureau et le pousse vers lui.

– Voilà l'original du dossier de la police turque te concernant. Si un jour tu veux rentrer chez toi, tu pourras le faire à peu près en sécurité.

Soleiman n'ose pas y croire. Pose la main sur le dossier.

– Comment as-tu fait ?

– Ça, c'est mon affaire.

Soleiman ouvre le dossier, le feuillette. Sorte de brouillard devant les yeux.

– Il n'y a pas de photos. Je ne les ai pas gardées comme souvenir, il n'y en a jamais eu.

Soleiman est incapable d'articuler un mot. Se lève, ramasse le dossier, le fourre à l'intérieur du blouson, et s'en va en courant presque.

Mercredi 28 mai, 12 heures,
paroisse Saint-Bernard

Conférence de presse. Le comité annonce officiellement le succès de son action, et le début de la régularisation des travailleurs du Sentier. Les confédérations syndicales se sont fait représenter, beaucoup de journalistes de la presse écrite, de la radio et de la télévision. Soleiman préside, à la tribune. Il est le héros du jour. Le dossier, toujours entre le blouson et la chemise, lui donne une sensation de liberté.

Excitant. Quatre mois qui ont changé ma vie. Ici, personne ne me connaît. Pour eux, je suis seulement un militant. Une machine à penser et à parler, et c'est tout. Je garderai le souvenir du Sentier comme d'un ventre chaud, l'atmosphère des rues, des cafés, des ateliers. Et le souvenir de Daquin. La main de Daquin. Le poids de Daquin. Son regard.

Mercredi 28 mai, 15 heures,
passage du Désir

Daquin au téléphone. Il cherche des interlocuteurs qui connaissent les intégristes français et soient capables de lui en parler dans un langage qu'il comprenne. Finalement, il tombe sur les jésuites. Rendez-vous est pris pour le lendemain matin avec un responsable de l'Ordre et le porte-parole de l'épiscopat français.

Jeudi 29 mai, 12 heures,
passage du Désir

Daquin a battu le rappel de ses troupes. En l'absence de Lavorel, cela se résume à Romero et Attali, un peu reposés, mais sans beaucoup de punch. Daquin leur parle rapidement de la piste des intégristes catholiques, sans citer ses sources. Scepticisme poli. Il leur présente un résumé des divers courants intégristes, du moins ce qu'il en a compris le matin même. Ils prennent des notes, appliqués, sans enthousiasme. Enfin, Daquin finit par une carte de France, sur laquelle il a localisé les implantations intégristes, avec des couleurs différentes pour les diverses nuances de pensée. Du rose, pour les plus proches de l'orthodoxie, au rouge foncé, pour les plus hostiles au Vatican.

– Bon. Nous sommes trois. Les autres services de police ne s'intéressent pas à mon idée. Vous non plus, d'ailleurs, mais je suis votre supérieur hiérarchique. Nous n'avons le temps de mener qu'une seule opération. Où allons-nous ?

Attali s'est penché sur la carte, brusquement intéressé.

– À Rouen, c'est évident.

– Je suis d'accord, à Rouen. Le père Juan Roth Gomez y anime une paroisse intégriste. Il a été ordonné prêtre par Mgr Lefebvre, mais il a quitté Ecône parce qu'il trouvait la communauté trop modérée. Il est proche du groupe des « Sède Vacantistes » qui considère le pape comme hérétique depuis Vatican II. C'est un Espagnol. Il a beaucoup voyagé en Europe, et a séjourné récemment en Allemagne, dont son père est originaire. Sur la route de Rouen, les cadavres de Celebi et VL. Rouen, pas loin de Paris. Si Agça est quelque part, c'est là. Et le pape arrive demain à Paris. Romero, téléphonez à votre copain Petitjean. Nous allons aller lui dire bonjour cet après-midi. Pendant ce temps, j'appelle le patron. Et puis je vous emmène casser une croûte en vitesse, pour remonter un peu le moral des troupes.

Jeudi 29 mai, 17 h 15,
Rouen

Daquin et son équipe dans une voiture banalisée arrivent devant une petite maison d'aspect modeste, rue très calme, déserte. Petitjean a fait ce qu'il a pu pour leur fournir quelques renseignements, mais, en fait, personne ne sait rien sur cette maison et ses occupants, un prêtre et sa vieille gouvernante. Certes, des sermons très enflammés, le dimanche, à la paroisse toute proche. Il paraît que certains paroissiens viennent chaque semaine de Paris pour les entendre. Mais le prêtre mène une vie apparemment sans histoire, et il est très honorablement connu par tous les commerçants du coin.

– On n'a pas le choix. On y va à l'aveugle. Attali, vous avez un quart d'heure pour trouver les issues arrière, et un point d'où vous pouvez les surveiller. Dans un quart d'heure, nous, nous entrons. Si rien ne bouge au bout de dix minutes, venez nous rejoindre à l'intérieur.

Romero sort de la voiture pour aller fumer.

Daquin sonne. Une vieille femme, un peu grosse, qui marche difficilement, blouse noire et charentaises, vient lui ouvrir.

– Madame, nous sommes de la police, et souhaiterions parler au père Roth Gomez.

– Entrez, messieurs. Il travaille dans la salle à manger, pour préparer son prochain sermon.

Elle les emmène vers la salle à manger. Daquin fait signe à Romero de faire un tour rapide dans la maison.

La salle à manger, petite, donne sur un jardin dont on ne voit qu'une partie, herbes folles et trois pommiers. Un mobilier lourd, genre Henri II Galeries Barbès. Sur la grande table, une pile de livres, deux blocs de papier, et une dizaine de feutres de couleurs différentes. À leur entrée, un homme se lève. Grand, costaud, jeune, une toison de cheveux noirs, le teint très blanc. Et un regard… halluciné, pense Daquin. Il porte une soutane élimée.

La vieille femme fait les présentations.

– Mon père, des policiers qui veulent vous parler.

– Asseyez-vous, messieurs. Que puis-je pour vous ? (Accent espagnol.)

– Connaissez-vous Ali Agça ?

– Bien sûr. (Il croise les mains.) C'est plus qu'un ami. Disons un frère spirituel.

– Il est ici ?

– Non, pas en ce moment. Il est parti pour quelques jours. Mais il était ici jusqu'à mardi dernier. Pourquoi ces questions ? Lui est-il arrivé malheur ?

Romero revient à ce moment-là, et fait signe à Daquin que la maison est vide.

– Non, pas à notre connaissance. Vous a-t-il parlé de son désir de tuer le pape ?

– Monsieur, hélas, nous n'avons plus de pape. Et c'est bien notre malheur.

– Ne jouons pas sur les mots, je veux parler de Jean-Paul II.

– Celui que vous appelez Jean-Paul II est un hérétique, un agent secret à la solde des communistes. Si quelqu'un le tuait, ce ne serait pas un si grand malheur. Depuis le soi-disant concile de Vatican II, les communistes ont infiltré toute une partie de l'Église catholique. Heureusement…

Attali entre dans la salle à manger et se penche vers Daquin : la R5 de Kashguri est garée dans le jardin.

– … nous sommes quelques-uns à rester dépositaires de la vraie foi, l'Église d'antan revivra, vous verrez. Moi-même, je suis à la disposition de Dieu. Je ferai ce qu'Il m'ordonnera pour rétablir l'Église véritable.

– Bien sûr, mon père. Je n'en doute pas un seul instant. Et connaissez-vous également Osman Kashguri, un ami d'Agça ?

– Je ne sais pas son nom. Mais quelqu'un est venu, il y a à peu près un mois, qui était envoyé par un ami d'Ali. Malheureusement, cet homme était un suppôt du diable.

– Qu'est-il devenu ?

– Je l'ai enterré dans le jardin.

– Comment cela ?

– Bien sûr. Où vouliez-vous que je l'enterre ? Pas en terre consacrée quand même ?

– Évidemment. Mais enfin, si vous l'avez enterré, c'est qu'il est mort. Comment est-il mort ?

– Dieu a eu pitié de lui.

– Mon père, je ne mets pas un instant en doute la pitié divine, mais pouvez-vous être un peu plus précis ?

– Cet homme, après avoir discuté avec Ali, m'a demandé l'hospitalité. J'ai bien vu tout de suite que le mal était en lui. Et j'avais peur qu'il ait une mauvaise influence sur Ali, qui est un pur. Mais l'Église est un refuge. Un homme de Dieu ne peut refuser aide et secours quand un pécheur les lui demande. Je lui ai fait donner la chambre à côté de la mienne. Au début, tout s'est à peu près bien passé. Et puis voilà qu'il est entré en transes. Des sueurs, des tremblements. Il avait l'air de beaucoup souffrir. C'est la première fois que je vois de près un possédé du démon. Je l'ai maîtrisé, attaché sur son lit, j'ai apporté de l'eau bénite, et je le bénissais plusieurs fois par jour. À un moment donné, il s'est mis à hurler. Ali et moi l'avons bâillonné. Je ne voulais pas que les voisins sachent que chez moi il y avait un possédé du diable. Un matin, j'entre pour la première bénédiction et je le trouve mort. J'ai remercié Dieu de l'avoir délivré de son supplice. Ali m'a aidé et nous l'avons enterré dans le jardin.

– Agça savait qu'il était attaché sur son lit ?

– Bien sûr. Il lui faisait parfois la conversation, pour qu'il se tienne tranquille.

– Agça ne vous a pas dit qu'il était héroïnomane, et vous, vous n'avez jamais eu envie d'appeler un médecin ?

– Le médecin des corps ne peut rien quand l'âme est malade. Et son âme était très malade. La drogue est un mal absolu. Croyez-moi, si mes prières et mes bénédictions n'ont pas pu le sauver, moi dont l'âme est pure, c'est qu'il n'y avait rien à faire.

– Quand a-t-il été délivré de ses souffrances ?

– Dimanche dernier, juste avant l'office. Et je l'ai enterré avant les vêpres.

– Vous pourriez nous montrer où vous avez enterré le cadavre ?

– Pourquoi ? Je l'ai enterré très décemment, et j'ai accompli les rites nécessaires. Pour le reste, Dieu est miséricorde.

– Je n'en doute pas. Mais il faut que nous puissions l'identifier, puisque vous ne savez pas son nom. Pour prévenir sa famille. Elle aussi souhaite prier pour lui, peut-être.

– Vous avez raison. Suivez-moi.

Daquin, debout sous un pommier, contemple un long moment le cadavre de Kashguri, étendu dans l'herbe. Habillé d'une curieuse chemise de nuit blanche, très ample, fermée au cou et aux poignets, et qui lui arrive aux genoux. Sans doute donnée par la gouvernante. Il a été enveloppé dans un drap blanc et enterré sous une mince couche de quinze centimètres de terre, au pied d'un pommier en fleurs. Terriblement amaigri, comme momifié, cheveux mi-longs, des cernes noirs sous les yeux, la peau marquée de traînées vertes. Souffrance. Un clochard drogué en pleine crise de manque. Seules les mains ont peu changé. Croisées sur la poitrine, longues, minces, elles donnent encore une impression de force, comme ce jour-là, dans le bureau. Daquin enfonce les siennes dans les poches de son pantalon. Il se sent vivant, férocement.

Romero, à côté de lui, allume un petit toscan.

– C'est la première fois que je le vois.

– Il ne ressemble pas beaucoup à ce qu'il était quand je l'ai rencontré. Un bel homme, plutôt impressionnant. Il faut que je prévienne Anna de sa mort. Elle voudra peut-être lui faire des funérailles, disons, normales. Romero, appelez la police de Rouen, qu'on en finisse au plus vite avec ce curé fou. Je me sens franchement mal ici.

Vendredi 30 mai, 17 heures,
Champs-Elysées

La foule s'est massée le long de l'avenue, pour apercevoir le Saint-Père. Enfin, la foule… pas vraiment la foule. Deux ou trois rangs de badauds de chaque côté, sur toute la longueur de l'avenue, derrière des barrières de protection. Des voitures de police banalisées montent et descendent sans arrêt les Champs, sur les larges trottoirs où circulation et stationnement ont été interdits. Un CRS tous les vingt mètres, tourné vers la foule. Des scouts partout. Le dispositif de sécurité est en place.

Attente. Un hélicoptère atterrit sur la place de l'Étoile. Le pape en descend. Une heure et demie de retard. C'est une consigne des VO. Il monte dans une voiture découverte, commence à descendre les Champs, debout, saluant la foule. Vivats, des gens se signent. Au même moment, à hauteur du Rond-Point, une voiture de police freine brutalement. Deux inspecteurs en descendent, arme au poing. Ils viennent de voir un homme assis sur un transformateur électrique se lever et se hisser dans un arbre, un sac de sport à l'épaule. Coups de sifflet, des policiers en civil et des scouts convergent de tous côtés. L'homme dégringole de l'arbre. Un inspecteur tire en l'air. Deux autres coups de feu lui répondent. Bousculade. Deux scouts et un badaud sont très légèrement blessés. L'homme a disparu dans la foule. Reste dans l'arbre le sac de sport contenant un vieux MP 44 allemand. Plus tard, on identifiera les empreintes d'Ali Agça. La chance qu'il avait de tuer le pape avec ce type d'arme, et à cette distance, était, au dire des spécialistes, mince.

Alerté par l'échauffourée, un reporter de l'AFP se renseigne auprès de quelques inspecteurs. Un tireur isolé, il est neutralisé.

Dépêche de l'AFP : *Un terroriste tente de tirer sur le pape.*

Stupéfaction et excitation dans les rédactions. Le service de presse de la préfecture de police est submergé de coups de fil. Démenti catégorique. Il s'agit d'un très malheureux malentendu. Nous avons arrêté un « tireur », c'est-à-dire un pickpocket et non un terroriste. Des coups de feu pour un pickpocket ? La presse met l'incident sur le compte de la nervosité du service d'ordre.

*

La totalité des travailleurs clandestins du Sentier a été régularisée. Mais les cartes sont arrivées d'abord au compte-gouttes. Puis, quand la régularisation a été bien engagée, le coup d'État militaire venait d'avoir lieu, en Turquie. Et chacun était obsédé par la violence de la répression, là-bas. Finalement, on n'a pas fait la fête, pour célébrer notre victoire. Et c'est le seul regret que j'aie gardé de ce printemps 1980.

Quinze ans après

Ali Agça n'est pas parvenu à assassiner le pape, le 13 mai 1981 à Rome. Le prêtre illuminé qui l'a attaqué à la baïonnette le 12 mai 1982 à Fatima, non plus.

Daquin n'a jamais revu Soleiman.

Anna Beric et Pierre Meillant vivent aux Bahamas, où ils s'ennuient.

La région du Croissant d'Or (Afghanistan, Pakistan, Iran) est désormais à l'origine de 70 % de l'héroïne consommée en Europe, et de 20 % de celle destinée au marché nord-américain. Elle concurrence sérieusement le Triangle d'Or (Birmanie, Thaïlande).

Table

DU MÊME AUTEUR

À nos chevaux !
Rivages, 1997
et « Rivages Noir », n° 330

Kop
Rivages, 1998
et « Rivages Noir », n° 383

Nos fantastiques années fric
Rivages, 2001
et « Rivages Noir », n° 483

Le Corps noir
Seuil, 2004
et « Points Thriller », n° P1490

Lorraine connection
Rivages, 2006
et « Rivages Noir », n° 683

Bien connu des services de police
Gallimard, « Série noire », 2010
et « Folio Policier », n° 611

L'Honorable Société
avec DOA
Gallimard, « Série noire », 2011
et « Folio Policier », n° 688

L'Évasion
Gallimard, « Série noire », 2013
et « Folio Policier », n° 758

Le Rêve de Madoff
Allia, 2013

Or noir
Gallimard, « Série noire », 2015
et « Folio Policier », n° 819

Racket

Les Arènes, 2018
et « Folio Policier », n° 892

Marseille 73

Les Arènes, 2020

RÉALISATION : NORD COMPO À VILLENEUVE-D'ASCQ
IMPRESSION : CPI FRANCE
DÉPÔT LÉGAL : JANVIER 2022. N° 149908 (3045873)
IMPRIMÉ EN FRANCE

Éditions Points

Collection Points Policier

DERNIERS TITRES PARUS

P1762. Le croque-mort enfonce le clou, *Tim Cockey*
P1782. Le Club des conspirateurs, *Jonathan Kellerman*
P1783. Sanglants Trophées, *C.J. Box*
P1811. - 30°, *Donald Harstad*
P1821. Funny Money, *James Swain*
P1822. J'ai tué Kennedy ou les mémoires d'un garde du corps *Manuel Vázquez Montalbán*
P1823. Assassinat à Prado del Rey et autres histoires sordides *Manuel Vázquez Montalbán*
P1830. La Psy, *Jonathan Kellerman*
P1831. La Voix, *Arnaldur Indridason*
P1832. Petits Meurtres entre moines, *Frédéric Lenormand*
P1833. Madame Ti mène l'enquête, *Frédéric Lenormand*
P1834. La Mémoire courte, *Louis-Ferdinand Despreez*
P1835. Les Morts du Karst, *Veit Heinichen*
P1883. Dissimulation de preuves, *Donna Leon*
P1884. Une erreur judiciaire, *Anne Holt*
P1885. Honteuse, *Karin Alvtegen*
P1886. La Mort du privé, *Michael Koryta*
P1907. Drama City, *George P. Pelecanos*
P1913. Saveurs assassines, *Kalpana Swaminathan*
P1914. La Quatrième Plaie, *Patrick Bard*
P1935. Echo Park, *Michael Connelly*
P1939. De soie et de sang, *Qiu Xiaolong*
P1940. Les Thermes, *Manuel Vázquez Montalbán*
P1941. Femme qui tombe du ciel, *Kirk Mitchell*
P1942. Passé parfait, *Leonardo Padura*
P1963. Jack l'Éventreur démasqué, *Sophie Herfort*
P1964. Chicago banlieue sud, *Sara Paretsky*
P1965. L'Illusion du péché, *Alexandra Marinina*
P1988. Double Homicide, *Faye et Jonathan Kellerman*
P1989. La Couleur du deuil, *Ravi Shankar Etteth*
P1990. Le Mur du silence, *Håkan Nesser*
P2042. 5 octobre, 23 h 33, *Donald Harstad*
P2043. La Griffe du chien, *Don Wislow*
P2044. Mort d'un cuisinier chinois, *Frédéric Lenormand*
P2056. De sang et d'ébène, *Donna Leon*
P2057. Passage du Désir, *Dominique Sylvain*
P2058. L'Absence de l'ogre, *Dominique Sylvain*

P2059. Le Labyrinthe grec, *Manuel Vázquez Montalbán*
P2060. Vents de carême, *Leonardo Padura*
P2061. Cela n'arrive jamais, *Anne Holt*
P2065. Commis d'office, *Hannelore Cayre*
P2139. La Danseuse de Mao, *Qiu Xiaolong*
P2140. L'Homme délaissé, *C.J. Box*
P2141. Les Jardins de la mort, *George P. Pelecanos*
P2142. Avril rouge, *Santiago Roncagliolo*
P2157. À genoux, *Michael Connelly*
P2158. Baka !, *Dominique Sylvain*
P2169. L'Homme du lac, *Arnaldur Indridason*
P2170. Et que justice soit faite, *Michael Koryta*
P2172. Le Noir qui marche à pied, *Louis-Ferdinand Despreez*
P2181. Mort sur liste d'attente, *Veit Heinichen*
P2189. Les Oiseaux de Bangkok, *Manuel Vázquez Montalbán*
P2215. Fureur assassine, *Jonathan Kellerman*
P2216. Misterioso, *Arne Dahl*
P2229. Brandebourg, *Henry Porter*
P2254. Meurtres en bleu marine, *C. J. Box*
P2255. Le Dresseur d'insectes, *Arni Thorarinsson*
P2256. La Saison des massacres, *Giancarlo de Cataldo*
P2271. Quatre Jours avant Noël, *Donald Harstad*
P2272. Petite Bombe noire, *Christopher Brookmyre*
P2276. Homicide special, *Miles Corwin*
P2277. Mort d'un Chinois à La Havane, *Leonardo Padura*
P2288. L'Art délicat du deuil, *Frédéric Lenormand*
P2290. Lemmer, l'invisible, *Deon Meyer*
P2291. Requiem pour une cité de verre, *Donna Leon*
P2292. La Fille du samouraï, *Dominique Sylvain*
P2296. Le Livre noir des serial killers, *Stéphane Bourgoin*
P2297. Une tombe accueillante, *Michael Koryta*
P2298. Roldán, ni mort ni vif, *Manuel Vásquez Montalbán*
P2299. Le Petit Frère, *Manuel Vásquez Montalbán*
P2321. La Malédiction du lamantin, *Moussa Konaté*
P2333. Le Transfuge, *Robert Littell*
P2354. Comédies en tout genre, *Jonathan Kellerman*
P2355. L'Athlète, *Knut Faldbakken*
P2356. Le Diable de Blind River, *Steve Hamilton*
P2381. Un mort à l'Hôtel Koryo, *James Church*
P2382. Ciels de foudre, *C. J. Box*
P2397. Le Verdict du plomb, *Michael Connelly*
P2398. Heureux au jeu, *Lawrence Block*
P2399. Corbeau à Hollywood, *Joseph Wambaugh*
P2407. Hiver arctique, *Arnaldur Indridason*
P2408. Sœurs de sang, *Dominique Sylvain*
P2426. Blonde de nuit, *Thomas Perry*

P2430. Petit Bréviaire du braqueur, *Christopher Brookmyre*
P2431. Un jour en mai, *George Pelecanos*
P2434. À l'ombre de la mort, *Veit Heinichen*
P2435. Ce que savent les morts, *Laura Lippman*
P2454. Crimes d'amour et de haine, *Faye et Jonathan Kellerman*
P2455. Publicité meurtrière, *Petros Markaris*
P2456. Le Club du crime parfait, *Andrés Trapiello*
P2457. Mort d'un maître de go, *Frédéric Lenormand*
P2492. Fakirs, *Antonin Varenne*
P2493. Madame la présidente, *Anne Holt*
P2494. Zone de tir libre, *C.J. Box*
P2513. Six heures plus tard, *Donald Harstad*
P2525. Le Cantique des innocents, *Donna Leon*
P2526. Manta Corridor, *Dominique Sylvain*
P2527. Les Sœurs, *Robert Littell*
P2528. Profileuse. Une femme sur la trace des serial killers, *Stéphane Bourgoin*
P2529. Venise sur les traces de Brunetti. 12 promenades au fil des romans de Donna Leon, *Toni Sepeda*
P2530. Les Brumes du passé, *Leonardo Padura*
P2531. Les Mers du Sud, *Manuel Vázquez Montalbán*
P2532. Funestes carambolages, *Håkan Nesser*
P2579. 13 heures, *Deon Meyer*
P2589. Dix petits démons chinois, *Frédéric Lenormand*
P2607. Les Courants fourbes du lac Tai, *Qiu Xiaolong*
P2608. Le Poisson mouillé, *Volker Kutscher*
P2609. Faux et usage de faux, *Elvin Post*
P2612. Meurtre et Obsession, *Jonathan Kellerman*
P2623. L'Épouvantail, *Michael Connelly*
P2632. Hypothermie, *Arnaldur Indridason*
P2633. La Nuit de Tomahawk, *Michael Koryta*
P2634. Les Raisons du doute, *Gianrico Carofiglio*
P2655. Mère Russie, *Robert Littell*
P2658. Le Prédateur, *C.J. Box*
P2659. Keller en cavale, *Lawrence Block*
P2680. Hiver, *Mons Kallentoft*
P2681. Habillé pour tuer, *Jonathan Kellerman*
P2682. Un festin de hyènes, *Michael Stanley*
P2692. Guide de survie d'un juge en Chine, *Frédéric Lenormand*
P2706. Donne-moi tes yeux, *Torsten Pettersson*
P2717. Un nommé Peter Karras, *George P. Pelecanos*
P2718. Haine, *Anne Holt*
P2726. Le Septième Fils, *Arni Thorarinsson*
P2740. Un espion d'hier et de demain, *Robert Littell*
P2741. L'Homme inquiet, *Henning Mankell*
P2742. La Petite Fille de ses rêves, *Donna Leon*

P2744. La Nuit sauvage, *Terri Jentz*
P2747. Eva Moreno, *Håkan Nesser*
P2748. La 7e Victime, *Alexandra Marinina*
P2749. Mauvais fils, *George P. Pelecanos*
P2751. La Femme congelée, *Jon Michelet*
P2753. Brunetti passe à table. Recettes et récits
Roberta Pianaro et Donna Leon
P2754. Les Leçons du mal, *Thomas H. Cook*
P2788. Jeux de vilains, *Jonathan Kellerman*
P2798. Les Neuf Dragons, *Michael Connelly*
P2804. Secondes noires, *Karin Fossum*
P2805. Ultimes Rituels, *Yrsa Sigurdardottir*
P2808. Frontière mouvante, *Knut Faldbakken*
P2809. Je ne porte pas mon nom, *Anna Grue*
P2810. Tueurs, *Stéphane Bourgoin*
P2811. La Nuit de Geronimo, *Dominique Sylvain*
P2823. Les Enquêtes de Brunetti, *Donna Leon*
P2825. Été, *Mons Kallentoft*
P2828. La Rivière noire, *Arnaldur Indridason*
P2841. Trois semaines pour un adieu, *C.J. Box*
P2842. Orphelins de sang, *Patrick Bard*
P2868. Automne, *Mons Kallentoft*
P2869. Du sang sur l'autel, *Thomas H. Cook*
P2870. Le Vingt et Unième Cas, *Håkan Nesser*
P2882. Tatouage, *Manuel Vázquez Montalbán*
P2897. Philby. Portrait de l'espion en jeune homme
Robert Littell
P2920. Les Anges perdus, *Jonathan Kellerman*
P2922. Les Enquêtes d'Erlendur, *Arnaldur Indridason*
P2933. Disparues, *Chris Mooney*
P2934. La Prisonnière de la tour. Et autres nouvelles
Boris Akounine
P2936. Le Chinois, *Henning Mankell*
P2937. La Femme au masque de chair, *Donna Leon*
P2938. Comme neige, *Jon Michelet*
P2939. Par amitié, *George P. Pelecanos*
P2963. La Mort muette, *Volker Kutscher*
P2990. Mes conversations avec les tueurs, *Stéphane Bourgoin*
P2991. Double meurtre à Borodi Lane, *Jonathan Kellerman*
P2992. Poussière tu seras, *Sam Millar*
P3002. Le Chapelet de jade, *Boris Akounine*
P3007. Printemps, *Mons Kallentoft*
P3015. La Peau de l'autre, *David Carkeet*
P3028. La Muraille de lave, *Arnaldur Indridason*
P3035. À la trace, *Deon Meyer*
P3043. Sur le fil du rasoir, *Oliver Harris*

P3051. L'Empreinte des morts, *C.J. Box*
P3052. Qui a tué l'ayatollah Kanuni ?, *Naïri Nahapétian*
P3053. Cyber China, *Qiu Xiaolong*
P3065. Frissons d'assises. L'instant où le procès bascule *Stéphane Durand-Souffland*
P3091. Les Joyaux du paradis, *Donna Leon*
P3103. Le Dernier Lapon, *Olivier Truc*
P3115. Meurtre au Comité central, *Manuel Vázquez Montalbán*
P3123. Liquidations à la grecque, *Petros Markaris*
P3124. Baltimore, *David Simon*
P3125. Je sais qui tu es, *Yrsa Sigurdardóttir*
P3141. Le Baiser de Judas, *Anna Grue*
P3142. L'Ange du matin, *Arni Thorarinsson*
P3149. Le Roi Lézard, *Dominique Sylvain*
P3161. La Faille souterraine. Et autres enquêtes *Henning Mankell*
P3162. Les Deux Premières Enquêtes cultes de Wallander : Meurtriers sans visage & Les Chiens de Riga *Henning Mankell*
P3163. Brunetti et le mauvais augure, *Donna Leon*
P3164. La Cinquième Saison, *Mons Kallentoft*
P3165. Panique sur la Grande Muraille & Le Mystère du jardin chinois, *Frédéric Lenormand*
P3166. Rouge est le sang, *Sam Millar*
P3167. L'Énigme de Flatey, *Viktor Arnar Ingólfsson*
P3168. Goldstein, *Volker Kutscher*
P3219. Guerre sale, *Dominique Sylvain*
P3220. Arab Jazz, *Karim Miské*
P3228. Avant la fin du monde, *Boris Akounine*
P3229. Au fond de ton cœur, *Torsten Pettersson*
P3234. Une belle saloperie, *Robert Littell*
P3235. Fin de course, *C.J. Box*
P3251. Étranges Rivages, *Arnaldur Indridason*
P3267. Les Tricheurs, *Jonathan Kellerman*
P3268. Dernier refrain à Ispahan, *Naïri Nahapétian*
P3279. Kind of Blue, *Miles Corwin*
P3280. La fille qui avait de la neige dans les cheveux *Ninni Schulman*
P3295. Sept pépins de grenade, *Jane Bradley*
P3296. À qui se fier ?, *Peter Spiegelman*
P3315. Techno Bobo, *Dominique Sylvain*
P3316. Première station avant l'abattoir, *Romain Slocombe*
P3317. Bien mal acquis, *Yrsa Sigurdardottir*
P3330. Le Justicier d'Athènes, *Petros Markaris*
P3331. La Solitude du manager, *Manuel Vázquez Montalbán*
P3349. 7 jours, *Deon Meyer*

P3350. Homme sans chien, *Håkan Nesser*
P3351. Dernier verre à Manhattan, *Don Winslow*
P3374. Mon parrain de Brooklyn, *Hesh Kestin*
P3389. Piégés dans le Yellowstone, *C.J. Box*
P3390. On the Brinks, *Sam Millar*
P3399. Deux veuves pour un testament, *Donna Leon*
P4004. Terminus Belz, *Emmanuel Grand*
P4005. Les Anges aquatiques, *Mons Kallentoft*
P4006. Strad, *Dominique Sylvain*
P4007. Les Chiens de Belfast, *Sam Millar*
P4008. Marée d'équinoxe, *Cilla et Rolf Börjlind*
P4050. L'Inconnue du bar, *Jonathan Kellerman*
P4051. Une disparition inquiétante, *Dror Mishani*
P4065. Thé vert et arsenic, *Frédéric Lenormand*
P4068. Pain, éducation, liberté, *Petros Markaris*
P4088. Meurtre à Tombouctou, *Moussa Konaté*
P4089. L'Empreinte massaï, *Richard Crompton*
P4093. Le Duel, *Arnaldur Indridason*
P4101. Dark Horse, *Craig Johnson*
P4102. Dragon bleu, tigre blanc, *Qiu Xiaolong*
P4114. Le garçon qui ne pleurait plus, *Ninni Schulman*
P4115. Trottoirs du crépuscule, *Karen Campbell*
P4117. Dawa, *Julien Suaudeau*
P4127. Vent froid, *C.J. Box*
P4159. Une main encombrante, *Henning Mankell*
P4160. Un été avec Kim Novak, *Håkan Nesser*
P4171. Le Détroit du Loup, *Olivier Truc*
P4188. L'Ombre des chats, *Arni Thorarinsson*
P4189. Le Gâteau mexicain, *Antonin Varenne*
P4210. La Lionne blanche & L'homme qui souriait
Henning Mankell
P4211. Kobra, *Deon Meyer*
P4212. Point Dume, *Dan Fante*
P4224. Les Nuits de Reykjavik, *Arnaldur Indridason*
P4225. L'Inconnu du Grand Canal, *Donna Leon*
P4226. Little Bird, *Craig Johnson*
P4227. Une si jolie petite fille. Les crimes de Mary Bell
Gitta Sereny
P4228. La Madone de Notre-Dame, *Alexis Ragougneau*
P4229. Midnight Alley, *Miles Corwin*
P4230. La Ville des morts, *Sara Gran*
P4231. Un Chinois ne ment jamais & Diplomatie en kimono
Frédéric Lenormand
P4232. Le Passager d'Istanbul, *Joseph Kanon*
P4233. Retour à Watersbridge, *James Scott*
P4234. Petits meurtres à l'étouffée, *Noël Balen et Vanessa Barrot*

P4285. La Revanche du petit juge, *Mimmo Gangemi*
P4286. Les Écailles d'or, *Parker Bilal*
P4287. Les Loups blessés, *Christophe Molmy*
P4295. La Cabane des pendus, *Gordon Ferris*
P4305. Un type bien. Correspondance 1921-1960
Dashiell Hammett
P4313. Le Cannibale de Crumlin Road, *Sam Millar*
P4326. Molosses, *Craig Johnson*
P4334. Tango Parano, *Hervé Le Corre*
P4341. Un maniaque dans la ville, *Jonathan Kellerman*
P4342. Du sang sur l'arc-en-ciel, *Mike Nicol*
P4351. Au bout de la route, l'enfer, *C.J. Box*
P4352. Le garçon qui ne parlait pas, *Donna Leon*
P4353. Les Couleurs de la ville, *Liam McIlvanney*
P4363. Ombres et Soleil, *Dominique Sylvain*
P4367. La Rose d'Alexandrie, *Manuel Vázquez Montalbán*
P4393. Battues, *Antonin Varenne*
P4417. À chaque jour suffit son crime, *Stéphane Bourgoin*
P4425. Des garçons bien élevés, *Tony Parsons*
P4430. Opération Napoléon, *Arnaldur Indridason*
P4461. Épilogue meurtrier, *Petros Markaris*
P4467. En vrille, *Deon Meyer*
P4468. Le Camp des morts, *Craig Johnson*
P4476. Les Justiciers de Glasgow, *Gordon Ferris*
P4477. L'Équation du chat, *Christine Adamo*
P4482. Une contrée paisible et froide, *Clayton Lindemuth*
P4486. Brunetti entre les lignes, *Donna Leon*
P4487. Suburra, *Carlo Bonini et Giancarlo De Cataldo*
P4488. Le Pacte du petit juge, *Mimmo Gangemi*
P4516. Meurtres rituels à Imbaba, *Parker Bilal*
P4526. Snjór, *Ragnar Jónasson*
P4527. La Violence en embuscade, *Dror Mishani*
P4528. L'Archange du chaos, *Dominique Sylvain*
P4529. Évangile pour un gueux, *Alexis Ragougneau*
P4530. Baad, *Cédric Bannel*
P4531. Le Fleuve des brumes, *Valerio Varesi*
P4532. Dodgers, *Bill Beverly*
P4547. L'Innocence pervertie, *Thomas H. Cook*
P4549. Sex Beast. Sur la trace du pire tueur en série
de tous les temps, *Stéphane Bourgoin*
P4560. Des petits os si propres, *Jonathan Kellerman*
P4561. Un sale hiver, *Sam Millar*
P4562. La Peine capitale, *Santiago Roncagliolo*
P4568. La crème était presque parfaite, *Noël Balen*
et Vanessa Barrot
P4577. L.A. nocturne, *Miles Corwin*

P4578. Le Lagon noir, *Arnaldur Indridason*
P4585. Le Crime, *Arni Thorarinsson*
P4593. Là où vont les morts, *Liam McIlvanney*
P4602. L'Empoisonneuse d'Istanbul, *Petros Markaris*
P4611. Tous les démons sont ici, *Craig Johnson*
P4616. Lagos Lady, *Leye Adenle*
P4617. L'Affaire des coupeurs de têtes, *Moussa Konaté*
P4618. La Fiancée massaï, *Richard Crompton*
P4629. Sur les hauteurs du mont Crève-Cœur, *Thomas H. Cook*
P4640. L'Affaire Léon Sadorski, *Romain Slocombe*
P4644. Les Doutes d'Avraham, *Dror Mishani*
P4649. Brunetti en trois actes, *Donna Leon*
P4650. La Mésange et l'Ogresse, *Harold Cobert*
P4655. La Montagne rouge, *Olivier Truc*
P4656. Les Adeptes, *Ingar Johnsrud*
P4660. Tokyo Vice, *Jake Adelstein*
P4661. Mauvais Coûts, *Jacky Schwartzmann*
P4664. Divorce à la chinoise & Meurtres sur le fleuve Jaune *Frédéric Lenormand*
P4665. Il était une fois l'inspecteur Chen, *Qiu Xiaolong*
P4701. Cartel, *Don Winslow*
P4719. Les Anges sans visage, *Tony Parsons*
P4724. Rome brûle, *Carlo Bonini et Giancarlo De Cataldo*
P4730. Dans l'ombre, *Arnaldur Indridason*
P4738. La Longue Marche du juge Ti & Médecine chinoise à l'usage des assassins, *Frédéric Lenormand*
P4757. Mörk, *Ragnar Jónasson*
P4758. Kabukicho, *Dominique Sylvain*
P4759. L'Affaire Isobel Vine, *Tony Cavanaugh*
P4760. La Daronne, *Hannelore Cayre*
P4761. À vol d'oiseau, *Craig Johnson*
P4762. Abattez les grands arbres, *Christophe Guillaumot*
P4763. Kaboul Express, *Cédric Bannel*
P4771. La Maison des brouillards, *Eric Berg*
P4772. La Pension de la via Saffi, *Valerio Varesi*
P4781. Les Sœurs ennemies, *Jonathan Kellerman*
P4782. Des enfants tuent un enfant. L'affaire James Bulger *Gitta Sereny*
P4783. La Fin de l'histoire, *Luis Sepúlveda*
P4801. Les Pièges de l'exil, *Philip Kerr*
P4807. Karst, *David Humbert*
P4808. Mise à jour, *Julien Capron*
P4817. La Femme à droite sur la photo, *Valentin Musso*
P4827. Le Polar de l'été, *Luc Chomarat*
P4830. Banditsky ! Chroniques du crime organisé à Saint-Pétersbourg, *Andreï Constantinov*

P4848. L'Étoile jaune de l'inspecteur Sadorski, *Romain Slocombe*
P4851. Si belle, mais si morte, *Rosa Mogliasso*
P4853. Danser dans la poussière, *Thomas H. Cook*
P4859. Missing : New York, *Don Winslow*
P4861. Minuit sur le canal San Boldo, *Donna Leon*
P4868. Justice soit-elle, *Marie Vindy*
P4881. Vulnérables, *Richard Krawiec*
P4882. La Femme de l'ombre, *Arnaldur Indridason*
P4883. L'Année du lion, *Deon Meyer*
P4884. La Chance du perdant, *Christophe Guillaumot*
P4885. Demain c'est loin, *Jacky Schwartzmann*
P4886. Les Géants, *Benoît Minville*
P4887. L'Homme de Kaboul, *Cédric Bannel*
P4907. Le Dernier des yakuzas, *Jake Adelstein*
P4918. Les Chemins de la haine, *Eva Dolan*
P4924. La Dent du serpent, *Craig Johnson*
P4925. Quelque part entre le bien et le mal, *Christophe Molmy*
P4937. Nátt, *Ragnar Jónasson*
P4942. Offshore, *Petros Markaris*
P4958. La Griffe du chat, *Sophie Chabanel*
P4959. Les Ombres de Montelupo, *Valerio Varesi*
P4960. Le Collectionneur d'herbe, *Francisco José Viegas*
P4961. La Sirène qui fume, *Benjamin Dierstein*
P4962. La Promesse, *Tony Cavanaugh*
P4963. Tuez-les tous... mais pas ici, *Pierre Pouchairet*
P4964. Judas, *Astrid Holleeder*
P4965. Bleu de Prusse, *Philip Kerr*
P4966. Les Planificateurs, *Kim Un-Su*
P4978. Qaanaaq, *Mo Malø*
P4982. Meurtres à Pooklyn, *Mod Dunn*
P4983. Iboga, *Christian Blanchard*
P4995. Moi, serial killer. Les terrifiantes confessions de 12 tueurs en série, *Stéphane Bourgoin*
P5023. Passage des ombres, *Arnaldur Indridason*
P5024. Les Saisons inversées, *Renaud S. Lyautey*
P5025. Dernier Été pour Lisa, *Valentin Musso*
P5026. Le Jeu de la défense, *André Buffard*
P5027. Esclaves de la haute couture, *Thomas H. Cook*
P5028. Crimes de sang-froid, *Collectif*
P5029. Missing : Germany, *Don Winslow*
P5030. Killeuse, *Jonathan Kellerman*
P5031. #HELP, *Sinéad Crowley*
P5054. Sótt, *Ragnar Jónasson*
P5055. Sadorski et l'ange du péché, *Romain Slocombe*
P5067. Dégradation, *Benjamin Myers*
P5068. Les Disparus de la lagune, *Donna Leon*

P5093. Les Fils de la poussière, *Arnaldur Indridason*
P5094. Treize Jours, *Arni Thorarinsson*
P5095. Tuer Jupiter, *François Médéline*
P5096. Pension complète, *Jacky Schwartzmann*
P5097. Jacqui, *Peter Loughran*
P5098. Jours de crimes, *Stéphane Durand-Souffland et Pascale Robert-Diard*
P5099. Esclaves de la haute couture, *Thomas H. Cook*
P5100. Chine, retiens ton souffle, *Qiu Xiaolong*
P5101. Exhumation, *Jesse et Jonathan Kellerman*
P5102. Lola, *Melissa Scrivner Love*
P5123. Tout autre nom, *Craig Johnson*
P5124. Requiem, *Tony Cavanaugh*
P5125. Ce que savait la nuit, *Arnaldur Indridason*
P5126. Scalp, *Cyril Herry*
P5127. Haine pour haine, *Eva Dolan*
P5128. Trois Jours, *Petros Markaris*
P5167. Diskø, *Mo Malø*
P5168. Sombre avec moi, *Chris Brookmyre*
P5169. Les Infidèles, *Dominique Sylvain*
P5170. L'Agent du chaos, *Giancarlo De Cataldo*
P5171. Le Goût de la viande, *Gildas Guyot*
P5172. Les Effarés, *Hervé Le Corre*
P5173. J'ai vendu mon âme en bitcoins *Jake Adelstein*
P5174. La Dame de Reykjavik, *Ragnar Jónasson*
P5175. La Mort du Khazar rouge, *Shlomo Sand*
P5176. Le Blues du chat, *Sophie Chabanel*
P5177. Les Mains vides, *Valerio Varesi*
P5213. Le Cœur et la Chair, *Ambrose Parry*
P5214. Dernier tacle, *Emmanuel Petit, Gilles Del Pappas*
P5215. Crime et Délice, *Jonathan Kellerman*
P5216. Le Sang noir des hommes, *Julien Suaudeau*
P5217. À l'ombre de l'eau, *Maïko Kato*
P5218. Vik, *Ragnar Jónasson*
P5219. Koba, *Robert Littell*
P5248. Il était une fois dans l'Est, *Arpád Soltész*
P5249. La Tentation du pardon, *Donna Leon*
P5250. Ah, les braves gens !, *Franz Bartelt*
P5251. Crois-le !, *Patrice Guirao*
P5252. Lyao-Ly, *Patrice Guirao*
P5253. À sang perdu, *Rae Delbianco*
P5282. L'Artiste, *Antonin Varenne*
P5283. Les Roses de la nuit, *Arnaldur Indridason*
P5284. Le Diable et Sherlock Holmes, *David Grann*
P5285. Coups de vieux, *Dominique Forma*

P5286. L'Offrande grecque, *Philip Kerr*
P5310. Hammett Détective, *Stéphanie Benson, Benjamin et Julien Guérif, Jérôme Leroy, Marcus Malte, Jean-Hugues Oppel, Benoît Séverac, Marc Villard, Tim Willocks*
P5311. L'Arbre aux fées, *B. Michael Radburn*
P5312. Le Coffre, *Jacky Schwartzmann, Lucian-Dragos Bogdan*
P5313. Le Manteau de neige, *Nicolas Leclerc*
P5314. L'Île au secret, *Ragnar Jónasson*
P5335. L'Homme aux murmures, *Alex North*
P5336. Jeux de dames, *André Buffard*
P5337. Les Fantômes de Reykjavik
Arnaldur Indridason
P5338. La Défaite des idoles, *Benjamin Dierstein*
P5339. Les Ombres de la toile, *Christopher Brookmyre*
P5340. Dry Bones, *Craig Johnson*
P5341. Une femme de rêve, *Dominique Sylvain*
P5342. Les Oubliés de Londres, *Eva Dolan*
P5343. Chinatown Beat, *Henry Chang*
P5344. Sang chaud, *Kim Un-Su*
P5345. Si tu nous regardes, *Patrice Guirao*
P5346. Tu vois !, *Patrice Guirao*
P5347. Du sang sur l'asphalte, *Sara Gran*
P5348. Cool Killer, *Sébastien Dourver*
P5378. Angkar, *Christian Blanchard*
P5379. Que tombe le silence, *Christophe Guillaumot*
P5380. Nuuk, *Mo Malø*
P5381. Or, encens et poussière, *Valerio Varesi*
P5382. Le Goût du rouge à lèvres de ma mère, *Gabrielle Massat*
P5383. Richesse oblige, *Hannelore Cayre*
P5384. Breakdown, *Jonathan Kellerman*
P5385. Mauvaise graine, *Nicolas Jaillet*
P5386. Le Séminaire des assassins, *Petros Markaris*
P5387. Y. La Trilogie de K, *Serge Quadruppani*
P5388. Norlande, *Jérôme Leroy*
P5418. Le Bal des porcs, *Arpád Soltész*
P5419. Après le jour, *Christophe Molmy*
P5420. Quand un fils nous est donné, *Donna Leon*
P5421. Sigló, *Ragnar Jónasson*
P5422. La Gestapo Sadorski, *Romain Slocombe*
P5473. L'Emprise du chat, *Sophie Chabanel*
P5474. Somb, *Max Monnehay*
P5503. De cendres et d'or. Une enquête du ranger Taylor Bridges
B. Michael Radburn
P5504. Un dernier ballon pour la route, *Benjamin Dierstein*
P5505. Laisse pas traîner ton fils, *Rachid Santaki*
P5506. La Dernière Tempête, *Ragnar Jónasson*
P5507. Un dîner chez Min, *Xiaolong Qiu*